Persiguiendo a Bécquer

Miguel Lago

Persiguiendo a Bécquer

ESPASA

Espasa, sello editorial de Editorial Planeta, S.A.
Avda. Diagonal, 662-664
08034 Barcelona

Primera edición: octubre de 2024
Segunda edición: noviembre de 2024

Preimpresión: MT Color & Diseño, S. L.

Depósito legal: B. 14.200-2024
ISBN: 978-84-670-7445-1

www.espasa.com
www.planetadelibros.com

Impresión: Black Print
Impreso en España - *Printed in Spain*

PEFC
PEFC/14-38-00305
Este libro procede de bosques gestionados de forma sostenible
www.pefc.es

A mi esposa e hijos. Fuera de vosotros no hay nada

La gran ventaja de un libro es que es muy fácil de rebobinar. Lo cierras y estás de nuevo donde comienza.

Jerry Seinfeld

1
Bécquer

Bécquer había aprendido pronto a hacerse el nudo de la corbata, un Windsor completo; apostaba siempre por un nudo ancho, con presencia, nunca le habían gustado ni las corbatas finas ni las camisas de vendedor de coches.

La primera vez que le pusieron una corbata tenía ocho años, cuando recibió en el pueblo la primera comunión, algo que se convirtió en un recuerdo inolvidable por ser lo único extraordinario, de lo que dispuso a pesar de la ocasión, tan relevante. No tenía un hermano mayor que hubiese guardado un traje de marinero para el que viniese después, y la relación de su madre con las vecinas no era de las que invitaban a favores mutuos. «Soltera y embarazada. Más puta que las gallinas», murmuraban.

El nudo se lo hizo su abuelo. El señor Manuel sabía cómo hacerlo, rodeó con ternura el cuello de su nieto con la corbata y mientras lo terminaba le dijo: «Eres ya un hombrecito. Hoy es un día importante porque vas a recibir dentro de ti algo que deberás recordar siempre: el corazón de un hombre bueno.

Eso es lo más importante, y cómo te tienen que recordar siempre, como un hombre bueno».

El espejo le devolvía a Bécquer el dibujo de alguien cansado ya de dar tantas vueltas. Cada vez que se miraba para anudarse la corbata, como si no fuese capaz de hacerlo a ciegas, reflexionaba sobre el punto en el que se encontraba, y el de aquella noche estaba claramente descompensado.

Hacía ya seis meses que había vuelto a España y todavía no había conseguido que Lucía le cogiese el teléfono a la primera, o por lo menos no tardase cuatro días en devolverle un wasap. Era una tortura. Por más que su hija tuviese derecho a desarrollar todos los tópicos habidos y por haber del padre ausente, Bécquer estaba haciendo un esfuerzo que por ahora resultaba completamente infructuoso.

Para su hija, a diferencia de la mayoría de hijas del mundo, tener un padre así no era precisamente un regalo. De hecho utilizaba el apellido de su madre para no tener que dar explicaciones. El apellido Bécquer pesaba demasiado, ella era hija de «el artista», «el mejor cómico de la historia de España», «el protagonista de la película española más taquillera de la historia», «el hombre que enganchaba a los españoles hasta altas horas de la madrugada con su programa diario», «el único que, sin dedicarse a la música, era capaz de llenar plazas de toros e incluso estadios», y, por supuesto la definición favorita de su propio padre: «el gran seductor». Lucía estaba segura de que debajo de la camisa llevaba este lema impreso en una camiseta, si no tatuado en un brazo. Para ella era solo el hombre que llevaba más de veinte años haciendo llorar a su madre y que siempre estaba demasiado ocupado frotándose el ego.

«Una vuelta y ya tenemos el nudo». Esa noche tocaba pasar calor, la gala exigía etiqueta, y aunque Bécquer solía pasarse esas indicaciones por el forro, y no precisamente el de la chaqueta, en aquella ocasión iba a cumplir pero con matices. Si bien es cierto que lo de los *looks* extravagantes cada vez iba quedando más atrás por una cuestión de edad, todavía su vestuario tenía trazos de la locura de vestimentas con las que había aparecido en diferentes alfombras rojas. Bécquer atesoraba en su colección más de trescientos trajes distintos, cada cual más extravagante, divertido y loco que el anterior. Lo de vestirse de modo discreto era algo que había adoptado de manera más reciente.

Siempre que se vestía recordaba momentos pasados en los que quizá un poquito de esa recién llegada moderación hubiera sido necesaria. El ejemplo palmario fue la gala de los Oscar de 2015.

Bécquer acudió con la delegación española; la nueva película de Alejandro González había sido un éxito, logrando incluso la nominación a mejor película de habla no inglesa, y el papel de Bécquer como miembro del reparto le permitió aparecer nuevamente en el Teatro Kodak de Los Ángeles, aunque luego se fueran de vacío. La película había supuesto, además, para el artista, que la industria comenzase a verlo también como un actor dramático solvente, y eso que la filtración de las primeras imágenes vestido de cura hicieron presagiar todo lo contrario.

La fantástica idea que tuvo Bécquer entonces fue aparecer ataviado con un traje fucsia de tres piezas. Nuevamente consiguió el objetivo de llamar la atención de toda la prensa y también de lograr récord de memes.

Digamos que así vestido a Bécquer se le veía hasta de lejos, y tuvo la mala suerte de dar un canutazo a una televisión hispana justo al lado de Clint Eastwood, y claro, el viejo *cowboy* no iba a dejar pasar la ocasión de echar una de sus famosas miradas cortantes a aquel extravagante personaje. Y las redes sociales explotaron.

Nunca en la vida se habían reído más de él, lo que le causó un poquito de sufrimiento. Pero tantos años después, lo que le provocaba era una sonrisa. La opción de aquella noche era traje negro, camisa blanca y corbata negra. A fin de cuentas, cada uno de esos eventos se parecía cada vez más a algún tipo de funeral absurdo.

El coche lo recogió puntual; lo cierto es que la gala benéfica más importante del verano sabía hacer las cosas, menudo carro. Bécquer se subió acompañado de su nueva conquista, una espectacular morena más tonta que una piedra, pero con una presencia tan impresionante que te hacía pensar que las buenas conversaciones estaban sobrevaloradas. Cruzaron Marbella llamando la atención; toda la ciudad estaba pendiente del evento, ya que reunía a lo más relevante, tanto de la alta sociedad como del mundo del artisteo. Realmente eras alguien cuando Carmen Lozano te invitaba y Bécquer no es que fuera «alguien», Bécquer era todo.

Aquel niño feúcho nacido en una aldea de Galicia no pintaba muy bien. Su madre se había enamorado de un jeta que la rondaba, y con diecisiete años, y apenas sabiendo leer, no resultó presa complicada para aquel desgraciado, un comercial de alimentación venido a más que le prometió tantas cosas que para qué cumplir ni siquiera una si ya tenía entretenimiento cada vez que la aldea le tocaba en la ruta.

Tan malo fue aquel cabrón que hasta tuvo la osadía de pedirle la mano al abuelo, con un par. Allí se plantó para decirle lo mucho que quería a su hija, y que por supuesto que iba a cumplir, que aquel embarazo era una bendición y que le habían educado como hombre y que como tal se iba a comportar.

¿Saben aquella historia del que fue a por tabaco?

—Sabía que no traería nada bueno, nunca me gustó ese jicho, y mira que te lo dijera veces —insistía la abuela a modo de tortura china—. Ahora toca apandar, y a ver quién carallo *te va a querer a ti usada como estás.*

—Bueno, muller, *a ver si va a tener la nena la culpa de todo —replicaba el abuelo reconcomido por la culpa; suya era la responsabilidad de no haber sabido calar a aquel desgraciado. «Si lo agarro se la corto», pensaba muchas veces.*

El coche se detuvo en la entrada, justo delante de la alfombra roja. Una mujer ataviada con un pinganillo y una carpeta comprobó la matrícula del vehículo para saber quién se iba a bajar. Atrás habían quedado las primeras experiencias en eventos similares, donde siempre había un periodista o un curioso que gritaba al ver bajar al famoso de turno un doloroso «Tranquilos, que no es nadie». A Bécquer nunca le había ocurrido; Bécquer era alguien, y menudo «alguien».

También es cierto que ya no despertaba las pasiones de antaño. Hubo un tiempo en que no podía ir solo por la calle, y si lo quería hacer, había llegado incluso a ponerse una gorra con peluca y gafas de sol de un tamaño tan grande que, si se paraba en un semáforo, aparecía un politoxicómano con un limpiacristales. Aquello le resultaba tan extravagante que siempre llevaba la misma gorra, una de color azul con letras amarillas de Font & Cha que conservaba como un tesoro, como un recuerdo de unos tiempos estupendos que ya habían pasado. Ahora, con cuarenta y cuatro años, estaba un poco de vuelta. Lo achacaba también a que su público había madurado y ya no se comportaban como histéricos cuando aparecía, porque lo de las muchachas en sus primeros años de carrera merece una novela aparte.

Bécquer bajó del coche solo, estaba encantado de lucir trofeo, pero tampoco que pareciese que se había comprometido. Seguía utilizando la de «Voy a pasar por el *photocall* rápido, que es algo que detesto, cariño», y automáticamente añadía a quien estuviese más cerca de los miembros de la organización: «¿La podéis acompañar a la butaca?». Y vía libre para buscar una conquista nueva.

El cómico entraba pisando fuerte, no hacía cola, le daba igual que hubiese una o cien celebridades esperando para posar, no esperaba; llegaba y pasaba. En los últimos años había pasado por delante de actores, actrices, deportistas, políticos y más de un embajador. «¡Bécquer, aquí, por favor! ¡Un poco a la derecha, por favor! ¡Bécquer! ¡Bécquer!». La pose y la sonrisa, ensayadas y fijadas tantas veces, luciendo esos dientes que tanto dinero le costaron en su día, hacía que toda la prensa se volviese. Siempre tuvo encanto, y desde que dejó de preocuparse por lo que dijesen los demás, traspiraba por los poros esa libertad y esa chulería que lo hacían único. Sabía de su atractivo: demasiado guapo para ser cómico, pero no tanto como para ser modelo de perfumería, destacaba por su estatura superior al metro ochenta, por lucir un tupé fantástico como marca de la casa, y por esa elegancia que le daban sus rasgos marcados y sus ojos verde oliva. Era capaz de seducir a quien se le pusiese delante.

El paso por la alfombra roja fue breve, un par de canutazos con dos agencias y poco más. Bécquer llevaba tiempo sin dar entrevistas en profundidad, siempre había presumido de que lo que tiene que hablar de uno es el trabajo, así que a lo sumo una en televisión al año, siempre en *El Hormiguero*, y otra radiofónica con Herrera. Y punto.

Terminados los saludos, y después de unos ochenta selfis con el público que se agolpaba contra las vallas, Bécquer hizo su entrada en el recinto. A su alrededor, muchos compañeros de profesión, a los que iba saludando con las cejas y esa sonrisa bajabragas que tenía; un chascarrillo por aquí, un «Me alegro de verte» por allá, y siempre preparado para lo que ocurría todas y cada una de las veces en las que acudía al evento que fuese: esperar a que la persona más importante de la noche dejase lo que estuviese haciendo, terminase la conversación en la que pudiese estar metido para acudir al encuentro del artista. Y así fue.

Carmen Lozano lucía impresionante esa noche. Se notaba que había sido Miss Universo, la primera y única Miss Universo de la República Dominicana; de eso hacía más de cuarenta años y parecía, por su imponente belleza, que el tiempo se había detenido. El vestido largo ajustado a las caderas, el pelo rubio suelto, retoques sutiles en el rostro y en el pecho, de esos que se han hecho bien y que únicamente apuntalan, no inventan, unido todo ello a la dieta de no comer y al ejercicio, convertían a la Lozano en la fantasía de cualquier hombre desde hacía mucho tiempo. Y eso no se compra, se tiene.

—Querida Carmen, bella como siempre —le dijo Bécquer mientras le cogía la mano.

—Querido mío —respondió la diosa de piel morena mientras acercaba su mejilla con el fin de recibir un beso—, te agradezco tanto que hayas podido venir este año. El pasado verano te extrañamos mucho —lamentó Carmen con dulzura y Bécquer percibió sinceridad en sus palabras.

—Momento complicado el pasado verano, la verdad, pero ahora estoy aquí y nos podremos ver más —contestó Bécquer con cariño.

—Carmen Lozano estaba, además de radiante, feliz de poder charlar con su querido amigo. Aprovechando el ambiente de cierta intimidad personal, sacó su vena periodística.

—¿Es cierto que te vienes a tu casa de Madrid definitivamente? —Carmen hizo la pregunta con prudencia; era muy raro que Bécquer contestase a lo más mínimo sobre su vida privada. Parte de su magia era precisamente contar muy poco con el fin de que inventasen los demás.

Si algo tenía Carmen era una amabilidad tal que resultaba imposible no contestar a cualquier cosa que te preguntase.

—Pues la verdad es que sí —respondió Bécquer—, hasta he puesto en venta la casa de Miami. Me estoy desprendiendo de todo, me vuelvo a Madrid. Toca bajar el ritmo.

Bécquer reveló más de lo que le hubiese gustado, pero por lo menos no dijo la verdad verdadera: que se volvía por su hija, a ver si lograba convencerla de una vez por todas de que tenía padre.

Los camareros comenzaron a deslizar bandejas con diferentes viandas; Bécquer las dejaba pasar con una elegancia pasmosa, solo le interesaba la del jamón. Una de las ventajas de ser quien era estaba precisamente en el trato con los camareros. A la primera que pasó por su lado con una bandeja repleta de copas de un champán excelente le dijo:

—Buenas noches... —Y dejó espacio para que aquella jovencita de unos veinte años completase el hueco.

—Marta —contestó nerviosa.

—Marta, me encanta tu nombre. De hecho, era mi primera elección para mi hija, pero se impuso el criterio de su madre. —Mentira, tanto lo de la elección como lo del criterio. Siempre se hacía lo que decía Bécquer, de ahí que su condición de divorciado fuese un estado lógico y natural. Con esa frase, la chiquilla ya estaba en el bolsillo, una estrella como Bécquer alabándole el nombre de tal forma... Ya tenía una anécdota para contar siempre—. ¿Te puedo pedir un favor? —continuó mirándola profundamente a los ojos.

—Sí, claro —contestó ella, como si tuviera otra opción.

—¿Me traerías uno de esos platos de jamón tan estupendos que tenéis y otro de caviar, pero no de los pequeños? Prepárame uno grandecito con las dos cosas, ¿ok?

Y así fue como Bécquer le pasó el marrón a la muchacha. Ahora ella tendría que ir a discutir probablemente con algún encargado; ella, que lo único que podía hacer era llevar bandejas con bebidas, tenía de repente que conseguir un plato con jamón y caviar para aquel señor.

En menos de cinco minutos Bécquer disfrutaba de su aperitivo.

El ambiente cada vez era mejor, el evento contaba con unos trescientos invitados *top* que se iban saludando de un lado al otro antes de ocupar sus mesas, unas treinta aproximadamente de diez comensales cada una, todas redondas y perfectamente ornamentadas. Destacaban por encima de las servilletas con formas extravagantes y el montón de tenedores al lado del plato, los centros florales de color blanco con especies que no eran habituales en verano, pero que ahí estaban.

El menú, según rezaba la invitación, sumaba catorce estrellas Michelin. Los chefs nacionales más galardonados habían preparado los platos y diseñado el menú codo con codo. De los postres se encargaba el francés Lefebvre, famosísimo en su país de origen por un programa de televisión de repostería y que había llevado el *macaron* a otro nivel.

El aperitivo discurrió con tranquilidad: saludos, intercambio de miradas, algún chascarrillo y mucha conversación banal. A Bécquer le había alegrado coincidir con varios amigos del mundillo a los que casi había perdido la pista; hubo un momento cuando se formó un pequeño corrillo en el que, si los contabas, había más Goyas y premios Iris que personas.

Hacía tiempo ya que Bécquer acudía a esta clase de eventos sin mayores pretensiones. No fue siempre así. Son lugares perfectos para hacer contactos y sobre todo para que te vean si no tienes trabajo. Él era de aquellos a los que jamás le había avergonzado pedirlo. Si bien su carrera había sido meteórica, nunca tuvo reparos en levantar el teléfono y decirle a un director o a un productor: «Aquí estoy».

El primer plato fue un tanto regulero: la *bomba de lentejas confitadas* era lo más parecido a una patada en el estómago, y el *sorbete sólido de torta del Casar,* además de una estupidez, condenaba al paladar a que el resto de la noche todo te supiese a pies.

A Bécquer le costaba salir de casa, pero, una vez cruzado el umbral, era un profesional en eso de ser encantador. Cierto es también que lo aprendió con los años; poco a poco se fue quitando la timidez de ser un recién llegado hasta asumir su condición de estrella. De hecho, su mayor mérito fue empezar a comportarse como una antes de llegar a serlo y siempre con un mantra en su cabeza: «Si una persona te saluda por la calle y eres encantador, será tu relaciones públicas para siempre y eso garantiza un crecimiento exponencial». Daba igual lo pesada que fuese la señora de turno. Se iría con una broma, una sonrisa y un comentario cariñoso. Bécquer siempre cuidó mucho esto de una manera genuina.

Para él su jefe era su público, por encima de cualquier cosa, y, dentro de su público, el que pagaba la entrada para verlo en directo. Bécquer los adoraba y era mutuo. «Mi carrera me la hace el público, y yo estaré sobre un escenario hasta que ellos me lo digan», había declarado un sinfín de veces, e incluso le había acarreado algún problema con sus «jefes de corbata». Bécquer los respetaba, pero nunca los había temido ni dejado que se metieran donde no los llamaban.

Cuando llegaron los platos principales, la mesa de Bécquer era ya pura diversión. Estaba sentado en la uno, la única con una docena de sillas. Ahí compartía «delicias» con Carmen Lozano y su nuevo marido, a quien el cómico llamaba «Número Cinco». Con tantos matrimonios que atesoraba la Lozano, hacía ya tres que no perdía el tiempo en memorizar el nombre. Al lado de la bella Carmen el alcalde de Marbella y señora y el presidente de la Junta de Andalucía, recién renovado con flamante mayoría absoluta, y que no paraba de decirle a Bécquer lo mucho que se reía con él. Al otro lado de Carmen estaba el presidente del Banco de Cantabria acompañado de una de sus hijas y potenciales sucesoras, y cerrando la alineación el mismísimo Antonio Banderas.

A Bécquer siempre le había gustado Antonio; cuando tuvo la fortuna de conocerlo en Los Ángeles temblaba como un flan. «¡Joder, el Zorro!», exclamó para sus adentros al verlo entrar en la habitación. Pocas personas lo habían impresionado tanto como Banderas, por sus maneras, su inteligencia, su cultura y su amor por el teatro y el cine. Habían pasado más de veinte años desde ese encuentro y Bécquer seguía diciéndose a sí mismo: «Ojalá fuera como Antonio».

El cariño, además, era mutuo. En Los Ángeles Antonio era el mejor embajador de España y siempre recibía con cariño a los recién llegados. Ahora atesoraba además una experiencia y una calma que Bécquer envidiaba. También es cierto que Banderas tenía veinte años más, pero su inteligencia y ese increíble corazón... Eso no se compra ni se aprende.

Se sentaron a esperar en el salón de una mansión impresionante. Bécquer alucinaba al ver el tamaño de la estancia. Había tres pianos, ¡tres pianos!

—¿Para qué cojones quiere alguien tres pianos? —exclamó en voz alta sin darse cuenta.

—Para que no se enfade quien te lo regala y, además, quedan bonitos.

Un escalofrío recorrió el espinazo de Bécquer. Corría el año 2001 y aquel chaval de veinte años, inoportuno como pocos, se quedó petrificado al girarse y encontrarse de frente a la mayor estrella del cine español.

—Lo siento mucho —se disculpó.

—No te preocupes —dijo Antonio mientras lo abrazaba—, a mí también me parece un poco gilipollez.

Y a continuación comenzó a reírse a carcajadas haciéndole sentir en casa. Porque Antonio no te hablaba, Antonio te abrazaba.

Terminados los postres, Carmen subió al escenario para decir unas palabras. Agradeció la presencia de los asistentes, enumeró los logros de la fundación a lo largo del año, pidió mayor presencia de mujeres en puestos directivos y envió un cariñoso saludo al pueblo ucraniano. Impecable como siempre.

Lo que nadie se esperaba fue lo que ocurrió a continuación. Justo antes de dar paso al concierto de Marc Anthony, sin duda el plato fuerte de la noche, Carmen dijo que era una ocasión muy especial ya que por primera vez se iba a entregar un reconocimiento...

—... Al trabajo, a la generosidad, a una persona que ha sabido conjugar el éxito con el cariño hacia los demás. Desde el principio se ha entregado a sus semejantes en un acto de amor constante. Su defensa de la cultura y de la infancia le han hecho merecedor de este reconocimiento, el primer galardón que otorga la Fundación Carmen Lozano... Pido un fuerte aplauso para Bécquer.

De repente Bécquer se vio cegado por un cañón de luz. Era algo totalmente inesperado, la época de recibir premios había pasado y quizá ahora tocaba empezar a recibir galardones de artista mayor. De tan inesperado, no pudo evitar los nervios, se levantó casi tembloroso, besó en la mejilla a su acompañante, abrazó a Antonio y a su pareja, estrechó la mano del alcalde y del presidente y se dirigió al escenario mientras los asistentes vitoreaban y aplaudían.

—Vaya, sonará a tópico pero realmente no me lo esperaba —dijo mientras su cerebro aceleraba para encontrar las palabras exactas—. Gracias, Carmen, por ser siempre tan generosa conmigo, exageradamente generosa. Gracias a todos por vuestro cariño. Nunca imaginé, al principio de mi carrera, que iba a vivir momentos así: gracias por haber estado siempre conmigo, riéndoos conmigo, acompañándome. —La mano derecha de Bécquer, tal vez de manera inconsciente, se tocó el nudo de la corbata y justo ahí se le quebró la voz—. Espero de corazón estar a la altura de este reconocimiento, porque todo pasa y lo único que queda son los recuerdos de momentos como este. Todo lo demás da igual. Como me dijo alguien muy importante para mí, lo único que importa es ser un hombre bueno. Gracias de corazón.

El auditorio rompió entonces en un aplauso unánime; la ovación crecía sin poder detenerse, como un tsunami de admiración. De manera casi instantánea, los asistentes se levantaron para aplaudir en pie las palabras de Bécquer quien, embriagado por la emoción, bajó los siete peldaños que lo separaban de su mesa y se acercó de nuevo, casi avergonzado, a Carmen, y al oído volvió a susurrarle un «gracias» al tiempo que le agarraba las manos. Después de volver a saludar brazo en alto ocupó su asiento.

—Una copa de champán —dijo un servicial camarero acercándole a Bécquer la bandeja.

—Por supuesto, y tráigame también el mejor ron que tengan —añadió mientras se palpaba el pecho en busca del teléfono: «Tengo que contarle esto a Lucía».

Cuando observó la pantalla de su iPhone, comprobó que no dejaban de entrar wasaps, las redes sociales ya se hacían eco de lo que acababa de ocurrir a través de la cuenta oficial del festival, los digitales comenzaban a publicar la noticia y al fondo se agolpaban las agencias solicitando, casi a gritos, que Bécquer dijese algo.

Un repaso en diagonal de los remitentes le hizo detenerse en un número larguísimo, de esos que te escriben para recordarte citas en el médico o en Hacienda, nunca nada bueno. Abrió el mensaje y descargó una imagen. Lo que se veía era el escenario del festival en el momento en que agradecía el galardón y debajo cinco palabras: «Los hombres buenos también mueren».

Guardó el teléfono y se puso de pie. Antonio quería hacer un brindis.

2
Elena

Las últimas semanas habían sido muy aburridas para Elena Izaguirre, aburridas hasta el punto de bostezar en las reuniones y ganarse miradas de desaprobación del comisario Baltierra. Estaba acostumbrada a la acción, no quería redactar informes ni quedarse detrás de un escritorio como si fuese una parguela.

Su salto a la Policía Nacional vino directamente desde el Ejército, donde ingresó con dieciocho años «hasta el coño de la vida», y terminó dejando las «operaciones especiales» cruzada la treintena. Así que, acostumbrada a la adrenalina diaria, no iba a dedicar su tiempo a poner multas de aparcamiento.

Elena fue una niña encantadora y alegre, de esas que enamoran. Era la pequeña de tres hermanos; el mayor, Óscar, le sacaba diez años y residía en Valencia con su mujer y sus dos niños pelirrojos, un horror. Se dedicaba a la gestión de una empresa de recogida de residuos y no le iba nada mal. Manuel era el mediano, ocho años mayor que Elena, ingeniero informático y felizmente arrejuntado con Roberto, un muchacho dominicano de esos que exudan alegría por los poros.

La relación de Elena con sus hermanos no era la mejor; con el mayor hablaba de pascuas a ramos, en fechas señaladas y poco más. Aún no le había perdonado lo que para ella había sido un acto de cobardía cuando mataron a su padre. Manuel, por lo menos, después de la negación, gritaba sin parar, expresaba emociones, no como el sin sal de su otro hermano.

El despertador sonó a las siete y media como todas las mañanas. Elena ya estaba despierta desde hacía rato, ensimismada en rumiar pensamientos perfectamente alineados para joderle el humor. Se levantó perezosa, así que aplicó el protocolo básico consistente en lavarse los dientes y hacerse una coleta con la primera goma de pelo que sacó de un cajón. Un pantalón vaquero, una camiseta de tirantes, Doc Martens negras, cazadora a juego y a la calle.

Su metro setenta y cinco de altura llamaban la atención; era una de esas mujeres guapas a rabiar aunque hiciesen todo lo posible por esconderlo. Daba igual el pantalón que llevase, sus compañeros no le miraban el culo no por falta de ganas, sino por el riesgo real de llevarse una hostia. La frase más habitual entre machirulos de barra de bar era: «Si esta pava se arreglase un poco sería una diosa».

Para que su condición de policía quedase meridianamente clara, la nevera estaba vacía. Su dieta se basaba en cualquier cosa que pudiese comprar en el pakistaní que había debajo de su casa.

Vivía en el barrio de Lavapiés, llevaba allí casi cinco años desde que había vuelto de Afganistán. Siempre decía que se sentía cómoda en ese barrio, que a ella no le molestaba nadie y que además estaba a veinte minutos andando de su comisaría. Un *win win* en toda regla.

La excusa para ofrecerse para «labores humanitarias» en Afganistán era perfecta. En realidad, Elena quería irse lo más lejos posible y aquel destino era el ideal. No le gustaba estar en la base; si había dedicado varios años de su vida a formarse en combate era precisamente para combatir. El ascenso de los talibanes era una motivación más que suficiente.

—¿Está usted segura? —le preguntó su superior—. Creemos que alguien con sus habilidades, que ha conseguido los mejores registros tanto en el manejo de armamento ligero y pesado como en las pruebas físicas debería tener un futuro mejor que irse al culo del mundo a comer arena. —Aquel condecorado militar no acababa de entender que la mejor de sus cadetes decidiese enterrarse en una cueva de aquella manera.

—Creo que puedo ser muy útil allí, señor —contestó Elena.

—Está bien, si tan claro lo tiene, se ha ganado el derecho a decidir. Pero recuerde una cosa: usted está preparada para mucho más que patrullar calles en Kabul.

Y terminada la frase firmó el documento que autorizaba la partida de la soldado más prometedora de su quinta.

Su casa era un cuarto piso sin ascensor, un apartamento de unos cincuenta metros cuadrados con un pequeño balcón. El resto de la distribución carecía de alardes: salón con cocina americana y un dormitorio con baño. No necesitaba más. Si algo había aprendido en el Ejército era a no tener apego a lo material y a dormir sobre un bordillo. Si tuviese que mudarse repentinamente, todas sus pertenencias cabrían en una bolsa de deporte.

Apuró un resto de café frío y desagradable, pero bastante decente teniendo en cuenta que ni siquiera recordaba haberlo preparado, y comenzó a bajar escaleras. Al salir a la calle, el frío seco de Madrid le golpeó la cara sin que ella se inmutara. Tenía compañeros que le preguntaban cómo era posible que se abrigase únicamente con aquella cazadorita de piel, daba igual que fuera primavera, verano o invierno. Era la que tenía y le bastaba, y si tenía frío, pues metía las manos en los bolsillos.

Entró en el pakistaní saludando con la cabeza; de la nevera sacó una bebida energética y la acompañó de unos bollos industriales rellenos de crema de ca-

cao, tres por un euro: el desayuno de los que ya no tienen nada que perder.

A las ocho ya asomaba por la Gran Vía. Esa mañana había cogido una ruta más directa; uno de sus hábitos consistía en no repetir la misma dos días seguidos. Elena tenía esas cosas, caminaba por la calle como si la estuviesen siguiendo y por teléfono siempre hablaba como si la grabara el comisario Villarejo.

Esa mañana había tomado la que ella misma llamaba «la ruta de las plazas»: de la Nelson Mandela a Tirso de Molina; de ahí a la Puerta del Sol, Callao, y llegaba a la comisaría de Tudescos cruzando los dedos para que esa madrugada hubiesen matado a alguien. Cada vez que pasaba por la plaza de Callao, no podía evitar acordarse de su padre y preguntarse una y otra vez qué demonios hacía aquella noche allí.

Cuando Carmen vio la alegría y la emoción en los ojos de Antonio, no pudo evitar emocionarse también. No es que esperase una mala reacción de su marido ante la noticia de un nuevo embarazo, pero lo habría comprendido. Ya tenían dos hijos, Óscar y Manuel, con diez y ocho años respectivamente, lo bastante crecidos para que ellos estuvieran tranquilos, y ahora tocaba volver a cambiar pañales y debutar en eso tan poco español de ser familia numerosa. Antonio abrazó a su esposa y, aunque no lo dijo, lo que más lo emocionaba era que por fin fuese niña.

Elena pesó al nacer tres kilos y medio. «Ha tenido usted una campeona», dijo la matrona a la recién parida. El papá no podía ser más feliz.

Entró en la comisaría saludando nuevamente con la cabeza; para el compañero de información era un avance. «Por lo menos no ha gruñido», pensó. Subió al piso de arriba por las escaleras y se dirigió directa a su mesa, donde dejó la cazadora y se derrumbó en la silla maldiciendo al ver la pila de carpetas marrones que la esperaba para que se entretuviera. Esas carpetas llevaban tanto tiempo ahí que ya formaban parte del paisaje.

—Buenos días, compañera del metal —exclamó sonriente el inspector Diego Ortega. Era de los pocos que bromeaban con Elena. A ella le hacía gracia su insistencia en ser simpático.

Diego era un muchacho brillante que apenas llevaba unos pocos años en el Cuerpo, pero que había subido en el escalafón a base de hincar los codos. El muchacho, de apenas veintiocho años, era un cerebrito: lo mismo lo sabía todo de delitos informáticos que tenía un saber enciclopédico de los crímenes más horrendos; además, brillaba en conocimientos forenses y datos absurdos que no aportaban gran cosa, pero entretenían un rato. ¿Sus mayores defectos? No callaba ni debajo del agua y era del Real Madrid.

—¿Sabemos si hoy tenemos algo o seguimos rellenando folios? —contestó Elena mientras metía las carpetas en la cajonera.

—Algo debe de haber porque nos ha convocado el comisario en quince minutos, y solo a los inspectores —respondió Diego, feliz al darle algo distinto por respuesta.

A Elena le escamaba la «convocatoria»; normalmente al comisario le gustaba empezar el día reuniendo a la comisaría entera, a la «gran familia» como acostumbraba a llamarlos. Se había formado con *Ley y Orden* y *Canción triste de Hill Street*, de ahí que se tomase muy a pecho tanto dar discursos como terminarlos con alguna frase efectista.

Subió a la sala aunque quedasen diez minutos y se sentó en las filas traseras. No tardó en darse cuenta de la estupidez en cuanto llegaron los demás: esa mañana apenas eran seis inspectores en una sala con veinte sillas. Los otros cinco se sentaron delante y ella parecía definitivamente idiota, así que se levantó y ocupó una silla más cerca de los demás.

—Buenos días a todos —dijo el comisario mientras se apoyaba en el pequeño escritorio que presidía la sala de reuniones—. En primer lugar quiero felicitarles por la rápida resolución del caso de los Martínez: ya tenemos en la calle un malo menos.

El caso de «los Martínez» había ocupado durante varias semanas horas de televisión de crónica negra entremezclada con rosa. Eran dos hermanos diseñadores de calzado, sus zapatos de tacón habían dado la vuelta al mundo y no había actriz o cantante que no los luciese con orgullo; sin duda, habían sido el gran éxito de esos dos madrileños que empezaron en el pequeño taller de su padre. Se habían convertido en celebridades por su extravagancia y sus excesos, hasta el punto de que una portada del *¡Hola!* los había convertido en el objetivo de ladrones varios, que al final habían asaltado su casa en un robo de película. A pesar de vivir en Los Robles, una de las urbanizaciones presuntamente más seguras del norte de Madrid, tres encapuchados les habían robado hasta la camisa.

Cuando el mayor de los hermanos volvía al final del día a la casa que compartían, se le cruzó un vehículo apenas dos kilómetros antes de llegar. Juan Martínez frenó en seco y comenzó a hacer aspavientos. En ningún momento pensó que se tratara de un asalto, así que bajó del coche envalentonado y no tardó en notar el cañón de una pistola en las costillas: pasó de hombre a niño en cuestión de segundos.

—Llevaos el coche —dijo asustado.

—No queremos tu coche —contestó un encapuchado con claro acento del este de Europa—. De hecho, te vas a subir y nos vas a llevar a tu casa; voy a estar sentado detrás de ti, así que no hagas tonterías.

Cuando se quiso dar cuenta, conducía en dirección a su domicilio con un hombre cubierto con pasamontañas en el asiento trasero de su coche y otros dos en el maletero. Cruzó la verja de entrada tras saludar al guarda de seguridad de la garita con la mano, sin abrir la boca, y se dirigió a su vivienda.

—Por favor, no nos hagáis daño —rogó tembloroso.

—Eso depende de ti y de cómo te portes.

Enfilaron la entrada del garaje y esa voz dijo algo que provocó que del miedo Juan pasase directamente al pánico.

—Hemos visto en Instagram que el maricón de tu hermano está en Nueva York; en tu casa entonces solo están las tres personas de servicio. Diles por el telefonillo que bajen al garaje. Sin tonterías o te meto dos balas en la nuca.

«Rafael habla de más, quién nos mandaría hacer ese reportaje...», pensó Juan.

Dentro de la casa fueron rápidos, sabían lo que habían ido a buscar. En apenas una hora se llevaron 450.000 euros en relojes, 240.000 euros en efectivo, 150.000 euros en joyas y lo que más le dolió a Juan: un pequeño cuadro de Pablo Picasso que había logrado comprar hacía más de treinta años.

En resumen, a las nueve de la noche estaba pensando en qué botella de vino iba a abrir mientras se ventilaba tres episodios de su serie favorita, y apenas cuatro horas después tenía a medio cuerpo de la Policía Nacional tomando huellas y buscando alguna pista que los llevase a los autores del robo.

Las siguientes dos semanas fueron de acoso mediático, un montón de periodistas de sucesos le llamaban irresponsable insistiendo en que iba a ser imposible recuperar el botín...

—Permítanme una mención especial para la inspectora Izaguirre —continuó el comisario—, cuya pericia ha sido fundamental para que esta comisaría haya resuelto uno de los casos más mediáticos a los que se ha enfrentado.

La voz de Baltierra expresaba un orgullo enorme. Para la carrera de Elena sin duda era un éxito, aunque le importase poco. De sus labios no salió siquiera un «muchas gracias, comisario»; simplemente levantó la mano y añadió:

—Solo tuve la suerte de que uno de los malos fuera idiota.

—Idiota o no, lo cierto es que usted fue la única que se dio cuenta de que a uno de los relojes robados le faltaba la correa.

Efectivamente, Elena llevó a cabo un *long shot*, o como les gusta decir a los modernos: «Se tiró un triple». Repasando los artículos robados, siempre según la declaración del pequeño de los Martínez, observó que uno de los relojes, un Tag Heuer Carrera de 1969, no tenía correa. «Al ser tan antiguo se le debió de malograr en algún momento», pensó, y eso le hizo investigar dónde se podría conseguir una correa original que no depreciase el artículo. En apenas unas horas tenía un listado de ciento treinta y dos sitios, incluyendo plataformas *on-line*. Lo siguiente fue tedioso pero sencillo: conseguir el listado de las correas compradas desde el robo. Y sonó la flauta. Un hombre corpulento con acento del Este había ido a un pequeño taller del sur de Valencia a pagar en mano la pequeña pieza de piel, se la había metido en el bolsillo y condujo hasta el pueblo de Castellón donde detuvieron a la banda completa. Una cámara de seguridad de una tienda de carcasas de móvil sita al lado del pequeño taller había permitido localizar la matrícula del vehículo. A partir de ahí, coser y cantar. En apenas dos semanas, el Grupo Especial de Operaciones de la Policía Nacional había puesto a disposición judicial a los tres ladrones, recuperado el ochenta por ciento del botín y casi de rebote se cerraron tres asaltos más que estaban pendientes en Barcelona, Bilbao y Sevilla. Exitazo.

A Elena, a pesar del buen resultado, no le interesaban los casos de robo. Si alguien era tan imbécil como para salir en una revista presumiendo de su colección de joyas y relojes, relatar en redes sociales que no está en casa y hacerse un reportaje fotográfico tan detallado que solo falta dar la clave de la alarma..., pues bien robado está. Estos pensamientos eran los que luego decía en voz alta y con los que se ganaba una mirada de reprobación de su superior.

—Terminadas las felicitaciones procedo a comentar lo siguiente —apuntó solemne el comisario—. Anoche recibimos una llamada por un homicidio en la calle General Diéguez. Todo apunta a que ha sido un ajuste de cuentas por tema de drogas que se resolvió a navajazos. Y, por supuesto, como no podía ser de otra manera en ese barrio, nadie ha visto nada. —Elena dio un respingo en la silla: las peleas entre yonquis no la seducían en exceso, pero igual de ahí se podía rascar hasta un pez mayor. El comisario Baltierra se dirigió entonces a dos de sus hombres—. Inspectores Ortega y Albella, quédense para recibir el resto de la información y comenzar la investigación.

Elena se extrañó al verse fuera; por fin había un muerto y no contaban con ella. Respiró llevando la cuenta hasta tres y levantó la mano. El comisario hizo caso omiso.

—Comisario, ¿desde cuándo se encargan estos dos de los homicidios? —preguntó un tanto airada.

—Esto es todo por el momento —dijo el jefe.

—Comisario, insisto, creo que...

—¡No insista más! —replicó Baltierra alzando un tanto la voz—. Retírense, señores. Izaguirre, usted espere.

«Lo que me faltaba —pensó Elena—. Ahora me toca charla paternalista del respeto al compañero. Llevo casi un mes contando las manchas del techo, por fin tenemos un muerto y me deja en el banquillo. Me cago en la puta hostia».

El comisario Baltierra se acercó a la silla que ocupaba la inspectora y justo antes de que esta se pusiese a protestar, le dijo:

—Necesito que me hagas un favor. —Y le pasó una de las carpetas marrones.

Elena la abrió y no entendió nada de lo que estaba viendo: básicamente eran fotos del escenario de un teatro con unas luces y una especie de viga caída desde el techo. Por más páginas que pasaba no encontraba ninguna foto de un cadáver ni nada que le pudiese interesar lo más mínimo.

—¿Y esto? ¿Qué soy yo ahora, perito de seguros? —Cerró la carpeta y se la devolvió al comisario.

—Pues perito no lo sé, pero desagradable eres un rato —le dijo con cariño—. Vuelve a mirar las fotos y dime si algo te resulta familiar.

Elena cogió la carpeta de nuevo y se dispuso a observar las fotos con atención. Al principio no detectó nada interesante, pero por la expresión del jefe algo debía de haber realmente importante.

—Vamos a ver —dijo Elena en voz alta—: focos rotos por el suelo que tienen que haber caído de una altura considerable...

—Doce metros exactos —puntualizó el comisario.

—Puede deberse a muchos factores, pero entiendo que si lo estamos llevando nosotros, será porque le han caído a alguien encima.

—No, la verdad es que cuando cayeron no había nadie debajo. Sigue mirando.

Elena pasó a la imagen siguiente, pertenecía a la vara donde estaban colgados, destacaban los restos de cable de acero que la sujetaba en origen y que estaban cortados.

—Fíjate en las marcas del corte, Elena, dime a qué te recuerdan. —Elena casi golpeó el techo del salto que dio en la silla.

—Es imposible, ¿son de una Amx Predator Y26?

—Dos peritos coinciden en que podrían serlo —añadió Baltierra.

—Aun así, aunque fuera la misma navaja, no tendría relación —aseveró la inspectora—. ¿Qué tendría que ver el corte de unos cables de acero de unos focos con el de los frenos de un coche? Es una navaja común; de hecho, se venden tantas que ha sido imposible seguirle la pista.

—En eso tienes razón; aparentemente no hay relación, pero te lo planteo de otra forma —expuso el comisario—. Sabes que, por ahora, a efectos de la prensa seguimos tratando el caso como un accidente de coche normal y corriente. No queremos un circo. Imagínate lo que pasaría si trasciende que el accidente Ana María Lozano fue intencionado. Se nos echarían encima al grito de «¡Han asesinado a la reina de las mañanas!».

—Ya lo sé, perfil bajo —aseveró Elena con el tono más profesional del que era capaz.

Ana María Lozano era una veterana periodista que, yendo a trabajar por la mañana, se salió de una curva. El principal sospechoso debería haber sido su chófer, el único con acceso al vehículo, pero como era quien conducía y se mató también, se descartó de inmediato, así como al personal de servicio, todos con una coartada impecable.

—De todas formas, sigo sin ver la relación; insisto en que relacionar estos dos casos por las muescas de una navaja... Igual te estás flipando por culpa de la correa del reloj del zapatero —objetó Elena.

—¿Y si te digo que esas luces se cayeron durante una función? —le dijo el comisario, misterioso.

—Pues sigo pensando lo mismo, comisario —respondió Elena con un tono que empezaba a estar fuera de lugar.

—Eso es cierto —dijo Baltierra tratando de mantener las formas—, pero la cosa cambia cuando te diga quién tenía que estar debajo... Bécquer. —Al oír ese nombre, Elena alzó la vista de las fotos.

—¿Estas fotografías son del Teatro Real? —El comisario asintió con seriedad—. Misma marca de corte, otra vez aspecto accidente y la víctima uno de los famosos más famosos del país —dijo sorprendida.

—¿Ves ahora la conexión? —le preguntó el comisario mirándola a los ojos.

—Todavía me cuesta, pero reconozco que habrá que echarle un vistazo —dijo Elena, emocionada.

—Me alegra que reacciones así, sobre todo porque lo que te voy a pedir quizá no te guste tanto. Acompáñame a mi despacho.

Elena se levantó y salió detrás del comisario pensando en lo poco que le gustaban las sorpresas.

3
El teatro

A Bécquer le gustaba encerrarse en los teatros como los toreros en las plazas, siempre había criticado a todo aquel compañero que trabajase poco. Nada estaba por encima de subirse al escenario, la realidad para Bécquer era esa. Cuando había rodado alguna película, le aburría sobremanera la espera; siempre había alguien que le recordaba la famosa frase de Fernán Gómez de «a los actores nos pagan por esperar», algo que a Bécquer le tocaba mucho las narices. Nunca había tenido paciencia.

—Abuelo, ¿por qué no pasamos de una vez? Llevamos aquí mucho rato —dijo el pequeño con un tono de enfado fuera de lugar para un niño de seis años.

El abuelo Manuel era muy paciente, no tenía problema en guardar cola el tiempo que hiciera falta, juntaba las manos en la espalda y a dejar que pasasen los minutos. Su nieto, por el contrario, era un culo inquieto con ninguna paciencia.

—Verás —dijo el abuelo agachándose para mirar a su nieto a los ojos—, la paciencia es un don que si no se tiene

se puede trabajar. Mira a tu alrededor, mira qué sitio tan bonito para esperar, se ve la montaña, se respira aire fresco y, si te esfuerzas un poquiño, llega olor a pulpo cocido desde casa de la Carmiña.

—Yo no huelo pulpo ninguno —protestó el pequeño Bécquer.

Odiaba acompañar a su abuelo a actualizar la cartilla. Lo que pasaba era que la pequeña sucursal solo abría una vez al mes y era el día en el que todo el pueblo acudía a resolver asuntos, y, si daba la casualidad, como aquella mañana, de que no había escuela, pues el señor Manuel agarraba al niño y a esperar a que avanzase la cola.

Del mismo modo que odiaba esperar, no se cansaba de actuar frente a su público; si Bécquer iba a Madrid a trabajar, hacía el mayor número de funciones, lo tenía como un reto personal. Estaba acostumbrado a eso y siempre lo había tenido claro, desde el momento en que tuvo la oportunidad de subirse a un escenario, ya no se bajó. Incluso con rodajes de películas y programas de televisión hacía no menos de cien funciones al año. Una locura.

En este caso en concreto había decidido hacer veinticinco noches seguidas en el Teatro Real, algo que no habían conseguido ni las óperas más importantes. El cartel del espectáculo era un primer plano suyo, y como título «Bécquer 25»; así iba a celebrar el más grande sus bodas de plata en el mundo del espectáculo. Las cincuenta mil entradas se habían vendido en apenas dieciocho horas.

El chófer detuvo el vehículo a cinco metros de la puerta lateral de la ópera. Allí se agolpaban varios centenares de personas esperando la llegada del artista, que bajó del coche saludando con la mano y no se detuvo, entró al teatro deprisa, cruzando con quien se encontraba un escueto «como estás», y en seguida entró en su camerino. Dos pequeños golpes en la puerta solicitaron su presencia.

—Bécquer, probamos sonido, por favor. —Era la voz de Nacho, el jefe de producción que lo acompañaba de gira desde hacía muchos años.

Bécquer tenía poca gente alrededor, no le gustaba rodearse de mucha gente: tanto su entorno personal como el profesional era reducido. Tenía a Raquel como asistente para todo desde hacía tres años y a Nacho encargándose de la producción completa de sus espectáculos desde hacía seis, y no necesitaba a nadie más. A su vez, Raquel tenía a su propia Raquel y Nacho a un pequeño ejército de Nachos que, como mucho, veían a Bécquer en la distancia. A los Nachos de Nacho hacía años que Bécquer había dejado de prestarles atención.

Nacho llevaba tiempo intentando conseguir una persona que supiese «llevar» a Bécquer; los últimos tres intentos habían resultado infructuosos no solo porque Bécquer tuviese lo suyo, que lo tenía, sino por el tremendo esfuerzo que tenía que hacer para incluir a alguien nuevo en su círculo de confianza.

—Esta chica te va a gustar un montón —le dijo Nacho con firmeza.

—Como sea como la última... —le respondió con sorna Bécquer.

El problema que había habido con la «última» fue el tabaco; era una cosa de locos, siempre con un cigarrillo en los labios y Bécquer no soportaba tener que dialogar con un cenicero.

Faltaban apenas dos minutos para las seis de la tarde, Bécquer y Nacho tomaban café en el vestíbulo del Four Seasons, un café excelente como no podía ser de otra manera teniendo en cuenta los siete euros con cincuenta céntimos que les acababan de clavar.

—Como llegue tarde ni la atiendo —dijo Bécquer poniéndose un poco estupendo.

Con puntualidad británica, hizo su entrada Raquel. Era bajita, con el pelo rizado en una media melena castaña oscura; llevaba una blusa azul y un pantalón negro, un outfit de oficinista rigurosa que le favorecía mucho.

—Gracias por venir, Raquel. Te presento a Bécquer —le dijo Nacho muy ceremonioso.

Bécquer le tendió la mano sacando a pasear esa sonrisa que lo había convertido en una estrella. Raquel se hizo pequeñita; para Bécquer era la prueba de fuego comprobar cómo respondía el otro ante su presencia. Raquel se quedó *quieta sin devolverle la mano a su dueño, y mirándolo a los ojos, le dijo:*

—Tantos años siguiéndole y aquí está, es como llevar gafas de realidad aumentada. —El comentario hizo sonreír a Bécquer.

—Pero sin la ventaja de poder apagarla; esto es lo que hay.

Se sentaron y ofrecieron café a Raquel, que lo rechazó sin dudar; era de esas personas que, queriendo quedar bien, prefieren no hacer gasto.

—Cuéntame, Raquel, ¿qué has estado haciendo últimamente? —le preguntó Bécquer con genuino interés, algo inusual.

—Producción teatral; llevo cinco años trabajando para Extra Producciones, y la verdad es que me apetece una nueva aventura.

—Pues con Bécquer de aventuras te vas a hartar —apuntó Nacho divertido.

Bécquer la observaba con atención. Le gustaba descifrar a las personas, cada gesto decía algo y el lenguaje corporal de Raquel era curioso. Movía las manos con seguridad, pero le costaba mantenerle la mirada; de hecho, miraba más a Nacho que a Bécquer; no obstante, lograba contener los nervios lógicos de una entrevista de trabajo, aunque se le notaba en exceso que escogía muy bien las palabras adecuadas.

Nacho siguió relatando las necesidades de un puesto de relevancia en el equipo como era «llevar la vida de Bécquer», y Raquel no parecía sentirse intimidada. Lucía un buen currículum y, con apenas treinta años, estaba en un momento ideal para «nuevos retos», según apuntó ella misma.

La reunión ya alcanzaba el cuarto de hora cuando Bécquer tomó la palabra y empezó a hacer algo de lo que disfrutaba enormemente: hablar de sí mismo. Estaba narrando alguna historia de las suyas cuando comenzó a sonar un zumbido.

—Creo que te llaman —le dijo Bécquer a Raquel interrumpiéndose en mitad del relato.

—Perdón —dijo Raquel mirando la pantalla de su teléfono—, es mi madre, denme un segundo. —Y se levantó y allí los dejó con la palabra en la boca.

Unos minutos después Raquel volvió juntando las palmas de las manos con un gesto de disculpa.

—Perdón, es que mi madre es mayor y vive sola, sabía que tenía esta reunión, pero le surgió una cosilla y me ha llamado, les pido disculpas.

—¿Divorciada o viuda? —preguntó Bécquer.

—Viuda, yo soy la pequeña de seis hijos, me tuvo con cincuenta y dos años, una especie de milagro que nadie se explica. Vamos, que tengo una madre a la que siempre confunden con mi abuela. Mi padre murió hace dos años, tenía ochenta y seis, tuvo una vida buena, y yo, pues estoy más pendiente de ella. Pero no se preocupen, que no afecta a mi trabajo.

—Estupendo —dijo Bécquer—, sobre todo porque empiezas mañana.

—¿En serio? —dijeron Raquel y Nacho casi a la vez.

—Por supuesto, a una madre se le coge el teléfono siempre, aunque estés en audiencia con el Papa, y Francisco y yo tenemos un aura parecida. Si eres buena hija, serás buena compañera.

Bécquer caminó con el Nacho principal a su lado hasta el escenario.

—Noche veinticinco, menudo exitazo, Bécquer —dijo rodeando cariñoso con su brazo a su jefe y amigo.

—Y las que quedan —contestó Bécquer satisfecho.

La propuesta escénica era sencilla: un luminoso de tres metros de ancho por uno de alto que rezaba «Bécquer» al más puro estilo de Broadway, una alfombra persa absurdamente cara en el suelo y un pie de micro lacado en plata en el centro de la escena. Nada más.

La prueba de sonido sería breve y casi testimonial teniendo en cuenta que llevaban veinticuatro noches seguidas haciendo lo mismo; no obstante, era necesaria por si a Bécquer se le había ocurrido, en el paseo del camerino al escenario, cambiar el mapeo completo de luces apenas a cuarenta y cinco minutos de empezar el *show*. Esa noche no ocurrió, pero en otras ocasiones sí.

Los técnicos de sonido solían odiarlo y con razón, daba igual el lugar del planeta donde estuviesen que iban a discutir siempre por lo mismo: la manía del cómico de tener el micrófono casi en la cintura. Nacho lo había intentado de todas las formas posibles, le había ofrecido una diadema hecha a medida y casi imperceptible, y Bécquer la había rechazado; en otras ocasiones, unos micrófonos inalámbricos de mano de última generación que solo utilizaba Beyoncé y tampoco. Bécquer quería un Shure SM58, el de toda la vida, el que no falla, el que usaba Freddy Mercury, y con cable, con muchos metros de cable: si llevaba cincuenta años sirviéndole a Julio Iglesias, a él también le serviría.

El público ocupó sus localidades y se veían unas caras de ilusión enormes; la prensa tenía permiso para fotografiar y obtener recursos en los primeros cinco minutos. En el ambiente se respiraba la magia de las noches grandes.

Bécquer terminó de arreglarse, le gustaba estar solo en el camerino en los instantes previos; a pesar de tener personal para cada necesidad, le gustaba vestirse y maquillarse solo. El momento de mirarse en el espejo era algo únicamente suyo, era un instante de encuentro, de poner los pies en la tierra y, según estuviese consigo mismo, de reconciliación.

Abrió la puerta y comenzó a caminar decidido hacia la escena. El personal del equipo y del teatro le desearon suerte, todo estaba prevenido, las cámaras seguían instaladas, ya que la función iba a ser grabada al igual que las de las cinco noches anteriores, pues la intención era publicar un nuevo especial de comedia para la plataforma de *streaming* más vista del planeta.

«Señoras y señores, con todos ustedes... ¡Bécquer!», anunció una voz en *off*. Y el Teatro Real rompió en aplausos con una voracidad desaforada, el público se puso en pie para recibir a su cómico favorito, que se quedó clavado en la parte delantera del escenario con las manos en los bolsillos y su mejor sonrisa. Miraba con atención arriba y abajo, no dejaba de buscar miradas cómplices entre los espectadores guardando para sí ese instante. Disfrutaba más la ovación de entrada que el aplauso de salida; cómo lo recibían era la mayor muestra de afecto posible.

—Menudo éxito de público, todos locos contigo, casi no puedes ni entrar —dijo el señor Manuel a su nieto con una sorna incontrolable.

—Abuelo, no fastidies, que ya bastantes nervios tengo —respondió el muchacho de veinte años ojeando nervioso unas páginas llenas de chistes.

El señor Manuel era experto en poner los pies en el suelo a cualquiera; en este caso dejaba bien claro que a quien habían venido a ver era al otro.

La idea de debutar en el pueblo de al lado le había parecido estupenda; a aquel chaval lo que le apetecía era probar eso de hacer reír y el sitio escogido era perfecto: un pequeño café al que habitualmente iban contacontos *de ámbito local, actores más o menos conocidos de la televisión autonómica que bebían de la tradición oral.*

Bécquer se había acostumbrado a ir a verlos un sábado al mes acompañado de su abuelo; un plan estupendo que compartir. Se subían al 127 familiar y en diez minutos ocupaban su mesa. Coca-Cola para Bécquer y un vino blanco para el señor Manuel aprovechando que la abuela se quedaba en casa.

A base de ver a esos contadores de historias, Bécquer empezó a entender cómo se debían articular los relatos. Aquellos artistas eran maestros en escoger una palabra en vez de otra, en detener el relato cuando convenía, en conseguir mantenerte atento y emocionarte o divertirte según quisieran. Manejaban a la audiencia como se maneja los grifos del baño: caliente o fría según convenga.

Cada vez que volvían a casa comentaban la jugada y Bécquer siempre insistía en lo mismo: le había gustado más o menos en función de cuánto se hubiese reído, lo cual chocaba con las reflexiones del señor Manuel, quien insistía en que no importaba el cuánto si no el cómo, y que la emoción era tan importante o más que la risa. «Reírse se ríe cualquier papón; tocar el corazón, eso es lo bonito», aseveraba el abuelo con convicción. Bécquer no le llevaba la contraria a pesar de estar en desacuerdo; para él hacer reír era mucho más complejo que emocionar.

El hecho de ser asiduos al local hizo que los conociese todo el mundo, artistas incluidos, por eso no fue difícil convencer a uno de ellos de que le diese la oportunidad. Aquel sábado, cuando terminó su actuación, el señor Ma-

nuel pidió a Cándido Blanco, uno de los actores gallegos más conocidos y un narrador espectacular, que los acompañase un momento.

—Perdóneme el atrevimiento —dijo humilde el señor Manuel temiendo incomodar a Blanco—. Mi nieto se pasa el día escribiendo historias y me preguntaba si sería posible, la próxima vez que venga usted, que le permitiera al niño subirse a escena unos minutos.

Bécquer perdió el color en un segundo. No se podía creer que su abuelo estuviese haciendo eso, ya que... ¡jamás se lo había mencionado!

—¿Te apetece? —preguntó Blanco mirando fijamente los ojos del desconcertado muchacho.

—La verdad es que me gustaría mucho —le respondió con seguridad cuando la sangre circuló de nuevo por sus venas.

—Pues no se hable más: para el mes que viene prepárate diez minutos.

El *show* estaba siendo fantástico, el público estaba entregado y Bécquer disfrutaba enormemente. A pesar del cansancio lógico de semejante desafío, no perdía un átomo de energía, en escena era un animal.

Nada más pisar el escenario algo llamó la atención del artista. En la primera fila, a su izquierda, había una niña de unos doce o trece años. Un repaso visual rápido le hizo deducir que había ido acompañada por sus padres y su abuela. No era complicado llegar a aquella conclusión: si contabas desde el pasillo hasta su asiento, había dos parejas, luego había un hombre, una niña y una señora mayor que a su vez tenía a una mujer al lado de menor edad. El parecido de la niña con la abuela era remarcable, sobre todo en la mirada. Ambas tenían esa chispita de alegría que se pierde con los años, pero que si se logra recuperar en la vejez, te convierte en eterno. Y esa mujer la tenía.

A Bécquer siempre le llamaba la atención que fuesen familias enteras a ver su trabajo; era la señal inequívoca de que los años pasaban y se estaba haciendo mayor. Atrás quedaban los tiempos en los que si había un grupo, era una pandilla; ahora ya no, ahora iban a verlo generaciones diferentes cogidas de la mano.

La niña tenía sobre su regazo lo que parecía ser un cartel o dibujo. Bécquer no podía evitar espiarlo con el rabillo del ojo tratando de ver de qué se trataba. Le parecía una niña demasiado mayor para ir haciendo dibujitos, pero muy pequeña para llevar un cartel de esos que se llevan a los estadios de fútbol pidiendo la camiseta del futbolista de turno. La curiosidad iba en aumento al igual que el nerviosismo de la niña cada vez que Bécquer pasaba por delante. El dilema que se presentaba era simpático porque no estaba previsto que el cómico se moviese de sus marcas durante la grabación del espectáculo, pero estamos hablando de Bécquer: si quiere algo, lo coge.

Justo cuando terminó la nueva rutina del «perro cojo», se detuvo frente a la pequeña.

—Buenas noches, ¿cómo te llamas? —le dijo.

—Andrea —contestó tímidamente.

En ese momento irrumpió raudo uno de los Nachos de Nacho para acercar un micrófono a la pequeña.

—Andrea, llevo toda la función observándote y algo tienes sobre el regazo que te tiene inquieta —le dijo Bécquer con cariño—. ¿Te puedo preguntar qué es?

—Es un dibujo que he hecho para ti —contestó ella haciendo un esfuerzo gigante para pronunciar en alto cada palabra.

Bécquer se agachó para recogerlo, tomó la carpeta y la abrió, y cuando contempló el dibujo, un rayo de emoción inesperada le cruzó el pecho. No esperaba encontrar aquello. No es que sus expectativas fueran bajas. A fin de cuentas se trataba de una niña, contaba con encontrarse una casa con chimenea y un sol, pero no un retrato de su abuelo realizado con tanto mimo. Estaba hecho al carboncillo, de ahí la necesidad de cubrirlo con papel de seda y de protegerlo con aquella carpeta de cartón azul. Bécquer identificó rápido la imagen, pertenecía a la primera vez que se subió a un escenario. Aquella noche el dueño de la sala, por sorpresa, había fotografiado al señor Manuel mientras veía actuar a su nieto, ese niño al que había criado rellenando apenas el hueco enorme que la pérdida de su padre había dejado en su alma. Sus ojos reflejaban un orgullo y una emoción que traspasaba. Años después, Bécquer había dado orden de digitalizar su archivo personal. Esa foto en concreto se había publicado en una retrospectiva que le habían dedicado en *Esquire* hacía un tiempo. Andrea había sido capaz de captarlo todo en su retrato.

Bécquer contuvo la emoción a duras penas; pasaron unos segundos larguísimos hasta que logró recomponerse y tomar la palabra.

—Andrea ha retratado a mi abuelo Manuel. —Enseñó el dibujo y el teatro rompió en una ovación interminable.

Obviando cualquier tipo de marca, el cómico enfiló los pequeños peldaños que comunicaban el escenario y el patio de butacas. Bajó mirando a Andrea y cuando la tuvo ante él, la rodeó con sus brazos y recordó lo que sentía cuando Lucía, en aquellos tiempos tan lejanos, también lo hacía. El aplauso continuó mientras Bécquer abrazaba a la abuela de la niña y le daba las gracias al oído.

—Es que te queremos mucho en casa —dijo aquella señora con gran dulzura.

Cuando por fin el teatro se calmó, el cómico se enfrentó nuevamente a la platea, pero el arranque de su discurso se vio interrumpido por un sonido ensordecedor, como si algo se estuviese partiendo en dos. Muchos espectadores se revolvieron en su asiento... y entonces ocurrió.

4

Bécquer debe morir

El estruendo sonó como el más fuerte de los truenos de una tormenta, un sonido de esos que levantan una bandada de palomas. Por un momento parecía que los muros del Teatro Real se habían echado a temblar.

En las terrazas de los cafés aledaños comenzaron a bailar las tazas de café de tal modo que muchos pensaron que, o era un terremoto, o algo grave estaba pasando en el metro. Muchos de los turistas que se fotografiaban en los jardines de la Plaza de Oriente se giraron hacia el Teatro Real dando la espalda al Palacio Real, conscientes de que algo pasaba.

Dentro del teatro, la primera hilera de focos que se soltó pesaba doscientos kilos. La parte superior del escenario contaba con una veintena perfectamente alineada para que las diferentes compañías colocasen la iluminación y escenografía propias. En su caída arrastró, como si de un dominó se tratase, media docena, cada una con una cantidad considerable de focos. La altura que las separaba del escenario superaba los treinta metros y la longitud de cada una era de unos veinticinco. La primera en caer estaba a mitad de escena; era la que sujetaba la lámpara que coronaba el escenario formando el nombre de Bécquer. Se había precipitado contra el suelo con tal violencia que los cristales de las enormes bombillas que la componían saltaron hacia la platea como metralla.

Las primeras filas entraron en pánico y comenzaron a gritar, eran muchos los que presentaban heridas. Un hombre se sujetaba la cara con las manos mientras manaba sangre de uno de sus ojos. El propio Bécquer no sabía qué estaba pasando. Cuando oyó el ruido, su reacción fue proteger a Andrea y a su abuela con su cuerpo aun sin saber qué demonios ocurría. Justo entonces cayeron tres varas más que arrastraron a su paso toda la instalación eléctrica. Al chocar con fuerza contra el suelo reventaron la trampilla por la que se podía acceder desde abajo y dejaron el escenario partido en dos mitades. Una nueva lluvia de metal y cristales impactó contra la platea.

Las primeras filas del teatro se vaciaron a todo correr; los espectadores se amontonaban en los estrechos pasillos y saltaban las filas de butacas con desesperación en busca de la salida. Entre trompicones y empujones, el Teatro Real se sumió durante unos segundos eternos en la más absoluta oscuridad. El cuadro eléctrico acusaba un fallo general y aumentó la sensación imperante de angustia.

Rápidamente se encendieron las luces de emergencia y los gritos de pánico se volvieron ensordecedores. Carreras y golpes eran una constante; más de mil ochocientas personas se afanaban en salir cuanto antes del edificio. El personal del teatro intentaba sin éxito que se mantuviese la calma, pero aquello comenzaba a parecerse al clásico sálvese quien pueda.

Mientras tanto, uno de los cables de alta tensión que había partido en su caída una de las varas comenzó a soltar chispas y no tardó en prender fuego a una de las cortinas laterales. Varios empleados del teatro trataban de sofocarlo, pero parecía una misión imposible: las llamas estaban a casi veinte metros de altura y desde abajo el chorro del extintor no llegaba. Decidieron subirse a las tramoyas, pero la inestabilidad del conjunto de varas de iluminación lo convertía en un trabajo para héroes o para inconscientes.

El caos se apoderó de la escena; en la entrada del teatro la gente se agolpaba tratando de salir, muchos se caían al suelo, señoras mayores que no lograban seguir el ritmo se veían arrastradas y empujadas con violencia. Mientras tanto dentro, el fuego cobraba volumen. Las llamas se precipitaban hacia el techo y una columna de humo ya asomaba por uno de los laterales mientras las sirenas comenzaron a oírse cada vez más cerca.

Al personal del teatro hacía tiempo que se le había unido una docena de policías municipales presentes en los alrededores en patrulla regular. Con gran esfuerzo intentaban contener la avalancha de público que salía del edificio y a los curiosos que, de la manera más irresponsable, se agolpaban en las zonas colindantes.

En el escenario el humo había convertido el aire en irrespirable, y el fuego ascendía y se propagaba imparable, por más esfuerzos que realizaban tres valientes con extintores. La desesperación de Bécquer iba en aumento, dos miembros de su equipo trataban sin éxito de llevárselo de la platea.

—¡Quiero que salga todo el mundo! —gritó hasta romperse la garganta.

A su lado veía escenas angustiosas, eran muchos los heridos por cortes, otros escalaban por encima de las butacas para salir y Bécquer no se movía.

—Tenemos que salir de aquí, señor —le dijo uno de sus compañeros mientras le tiraba del brazo.

—Cuando haya salido todo el mundo —replicó el artista.

Como en una película americana, Bécquer vio entrar a los bomberos seguidos de un montón de policías. En apenas unos segundos comenzaron a desalojar a los heridos que no lograban salir del teatro. Al cómico seguía sin moverlo nadie.

—El problema no es la platea —le dijo al primer bombero que se le acercó—, el problema está ahí detrás. ¡Mi gente está ahí detrás! —gritó visiblemente alterado.

Detrás del escenario la situación era mucho peor que delante, allí no había luz de emergencia en condiciones y muchos se habían quedado atrapados por el fuego. La reacción de los trabajadores no había sido la de salir corriendo, sino la contraria: tratar de contener la situación.

Varios bomberos acordonaron el espacio, y mientras unos trataban de sofocar el imponente incendio, otros buscaban dar salida a todos los que todavía estaban entre bambalinas.

—Señor —le dijo una voz desconocida mientras le apretaba el brazo—, tiene que abandonar el edificio. —Bécquer se giró y vio a una bombero que le hablaba con firmeza—. Tiene que salir ya, todo el mundo está fuera.

—¿De verdad? —preguntó él conteniendo la emoción.

—Sí, hemos desalojado a todo el mundo.

—¿Y mi equipo que estaba detrás?

—Todos han sido evacuados, no queda nadie dentro, confirmado. Tiene que salir para que podamos seguir extinguiendo el fuego.

Bécquer comenzó a caminar detrás de aquella mujer valiente y decidida, cruzó el vestíbulo y lo que vio ante sí al llegar a la escalinata principal parecía un rodaje de alguna película de acción.

No era capaz de calcular cuánto tiempo había pasado desde que la primera vara cayó al suelo, pero parecían haber pasado horas. El Teatro Real estaba acordonado, Bécquer no alcanzaba a contar cuántas ambulancias amarillas del Samur había en la calle, cientos y cientos de personas se distribuían por los jardines, muchas de ellas eran atendidas como buenamente podían por los sanitarios, y a eso había que añadirle un segundo camión de bomberos, que hacía su entrada por uno de los laterales.

La respuesta había sido inmediata.

Bécquer no se movía de la puerta del teatro; delante de él decenas de cámaras de televisión con sus respectivos reporteros lo llamaban a gritos intentando ser los primeros en recoger la reacción del protagonista de la historia. Mientras tanto, muchos de los asistentes contaban a las televisiones, con todo lujo de detalles, cómo se había producido tal horror.

Bécquer giró por un momento la cabeza dirigiendo su mirada al vestíbulo, el mismo lugar donde apenas un par de horas antes posaba triunfante celebrando aquellas ya lejanas veinticuatro noches de éxito. Un nudo se formó en su garganta cuando vio a un bombero sacar en brazos a una persona: «Está inconsciente, ha tragado mucho humo», dijo. La puso en el suelo, su cuerpo inerte en la explanada delante de la entrada principal, delante de los arcos que en aquel momento habían perdido toda majestuosidad. Los paramédicos comprobaron que no respiraba, abrieron su camisa y comenzaron las maniobras de reanimación.

Bécquer no lograba ver quién era, pero algo en su interior le anunciaba la fatalidad. Veía a lo lejos cómo Nacho se afanaba en coordinarse con las autoridades mientras un enfermero se empeñaba en apuntarle a los ojos con una linterna.

—¡Déjeme en paz, estoy perfectamente! —ladró Bécquer perdiendo por un instante la compostura y, decidido, se acercó a la entrada.

—¡Señor, por favor, es peligroso! —le gritó un bombero sin conseguir resultado alguno.

Bécquer siguió avanzando, se zafó de un segundo bombero y llegó al lugar al que no hubiera deseado tener que ir. Se asomó por encima del hombro del sanitario que aplicaba la maniobra de reanimación y el escalofrío más doloroso cruzó su columna vertebral: sobre el suelo, completamente inerte, descansaba ella. Bécquer no creía lo que estaba viendo.

Alrededor del teatro la situación ya era un completo escándalo. La noticia y la señal en directo comenzó a dar la vuelta al mundo: el Teatro Real de Madrid estaba ardiendo.

Los servicios médicos presentes continuaban atendiendo a varias personas que habían sufrido cortes y magulladuras de diversa consideración. Cuatro parecían las peor paradas: un hombre con cortes en un ojo, una mujer con pequeños cristales clavados en el cuello y los hombros, y varios chavales con contusiones que habían sido golpeados por la multitud y que parecían recién salidos de un combate de boxeo. También hubo que atender a una veintena con ataques de ansiedad y a varias señoras con lo que parecían ser caderas rotas.

—No hay nada más que podamos hacer —dijo el sanitario con resignación.

En ese momento Bécquer recibió un pequeño empujón para que dejase pasar una camilla a la que subieron el cuerpo sin vida de la mujer. Bécquer le agarró la mano. Un hombre uniformado le preguntó:

—¿Tiene identificación?

—Es Raquel, mi amiga —contestó él, roto por el dolor.

5
El salón Carlos III

Los bomberos terminaron las labores de extinción cerca del amanecer. Con esfuerzo habían logrado contener el fuego en la zona de la tramoya. Desde los sótanos hasta la parte más alta había ochenta metros, la conocida como «torre de telares», había ardido en su totalidad.

La estructura externa no había sufrido más daños que la suciedad provocada por el humo; por suerte, la rápida actuación y la templanza del personal experto había sido impecable. No había riesgo de derrumbamiento de ningún muro.

El jefe de bomberos, en su declaración a la prensa, había hecho especial hincapié en lo bien preparado que estaba el Teatro Real para ese tipo de contingencias y había alabado también la reacción del personal del teatro a la hora de llevar a cabo los primeros esfuerzos para apagar el fuego. «Si no llegan a maniobrar tan deprisa, ahora estaríamos hablando de una tragedia mucho mayor», declaró con firme convicción.

Las televisiones comenzaron a especular rápidamente con qué podía haber pasado. Desde el primer instante se trató como un accidente fortuito, daban por hecho que esas cosas podían pasar y que quizá, apuntaban voces más ácidas, de esas que buscan que les hagan caso como sea, se podía tratar de una negligencia por parte del teatro o incluso de la compañía. Por primera vez había voces que apuntaban al mismísimo Bécquer como responsable directo de lo sucedido.

Alrededor del edificio la actividad seguía siendo frenética; una buena cantidad de agentes de la Policía Municipal trataba de tomar declaración a los mil ochocientos espectadores que asistían a la función. Era un esfuerzo de tal magnitud que Nacho no dejaba de insistir, sin éxito alguno, en que la productora, gracias a la venta de entradas, ya tenía los datos de todos, para que los dejasen irse a casa y que contactasen con ellos en los próximos días.

Las ambulancias se habían llevado a los que peor parados habían salido y las televisiones ya titulaban: «Tragedia en el Real», y añadían: «Al menos una persona ha fallecido y los heridos se cuentan por docenas».

Bécquer se encontraba dentro del teatro, desde el momento en el que el fuego había sido extinguido. Reposaba con los ojos cerrados en un incómodo sofá del salón Carlos III y las imágenes de lo vivido se agolpaban en su mente con violencia. Una lágrima volvió a caer por su mejilla al oír de nuevo su propia voz recordándole que Raquel había muerto. «Esto ha sido por mi culpa» era la frase que más resonaba en la cabeza del artista.

—Así que usted es la famosa Amparo —le dijo Bécquer mientras besaba la mano de aquella mujer.

—La misma que viste y calza —le contestó divertida y nerviosa mientras apretaba el bolso contra el costado.

Doña Amparo era una de esas señoras que cuando salía de casa quería que se notase. Había optado por su mejor vestido, el mismo que se había puesto para el bautizo del último de sus nietos: la ocasión lo merecía. Su hija Raquel le había regalado un fin de semana en Barcelona donde, además de visitar la Sagrada Familia y comer pan con tomate, asistiría a la función que ese sábado daba Bécquer en el Teatre Coliseum.

—¿Qué tal se porta la niña? —preguntó con seriedad doña Amparo.

—Es un poco rebelde —le respondió con sorna Bécquer.

—Es que en eso es como su padre, hace lo que quiere, desde niña es igual.

—Cuénteme más sobre eso —dijo el cómico cogiéndola del brazo con galantería y cariño.

—Uy, de eso tengo mucho que contar.

—Tenemos todo el tiempo del mundo... —le dijo Béc quer guiñando el ojo a Raquel y a sus profusos coloretes—, todo el tiempo del mundo.

Tiempo era lo que Raquel ya no tenía. El cómico no asimilaba lo que acababa de ocurrir: miles de funciones a sus espaldas, última noche en el Teatro Real y semejante desgracia. «¿Qué puede haber pasado?», se preguntaba sin cesar. «¿Por qué?», se repetía atormentado.

Un zumbido en el bolsillo lo devolvió a la realidad. Miró la pantalla de su teléfono, en el que se acumulaban los wasaps de amigos y conocidos. La noticia corría como la pólvora y no dejaba de recibir mensajes. «Qué buen invento es el modo descanso», pensó mientras comprobaba que la llamada entrante era de uno de sus «favoritos», de ahí que no saltase directamente al buzón como le estaba ocurriendo al resto. Era Lucía, su hija, quien llamaba.

—Hola, cariño —logró decir al contestar.

—Me acabo de enterar de lo ocurrido. Anoche me acosté pronto y aún no había saltado la noticia. ¿Cómo estás? —le preguntó con preocupación.

—Todo lo bien que se puede estar —respondió apesadumbrado.

Casi temiendo la respuesta, Lucía preguntó de nuevo.

—¿Qué ha pasado?

—No lo sabemos todavía, están los bomberos y la policía trabajando. Cuando tengan conclusiones me las dirán.

La respuesta de su padre apenas contenía información. De la garganta de Lucía salió entonces la pregunta más temida.

—¿Es verdad que ha muerto alguien?

Lucía conocía a su padre; digamos que no era precisamente un experto en la gestión del dolor o la frustración. Él respiró hondo antes de responder.

—Sí, Raquel.

Era la primera vez que lo decía en voz alta, y tal como temía que ocurriese, con la mano tapando el auricular del teléfono, no pudo evitar romperse de nuevo.

Lucía, con dieciocho años era más sensata que su padre en prácticamente todos los aspectos, una de esas niñas prodigio que lo mismo tocan el piano que pintan un retrato perfecto, lista como pocas y vaga como ninguna. A Bécquer le daba rabia que desperdiciase tanto talento. «Si a mí me hubieran dado la mitad de tus dones...», solía decirle Bécquer como reproche. No obstante, si Lucía destacaba por algo era por su madurez, demasiada por momentos. Según ella, se había criado prácticamente sola y había desarrollado, con la ayuda imprescindible de su madre, una displicencia que rayaba el odio por la figura de su ausente padre. Para ella era el hombre que enamoró a su madre y salió pitando cuando las cosas se pusieron complicadas.

Bécquer trataba de mantener el tipo, no le gustaba que su hija lo viese llorar, era de esos hombres que intentan mantenerse siempre en pie y no dar síntomas de debilidad al menos en público, pero esta vez era una tarea imposible.

—Me gustaría verte, hija —dijo Bécquer evitando un sollozo.

Sabía que ahora tenía que resolver aquello como buenamente pudiese, pero sentía que lo único que podría solucionar o al menos mitigar el dolor era la candidez de la sonrisa de su hija, abrazarla y quién sabe si recibir un abrazo de vuelta.

Lucía estaba preocupada, sabía cómo era su padre; en ocasiones anteriores su «protocolo de gestión de adversidades» incluía un par de botellas de ron y alguna rubia de no menos de metro setenta y cinco de altura.

—Todo se arreglará, te veo en tu casa —dijo sorprendiéndose a sí misma.

«Te veo en tu casa». Aquellas palabras llenaron a Bécquer de esperanza. Llevaba más de medio año en su nueva residencia y su hija había declinado todas y cada una de las invitaciones a conocerla; ahora, en cambio, lo emplazaba a verse por fin allí, lo que dio a Bécquer fuerza para lo que estaba por venir.

Nacho llamó a la puerta del salón Carlos III antes de entrar, cruzó el umbral y se dirigió a Bécquer tratando de mantener la compostura y de ser lo más profesional posible.

—Ya tenemos redactado un pequeño comunicado para la prensa. Dime si te parece correcto y lo hago circular. —Bécquer agarró el documento y lo leyó en diagonal.

—Me parece bien —contestó sin importarle gran cosa.

—Perfecto, ahora lo enviamos —dijo Nacho mientras se levantaba del sofá sin notar al principio que Bécquer le sujetaba el brazo.

—No, yo salgo a leerlo.

Con Nacho a su lado Bécquer recorrió el trayecto del salón a la calle. No hacía falta ni siquiera avisar, la prensa se agolpaba fuera del teatro y estaba claro que en cualquier lugar donde Bécquer apareciese se formaría una rueda de prensa en cuestión de segundos.

En cuanto puso un pie en la escalera de entrada los *flashes* comenzaron a cegarlo. Bécquer se acercó con determinación a la valla donde se encontraban decenas de cámaras y reporteros. Todos comenzaron a gritar su nombre mientras Nacho se afanaba en pedir un poco de silencio y anunciaba que se iba a leer un comunicado y que no habría turno de preguntas.

Cuando por fin se hizo el silencio, Bécquer tragó saliva. Por primera vez en mucho tiempo no le preocupaba su aspecto, la barba comenzaba a aflorar, las ojeras le llegaban hasta el suelo, parte del maquillaje había sido arrasado por las lágrimas, y tanto el traje negro como su habitual e impoluta camisa blanca mostraban en las manchas de hollín y el olor los restos del incendio. Bécquer se sintió un poco idiota allí plantado; parecía una versión cutre de Jackie Kennedy cuando todavía lucía sobre su Chanel rosa la sangre de su marido asesinado —para que «vean lo que han hecho»—, con la diferencia de que ahí si alguien había hecho algo era él.

Repasó lo que iba a leer y, cosa habitual, decidió no hacerlo e improvisar. Miró a los reporteros, y sacando fuerza de donde no había, comenzó su declaración.

—Buenos días. Como sabéis, anoche celebrábamos la última de mis veinticinco funciones en este maravilloso teatro cuando ocurrió algo inesperado. Todavía estamos recabando información, pero todo indica que la caída de una de las varas de iluminación ha provocado este caos y el incendio. Los peritos están trabajando para resolverlo. Cualquier información se os comunicará cuando la tengamos. Lo único importante ahora es que aquellos que han resultado heridos se recuperen pronto. Hoy es la noche más triste de mi carrera, lo que ha ocurrido se ha llevado por delante la vida de Raquel, una mujer buena, una hija excelente y un miembro imprescindible de mi equipo. El mundo es hoy un lugar peor...

Sin más, Bécquer se dio la vuelta y volvió a entrar en el teatro mientras Nacho distribuía el comunicado entre la prensa.

—Ponedme a doña Amparo al teléfono —le dijo el cómico a un muchacho del *staff* que no sabía de qué Amparo le hablaban—, que se encargue Nacho.

Y cerró tras de sí la puerta del salón.

6
El fuego purifica

—Está hecho.

Esa frase corta implicaba un daño terrible. Aquella escurridiza figura vestida de negro se había movido por el teatro con impunidad. La vestimenta, la discreción y una estrategia realizada con precisión la convirtieron en invisible. Había logrado circular por todo el recinto sin ser ni siquiera intuida. Tenía esa facilidad, la de mezclarse con la bruma hasta desaparecer. «Bien hecho, mi niño. Siempre supe que me ayudarías». Ese sería su premio, oír esa frase exactamente igual que cuando al ganador le cuelgan la medalla.

Cuando la primera de las varas cedió provocando el caos, la satisfacción fue enorme. Apenas unos minutos después, disfrutaba de la situación mientras turistas y curiosos comenzaban a agolparse. Paladeaba con gusto los gritos de la gente, el crujir del escenario... Sin duda se trataba de su gran obra. Lo del fuego ni siquiera había sido planeado, pero qué gran golpe de suerte había sido. Casi se le escapa una sonrisa al ver salir a trompicones a todo el mundo. «Qué gran final de función», pensó divertido.

A ambos lados de su posición, la gente señalaba el fuego y decía: «Estaba actuando Bécquer». Se adelantó unos metros para escuchar lo que decían los policías que iban llegando y la gente que iba saliendo. «Es un caos ahí dentro, se ha derrumbado la estructura sobre el escenario», dijo un chaval con bastante aplomo. Otras voces insistían en que había muchísimos heridos. El placer que sentía no dejaba de crecer. «Solo falta la gran noticia», pensó para sus adentros.

Al cabo de unos minutos el teatro había sido evacuado por completo. Seguía buscando la noticia esperada entre policías y sanitarios, la confirmación de su éxito cuando lo vio y toda aquella satisfacción desapareció de golpe: Bécquer seguía vivo.

«Esto no le va a gustar; no, no le va a gustar nada de nada».

7
Bécquer y Elena

Bécquer seguía consumiéndose de pena cuando el sonido de la puerta lo interrumpió. Miró su reloj y comprobó que ya pasaban de las nueve de la mañana. «Me habré dormido unas horas», pensó mientras estiraba la espalda.

Se incorporó en el asiento pensando únicamente en que la boca le sabía a pozo, alzó la vista y allí estaba Nacho llevándole un café.

—¿Llevas aquí toda la noche? —preguntó el cómico.

—Sí, la policía y los bomberos tienen muchas preguntas; hasta que hablen contigo no nos podremos ir.

Bécquer cogió el vaso de papel buscando consuelo y apuró el café de un sorbo, como si fuese italiano. No le había dado tiempo a paladearlo cuando un hombre con claro aspecto de funcionario del Estado se dirigió a él.

—Señor Bécquer, soy el comisario Baltierra, de la comisaría de Tudescos. Me acompaña la inspectora Izaguirre.

Acompañó sus palabras con un contundente apretón de manos. Bécquer observaba con atención a las dos personas que tenía delante. Por más que se hiciese el perezoso, controlaba con la vista a todo el que entraba en la sala, cosas del teatro. El tal Baltierra transmitía cierta seguridad, pero a la vez algo de cansancio por la vida. Debía de tener algo más de sesenta años y se notaba por la barriga que lucía que pasaba más tiempo detrás de un escritorio que patrullando las calles. Si a eso le sumamos el rodapié de pelo cano que le rodeaba la cabeza, Bécquer no sabía si tenía delante a un comisario o a un técnico de obras públicas del ayuntamiento. «Debe de ser que los funcionarios son iguales sea cual sea el trabajo», pensó divertido.

Por el contrario, la inspectora Izaguirre sí que llamaba la atención. Con ella no había duda alguna de que tenía delante a una policía. A Bécquer no le costaba nada atinar con la edad. «Unos treinta y cinco», pensó. El vaquero ajustado, la cazadora de cuero, la camiseta de tirantes... De un primer vistazo Bécquer la había puntuado, como a cada mujer que tenía delante. ¿Un tanto machista? Como a Bécquer le gustaba pensar, «solo si lo dices en alto». Lo que tenía claro es que si esa chica estaba así de bien con la cara lavada, una coleta y ropa barata, cómo debería de estar un sábado por la noche.

Bécquer tendió su mano en busca de la de Elena.

—Inspectora —dijo solemne, y recibió una fisura en el metatarso a cambio. «Menuda bestia —pensó—, casi me parte la mano».

—Lamento la espera, habría querido que se fuese usted a casa, pero, dada la presencia de tanta prensa alrededor del edificio, nos pareció mejor que hablásemos aquí. Me gustaría que me contase qué ha ocurrido y en unos minutos podrá marcharse.

El deseo del comisario chocaba frontalmente con las escasas ganas que tenía Bécquer de relatar lo sucedido por enésima vez.

—Como les he dicho a sus compañeros veinte veces, yo estaba en plena función, me había bajado del escenario un segundo cuando comenzaron a desplomarse las varas y, sin embargo, aquí sigo horas después —dijo Bécquer claramente malhumorado.

—Entiendo; entonces usted no estaba sobre el escenario en el preciso instante en el que comenzó todo —recalcó el comisario repasando las notas que tenía en un pequeño cuaderno.

—Pues no; de haberlo estado, no tendría la fortuna de estar aquí con usted repitiendo lo mismo en bucle —replicó el cómico muy seco.

—Señor Bécquer, entiendo su frustración, pero todo lo ocurrido, aunque lo haya contado cien veces antes, tengo que escucharlo yo personalmente. —El comisario trató de suavizar un poco la tensión.

—Lo entiendo —respondió Bécquer aceptando rebajar el tono.

—¿Le parece que bajemos a la platea y repasemos todo *in situ*? —sugirió Baltierra.

—Me parece perfecto —contestó Bécquer arrancando el paso.

El grupo abandonó el salón y comenzó a bajar las escaleras.

—Mientras hablo con estos señores, consígueme un coche, a ver si me puedo ir a casa de una puñetera vez —ordenó el cómico a Nacho. Realmente, ya no podía más.

Entraron a la platea por la puerta principal. Bécquer no podía creer que hacía solo unas horas aquello hubiera estado lleno de risas, una noche increíble hasta que todo se precipitó.

—¿Dónde estaba usted exactamente? —le preguntó el comisario.

Bécquer se dirigió al lugar en el que abrazó a la niña. A medida que iba contando de nuevo lo sucedido, los sentimientos se agolpaban; todo lo vivido era realmente absurdo. El interés del comisario y de la inspectora en cada detalle lo llenaba de satisfacción por una parte, pero por otra hizo que se preguntase por el porqué de su presencia. Desde un primer momento había dado por hecho que el motivo de que fuese un comisario en persona tendría más que ver con su fama que con el suceso, pero la actitud de la inspectora era lo que más lo escamaba. Durante su relato, la mujer apenas escuchaba, parecía que no le interesara en absoluto, estaba más preocupada por observar al detalle el desastre presente en el escenario. Tanto que Bécquer acabó por hacer lo que siempre hacía: molestarse si por un momento no era el centro de atención.

—Si la aburro me lo dice y meto algún chiste por el medio —dijo levantando la voz. Elena caminaba por el escenario entre los destrozos hasta que el frío tono del artista la hizo frenar en seco.

—No me aburre, simplemente no me interesa. Estaba usted allí de pie cuando se cayó todo, fin de la historia.

Ese «simplemente no me interesa» no le hizo gracia alguna. Se revolvió al instante, subió los cuatro peldaños que lo separaban del escenario y se encaró con Elena.

—Eso se lo dice usted ahora a la madre de Raquel —terminó la frase sacando su teléfono del bolsillo de la chaqueta—. La llamamos y le dice que el relato de cómo murió su hija le importa tres cojones.

Elena no pudo disimular su metedura de pata, no esperaba un tarantantán tan tremendo por parte del humorista, lo que estaba claro es que, aun merecido, tampoco lo iba a aceptar. Estaba a punto de soltar una bordería cuando el comisario Baltierra intervino entre Elena y Bécquer como solía hacer a diario entre Elena y prácticamente cualquier otro miembro de la comisaría.

—Ruego disculpe a la inspectora; a veces su pasión por el detalle la despista de lo importante.

El cómico aprovechó el envite para dirigirse nuevamente a ella.

—Estupendo, entonces vayamos a los detalles, veamos toda esa pasión a dónde nos lleva. ¿Dígame, inspectora, qué detalles observa que merezcan su atención? —Bécquer acompañó la pregunta con una reverencia. Si llega a haber un poquito más de sarcasmo el teatro vuelve a arder.

La situación no dejaba de tensarse. Elena buscó al momento la mirada del comisario quien, detrás de Bécquer, negó con la cabeza: no era el momento ni lugar para desvelar información clasificada.

Arrancaron el vehículo del comisario, salieron rodeando la plaza y cogieron la Gran Vía en dirección a la plaza de Santo Domingo. El trayecto fue breve, pero con la duración suficiente para que el comisario le diese a Elena órdenes precisas.

—No quiero una escandalera con la prensa, bastante tenemos ya con la noticia de que haya ardido el teatro, un muerto y, aun por encima, en un show *de Bécquer. A la prensa se le tiene que estar haciendo la boca agua. Ni media palabra de a qué vamos. A lo sumo estamos ahí porque al haber un fallecido nos hemos interesado, pero veas lo que veas esto ha sido un accidente.*

Elena comenzó a sudar como hacía tiempo, la mirada de Bécquer se clavaba en la suya como un puñal al rojo vivo.

—Dígame, inspectora, ¿qué ha pasado aquí?

Elena comenzó a dar vueltas por el escenario tratando de no desvelar nada. Las primeras fotos que recibieron de madrugada ya habían encendido la alerta y, discretamente, logrado confirmar la sospecha que ya tenían: había sido provocado.

Elena comenzó a divagar, la orden y la mirada del comisario pesaban mucho, no podía desvelar nada del caso y, a su vez, uno de los personajes públicos más importantes del país estaba parado delante de ella, con los brazos en jarras, esperando información. Elena respondió como sabía: atacando.

—No estoy aquí para que me examine. Déjenos hacer nuestro trabajo.

—Claro que les dejo hacer su trabajo. Es más, se lo voy a poner más fácil todavía, la voy a ayudar a rellenar su puñetero informe para que pueda volver a su comisaría a tomar café y comer dónuts. —El tono de Bécquer era cada vez más desagradable—. Verá, inspectora, si mira hacia arriba, comprobará que hay unas varas metálicas en lo alto; ya han sido revisadas por los bomberos, así que esté tranquila que esas no se caen. —Bécquer comenzó entonces a caminar por el lugar explicando, como para una niña, cómo funcionaban las diferentes estructuras—. Todo está mecanizado; como sabrá, estamos en el templo de la ópera, uno de los teatros más importantes de Europa. Seguro que también sabe que se reformó y su reapertura tuvo lugar en 1997.

—Bécquer estaba desatado, toda la tensión acumulada comenzó a aflorar a medida que hablaba con los policías—. Si me acompañan por aquí, verán de primera mano todo el sistema de anclaje. Síganme. —Pasó entonces a la parte lateral del escenario mientras imitaba los gestos de un guía de museo—. Por favor, que no se quede nadie rezagado, no se separen del grupo —dijo en voz alta para carcajada de nadie. Elena resopló de manera audible mientras el comisario le pedía paciencia con la mirada—. Que se caiga una vara no es algo habitual —continuó Bécquer—, porque, como dije antes, todo se controla desde este panel y está preparado para que en ningún caso se desplomen, incluso si das al botón equivocado—. Díganme entonces ¿cómo es posible que seis de estas varas se precipiten al escenario, casi maten al artista y provoquen un fuego fatal para mi asistente? —No dejaba de elevar el tono, el comisario trataba de calmarlo, pero cuando Bécquer arrancaba la moto era imparable—. ¿Cómo es posible si no ha habido fallo informático ni error humano? ¿Cómo es posible que un cable de acero preparado para soportar mil kilos ceda con unos ciento cincuenta y con él otros tantos? —Justo en ese momento, Bécquer se detuvo dejando a su espalda a los dos policías, se quedó en silencio y de manera teatral se giró, los miró a los ojos y les dijo con total y profunda seriedad—: Y lo más importante: ¿cuál es el motivo de que el comisario en persona y una inspectora de homicidios vengan a un lugar donde se supone que solo ha habido un accidente? —Un frío gélido atravesó la columna vertebral del comisario—. Igual piensan que soy tonto, pero resulta que soy todo lo contrario. He sido el primero en entrar aquí cuando los bomberos aseguraron la zona. —Aquella revelación molestó al comisario Baltierra, Bécquer no debería haber tenido acceso en ningún caso a la zona precintada. Prefirió dejarlo correr, tenían cosas más importantes entre manos para centrarse en quién había sido el idiota que había facilitado la entrada de aquel egocéntrico, así que siguió escuchando lo que Bécquer tenía que decir—. He visto a su compañero tomar fotos muy específicas —prosiguió el cómico—, y llevo suficientes años en esto para saber que los cables de las poleas no se rompen solos, así que les voy a hacer dos preguntas concretas: ¿Cuándo tienen previsto contarme la verdad? Y lo que es más importante, ¿han intentado matarme?

8
La verdad duele

Al comisario Baltierra no le hacía especial ilusión tratar con celebridades, opinaba que, por lo que fuera, no estaban bien de la cabeza y, sobre todo, eran caprichosos e infantiles. Esos prejuicios lo acompañaban esa mañana en el Teatro Real. Cuando Bécquer se plantó y formuló sus preguntas, el comisario se quedó sin palabras.

—Señor Bécquer..., ahora mismo... no deberíamos ... especular —acertó a decir balbuceando. Esto enfadó a Bécquer todavía más.

—Pues si no especulamos ahora que acaba de ocurrir, dígame cuándo. —El cómico tenía una respuesta para todo y una verborrea que lo convertían en un rival duro de batir. Fue entonces cuando Elena decidió dar un paso al frente.

—Señor Bécquer —dijo con aplomo—, como, efectivamente, ha podido observar, estamos barajando la posibilidad de que los cables hayan sido cortados, pero no deja de ser una línea más de investigación. —La cara de incredulidad del comisario era digna de mención, no entendía qué demonios estaba haciendo Elena.

—Lo que la inspectora quiere decirle es que quizá... —intentó matizar viendo interrumpida su frase.

—Comisario, seamos sinceros con el señor Bécquer —dijo Elena mirándole a los ojos con esa manera tan particular de comunicarse que tenían: la mirada de una adolescente que llega tarde a casa y necesita que su padre le siga el rollo para que mamá no se enfade.

Elena se dirigió a Bécquer y le pidió que la acompañase. Con cuidado comenzaron a recorrer el escenario, no pisar algún cristal era misión imposible.

—Espero no haber pisado una prueba vital —apuntó Bécquer entre dientes.

En el hombro derecho del escenario se encontraba una parte del sistema de poleas de las varas. Casi había agujereado el muro al ser arrancado con tanta violencia. Bécquer observaba con atención esperando impaciente a que Elena dijese algo. Los segundos pasaban y la inspectora no se pronunciaba.

—¿A qué estamos esperando? ¿A que hable la pared?

Elena Izaguirre respiró profundamente e hizo un ejercicio de paciencia al que no estaba acostumbrada. Una vez que recuperó un poco el ritmo normal de pulsaciones comenzó su relato.

—No tenemos claro que los cables hayan sido cortados. Hemos consultado a varios de nuestros expertos y todos coinciden en que la rotura de un cable de acero de estas características es poco probable pero no imposible. —Bécquer la miraba sin paciencia alguna deseando recibir alguna información que no sonase a tomadura de pelo—. La primera impresión, no obstante, no apunta a sabotaje alguno, ya que podríamos pensar que se abusó del peso y que todo se originó al no haber podido sujetar a la pared la tensión de las poleas.

Baltierra entendió entonces lo que estaba haciendo Elena. No era la primera vez que la veía dando largas, y en aquel caso era necesario, por el afán de notoriedad del personaje. El comisario no quería ni imaginar lo que podría pasar si se descubriese que ni lo de Bécquer ni lo de Ana María Lozano habían sido accidentes.

Bécquer la escuchaba con cierta displicencia; desde luego no estaba siendo su mejor día, pero comenzaba a divertirle que, al menos, le hablasen con lo que aparentemente parecía sinceridad.

—Entiendo —dijo Bécquer—, la tensión de las poleas. Entonces —prosiguió el artista—, ¿creen ustedes que igual no fue el cable lo que se rompió, sino que, al caer una vara, arrancó de la pared toda la sujeción?

Elena entonces ganó seguridad. Si Bécquer pensaba que todo había sido fortuito, la dejaría en paz y podría proseguir con su trabajo sin problema.

—Algo así, señor Bécquer, siempre desde un lugar preliminar, todavía falta concretar detalles.

Bécquer comenzó entonces a caminar por el escenario.

—Vaya, vaya —dijo con sorna—, qué serie de catastróficas desdichas. ¿Me puede entonces explicar por qué la estructura, si ha sido arrancada con violencia de la pared al precipitarse la vara, no salió volando hacia arriba? —Bécquer acababa de comenzar un nuevo e improvisado espectáculo—. Permítanme que continúe —dijo ceremonioso—: estas varas que ven en el suelo siguen enganchadas al sistema principal, que tiene dos partes, aunque entiendo que ustedes ya lo sabían. En cada hombro tenemos una caja de poleas que empiezan y acaban haciendo un circuito: según el lado del que tires subes un extremo u otro. —El cómico comenzaba a gustarse—. Eso me hace pensar que si una parte de la estructura ha sido arrancada de la pared y la otra no, será porque la que permanece intacta no tiene tensión. ¿Y por qué no la tiene? —En ese momento, había llegado al hombro contrario—. Fíjense en esto, qué curioso: de los ocho cables de acero que salen de las poleas solo veo seis con algo de tensión y dos más flojos. ¿Dónde está la tensión que falta? —Elena empezó a sudar, su plan para despistar a Bécquer no estaba funcionando y nada presagiaba que fuera a detener su relato—. Acompáñenme en la búsqueda de la tensión perdida. —Comenzó a seguir los cables, divertido, imitando el sonido ridículo con el que se llama a los gatos—. Aquí están, los cables más buscados del momento, deben de ser importantes, porque hace unas horas había un señor sacándoles fotos.

El comisario dio entonces un paso al frente para contener la hemorragia.

—Documentamos todo, señor Bécquer, cualquier detalle es crucial.

—No le falta razón, señor comisario, cada detalle manda, como por ejemplo que los seis cables restantes continúen unidos a ambas poleas, lo cual indica que fueron arrancadas del techo por la caída de la primera vara y la pérdida de agarre de la segunda, ¿no cree? —Baltierra ya solo lograba emitir gruñidos. Bécquer estaba llegando él solo a las mismas conclusiones que Elena y el trabajo de tres expertos peritos—. Es más, si seguimos el recorrido de estos dos cables «rotos» vemos que nos lleva a las dos varas que están más adelantadas. Ello significa que fueron las primeras en caer y arrastraron al resto. —Se agachó entonces y cogió uno de los cables, todavía se apreciaban las muescas irregulares de un corte brusco—. Esto me lleva a hacerme otra pregunta —dijo colocando la mano en la barbilla—: si no había nadie en el hombro derecho, el corte tuvo que producirse en el izquierdo, pero ¿en qué punto exacto? —De nuevo se expresó con una gran seguridad—. Unamos los cables y lo tendremos. Cada cable mide noventa metros, lo he consultado con el personal —dijo mirando a Elena a los ojos—, y el lugar exacto del corte es ahí. —Bécquer señaló una especie de balconada lateral a unos nueve o diez metros de altura—. Por eso ningún miembro del equipo vio nada, porque estaban en el lado opuesto y a ras de suelo.

Elena decidió entonces hacer frente a Bécquer intentando en vano disuadirlo de su idea.

—Todo eso son conjeturas, disparos al aire —dijo con aplomo.

—¿Conjeturas? No, señorita, son matemáticas. Le aconsejo que repase sus libros de primero de bachillerato si quiere seguir el ritmo de la clase.

Elena tragó saliva, y cuando le iba a contestar una enorme burrada, intervino el comisario.

—Señor Bécquer, creo que le debo una disculpa. Lo que acaba de comentar es también una posibilidad que barajamos, pero necesitamos tiempo para llegar a tener certezas, ahora mismo todo está en el aire.

—Con todo el respeto, comisario, valore usted todas las posibilidades que le vengan en gana, pero que alguien se encaramó a esa estructura y cortó dos cables es tan cierto como que estoy aquí con ustedes ahora mismo; que al cortar esos dos cables hizo que cayeran dos varas también es una certeza; y que al caer estas arrastraron a otras cuatro y con ello el cableado eléctrico, también.

El comisario se quedó callado. Durante unos segundos la tensión era palpable, los dos policías no sabían qué más decirle a alguien que parecía tenerlo todo tan claro. El artista volvió a tomar la palabra.

—En la caída se produce un fallo eléctrico que prende una de esas cortinas, algo que me ha confirmado el jefe de bomberos, dejando atrapada a la persona que en ese momento estaba allí, en uno de los camerinos, y que posteriormente falleció por inhalación de humo. Se llamaba Raquel, era mi amiga y ahora está muerta. ¿Les parece lo bastante cierto o también es una posibilidad?

—Con todo el respeto, señor Bécquer, entendemos su dolor y su confusión, pero todavía es pronto, tenemos que dejar que se revise todo y se elaboren los informes pertinentes. Denos unos días. —El comisario intentaba cualquier cosa para que Bécquer se quedase tranquilo y no saliese en televisión sabe Dios contando qué.

—Tómese el tiempo que necesite, comisario —dijo con cansancio—. Yo tengo claro lo que ha pasado aquí, solo necesito saber por qué lo han hecho y quién ha sido el hijo de puta.

Y sin despedirse bajó del escenario y comenzó a caminar por la platea en dirección a la salida, dejando a su espalda a dos policías claramente enfadados, y con la certeza de que no se iba a detener hasta que tuviese claro quién había matado a Raquel.

9
DESAPARECER

Bécquer llevaba días con el teléfono apagado. La prensa acampaba en la entrada principal de la urbanización y husmeaba en cada coche que entraba o salía. Una veintena de reporteros mal pagados hacían horas para no tener nada que decir cuando les daban paso.

Ante la falta de información optaban por especular de la manera más rastrera, lo de respetar la intimidad de Bécquer o su dolor no iba con ellos. Tal era la presión de estos carroñeros que Bécquer no había podido ir a despedir a su amiga ni a abrazar a doña Amparo. No quería que también la mujer tuviese que lidiar con esa gente y que el entierro de Raquel se convirtiese en un circo de tres pistas.

Desde que había salido del Teatro Real entre una nube de *flashes*, no se le había vuelto a ver. Bécquer llegó a su casa aquella mañana y se metió en la ducha: quitarse aquel olor a humo era lo que más deseaba. Media hora después se miró al espejo y no le gustó el reflejo. Era capaz de reconocer el dolor en aquellos ojos, y el recuerdo de todo lo vivido regresó con fuerza para atormentarlo. Se metió en la cama con el albornoz puesto y se dejó llevar por el sueño inducido por un tranquilizante.

Bécquer llevaba en la cama más de veinticuatro horas, había logrado descansar gracias a uno de esos somníferos que en España no se comercializan y afrontaba la jornada mejor de lo que esperaba. En su casa el servicio era discreto y no tenía mucha relación con ellos pues apenas se cruzaban. Eran dos mujeres que se ocupaban de las labores domésticas y un hombre que llevaba el mantenimiento de la finca. Discretos y educados. Una maravilla.

Mientras desayunaba, Bécquer envió a Nacho un mensaje breve informándole de que se iba a tomar unos días, que se quedaría en casa y que ya lo llamaría él. Terminó el desayuno y se volvió a acostar.

A las seis de la tarde, cuatro días después del incendio, Bécquer volvió a aparecer por el salón, le acababan de avisar de que tenía visita. Bajó la escalera principal y allí estaba ella, Melissa, una muy buena amiga a la que Bécquer llamaba de vez en cuando.

La había conocido en una fiesta en Barcelona y se cayeron bien desde el principio, Melissa era la CEO de una productora de eventos. Desde aquel día se gustaron, así que de vez en cuando se veían. No hicieron falta grandes saludos para saber que la fiesta acababa de comenzar.

Bécquer disfrutaba de la compañía femenina desde el principio de los tiempos, demasiado quizá. Cada vez que en una entrevista le preguntaban por su vida personal insistía en lo mismo, en que no tenía pareja ni la tendría jamás, que ya había vivido un amor intenso y era suficiente.

Cuando a Bécquer le dijeron que su entrevistada esa noche iba a ser una científica, le pareció lo menos interesante del mundo. «Nos vamos a pegar una hostia sideral, no nos va a ver nadie», le dijo al productor convencido. Bécquer sabía que los mejores datos los tenían con la visita de actores o cantantes; eso de traer a desconocidos no le acababa de convencer, aunque se tratara de una doctora que, junto a su equipo, había dado un vuelco a la cirugía cardiovascular gracias a un revolucionario brazo mecánico que había desarrollado con un grupo de jóvenes ingenieros.

Cuando Bécquer entró en la sala de invitados para un primer saludo, se quedó prendado de lo que vio. Celia tenía una belleza deslumbrante, tanto que era imposible no pensar de manera injusta que era posible que también fuera la más lista. Aquellos dos besos que se dieron fueron el comienzo de un amor disparatado. En menos de dos meses ya vivían juntos, y a los seis se dieron el sí quiero en la catedral de Santiago. Con veinticuatro años estaba casado, y con veinticinco esperando una niña. Puro Bécquer.

La fiesta del cómico y su amiga continuó en el dormitorio. Bajo las sábanas disfrutaron de la libertad de dos cuerpos desnudos dispuestos a todo. Las caricias y los besos se sucedieron entre los espasmos del placer y el abandono a los sentidos. Y si había que abandonarse, Bécquer lo hacía sin reparos. Sentir aquellas suaves manos acariciando su cuerpo o aquella boca besando la suya era sin duda la mejor manera de dejar el dolor atrás. Con chupitos de tequila y cubatas de ron, Melissa lo invitó a que alcanzara el olvido entre gemidos de placer, abrazos cómplices y embestidas animales.

Durante un buen rato no hubo mundo. Bécquer, tumbado con Melissa encima, acariciaba sus senos mientras su cadera hacía lo demás. Aquella imponente belleza regalaba a Bécquer sus labios con una profundidad que dejaba el éxtasis al alcance de sus manos. Y así fue: una explosión nuclear de dos almas entregadas al mayor de los placeres. Y nuevamente el sueño.

Melissa estuvo en casa de Bécquer tres o cuatro días. No les hizo falta salir, tenían comida y bebida de sobra y muchas ganas de cama. Allí comieron, allí bebieron y allí hicieron el amor.

Un coche negro se detuvo a la entrada de la urbanización y en seguida se vio rodeado de buitres. Elena, desde el asiento del conductor, enseñó la placa de la manera más discreta que pudo y la barrera se abrió al instante.

El comisario la había enviado a casa de Bécquer ante la imposibilidad de hablar con él. Aún quedaban aspectos que repasar, pero el artista no daba señales de vida y sus empleados habían levantado a su alrededor un muro impenetrable.

Elena no daba crédito a lo que veía. «Así que estas son las casas de los ricos», dijo para sí contemplando a izquierda y derecha lo que parecía una avenida de Beverly Hills o una ciudad en sí misma: había creído ver una señal que indicaba el camino al centro comercial. «¿Cómo va a tener un centro comercial propio?», pensó Elena con incredulidad.

La casa de Bécquer estaba donde «las buenas», como si allí fuese posible que hubiese casa «mala», pero eras menos si la tuya se orientaba hacia el sur. «Cosas de ricos», pensó nuevamente.

Dejó el coche en la entrada y tocó el telefonillo. Al cabo de unos segundos una voz con claro acento sudamericano le preguntó quién era.

—Soy la inspectora Elena Izaguirre, vengo a ver al señor Bécquer. —Tras unos minutos de espera, le dijo: «El señor Bécquer no se encuentra disponible en este momento, no la va a poder atender». Elena comenzó a inquietarse—. Dígale al señor Bécquer que tenemos que hablar inmediatamente —protestó con firmeza. Y, nuevamente, el silencio.

Al cabo de tres minutos por fin se abrió la puerta. Elena entró con su coche observando todo con una mezcla de atención y desdén. Tenía un paseo de más de cien metros hasta la entrada principal, el camino estaba asfaltado y, llegando a la vivienda, una fuente preciosa servía para la distribución de los coches. Espectacular.

En la puerta principal, una señora de mediana edad vestida con el uniforme del servicio doméstico la esperaba.

—Inspectora Elena Izaguirre —dijo mientras enseñaba su placa.

—Acompáñeme, por favor —le respondió amable, y mientras las dos entraban a un imponente vestíbulo, Elena se sorprendió al escuchar sonoras carcajadas.

Las risas le hicieron elevar la mirada hacia la escalera principal, donde estaba Bécquer, ataviado con una bata de satén rojo, para subrayar el tópico de seductor, bajando los escalones entre risas con una mujer embutida en un minúsculo vestido del brazo. Al llegar a la entrada, Bécquer le susurró algo ininteligible que desató de nuevo la risa e hizo que Melissa le golpease en un hombro con su minúsculo bolso. Elena intentaba disimular como podía mientras se esforzaba por oír lo que decían. Por supuesto, nada de aquello era de su incumbencia, pero la escena la atrapaba.

Bécquer abrió la puerta y se despidió de Melissa con un beso en los labios, largo y suave, con tal intensidad que cuando se separaron, Elena se giró de golpe sin poder evitar cierta vergüenza por haber estado mirando.

—Inspectora Elena Izaguirre, ¿a qué debo el honor? —dijo Bécquer tendiendo la mano con galantería.

—Como no responde a las llamadas, he venido a ver qué tal se encontraba y si recuerda algo más que pueda ser de relevancia —respondió ella visiblemente incómoda.

—Bueno, es cierto que he estado ocupado; a veces es difícil manejar varias cosas a la vez y me ha llevado tiempo. A fin de cuentas, solo tengo dos manos.

La juguetona broma erótica de Bécquer logró incomodar a Elena todavía más. Verlo bajar las escaleras con aquella espectacular mujer del brazo había despertado, sin quererlo, su faceta más conservadora.

Bécquer se dirigió hacia el salón principal indicándole con la mirada que lo siguiera. Cuando entraron, Elena no pudo evitar la sorpresa al ver sobre la mesa principal lo que a ella le parecía el bufé de desayuno de un hotel; de un hotel bueno, además.

Bécquer cogió un plato y comenzó a servirse.

—Anímese, inspectora, que uno no puede alimentarse solo de café y bollería industrial —dijo Bécquer con tono provocador.

—No, gracias —respondió ella con sequedad mientras sus ojos no eran capaces de dejar de mirar las bandejas.

Bécquer se encogió de hombros y salió a la inmensa terraza del salón. La temperatura fuera era agradable, ya cerca del mediodía. El artista se sentó en una preciosa silla metálica blanca de las cuatro que rodeaban una preciosa mesa redonda justo al lado de la piscina. Elena hizo lo propio.

—Dígame, inspectora, ¿ya saben quién quiere verme muerto?

«Desde luego Bécquer no es de los que se andaban con rodeos», pensó Elena.

—Esperaba que usted pudiese responder a esa pregunta —dijo la inspectora—, quizá le venga alguien a la cabeza..., no sé, alguna conquista que saliese mal. —La inspectora no daba crédito a cómo podía haber dicho eso. A Bécquer le divertía su incomodidad.

—La verdad es que no se me ocurre ninguna. Trato de terminar bien con todas mis amigas; no obstante, si quiere interrogarlas me parece bien, pero le va a llevar tiempo. —Bécquer cogió su teléfono y comenzó a repasar nombres—. Abigail, Adela, Adriana, Ainhoa, Aitana, Alicia, Ana... ¿Tiene donde apuntar?

—No será necesario —le cortó ella con brusquedad—. Creemos que puede ser alguien con fácil acceso al teatro, quizá un miembro de su equipo.

Bécquer llevaba toda la semana con el runrún en la cabeza de que hubiera sido un trabajo desde dentro, pero por más vueltas que le daba no encontraba un motivo suficiente para hacer tal cosa.

—Mi equipo en realidad es escaso: Nacho y Raquel, los más cercanos, estuvieron conmigo en todo momento. —Pronunciar en alto el nombre de Raquel era como recibir una puñalada—. Otra cosa es el personal del teatro y el equipo de grabación presente aquella noche: a esos no los conozco al detalle.

—¿De cuánta gente estaríamos hablando? —preguntó Elena abriendo un pequeño bloc de notas.

—Me sorprende que no lo sepa todavía, inspectora, ha pasado más de una semana desde el incidente. ¿No le gusta trabajar? —Bécquer volvía al ataque.

—La verdad es que no nos lo está poniendo nada fácil —protestó ella—. En lugar de colaborar, ha estado desaparecido. Nacho, su ayudante, no nos ha facilitado hablar con usted, hasta el punto de que he tenido que venir en persona para sacarlo de la cama. Desde luego, no parece tener mucho interés en resolver el caso, ya veo que tiene cosas más importantes que hacer. —Elena, cuando se revolvía, no aceptaba prisioneros.

Bécquer sonrió, apuró un vaso de zumo de naranja, terminó de repasar el plato con un buen trozo de pan y se levantó de la silla casi de un salto.

—La verdad es que tengo muchísimo interés en saber quién demonios trata de matarme, y, sobre todo, quién ha sido el desgraciado, o desgraciada, que se ha llevado por delante a mi amiga. —Bécquer entró nuevamente en el salón; Elena seguía sentada en la silla al lado de la piscina—. Y por eso nos veremos en su comisaría dentro de un rato —sentenció mientras entraba en la casa sin dar opción a réplica.

Elena vio cómo la prepotente figura de aquel soberbio se alejaba escaleras arriba. «Es como un niño caprichoso, menudo imbécil», pensó mientras dudaba si coger o no uno de aquellos cruasanes. En ese momento apareció la educada y servicial empleada del hogar quien, amistosamente, le pidió que la acompañara a la salida.

Elena se levantó y caminó detrás de la mujer pensando en cómo de desagradable tendría que ser trabajar para aquel personaje. Le abrió la puerta ceremoniosamente, ella se despidió con un «gracias», y había echado a andar hacia su coche cuando la voz de aquella mujer la detuvo en seco.

—Señorita, disculpe. —Elena se giró y la vio salir apurada con una bolsa de papel en la mano—. Esto es para usted, órdenes del señor.

Elena se subió al coche y abrió la bolsa: dentro había un café con leche, un zumo de naranja, dos cruasanes y una nota que decía: «Veamos si su problema es falta de dulce. Bécquer».

Elena dejó la bolsa en el asiento del copiloto para que la torturase durante todo el trayecto, arrancó y puso rumbo a la comisaría.

10
CAFÉ CON BOLLOS

Elena conducía furiosa por la M-30. Aquellos dos cruasanes la miraban desde el interior de la bolsa de papel atravesándola, no quería darle el gusto a Bécquer de comérselos, pero, por otra parte, tenía un hambre gigantesca y el olor a mantequilla llenaba cada rincón del vehículo.

Aprovechando uno de esos atascos habituales en Madrid, echó la mano derecha al café en primer lugar, bebió un sorbo y alucinó con el sabor. «Maldita sea —pensó—, este café es estupendo». Lo que sintió cuando mordió el cruasán se podría considerar pecado. «Putos ricos», exclamó volviendo a morder, ahora ya con violencia.

Dejó el coche en la plaza de aparcamiento asignada y cogió el ascensor. Iba pensando en que todavía le quedaba aguantar a Bécquer un rato más. «Con suerte el comisario lo despachará rápido y podré ponerme con la investigación». Estaba deseando estar sola por fin para poder tirar del hilo de un par de pistas que creía tener.

Cuando las puertas del ascensor se abrieron en la segunda planta, no entendió nada de lo que veía. La segunda altura de la comisaría estaba formada por despachos y salas en forma de balconada cuadrada sobre la planta primera, donde se distribuían las mesas de oficina y una actividad frenética que en ese momento estaba completamente detenida. La balconada parecía la grada de un campo de fútbol, decenas de personas estaban apoyadas en la barandilla mirando hacia abajo, Elena, presa de la curiosidad, se hizo hueco para poder ver qué estaba pasando. Lo que vio la inspectora la dejó de piedra.

—No me lo puedo creer —exclamó.

Abajo, todo el personal de comisaría, sin excepción, había dejado de lado su trabajo y reía divertido las ocurrencias que iba soltando Bécquer. Estaban hipnotizados, totalmente seducidos por aquel presumido insoportable. «Menos mal que con tu declaración de hoy te perderé de vista un tiempo», pensó para tranquilizarse.

—Y desde aquel día nunca bajo las escaleras el primero —exclamó Bécquer como cierre a su relato.

La carcajada fue tan explosiva que por un momento nadie habría dicho que estaban en una comisaría. Bécquer dio las gracias, saludó con una medida reverencia y todos aplaudieron. Elena no cejaba en su asombro, miraba a cada lado y encontraba compañeros enfervorizados; hasta los delincuentes esposados que esperaban turno para ser fichados aplaudían. La escena era surrealista. Cuando Bécquer levantó la vista y con su mirada encontró la de Elena, la saludó con la mano y le hizo un gesto claro para que se encontraran en el piso de arriba, adonde se dirigió el cómico estrechando manos y regalando selfis, desplegando el arsenal completo de estrella cercana y encantadora, y en la comisaría lo disfrutaban por todo lo alto.

Una vez arriba se encontró a Elena con su ya habitual cara de pocos amigos.

—Inspectora Izaguirre, tiene mejor cara, ¿le gustó el dulce? —preguntó con la clara intención de hacerle rabiar.

—No puedo decirle, la verdad. Acabó en una papelera, seguía sin tener hambre —respondió.

—Entiendo —replicó Bécquer mirándola fijamente mientras hacía el gesto de sacudirse unas migas de la pechera—. Hágase así en la camiseta, tiene restos de cruasán.

Elena se limpió al instante para regocijo del artista, y su enfado terminó por explotar al darse cuenta de que no tenía miga alguna. Antes de que Elena pudiese volver al ataque, se oyó la voz de su compañero Diego Ortega.

—Señor Bécquer, qué honor tan grande que nos visite, aunque sea en estas terribles circunstancias —dijo mientras le tendía la mano—. Soy el inspector Diego Ortega. —Bécquer miró de arriba abajo a aquel muchacho y se sorprendió de su juventud: no debía de llegar a los treinta.

—El honor es mío, inspector Ortega, valoro mucho su trabajo. ¿Conoce a Elena desde hace tiempo? —preguntó divertido.

—Uf, si yo le contara... —La respuesta de Ortega fue justo lo que más feliz podía hacer a Bécquer. El artista agarró del brazo al muchacho y le dijo:

—Enséñeme las instalaciones y no se deje ningún detalle.

Y echaron a andar para indignación de Elena.

—Dime, Ortega —Bécquer se sentía cómodo con aquel muchacho y se le había despertado la curiosidad—, ¿en qué está trabajando ahora mismo? —le preguntó con genuino interés.

Diego recibió la pregunta con entusiasmo, iba a poder explicar su trabajo ni más ni menos que a una de las estrellas más grandes del país y con la que tanto se había reído. De hecho, se preguntaba si sería apropiado o no contarle que cuando tenía dieciséis años, estuvo esperando ocho horas en la Fnac de Preciados para comprar entradas para verlo.

—En este momento estoy trabajando en el caso de una señora que ha fallecido presuntamente por causas naturales, pero yo no lo acabo de ver claro —dijo dándose una importancia misteriosa. A Bécquer le fascinaba el trabajo policial, tanto que no dudó en hacérselo saber al inspector.

—Así me gusta, inconformista —dijo mientras le daba una cariñosa palmada en la espalda—. ¡Me encanta! De niño yo soñaba con ser detective. Nunca me perdía a Colombo, ni a la señora aquella pesada... La Fletcher.

Elena acarició la culata de la pistola que llevaba a la espalda, a la altura de la cintura, y se recordó a sí misma que era una servidora de la ley.

—Eso no es más que televisión, señor Bécquer, fantasía pura —dijo contrariada—. Inspector —se dirigió a Diego—, el comisario está esperando.

—Perdón, perdón —respondió él nervioso—. Un placer, señor Bécquer.

Y se encaminó hacia la puerta. El cómico hizo lo mismo. Le estaba gustando la compañía de Diego y todo lo que le estaba contando. Estaba claro que la inspectora era una aguafiestas.

Elena y Bécquer caminaron en silencio los metros que los separaban del despacho del comisario. Al artista le hacía gracia que ella oliera a mantequilla.

11
La llamada

El comisario Baltierra acumulaba decenas de carpetas en su escritorio; si lo que pretendía era trasladar la imagen de hombre ocupado, lo estaba consiguiendo.

—Buenos días, señor Bécquer —dijo sin levantar la mirada del documento que tenía entre manos—, le agradezco mucho que nos acompañe, espero que se encuentre mejor.

Ese repentino interés por la salud de Bécquer dejó claro que Nacho hacía bien su trabajo; en este caso todo indicaba que Bécquer llevaba una semana «indispuesto». La realidad es que así había sido al menos las cuarenta y ocho horas siguientes al episodio del Teatro Real; de hecho, a Bécquer lo había sacado de la cama una mujer y otra, un par de días después, lo había vuelto a meter.

Celia abrió las cortinas del dormitorio sin dejarse nada dentro. Separar aquellas telas para que una luz poderosísima inundase la estancia era una tortura para Bécquer que ella disfrutaba enormemente.

—Llevas dos días sin coger el teléfono —le recriminó Celia visiblemente enfadada—, todo el país sabe lo que ha pasado y tú has decidido esconderte, menuda sorpresa.

Bécquer se desperezó como buenamente pudo; efectivamente, llevaba durmiendo más de un día entero y no tenía ganas de estar con nadie.

—¿Qué haces aquí? —le preguntó con desgana.

—Pues comprobar qué tal estás, como no contestas al teléfono y Nacho no hace otra cosa que darme largas, pues aquí estoy. —Celia, sentada a los pies de la cama, le respondió con contundencia.

—Estoy bien, solo necesito descansar —replicó el artista.

Celia ya se conocía el «protocolo Bécquer». Sabía cómo le afectaban las cosas a aquel géminis de manual, capaz de ser el tipo más fuerte y de repente el más débil. Eso era lo que más le preocupaba: no lograba ser emocionalmente estable y cuando ocurría algo a lo que le costaba enfrentarse, su primera reacción siempre era desaparecer, y en este caso lo hacía metido en la cama.

Bécquer se dio la vuelta y volvió a taparse hasta la cabeza.

—Celia, ya has visto que estoy bien, así que cierra las cortinas y déjame dormir.

Ella no solo no cerró las cortinas, sino que de un tirón le retiró aquel nórdico imposible.

—Tu hija te está esperando abajo, date una ducha y ve a hablar con ella.

Cuando Bécquer entró al salón principal, volvió a sorprenderse con el aspecto de su hija. Al verla tan crecida, tan mayor, no podía evitar observar con atención la mujer en que se estaba convirtiendo. Eso aumentaba la sensación de vacío y el arrepentimiento por haber estado tan ausente.

Cada vez que se encontraba con ella, el cómico pensaba en dar un paso más y abrazarla, ella era lo que más quería, así que se armó de valor, la ocasión lo merecía, respiró profundamente, pero antes de que dijera palabra alguna, su hija se le adelantó.

—¿Cómo estás, Bécquer? —dijo directa y escueta.

En ese momento todo el valor que Bécquer había acumulado se esfumó, y dio un disimulado paso atrás con la excusa de servirse un vaso de agua a dos metros de distancia.

—Tirando, Lucía, tirando.

Lucía hacía tiempo que había dejado de llamar «papá» a Bécquer. Si no lo hacía para castigarlo, realmente lo parecía, porque cada vez que lo llamaba por su nombre él sentía un golpe en el estómago.

—La policía está investigando e imagino que pronto nos dirán algo —añadió tratando de prolongar la conversación.

Lucía notó entonces la vibración de su teléfono en el bolsillo, lo sacó y comenzó a escribir.

—Me voy a tener que marchar, ya voy un poco tarde —soltó sin despegar la mirada de la pantalla.

—Pero si acabas de llegar, tómate algo, déjame que te enseñe la casa —le rogó Bécquer apesadumbrado. Sabía

que cuando Lucía decía algo no había vuelta atrás, en eso había salido a su padre, pero estaba decidido a luchar: a fin de cuentas había vuelto a España para eso—. ¿Quieres que vayamos mañana a comer? Me han hablado de uno de esos restaurantes chinos que te gustan, los del caldo hirviendo en el medio de la mesa. Podemos ir y ponernos al día —añadió con cautela.

—Otro día, estoy hasta arriba con los parciales, yo te escribo.

La respuesta de Lucía terminó de entristecer a Bécquer, siempre decía «yo te escribo» y nunca lo hacía.

Lucía y su madre salieron por la puerta. Bécquer las vio alejarse en el coche sin mirar atrás, exactamente igual que como lo había hecho él hacía ya tanto tiempo, pensando que era lo mejor para ellas sin saber que sería lo peor para él.

El comisario invitó a Bécquer con un gesto a que tomase asiento. Baltierra tenía el clásico despacho de comisario, tal cual aparece en las películas de sobremesa, con algún diploma en la pared y fotos de la familia en la mesa. Bécquer fantaseaba con que dijese alguna frase del tipo: «Este es el último caso al que me enfrento antes de jubilarme».

—Señor Bécquer, el motivo por el cual quería verlo en persona es el siguiente. Tenemos varias líneas de investigación abiertas y por ahora debo reconocerle que los avances son escasos. —El comisario mostraba un tono algo pesimista. Rebuscó entre las carpetas que descansaban aburridas en su mesa y extendió el brazo para entregarle una de ellas al artista—. Como verá, el informe es exhaustivo —dijo a modo de introducción—. El mayor problema con el que nos encontramos es la enorme cantidad de gente que había esa noche en el Real: el personal del teatro, el equipo de grabación de la televisión y el de usted suman más de cien personas con total acceso al recinto. Y sin contar a las mil ochocientas que entraron después, así como prensa y otros medios acreditados. Es complicado.

Bécquer comenzaba a revolverse en su asiento. Por una parte quería indignarse con el comisario y soltar un hiriente discurso sobre su incompetencia, pero por otro pensaba en que quizá el culpable era él por haber montado tal quilombo de gente; finalmente optó simplemente por preguntar y escuchar.

—¿Entonces no tienen sospechosos?

—Todo lo contrario, señor Bécquer, tenemos más de cien. Estamos haciendo todo lo posible por reducir el número, pero debo reconocerle que con los medios de los que disponemos no está siendo nada fácil.

La respuesta del comisario aparentaba sinceridad, en cierto modo lo que decía era cierto, la cuestión estaba en lo que no le contaba. Cada vez tenían más clara la relación entre el suceso del Real y la muerte de Ana María Lozano.

Bécquer estaba cada vez más incómodo, con una mezcla de frustración y enfado. Entendía que les faltasen medios, pero no podía ser tan difícil aclarar algo tan tremendo como prenderle fuego ni más ni menos que al Teatro Real de Madrid.

El comisario Baltierra continuó con su relato.

—Tenemos la declaración de todos los trabajadores presentes esa noche, está todo en el informe. Poco a poco lograremos avanzar, le pido que tenga un poquito de paciencia.

La última frase fue la gota que colmó el vaso, Bécquer no soportaba el paternalismo en general ni que le pidieran paciencia en particular, y mucho menos cuando se trataba no solo de su vida, sino de la de Raquel.

Por si no había quedado lo bastante claro, el comisario continúo.

—Lo mejor será que se quede en casa unas semanas, perfil bajo; le recomendaría incluso un viaje. Sí, efectivamente, se trata de algo personal, no sabemos si podrían volver a atentar contra usted. —A Bécquer esto terminó de rematarlo.

—¿Perfil bajo? —dijo con visible indignación—. ¿Sabe quién soy y a qué me dedico? —Tenía claro que no se iba a encerrar en casa. Todo lo contrario. Tenía claro lo que iba a pasar, así que había llegado el momento de poner las cartas bocarriba—. Señor comisario, con todo respeto, ni perfil bajo ni gaitas. Han intentado matarme y pienso averiguar quién.

Ya he mantenido un perfil bajo durante unos días y se acabó, así que le voy a pedir que se ponga las pilas de una vez. —La actitud y las palabras de Bécquer cada vez gustaban menos al comisario. Lo que no sabía Baltierra es que lo peor estaba por llegar—. Entiendo lo de la falta de medios, que hay otros casos importantes, blablablá... Por eso quiero ofrecerles mi ayuda. Me gustaría acompañarlos en la investigación.

Sus palabras hicieron sonreír al comisario.

—Señor Bécquer, entiendo su postura y agradezco el ofrecimiento, pero es usted un civil; déjenos hacer nuestro trabajo, confíe en nosotros... —Baltierra no había terminado de hablar cuando vio que Bécquer sacaba del bolsillo su teléfono y se lo ponía en la oreja—. El trabajo policial debe ser protegido con... —Al comisario le costaba seguir el relato al ver que el cómico pasaba olímpicamente de lo que le estaba diciendo—. ¡Señor Bécquer! —levantó la voz—. Estoy tratando de explicarle la realidad de la situación.

Bécquer tapó entonces el micrófono del teléfono.

—Espere un segundo que es para usted, comisario Baltierra —le susurró y le pasó el móvil. El comisario cogió el teléfono sorprendido y Bécquer giró la cabeza y buscó a Elena con la mirada y le dijo en voz baja— : Atenta, que esto te va a encantar.

El comisario, sin soltar el teléfono, miraba a Bécquer con una mezcla de sorpresa y enfado. Tras un par de minutos en los que únicamente logró decir «Sí, señor» y «Entiendo, señor», la llamada terminó y devolvió el teléfono a su dueño.

—Veo que tiene usted amigos importantes —le dijo sin intentar siquiera disimular su enfado.

—Bueno, a lo largo de mi carrera he tenido la oportunidad de conocer gente, de hacer favores y, claro, de vez en cuando conviene cobrárselos. ¿No conocía usted al ministro? —Bécquer tenía clara la respuesta a aquella pregunta.

Elena no salía de su asombro, ese hombre le acaba de pasar al comisario una llamada del ministro del Interior, lo de aquel personaje era de traca. «¿No tiene límites?», pensó. El comisario se puso de pie.

—Bueno, señor Bécquer, parece que se va a salir usted con la suya. El señor ministro insiste en que debemos poner todos nuestros medios a su alcance para que esto se resuelva lo antes posible.

—Es que me quiere mucho, a veces jugamos a las cartas... —respondió quitándole importancia.

El comisario tomó la palabra de nuevo mientras hacía a Bécquer un gesto para que se pusiera de pie; de repente estaba plantado frente al comisario a menos de una cuarta de distancia.

—Cada vez me gusta usted menos —le dijo desafiante Baltierra—. Entra aquí como Pedro por su casa, confabula con el ministro pasando por encima de mis órdenes. ¿De verdad es lo que quiere? Pues ya le adelanto que será bajo su responsabilidad. A partir de este momento la inspectora Izaguirre se va a encargar del caso personalmente.

Esto último cayó como una bomba sobre Elena. La inspectora había seguido la reunión desde la puerta, no se había acercado a la mesa ni tomado asiento. Según había hablado con el comisario, la entrevista iba a ser algo puramente testimonial para que Bécquer se fuese a casa tranquilo. Lo que no habían pactado en ningún momento era la asignación del caso, ni mucho menos que fuese a ser ella la que se encargase. La última noticia que tenía era que se iban a centrar en los avances relacionados con el caso de Ana María Lozano para tratar de conectar desde ahí los dos sucesos.

Elena trató entonces de protestar, pero fue en vano.

—Inspectora Izaguirre —dijo el comisario—, desde este momento será usted la sombra del señor Bécquer; deberá acompañarlo, velar por su seguridad y mantenerlo al tanto de la investigación, ¿de acuerdo?

La inspectora quiso decir algo, pero Bécquer la cortó al instante.

—Ya verá, nos lo vamos a pasar genial.

Ambos salieron entonces por la puerta del despacho del comisario, el uno encantado y la otra contrariada. Justo antes de enfilar los peldaños de la escalera, Elena se detuvo, agarró del brazo a Bécquer y lo empujó contra la pared.

—Es un listillo —le dijo amenazante—, y esto no es uno de sus juegos de estrellita, cada vez que salimos a la calle nos jugamos la vida, y si cree que voy a ser su niñera, está muy equivocado. Hará lo que yo le diga y acabaremos con esto cuanto antes. ¿He sido lo bastante clara?

Bécquer la miraba con una mezcla de miedo y cierto cachondeo, aunque la verdad es que había más de lo primero que de lo segundo.

—Por supuesto, pero ya que vamos a ser compañeros, creo que deberíamos empezar a tutearnos —respondió con la inquisidora mirada de Elena clavada en la suya.

12
Ana María Lozano

A Elena no le había hecho gracia alguna la orden del comisario, estaba demasiado ocupada como para tener que ser la niñera de una *celebrity*. Era cierto que siempre le había gustado Bécquer en televisión, aunque no lo confesaría ni bajo tortura, pero de ahí a que se inmiscuyera en su trabajo había una distancia sideral.

A Elena lo que de verdad le hacía torcer el gesto era tener compañero. Había perdido demasiados en sus años en el Ejército. A las noticias solo llegaban algunas de las bajas de soldados españoles, pero Elena sabía lo que era perder a compañeros de otras nacionalidades en tareas de cooperación y eso dejaba marca.

Desde su llegada a Madrid había preferido trabajar sola, o al menos que le fuesen rotando la compañía. Cuando no tienes algo siempre contigo, duele menos perderlo.

En la cabeza de Elena cada vez cobraba más fuerza la idea de que los «accidentes» de Bécquer y Ana María Lozano estaban relacionados. Ambos eran famosos de relevancia nacional, ricos y poderosos, uno artista y la otra periodista. ¿Por qué acabar con ambos? ¿Cuál era el motivo? Esta era una de las piezas del puzle que Elena no tenía todavía. Lo lógico sería preguntarle a Bécquer si tenía alguna conexión con la periodista, pero el comisario había sido tajante al respecto: nada de levantar la liebre.

Sola en casa comenzó a ojear por enésima vez el archivo con la información sobre Ana María Lozano, sin duda, un personaje fascinante. Había sido, y con razón, la reina de las mañanas, estaba a punto de cumplir veinticinco años consecutivos siendo líder de audiencia; desde que había vuelto de su corresponsalía en Washington, su ascenso había sido imparable, pero una curva maldita y unos frenos manipulados habían terminado con todo. Desde que regresó a España aprovechaba la mínima ocasión para contar cómo había sido su regreso, cómo el Italiano la convenció para que presentara un magacín. Solía comenzar con una pausa larga para darle empaque y profundidad a una historia contada mil veces.

—Estaba un poco cansada de tanto americano —dijo Ana María entre risas cuando, en la rueda de prensa de la presentación de Las mañanas de Ana María *le preguntaron qué la había motivado a regresar.*

Ana María Lozano se había convertido en la corresponsal estrella de la cadena. Corría el año 1997 y Bill

Clinton arrancaba su segundo mandato. La periodista se había convertido en la única de habla hispana a la que el presidente estadounidense conocía por su nombre.

Las malas lenguas, que siempre las hay y sobre todo si se trata de poner en tela de juicio la capacidad y los logros de una periodista, achacaban su éxito únicamente a su atractivo, cuando la realidad era que se había licenciado en Periodismo con una media de matrícula de honor, hablaba cinco idiomas y tenía un conocimiento enciclopédico de política e historia. Si a eso le añadías que tenía encanto y que, además, era divertida, sin duda acababa de aparecer un mirlo blanco.

La oportunidad le llegó después de diez años en Estados Unidos. Tal como le gustaba recordar, todo se precipitó en el verano del 97. Por sorpresa, el Italiano la invitó a cenar porque estaba «de visita» en Washington y qué mejor momento para ponerse al día.

—Quiero que vuelvas a España y hagas un magacín de seis horas, desde las ocho de la mañana hasta las dos de la tarde, que tenga de todo: política, actualidad, corazón y humor. ¿Te atreves?

Así de directo era el Italiano: cuando quería algo lo cogía y había encontrado en aquella madrileña de cuarenta y dos años su nueva y arriesgada apuesta.

El Canal 5 pasaba por un momento complicado. Llevaban seis años emitiendo y no lograban todavía competir de tú a tú con la cadena pública. Tantos años sin más canales que el único y del Gobierno había creado un hábito difícil de variar en el espectador, a lo que había que unir la fuga de la presentadora estrella del canal directamente a la competencia, algo que al Italiano no le había molestado en exceso porque él ya se la había robado a la pública en primera instancia, y, ya se sabe, la infidelidad difícil es la primera, el resto vienen rodadas.

Aquel era el motivo por el que el Italiano quería una cara nueva, pero que perteneciese a la casa, y Ana María Lozano era esa persona.

Desde el día de su estreno, al programa lo acompañó un éxito inmediato. Ana María era adictiva, sobre todo por algo inesperado. Unido a su carisma exagerado, su belleza y su inteligencia, de la nada apareció un carácter explosivo que la convirtió no solo en referente, sino en una auténtica líder de opinión. Tal era su influencia que ponía y quitaba presidentes de Gobierno. Eso lo sabían bien en Moncloa y siempre estaban pendientes de que no se enfadase en exceso.

Su influencia no solo era política: sus cortes de pelo se replicaban, sus famosísimos trajes de chaqueta se agotaban en cuestión de minutos... Tal era la cosa que terminó teniendo, además de un programa exitoso, una revista con su nombre, una línea de ropa y por supuesto un perfume. Si una mujer quería, podía peinarse, vestirse y oler como Ana María.

A principio de los 2000, su colmillo se afiló cada vez más y comenzó a dedicar tiempo de su show *a la crónica negra y a los testimonios anónimos; por momentos recordaba a esas juezas latinoamericanas presentes en programas amañados; en el suyo podía recibir a alguien conven-*

cido de que era su aliada y acabar destrozándolo delante de toda España en cuestión de minutos.

Ana María vivía pegada a su teléfono móvil. Uno podría pensar que como todo el mundo, pero en su caso era todavía más exagerado. Llevaba un móvil que en España ni siquiera se comercializaba, parecía un dispositivo militar, tenía un sistema de encriptación que lo hacía inaccesible. Sabía que ahí dentro no solo estaban los contactos de empresarios, políticos y estrellas de diversa índole; también conversaciones privadas que, de hacerse públicas, sacudirían los cimientos de más de un partido político. Aquel dispositivo tenía además dos números diferentes. Era muy llamativo ver la identificación en la pantalla si la llamada entrante venía por uno u otro lado. Como cabía esperar, uno era un número más común y el otro, en cambio, lo tenía un reducido grupo de personas, por eso el mensaje que recibió aquel día le provocó un escalofrío mayor.

El programa había terminado sin sobresaltos, un martes más de crónica política y social. Ana María se levantó y sin detenerse se dirigió a su camerino. Caminaba por los pasillos del Canal 5 con la seguridad de saber que todo aquello era suyo. Las personas que por allí circulaban se apartaban a su paso y ninguno se atrevía a mirarla directamente a los ojos. Nada más entrar se quitó la chaqueta, dejó sobre la mesa el teléfono y entonces fue cuando vibró. Acababa de recibir un SMS en su número particular. Cogió el móvil y leyó el mensaje: «Las reinas también mueren». Abrió el archivo jpeg que lo acompañaba y vio una foto suya bajándose del coche. Llevaba el mismo traje que descansaba en el galán del camerino, la foto había sido hecha esa misma mañana.

Ana María tomó asiento; no era la primera amenaza que recibía. Cada vez que se acercaban las elecciones generales, aquellas se multiplicaban, y había pasado de asustarse y ser precavida a ignorarlas por completo; a fin de cuentas, prácticamente vivía en un búnker. Desde que se había divorciado de su segundo marido, la protección en la casa era exagerada, cualquier cosa con tal de mantener a aquel desgraciado lo más lejos posible. A Ana María Lozano nadie le ponía la mano encima.

Reenvió el mensaje a su jefe de seguridad. Él la tranquilizó como habitualmente, le dijo que, como siempre, se trataría de algún niñato aburrido, y en cuanto a la foto insistió en que no se preocupase tampoco, pero que la investigarían. Habiendo tanto tonto con un teléfono en la mano, no sería difícil dar con quien se había atrevido a amenazar a la poderosa periodista.

Elena cerró la carpeta y de nuevo se preguntó por qué ellos. Y, sobre todo, por qué matarlos queriendo que parezca un accidente.

13
Compañera

Plantado frente al espejo, Bécquer se alegró al ver que tenía mejor cara. Ya habían pasado dos semanas desde lo ocurrido en el Teatro Real y el ambiente estaba más tranquilo, la prensa había terminado de exprimir la historia y la falta de avances por parte de la policía, así como la declaración de que había sido un fortuito y fatal accidente, habían retirado de un plumazo el interés. No le había gustado nada la decisión pero la respetaba. La estrategia consistía en conseguir un perfil mediático bajo para trabajar con calma. El comisario Baltierra adoraba la calma y la perseguía con esmero, ese juego del despiste era algo con lo que se encontraba a gusto, aunque a Bécquer le sentase como una patada en la espinilla.

Cuando el cómico entró en el salón, Elena ya estaba allí.

—Buenos días, compañera —dijo divertido mientras hacía el saludo militar—. ¿Cuál es el plan para hoy?

Elena sacó una carpeta marrón del interior de una especie de mochila oscura que debía de llevar con ella desde el principio de los tiempos, la dejó en la mesa de comedor y se sentó mientras la abría.

—Esta es la lista completa de todas y cada una de las personas que estuvieron esa noche trabajando en el teatro.

Bécquer acercó una silla y se sentó a su lado, casi mirando por encima de su hombro.

—¿Los colores para qué son? ¿Le habéis encargado el informe a Súper Nanny? —Le había llamado la atención que hubiese nombres resaltados en verde, otros en rojo y algunos en amarillo.

—Es muy sencillo —respondió Elena—. Los nombres en verde son del personal que trabajó antes de que comenzase la función y ya estaba fuera del edificio cuando ocurrió todo.

—¿Y eso cómo lo sabes?

—Pues porque hemos cotejado el informe de horarios de las diferentes empresas que los contrataron con las imágenes de las cámaras de seguridad que hay en la entrada del personal, y aunque hay momentos en los que se aprecia cierta confusión, efectivamente, se los ve entrar y salir.

Bécquer estaba genuinamente satisfecho. Elena había hecho los deberes, era la primera vez que veía un avance real en la investigación y ahora también entendía por qué las cosas de palacio iban tan despacio. Aquello facilitaba la reducción de los sospechosos y los ayudaba a orientar la investigación, ver hacia dónde podían dirigirse, dijo Elena, y también insistió en que todas las hipótesis estaban abiertas y no se podía descartar del todo a ninguno.

—Entonces deberíamos centrarnos... ¿en los nombres en rojo? ¿Ahí está la persona que buscamos? —pregunto Bécquer, que había hecho su propia interpretación de los colores.

—No necesariamente. —Elena pinchó el suflé antes incluso de meterlo en el horno—. Los nombres en rojo son de aquellos a quienes no hemos logrado situar en su totalidad o sobre los que no tenemos información suficiente.

Bécquer comenzó a repasar la lista de los nombres en rojo y en seguida se detuvo.

—Menuda cantidad, habéis puesto en rojo a casi todos y, además, a toda mi compañía. —El artista empezó a cambiar el gesto.

—Ya te dije que era mucha gente, un centenar de personas en algunos momentos, ¿recuerdas? —replicó Elena. A Bécquer le parecía una locura ir repasando uno a uno cada nombre de aquella lista interminable—. Pero es el hilo del que debemos tirar —insistió—, el nombre del que saboteó los cables está aquí escrito.

Bécquer se levantó y le ofreció a Elena otro café. Llevaban casi tres horas dando vueltas a los nombres sin conseguir avances significativos; el que no estaba fuera en el momento estaba dentro, pero en el otro lado... Para él, el problema no estaba en saber dónde se encontraba cada uno, lo que lo carcomía era el porqué.

—Así no vamos a ninguna parte —exclamó Bécquer de pie—, esto es una lista de gente *random* a la que ni siquiera conozco. ¿Por qué iban a atentar contra mí? ¿Qué los motivó? ¿No decís que es necesario un móvil?

Elena pensó: «A lo mejor lo que les pasó fue simplemente que pasaron tiempo contigo». Pero se guardó la reflexión y fue amable.

—Quizá el móvil no fuese personal, a lo mejor se trataba de reventar la función. —A Bécquer esto no lo convencía.

—Pero, en ese caso, tendrían que reivindicarlo, ¿no? «Somos el Movimiento de Liberación de la Ópera, no queremos cómicos en el Teatro Real» —dijo poniendo una voz ridícula. Elena contuvo una sonrisa y no tuvo más remedio que darle la razón.

—Sí, si se tratase de algo así lo normal es que alguien reivindique la autoría. Yo sigo pensando que es personal.

Pasaron un par de horas más hasta que a Bécquer algo le llamó la atención de la lista.

—Elena, fíjate en lo que pone aquí: Carlos Ailagas entró al teatro a las once de la mañana y, según el documento, no se sabe cuándo salió. ¿Por qué? —Elena comenzó a mover papeles buscando la respuesta a esa pregunta.

—Veamos. Figura como miembro del equipo de sonido, la empresa nos dijo que venía de parte de una ETT y que no tienen más referencias ni información. —Bécquer miró entonces a Elena.

—Habrá que conseguir esa información. Vayamos raudos, siempre he querido visitar una empresa de trabajo temporal —dijo de manera muy teatral.

Lo cierto es que le daba un poco igual, llevaba un buen rato buscando una excusa para levantarse e irse, no recordaba la última vez que había pasado tantas horas sentado en el mismo sitio sin alcohol por el medio.

—No me extraña que haya tanto policía gordo, la verdad —añadió mientras caminaban hacia la entrada de la casa—, si os pasáis el día entero sentados.

—El trabajo policial no es solamente persecuciones y detenciones, hay mucho papeleo y mucha investigación previa. Me parece que ves muchas películas. —Elena no tardó en armar su respuesta.

—O a lo mejor sois vosotros los que veis pocas. No me digas que prefieres estar detrás de una mesa que *apatrullando* la ciudad.

Llegaron a la puerta principal. Elena había dejado el coche en la entrada, un sedán perteneciente al Cuerpo que el comisario le había asignado ahora que tenía que acompañar a Bécquer.

—¿Esa carraca es tu coche? —preguntó él con una cara de asco que le llegaba al suelo.

—No es mío, es de la comisaría, pero ahora lo utilizo yo —respondió Elena sin avergonzarse—. Me lleva a los sitios, ¿no se trata de eso?

—Hombre —dijo Bécquer mientras hacía un verdadero esfuerzo por entrar—, a los sitios se puede ir de muchas maneras, una que sea cómoda, por ejemplo. —Elena arrancó, momento que el cómico aprovechó para lanzar con sorna—: ¡Cómo ruge! Si nos persiguen, tengo claro que escaparíamos mejor a pie. Da gusto ver lo bien que se invierten mis impuestos...

Elena suspiró y se incorporó a la calzada.

14
¿Tienes hambre?

Bécquer estaba acostumbrado a que lo llevasen, no era un gran aficionado a conducir, aunque eso no había evitado que atesorase un par de vehículos de esos que llaman la atención. Sentado en el asiento del copiloto, observaba a Elena. Era una de esas conductoras agresivas que iban protestando todo el rato, indignada por cómo conducían los demás.

Parados en un atasco al inicio del paseo de la Castellana, Bécquer trató de iniciar una conversación.

—¿No tienes hambre? —le preguntó mientras veía en su reloj que se acercaban ya las dos de la tarde. Recibió un escueto «no» por respuesta, por lo que insistió—. ¿A qué hora desayunaste?

—No he desayunado —respondió Elena sin dejar de mirar al frente.

—No me digas que eres de esas que practican el ayuno interminable —replicó él—, a ver si te va a afectar al carácter...

Desde el coche se veía ya la plaza de Colón y Bécquer continuaba hablando sin obtener mucho más que monosílabos. Cuando elaboraba frases largas, la inspectora se las dedicaba al resto de conductores. Giraron a la derecha después de dejar atrás la Biblioteca Nacional y enfilaron la calle Fernando VI. La idea era dejar el coche aparcado en el parking de la plaza Barceló.

A Bécquer la oportunidad le llegó pronto, aquella actuación breve en ese pequeño bar significó un antes y un después. Había logrado enfrentarse al público por primera vez y el sonido de las carcajadas se le había clavado en los huesos para siempre.

Cándido Blanco se enamoró al instante de aquel cómico amateur, tenía un talento natural que traspasaba, en apenas diez minutos se había metido al público en el bolsillo de tal forma que Cándido llegó a pensar en lo difícil que iba a ser seguirle el ritmo. Sabía que lo suyo era distinto, pero es que lo que acababa de hacer aquel chaval por primera vez en un escenario era sencillamente impresionante.

—Has estado brutal —le dijo Cándido con sinceridad—. ¿Cómo te has sentido?

Bécquer tenía clara la respuesta. Con solo una palabra dejó clara su intención futura mirando a Cándido a los ojos.

—Feliz.

Las siguientes semanas fueron probablemente las más importantes de una carrera llena de éxitos. Gracias a una gestión de Cándido, Bécquer pudo pisar por primera vez un plató de televisión. Los viernes por la noche estaban dedicados en la televisión autonómica a las variedades: por muy antigua que fuera la fórmula, seguía funcionando, y de qué manera.

Cuando Bécquer terminó su primera actuación en televisión, no tenía ni la menor idea de que en poco tiempo iba a pisar nuevamente un plató, pero esta vez a nivel nacional.

Las noches del Canal 5 tenían nombre propio. Jorge Tardá era el causante de las ojeras de los más de dos millones de españoles que cada noche disfrutaban del show *más loco de la televisión; además, era famoso por descubrir talentos, y cuando un miembro de su equipo le enseñó el vídeo de aquel chaval de Galicia que llevaba meses poniendo la televisión autonómica del revés, tuvo claro que lo quería en el programa.*

Como Bécquer no tenía todavía móvil, la llamada la recibió el señor Manuel. Con esas maneras que conquistaban a cualquiera, de repente parecía un mánager experimentado: cuando quisieron darse cuenta, estaban los dos, abuelo y nieto, subidos por primera vez a un avión rumbo a Barcelona. Y nuevamente el éxito: con apenas veintidós años, la prensa nacional lo tenía claro. La sección de cultura y televisión de las principales cabeceras coincidió en uno de sus titulares: «El futuro de la comedia española ya está aquí».

Bajaron del coche, y en apenas dos minutos estaban frente a Ertal Soluciones, la empresa que se había encargado del sonido en la noche de autos. Justo antes de entrar, Elena frenó en seco a Bécquer.

—¿A dónde vas? —preguntó cortando el viento.

—Pues voy a entrar, hemos venido a preguntar por el sospechoso, ¿no?

—Ahí está tu error —replicó Elena—. Yo he venido a preguntar por el sospechoso, tú me esperas aquí. —Bécquer estaba a punto de lanzar una ingeniosa réplica cuando la inspectora ya le daba la espalda.

Elena entró en la empresa, sacó la placa del bolsillo interior de su cazadora, y se dirigió al mostrador principal.

—Soy la inspectora Elena Izaguirre de la Policía Nacional. Recientemente han contratado a Carlos Ailagas para ejercer labores de auxiliar en el Teatro Real de Madrid y nos está costando localizarlo, ¿podrían facilitarnos sus datos de contacto?

Elena había soltado el *speech* con la seguridad habitual, daba por hecho que no iba a tener problema en obtener una respuesta; a fin de cuentas, la placa imponía mucho. La respuesta esperaba recibirla de un muchacho relativamente joven que lucía una camisa de cuadros con gafas de pasta a juego.

—Déjeme hacer una consulta —respondió mientras se levantaba de la silla para encaminarse al fondo del local.

Al cabo de un par de minutos regresó acompañado de una mujer de unos sesenta años que lucía un traje de chaqueta rosa y que, antes siquiera de dar los buenos días, se arrancó de manera rotunda.

—Ya le dije a sus compañeros que toda la información de que disponemos se la dimos, si falta algo será porque no disponemos de ello. Como les expliqué, tampoco podemos dar los datos personales de ninguno de nuestros trabajadores sin un mandato judicial.

Elena odiaba cuando le decían esa frase, sobre todo porque era culpa de la televisión. De qué iba a saber si no una señora de Murcia que si no lo manda un juez, no se puede compartir ni el sabor de tus yogures favoritos. Insistir tampoco iba a servir de mucho, pero aun así lo intentó sin conseguir nada más que la misma retahíla. Así que se dio media vuelta sin despedirse y se encaminó a la salida.

Bécquer esperaba fuera saludando a la gente, era difícil pasar desapercibido y más en un barrio como Malasaña. Justo terminaba de hacerse un selfi con dos chavales cuando Elena llegó a su lado.

—¿Sabemos ya dónde buscar? —preguntó el artista.

—No me han dicho nada, los datos son confidenciales y sin orden judicial me dicen que me peine. Volvamos a comisaría, a ver qué quiere hacer el comisario.

Elena, visiblemente contrariada, echó a andar en dirección al *parking* mientras bajaba a algún santo que otro. Tan ensimismada iba en su propio enfado que tardó varios minutos en darse cuenta de que había cruzado la calle y estaba hablando sola. Se dio la vuelta y acertó a ver la espalda de Bécquer entrando por la puerta por la que ella acababa de salir. Malhumorada, volvió sobre sus pasos. Habían pasado más de cinco minutos desde que salió de la empresa hasta que se dio cuenta de que Bécquer no estaba a su lado. Lo vio salir sonriendo, haciendo gestos de agradecimiento y mandando besos hacia el interior del local. Elena no tardó en imaginar lo que había pasado.

Bécquer caminó hacia la inspectora con más arrogancia de la ya habitual, y cuando sus caminos coincidieron, antes de que la inspectora comenzase a protestar, ondeó un folio a modo de bandera blanca.

—Mira lo que tengo para ti: los datos de Carlos Ailagas. Me falta el número de pie, pero quitando eso...

Elena se lo arrancó de la mano y comenzó a repasarlo de arriba abajo. Lo mejor de todo es que sabían dónde estaba Ailagas en ese momento: reponiendo alimentos en un Mercadona de San Sebastián de los Reyes.

—¿Cómo lo has conseguido? —preguntó temiendo la respuesta.

—Pues desplegando mis encantos. Nadie se resiste a esta caída de pestañas —respondió Bécquer poniendo la más seductora de sus miradas.

La inspectora puso los ojos en blanco y se dirigió al parking a un ritmo frenético; Bécquer aceleró entonces el paso preguntando si iban a buscar al sospechoso, y cuando Elena afirmó con la cabeza, añadió:

—Quién me iba a decir a mí que entraría en un Mercadona; ahora sí que empieza la aventura. Paremos antes a comer algo, ¿tienes hambre?

15
Un error imperdonable

Daba igual el tiempo que hubiese pasado desde que falló en su intento de matar a Bécquer, el error había sido grave y ahora tocaba pagarlo. Llevaba varias horas sentado en aquel banco frente al Teatro Real repasando mentalmente lo ocurrido. Sin esfuerzo recordaba perfectamente como mediada la mañana siguiente ya no quedaba nadie en los alrededores: una vez sofocado, el incendio dejó de tener gracia y cuando Bécquer le habló a la prensa todo había terminado. Después, y esto le provocaba escalofríos, se veía sentado en un vagón de metro. Aquella figura espigada vestida de negro volvía a casa temiendo enfrentarse una vez más a la voz que lo atormentaba desde que era niño: «Esto no le va a gustar, no le va a gustar nada de nada. La pobre chica está muerta y era él quien tenía que estar metido en una caja; esto no le va a gustar, no le va a gustar...».

El tormento y la ansiedad iban en aumento, el plan tenía que haber salido a la perfección, como lo de Ana María Lozano, la fórmula era la misma: una distracción, un corte preciso y ¡pam!, la cabeza de

Bécquer partida en el suelo por el luminoso con su propio nombre, un final apoteósico.

Llevaban tiempo estudiándole, siguiendo sus pasos, conociendo sus hábitos, todo. Pocos hombres más erráticos habían conocido: no tenía horarios fijos, nunca salía en el mismo vehículo, generalmente estaba acompañado... Por eso que el Real era el sitio perfecto para acabar con él y darle aquello que se merecía. La clave era la alfombra, lo tuvo claro: «Bécquer nunca sale de la alfombra, es su marca. Si la vara cae sobre ella, es imposible que salga con vida». Y habría funcionado de no ser por aquella niña y su dibujo. El impulso de bajar del escenario que tuvo el artista no era para nada habitual, algo que aquella noche le salvó la vida.

Con los ojos cerrados volvía a percibir el olor de la boca de metro y el frío que le había hecho meter las manos en los bolsillos al enfilar la calle que lo llevaba a casa. Una vez ante la puerta de entrada había respirado hondo antes de introducir la llave en la cerradura. «Esto no le va a gustar nada de nada», pensó una y otra vez.

Aquella casa se caía a pedazos, llevaba en ella desde que tenía memoria, y por más que insistía en que podrían hacer alguna reforma, no se le permitía cambiar nada. Las paredes tenían la obligación de reflejar cierto momento pasado de gloria que había quedado muy lejos.

Cuando entró, sus oídos habían recibido la primera de una serie de cortantes sentencias.

—No era difícil, solo había que cortar dos cables y esperar, y ni eso has sabido hacer.

Un viento helado había cruzado la espalda de aquel hombre a la vez que se le atenazaba el estómago, y tuvo que tragar saliva antes de intentar disculparse.

—El problema fue que Bécquer...

—¡Cállate! —El grito que había obtenido por respuesta le hizo clavar la mirada en el suelo—. ¿Entiendes ahora por qué no podemos estar juntos? —Cada vez que amenazaba con dejarle, el precipicio se abría bajo sus pies.

Por mucho que aquella clase de frases dolorosas e insultantes fueran habituales, cada vez provocaban mayor dolor y lo obligaban a ser consciente de que tenía que esforzarse más para estar a su altura. «Si queremos estar juntos para siempre, tengo que acabar con Bécquer», pensó con claridad.

—A lo mejor tendría que irme y dejarte solo —había añadido con el tono más peyorativo posible—. ¡Tengo que hacerlo todo yo!

—Lo siento mucho, dame otra oportunidad —había rogado cayendo al suelo. La respuesta que escuchó fue la que esperaba.

—Bécquer debe morir, no soporto verlo cada día en cualquier sitio con esa sonrisa, como si nada le importase, como si el dolor de los demás no fuese con él. La gente como él no quiere a nadie más que a sí mismos, merecen recibir una lección y se la vamos a dar, ¿verdad?

—No voy a fallar más —le había dicho muy serio, lo tenía muy claro—, tenemos un propósito, tienen que pagar por lo que nos hicieron. Ana María Lozano ya lo hizo; ahora le toca a él.

Abrió los ojos y se puso en pie pensando en que no la iba a defraudar más.

16
La detención

Elena tomó la A-1 con velocidad, quería llegar a San Sebastián de los Reyes antes del cambio de turno. Ahora que sabían dónde encontrar al sospechoso le obsesionaba la idea de que se le pudiese escapar. Ella era de esa clase de policías que no dejan bajo ningún concepto que nadie se escabulla. Desde el principio de su carrera brillaba precisamente por el empecinamiento. El comisario Baltierra solía incluso bromear sobre esto. «Es la pesadilla de los malos; si te enfila, no te escapas», decía jocoso si tenía la oportunidad.

Era un rasgo de su personalidad que se había acentuado con el tiempo. De niña le pasaba lo mismo con casi todo, siempre quería conocer la respuesta y no cejaba en su empeño hasta obtener una explicación que la satisficiese, algo que había heredado de su padre.

Pasear con su pequeña de la mano era lo que más feliz le hacía. Por supuesto que amaba a sus tres hijos por igual, pero con Elena la conexión era diferente. Carmen, su esposa, lo achacaba a la edad, a que disfrutaba mucho más que cuando nacieron Óscar y Manuel porque tenía más años y experiencia. A esto había que unirle que Antonio era de esos hombres que soñaban con tener hijas, y Elena era todo lo que un padre podía soñar, la perfecta niña de papá.

Desde que empezó a caminar no soltó la mano de su padre. Carmen a veces se quejaba con ternura de que la pequeña solo tenía ojos para él, y así era. Para la niña, aquel hombre lo era todo, el más fuerte, el más listo, el más guapo... Todo. Cada mañana que se despedían en la puerta del colegio, la pequeña contaba los minutos para poder volver a verlo, era su mayor motivación para pasar alegre las jornadas. Cada dibujo, cada suma, cualquiera que fuera la actividad que tocase la hacía para poder contárselo al salir.

Cuando sonaba el timbre, Elena era de las primeras en guardar sus cosas en la mochila y ponerse el abrigo. El conserje, al igual que el profesorado, había dejado de reñirla, por imposible, porque iba a todas partes corriendo, y especialmente a la hora de salir. La niña feliz bajaba las escaleras a toda prisa deseando encontrarse con su papá. Al resto de padres les llamaba la atención la estampa diaria que no por repetida tenía menos belleza.

Cuando salía por la puerta y veía a Antonio a lo lejos, apretaba la carrera como alma que lleva el diablo y saltaba, a veces desde demasiado lejos para la espalda de aquel hombre, a los brazos de su padre, y junto con un abrazo y un enorme beso, solía decir una frase como «¿A que no adivinas lo que hemos hecho hoy?». Y enfilaban el paseo a casa parando primero en el parque si la temperatura lo permitía.

—Papá, ¿sabías que nuestro dedo pulgar siempre mide lo mismo que la nariz? —le preguntó como quien revela uno de los grandes secretos de la humanidad.

—Eso es imposible de toda posibilidad —respondió él divertido, con el único afán de contrariar a su hija.

—Es verdad, mira —replicó la pequeña mientras se ponía el dedo sobre la naricilla.

A Antonio estas cosas que Elena le contaba cada día le divertían un montón, admiraba la curiosidad de su hija por casi cualquier tema, y suponía un reto de tal magnitud que se pasaba el día pensando en curiosidades y datos con que sorprenderla.

—Yo creo que eso que dices no es así. Fíjate, no coincide —le dijo mientras ponía su pulgar en la nariz de su pequeña.

—¡Porque es tu dedo en tu nariz!—replicó divertida—. Yo tengo una nariz de diez años —añadió.

—Y ojalá no crecieses más.

En apenas veinticinco minutos Elena había llegado a su destino. Aparcaron en el *parking* del Mercadona y cuando Bécquer se quitó el cinturón e hizo ademán de bajar del coche, Elena le agarró el brazo.

—¿Adónde vas? —preguntó con ese tono que te provocaba ganas de salir corriendo.

—Pues a buscar al tipo ese, ¿no?

—Pues no —contestó ella tajante—. Nos vamos a sentar tranquilos a esperar que salga, no podemos entrar en un supermercado con la placa en la mano. Según la información que tenemos, acaba el turno en diez minutos.

A Bécquer aquello le pareció razonable: en cuanto entrase un policía, todos los allí presentes iban a sacar el teléfono del bolsillo y a empezar a grabar. Lo de la operación policial discreta pendería entonces de un hilo; no obstante, estaban en la puerta de un supermercado y el hambre no dejaba de aumentar, así que el artista hizo un nuevo intento.

—¿Y si bajo yo a comprar algo de comer y miro si anda por ahí?

—¡Qué gran idea! Como no te conoce nadie, entras sin llamar la atención; así, si te encuentras con nuestro sospechoso, podrá escaparse sin problema —Elena lo miró a los ojos como quien mira al tipo más idiota del planeta.

Bécquer se encogió de hombros. Elena tenía razón, pero iban a dar las tres de la tarde y seguían sin comer. Estaba preparando una ingeniosa réplica perfectamente argumentada cuando Elena le chistó para que se callase.

—Yo creo que es aquel chico que está saliendo por la puerta lateral —dijo con la foto del sospechoso en la mano—. Espérame aquí, no te muevas, ¿me has oído? ¿Está claro? —No podía ser más tajante—.

Si se trata de quien creemos, puede ser muy peligroso —sentenció. Con desgana, Bécquer asintió con la cabeza.

El joven era corpulento, debía de medir en torno al metro noventa y su complexión era fuerte. Al salir se había detenido en la puerta para encender un cigarrillo y Elena aprovechó para dirigirse a él elevando la voz.

—Carlos Ailagas, inspectora Izaguirre, querría hacerle unas preguntas.

No había logrado terminar la frase cuando el chico empujó con violencia un contenedor de basura contra ella y echó a correr hacia una moto de *cross* aparcada a unos pocos metros de distancia.

Bécquer, mientras tanto, esperaba enfadado en el coche, pensando frustrado que se estaba perdiendo todo lo bueno, incluso fantaseaba con ser él quien le pusiese las esposas y le leyese sus derechos, aunque ni siquiera sabía si en España se utilizaba la fórmula «tiene derecho a permanecer en silencio». Tenía claro que, si tenía la oportunidad, se lo iba a soltar al detenido cuando tuviese ocasión.

Ver que Elena se alejaba hizo que se fijase de nuevo en su figura y en sus andares. Lo cierto es que tenía estilo, a pesar de las botas de militar. Si llevara tacones, teniendo en cuenta lo bien que se movía, el resultado sería espectacular. Embobado con su compañera, Bécquer se sobresaltó al verla caer al suelo cuando el presunto delincuente la golpeó con el contenedor de basura. Era el momento de bajar del coche.

De manera apresurada, se soltó el cinturón de seguridad y abrió la puerta. El corazón le latía a toda velocidad. El principal sospechoso, el único nombre que hasta el momento parecía arrojar un poco de luz al caso, se dirigía hacia donde estaba él a toda velocidad a lomos de una moto. El coche estaba aparcado justo a la entrada del parking, que también hacía las veces de salida, y en ese preciso momento solamente se apreciaba un coche que se dirigía hacia el final de la explanada. La hora escogida no invitaba a visitar el supermercado de un polígono industrial. A medida que se acercaba la moto, Bécquer imaginaba sus próximos movimientos, tenía que detener al hombre como fuese, cada vez estaba más cerca. Aquel era uno de esos momentos que te definen, uno de esos preciosos instantes que se quedarán grabados para siempre.

Bécquer había tomado una decisión: iba a golpearlo con los brazos y a tirarlo de la moto. Una patada también era una opción, pero no quería improvisar: el momento de cruzarse era inminente.

Mientras tanto, Elena ya se había puesto en pie e iniciado la carrera al grito de «¡Policía, alto!». Corría tras el sospechoso a toda la velocidad que un pantalón vaquero permite. Al fondo en el parking, al lado de la puerta, vio a Bécquer haciendo extrañas poses, como si se tratase de un defensa de fútbol americano. La orden de que no se bajase del coche, como tantas otras, le había dado exactamente igual.

Apenas faltaban unos metros para que el huido y Bécquer se encontrasen en tiempo y espacio. Justo cuando llegó ese momento, el cómico se sorprendió a sí mismo al ver que la orden que le daba a su cuerpo no solo no se cumplía, si no que el resultado estaba siendo exactamente el contrario. La idea era ponerse delante con el fin de bloquearle el paso y derribarlo. El problema fue que entre el plan y su ejecución hubo una gran diferencia: Bécquer se quedó completamente quieto y cuando Ailagas pasó por su lado a la carrera, lo único que hizo fue cubrirse como si fuera a recibir un golpe.

Elena se quedó de piedra al verlo. No solo no había detenido al sospechoso, algo previsible, sino que además se había apartado de su camino de la manera más ridícula. La inspectora siguió corriendo y alcanzó a Bécquer, que se había lanzado, tarde, a perseguir al chico. Cuando sus miradas coincidieron, el artista tenía una expresión de pavor que generaba una extraña mezcla de enfado y simpatía.

El hombre era rápido como un gamo: en segundos había eliminado a Elena, se había subido a la moto y había salido del parking a toda velocidad. La inspectora decidió entonces frenar y meterse en el coche.

—¡Conduce! —le gritó a Bécquer mientras le lanzaba las llaves. Las agarró como buenamente pudo, dio la vuelta al coche y se subió rápidamente.

—Perdón, no sé qué me ha pasado —dijo disculpándose.

—¡Eso da igual ahora, date prisa que se escapa! —le gritó Elena. Bécquer arrancó el coche y salió del parking; a lo lejos distinguió la figura del fugado.

—Ponte a su lado —le ordenó la inspectora.

—¿Para qué? —preguntó él temiéndose lo peor.

—Ahora verás.

Cuando estaban prácticamente paralelos, algo que no resultó difícil ya que en aquel polígono lo único que había eran calles largas y rotondas, Elena le dio una instrucción clara y precisa.

—Cuando te lo diga, clava el freno de mano y gira todo el volante a tu derecha, ¿lo has entendido? —Elena tramaba algo y Bécquer no era capaz de comprender qué.

—Sí..., claro —respondió titubeante. Elena insistió.

—¿Has entendido lo que te he pedido? —Él templó los nervios y respondió con firmeza un rotundo «sí»—. Pues... ¡ahora!

Bécquer hizo exactamente lo que se le había ordenado: tiró fuertemente del freno de mano y giró el volante a su derecha para que el coche derrapase. Cuando el morro ya estaba completamente atravesado, Elena abrió su puerta y se lanzó sin dudarlo sobre la moto golpeando a Ailagas en la espalda. Ambos cayeron al suelo.

Bécquer detuvo el coche de un frenazo y completamente en *shock* ante lo que acababa de presenciar.

Elena había saltado de un vehículo en marcha hacia una moto a toda velocidad, había logrado salir ilesa y ahora tenía una rodilla sobre la espalda del sospechoso y le estaba poniendo las esposas. Bajó del coche y se acercó a ella sin ser capaz de articular palabra. Solo había visto algo parecido en la pantalla de un cine. Cuando sus ojos se encontraron con los de Elena, ella exclamó:

—¿Has visto? No era tan difícil. Y ahora si quieres podemos comer algo.

17
Alucinado

A Bécquer le estaba costando asimilar lo que acababa de vivir. Apoyado en el capó del coche observaba con atención cómo una patrulla se llevaba al detenido a comisaría mientras Elena hablaba seria con sus dos compañeros explicándoles el arresto. Por la manera de mover las manos parecía que estaba haciendo más hincapié en la cobardía del artista que en su propia valentía.

Una vez que hubo terminado con las explicaciones estrechó la mano de sus compañeros y se quedó de pie mirando al coche patrulla que se alejaba; entonces se acercó a Bécquer.

—¿Te encuentras mejor?

—Me encuentro bien, siento mucho que se me escapase —respondió Bécquer a modo de disculpa.

—No se te escapó, ¿de verdad creías que ibas a detener una moto a toda velocidad? —preguntó divertida.

Lo peor de todo, lo que más vergüenza le provocaba a Bécquer era reconocer que por un momento estuvo convencido de que podía hacerlo. Realmente se podía aplicar a sí mismo la frase que repetía el dúo cómico Los Gelipollas: «En su cabeza creía que podía». Por un instante se vio, al bajar del coche, tumbando al prófugo de la moto solo con la fuerza de sus brazos.

Elena seguía plantada frente a Bécquer esperando una respuesta con la que poder torturarlo luego.

—La verdad... —dijo arrancando la explicación— es que bajé del coche totalmente convencido de que podía hacerlo, pero a medida que la moto se acercaba pues no sé qué me pasó.

Lo que le había pasado era una reacción perfectamente normal en un civil cuyo máximo entrenamiento había sido crecer en los 80 entre películas de Steven Seagal y Silvester Stallone. Por el contrario, lo de Elena sí que merecía un comentario.

—¿Y tú?

—Yo qué —respondió Elena con su sequedad habitual.

—¿Dónde aprendiste a hacer cosas de superhéroe de Marvel? Ha sido alucinante.

La inspectora no tenía intención de dar muchas explicaciones, su formación militar había dado resultado. Además, cuando entró en el grupo de élite del Ejército, ese tipo de maniobras era lo que solían llamar «un martes por la mañana», así que lo único que Bécquer consiguió rascarle fue un juguetón: «Y no has visto nada todavía...».

El trayecto de vuelta a Madrid transcurrió en silencio. El pico de adrenalina que acababa de sufrir Bécquer tuvo su posterior efecto en forma de sueño incontrolable. Sentado en el asiento del copiloto, con la cabeza hacia atrás y la boca completamente abierta, se había dejado abrazar por Morfeo llegando incluso a roncar un poco.

Ese descanso le estaba viniendo mejor a Elena que al propio artista. Mientras él dormía, no podía evitar mirarlo de reojo. En cierto modo le enternecía aquella vulnerabilidad, por un momento el todopoderoso Bécquer, el hombre arrogante y presumido siempre dispuesto a ser el protagonista de la historia, parecía un chiquillo asustado y sobre todo avergonzado, nada que ver con la seguridad que exhibía habitualmente.

—Podías haberte arreglado un poco, a ver qué va a pensar este chico de nuestra familia. —Esta fue la manera de saludar de Carmen, la madre de Elena, a su hija nada más recibirla en casa.

—Ay, mamá, ni que fuéramos al palacio de la Reina de Inglaterra.

—Si es que ya no te lo digo ni por ti, que sé que te da igual, pero, hija, un poquito, que siempre vas con el mismo pantalón y la misma cazadora.

A doña Carmen aquella manía de su hija de ir siempre de uniforme la ponía de los nervios: o iba de militar, o a lo sumo esas dos prendas, nada nuevo ni distinto y, por supuesto, nada que significase «ir mona».

—Normal que no tengas novio, hija mía; mira tu hermano en cambio, que los colecciona, a ver si este es el definitivo.

Carmen era especialista en lo que sus hijos llamaban de manera jocosa «la crítica en zigzag»: era capaz, en una misma frase, de pegarle un palo a ambos a la vez. «Ya sabes que Manuel es un enamoradizo, pero creo que esta vez será la buena», solía decir Elena para defender los súbitos enamoramientos de su hermano Manuel. Siempre le pasaba lo mismo: conocía a un hombre, se volvía loco por él y a los dos meses se pasaba una semana llorando en la cama. Eso sí que la ponía de los nervios.

Elena entró al salón. Cada vez que visitaba la casa familiar, se ponía muy tensa, no se acostumbraba a la ausencia de su padre por muchos años que hubiesen pasado. La casa estaba completamente impregnada de su presencia, todo recordaba a él, hasta el olor del papel pintado de las paredes, todo.

Se sentó en el lado izquierdo del sofá frente a la televisión; al poco entró su madre con dos cafés con leche tamaño abuela y un puñado de galletas de mantequilla, se sentó al lado de su hija y, mientras le ofrecía una de aquellas gigantescas tazas, le preguntó por enésima vez.

—Elena, hija, ¿por qué no te vienes aquí conmigo? No me gusta nada ese barrio en el que vives. Ya llevas en Madrid unos meses y no entiendo por qué estás gastando dinero si aquí tienes tu habitación.

—Mamá... —respondió por enésima vez a la misma pregunta—, necesito mi espacio, ya lo sabes.

—Espacio, espacio... Siempre igual —El tono de Carmen comenzaba a endurecerse—. Eso no es espacio, aquí hay espacio de sobra para las dos; tú lo que quieres es estar sola para amargarte a gusto y eso no está bien.

«A una madre no se la engaña», pensó Elena. La verdad es que desde el triste momento en que faltó su padre, solo quería estar sola. En casa aguantó apenas dos años y medio más; cuando cumplió los dieciocho años, puso tierra de por medio marchándose al Ejército. Le pareció el sitio ideal, nadie la conocía, nadie le haría preguntas y estaría a miles de kilómetros del maldito callejón donde alguien decidió acabar con la vida del hombre al que más quería y al que más querría por siempre jamás.

Aquella conversación entre ambas se encaminaba ya a ser una discusión. Por suerte sonó el timbre y eso las contuvo. Manuel acababa de llegar; sonando como un alegre cascabel entró en el salón y abrazó a Elena con fuerza.

—Hermanita —dijo nada más verla. Detrás de él apareció un muchacho alto de piel morena—, este es Roberto.

Manuel les presentó a aquel dominicano encantador. Elena le dio dos besos y comenzó a observarlo detenidamente. «Ojalá este le dure», pensó.

Sentados ya los cuatro en el salón, Manuel no tardó en mirar el reloj y empezó a meter prisa exactamente igual que cuando eran niños. No soportaba las esperas, siempre quería llegar a los sitios extremadamente pronto porque, según su lógica, «en el camino puede pasar de todo».

—Bueno, vámonos ya, que la función empieza a las ocho.

—¿Qué función? —preguntó Elena—. Pensé que íbamos a ir a cenar.

—Es correcto —respondió Manuel—, vamos a cenar, pero antes tengo una sorpresa para ti: he sacado cuatro entradas para ir a ver a cierto humorista que te gusta... —Elena se quedó de piedra.

—¿En serio? No sabía que actuaba hoy —respondió muy contenta.

—¿Te gusta mucho? —le preguntó Roberto con ese acento dominicano tan dulce y maravilloso.

—¿Que si le gusta? —intervino divertida doña Carmen—. ¡Le encanta! Mira, ven conmigo.

—¡Mamá, por favor! —exclamó Elena comenzando a enfadarse y lo que haría su madre.

Antes de que pudiese reaccionar, ya había enfilado el pasillo con Roberto del brazo y abrió la segunda puerta a la derecha, la del dormitorio de Elena, que estaba tal cual lo había dejado doce años atrás: la cama llena de peluches, el centro comercial de Pin y Pon en una esquina perfectamente conservado y en la pared ahí estaba él, Bécquer, justo al lado de un póster de Mariah Carey.

—Ahí tienes la prueba —le dijo Carmen a Roberto—, siempre le ha gustado Bécquer. ¿Te acuerdas de cuánto te reñía tu padre cuando te quedabas hasta tarde viéndolo en televisión?

—Me acuerdo —respondió, y sonrió un instante—. Entraba aquí en pijama a decirme que apagase la tele y al

final siempre se acostaba a mi lado para ver cinco minutitos más.

Bécquer se despertó de un sobresalto cuando recorrían la Gran Vía.

—Creo que me he quedado traspuesto —dijo mientras se desperezaba.

—Traspuesto dice... Has roncado como un gorrino —repuso Elena.

Bécquer continuaba desperezándose cuando entraron al parking, dejaron el coche y, en lugar de subir en el ascensor que iba directamente a la comisaría, salieron a la calle. Caminaron apenas veinte metros y se sentaron en el restaurante chino que había enfrente. El camarero se acercó diligente a su mesa. A Bécquer, por su eterna incorreción, siempre le había divertido que los chinos de origen español hablasen con acento madrileño: que no casasen sus rasgos con su acento era algo que encontraba gracioso. A Elena le costaba reconocerlo y negaba con la cabeza cuando en realidad disfrutaba del arsenal de bromas políticamente incorrectas de Bécquer.

—¿Y ahora qué vamos a hacer? —preguntó frente a un plato de sopa oriental coronada por un huevo cocido.

Elena comprendía su nerviosismo; de hecho, le había sorprendido que hubiera estado moderado desde que había detenido a Ailagas; claro que el ridículo y la somnolencia posterior parecían haber domado a la fiera.

—Ahora deben de estar fichándolo; en cuanto terminemos de comer, iremos a hablar con él y veremos por dónde cojea —explicó Elena.

—¿Tú crees que ha sido él?

—No lo tengo claro. Cuando lo detuve, me fijé en que no parecía reconocerte. No sé, no me dio la sensación de que se sorprendiese al verte... En breve lo sabremos.

Aquello tenía lógica, pensó Bécquer, disimular sería lo suyo, pero, por otra parte, si había estado en el Real, no podría negar que lo conocía. Se habrían muchos interrogantes que pronto quedarían resueltos.

Bécquer se levantó y abonó la cuenta, salieron de nuevo a la calle y entraron en la comisaría; al fondo de la misma, el cómico vio a Ailagas sentado y perfectamente esposado. ¿Y si era aquel chico quien había querido matarle? Y lo más importante: ¿sería el asesino de Raquel?

18
JULIA

Los nervios de Bécquer iban en aumento, la incertidumbre de no saber qué iba a ocurrir le pesaba y la cabeza le iba a mil kilómetros por hora buscando respuestas coherentes a preguntas apelotonadas. ¿Realmente aquel muchacho podía ser un asesino? ¿Por qué iba a atentar contra él alguien a quien no conocía de nada? Vale que él público joven no era precisamente el mayoritario de Bécquer, pero de ahí a querer matarlo...

En cuanto cruzaron el umbral, allí estaba plantado Diego, con la mejor de sus sonrisas, dispuesto a recibir a Bécquer como una estrella de tal calibre se merecía. Esa disposición a alagar al artista cabreaba a Elena sobremanera, algo que iba a dejar claro y meridiano en cuanto tuviese la oportunidad.

Diego iba sorprendentemente arreglado para tratarse de un día entre semana. Acostumbrados a verlo con pantalones vaqueros o a lo sumo un chino tostado y un jersey de lana, esa nueva versión de Diego en traje impoluto con pañuelo en el bolsillo llamaba la atención. Fue cruzarse sus miradas y Elena entendió de qué iba vestido: ¡de Bécquer! El muy pelota se había puesto un traje negro y una corbata roja, como el cómico tantas veces. «La madre que lo parió —pensó Elena—, pues sí que se ha flipado el muchacho».

—Buenos días, Elena —la saludó Diego pretendiendo no haberse percatado de la presencia de Bécquer e insistiendo en la sorpresa de ver a Elena—. ¿Tú por aquí?

—Yo por aquí, sí —respondió ella incrédula—. ¿Dónde quieres que esté? ¿En la Feria de Albacete?

Diego obvió la respuesta de su compañera y se dirigió a su objetivo.

—Señor Bécquer —dijo con extrema solemnidad—, quiero agradecerle en nombre del Cuerpo su magnífica labor en la detención del sospechoso.

Elena comenzó a calentarse como una olla exprés. Estaba claro que Bécquer no iba a dejar pasar la oportunidad de darse un baño de ego durante al menos un cuarto de hora largo.

—Nada que agradecer —dijo él también solemne—, siempre he pensado en la responsabilidad que tenemos como ciudadanos a la hora de ponernos al servicio de las Fuerzas y Cuerpos de Seguridad del Estado. —Elena estaba ya rozando el vómito—. Y sin duda... —prosiguió como quien agradece un premio— el mérito es de Elena en representación de todo el Cuerpo; ella es la auténtica heroína.

A ella le sorprendió que Bécquer desviase el foco hacia su persona, algo parecía estar cambiando en él, quizá lo vivido en la detención de Ailagas tuviera algo que ver.

—No obstante... —añadió— debo aceptar el cumplido ya que no es habitual que un civil se enfrente a los malhechores como yo lo hice; a veces saber estar al lado de un policía, guiándolo como hago yo con Elena, es una tarea tan valiosa como la propia detención en sí.

«Este sí que es Bécquer», pensó la inspectora mientras lo cogía del brazo con fuerza empujándolo hacia el interior de la comisaría, como si estuviese deteniendo a un sospechoso o sacando de un parque de bolas a un niño pesado. Caminaba con velocidad casi arrastrándolo mientras él se despedía de Diego con gestos indicándole algo así como «luego seguimos hablando». Elena suspiraba refunfuñando mientras subían las escaleras al mismo tiempo que aguantaba los comentarios autocomplacientes de Bécquer.

—Es majo el muchacho, ve en mí un ejemplo, algo normal, por otra parte. ¿Has visto lo guapete que se ha puesto? Ese *outfit* lo llevé yo cuando presenté los Goya en 2016, se ha puesto hasta el mismo pañuelo.

—No me había fijado —Ante tal declaración Elena optó por una respuesta escueta.

Terminaron de subir el tramo de escalera y justo al final los esperaba el comisario.

—Magnífica detención, Elena, quizá un pelín teatral —dijo Baltierra con media sonrisa—, pero ya sabemos cómo te las gastas a veces.

Era un elogio habitual del comisario, nadie conocía mejor a Elena y todo su potencial; cada vez que realizaba alguna acción espectacular, no podía evitar recordar la primera vez que la vio.

José Baltierra, un inspector de policía brillante con una carrera meteórica, era más bien uno de esos perfiles que se ven en las películas estadounidenses: magnífico en las relaciones políticas, de esos que acaban siendo alcaldes de su ciudad.

Toda aquella brillantez y seguridad se desmoronó cuando descubrieron que su esposa tenía un cáncer de lo más agresivo. Desde el diagnóstico hasta el fallecimiento apenas pasaron dos años, tiempo suficiente para intentarlo todo con esperanza y terminar aceptando una partida tan temprana como injusta. En esos tiempos, que con tanto dolor recordaba, emergió una figura de suma importancia, Carmen.

Baltierra y su esposa Julia entraron a la sala de quimioterapia con miedo; aquello, por más que lo intentasen asimilar, era un mundo. Esperaron a que les indicase cuál era su lugar y lo ocuparon nerviosos. La enfermera, con gran dulzura y suavidad, descubrió el brazo de Julia y procedió a colocarle la vía.

—Esto llevará varias horas —dijo con tranquilidad—; en un rato vengo a verte. —Y se despidió después de acariciar suavemente el brazo de Julia.

—Ve a tomar café, que no has desayunado —le dijo ella a su marido.

—No te preocupes, estoy bien —respondió él visiblemente apurado.

—Ve tranquilo, no me voy a mover de aquí.

Cuando Baltierra había salido ya de la sala, una voz interrumpió los pensamientos de Julia.

—A ellos les cuesta más. —Al girarse, vio a una mujer de mediana edad que se presentó inmediatamente—. Me llamo Carmen.

Y desde ese momento hubo una conexión de esas que nunca se rompen. Durante el resto del tratamiento, Julia y Carmen fueron de la mano, aunque lamentablemente no pudieron celebrar juntas el éxito: la enfermedad de Julia tenía mucho peor pronóstico que la de Carmen.

A lo largo de las interminables horas de tratamiento tejieron una amistad indestructible. A Julia, que no había tenido tiempo de tener hijos, le encantaban las historias de Carmen, sobre todo las que tenían como protagonista a Elena, una chica preciosa a tenor de las fotos que le enseñaba y que llevaba ya tres años en el Ejército.

Cuando Julia fue desahuciada, regresó a casa para morir entre los suyos. Alrededor de aquella cama solo había cuatro personas cogiéndole la mano: sus padres, el amor de su vida y Carmen, a quien solo conocía desde hacía un par de años y en la peor de las circunstancias, y que se había convertido en uno de sus grandes apoyos.

Para Julia, Carmen era una heroína, le enternecía ver cómo había sacado adelante a sus tres hijos después de haber sufrido una tragedia tan terrible como el asesinato de su marido. Cuando lo supo, su reacción inmediata fue pe-

dirle ayuda a su marido. El inspector Baltierra movió toda la documentación que pudo pero fue inútil: era un caso cerrado, un robo con un final fatal del que no habían podido encontrar al culpable.

Cuando el momento más temido se precipitaba, Julia le hizo prometer a su marido que cuidaría de Carmen, que no la sacaría de su vida cuando ella faltase. Carmen había sido un regalo, la hermana que no había tenido y sus hijos los niños que a ella le faltaron. Baltierra dio su palabra y en eso era firme como un roble.

Desde entonces, tuvo siempre presente las necesidades de Carmen por mucho que, por discreción y generosidad, ella no «quisiera molestar». Por eso, cuando se enteró de que su hija la militar quería volver a España e ingresar en el Cuerpo tuvo claro que la iba a ayudar en todo lo posible, incluso antes de leer su expediente. Baltierra no sabía, e intuía que tampoco la propia Carmen, que se trataba de una soldado de élite, una agente que cualquier comisaría soñaría con tener. Aprovechando que en el Ministerio le debían más de un favor, movió todo lo que tenía que mover para que Elena Izaguirre desembarcase en su comisaría.

Aquella mañana de 2018 Elena se presentó puntual en su despacho. A Baltierra le costaba creer que aquella muchacha de apenas treinta años, delgada y retraída, mantuviese todavía todo tipo de récords en la academia militar. Dejó el expediente a un lado y se dirigió a Elena con franqueza.

—Inspectora Izaguirre, le doy la bienvenida a la comisaría de Tudescos, espero que tenga una larga y segura

carrera con nosotros. —Cuando terminaron de estrecharse solemnemente la mano, Baltierra adoptó otro tono—. Elena, sabes que aprecio mucho a tu madre, ella hizo que los últimos momentos de mi esposa fueran mejores y se lo agradeceré siempre. Julia, casi sin conocerte, te quería muchísimo, al igual que yo quiero mucho a Carmen. Estoy feliz de tenerte aquí y voy a hacer todo lo posible por que te sientas a gusto.

Elena agradeció de corazón las palabras del comisario, tanto fue así que decidió obviar el wasap de su madre, recibido a las siete de la mañana, y que decía: «Hija, ponte derecha cuando saludes a José y dale las gracias».

El comisario indicó con un gesto a Elena y a Bécquer que entraran en su despacho, ambos se sentaron frente al escritorio y volvieron a repasar, para tortura del cómico, cómo se había producido la detención.

—Me cuesta creer que ese chaval sea el responsable de semejante acto —dijo el comisario coincidiendo en su análisis con la inspectora—; no obstante, salir corriendo no es indicativo de nada bueno —reflexionó en voz alta—. Vamos a ver qué podemos sacar de todo esto.

Con un *timing* perfecto, Diego Ortega asomó por la puerta del despacho del comisario anunciando que el sospechoso ya estaba en la sala de interrogatorios. A la pregunta de cómo lo había encontrado, Diego respondió que estaba muy nervioso y que no paraba de balbucear; vamos, que conociendo a Elena dudaba de que le durase medio asalto.

Bécquer se revolvió nervioso en la silla: ¿tal era la fama de Elena? Aquello no paraba de mejorar. Además de verla en acción en la calle, iba a poder asistir a un interrogatorio por homicidio. Tenía claro que si de todo eso no era capaz de sacar una rutina de diez minutos, ni era cómico ni era nada.

Los tres se levantaron a la vez y bajaron aquellas interminables escaleras. Las pulsaciones de Bécquer iban en aumento según se acercaban a la sala, no podía dejar de imaginar e incluso fantasear con las preguntas que tenía pensado hacerle; seguro que entre Elena y él le sacaban rápido una confesión.

19
El interrogatorio

La sala de interrogatorios era tal cual la había visto en las películas: «¿Un guionista había visto una sala real y la copió en una película? ¿O por el contrario la vieron en una película y la replicaron en las comisarías?». Como reflexión seria no valía para nada, pero estaba claro que ahí había un chiste potencial y eso Bécquer no lo perdonaba.

La sala no tenía ventanas, entrabas por la puerta y lo que te encontrabas era una mesa con dos sillas en un lado y una en el otro, nada más; las paredes de color beis y en una de ellas un gran espejo: no hacía falta ser el más listo de la clase para saber que tras él se podía seguir el interrogatorio sin ser visto; como en las películas, ni más ni menos.

Para Elena, sin embargo, era algo más rutinario. En esa sala había hecho que confesaran asesinos, ladrones y estafadores casi sin esfuerzo; sabía cuáles eran las teclas que tocar y tenía claro que esa vez no iba a ser excepcional.

A Bécquer no tardaron mucho en darle su propio programa; si algo tiene la televisión, es una capacidad enorme de exprimir al que funciona y olvidar rápidamente al que una vez lo hizo.

Bécquer llevaba apenas un año colaborando con Jorge Tardá cuando se filtró la noticia de que este quería retirarse. Eran ya demasiados años, según su criterio, trasnochando de manera exagerada y sin apenas vida social o familiar. A esto se unía la llegada del amor: Jorge acaba de comprometerse con una de las maquilladoras del equipo, tanto roce había hecho saltar chispas y, después de varios meses de relación, habían decidido pasar por el altar.

Embriagado de amor como un chiquillo, Tardá llamó a su despacho a Bécquer, quien acudió ligeramente nervioso porque cuando eso sucedía, o salías con una mejora de tus condiciones o con el finiquito. Con Tardá no había medias tintas.

El despacho era ridículamente grande para el escaso tiempo que pasaba en él. Jorge era de plató, de sala de realización, de sentarse con los guionistas... Era ejemplar en todo, pero tanto sacrificio comenzaba a pasar factura. Cuando Bécquer cruzó aquella puerta, no sabía que su vida estaba a punto de cambiar para siempre.

—Estoy cansado —dijo Tardá sin rodeos—, creo que ha llegado la hora de que dé un paso al lado. —Bécquer mostró cara de sorpresa a pesar de los rumores de pasillo que llevaban tiempo circulando—. Ahora que arrancamos el año creo que va a ser el último.

Bécquer no pudo evitar desanimarse, escuchar aquellas palabras lo llevaba irremediablemente a pensar que se acababa la diversión; tenía la misma sensación que cuando el profesor de gimnasia daba aire a su silbato indicando que el tiempo de recreo había terminado.

En apenas una fracción de segundo, el lado miedoso de Bécquer cogió el volante y comenzó a bombardear su mente con pensamientos negativos: «Todo se acaba», «Te vuelves para Galicia», «Estaba claro que no iba a durar»... Y de ahí a un poco de relajo al escuchar en su cabeza un «Pero algo saldrá», un «Malo será que no haya otro programa en el que colaborar»...

—Mi idea es irme poco a poco —continuó Tardá—, estoy pensando en no estar los jueves, un poco más adelante descansar también los lunes y la próxima temporada retirarme.

Bécquer cada vez estaba más confuso, entendía su retirada paulatina, pero lo que creía era que si Tardá dejaba Noches desde el Espacio, *el programa terminaría y punto, pero se ve que tenía otros planes.*

—Y en este punto es donde entras tú. —Se dirigió a Bécquer como nunca antes lo había hecho; no le hablaba con ese paternalismo cuidadoso que solía esgrimir, su tono era otro, como más adulto. Bécquer sintió inmediatamente que en el calor de esas palabras venía un deseo enorme de cuidarlo—. Mi idea... —prosiguió Tardá— es que seas tú quien lidere, creo que el futuro es tuyo y no hay nadie mejor para darme el relevo. —Bécquer no creía lo que le estaba pasando, en apenas dos años iba a pasar de debutar sobre un escenario a presentar el show *nocturno más exitoso de la televisión; sin duda, una oportunidad*

que no iba a dejar pasar—. ¿Te gusta la idea? —le preguntó Jorge mirándole profundamente a los ojos.

La respuesta no se hizo esperar, desde que Bécquer pisó aquel plató por primera vez sabía que antes o después le iba a llegar su oportunidad, siendo sinceros, no tan pronto, pero sabía que, de su mano, lograría suplirlo de una manera distinta pero, por qué no, exitosa también. Respiró hondo sabiendo que lo que dijese a continuación iba a quedar para la historia, que su respuesta iba a ser el eje del relato futuro que contaría a sus nietos. Cogiendo todas las fuerzas del mundo, le devolvió la misma mirada intensa a su mentor y dijo:

—Me apasiona la idea y prometo estar a la altura. —En ese momento Tardá se levantó, rodeó la mesa y abrazó a su pupilo, mientras Bécquer, al oído, le susurraba un sentido «Gracias, jefe».

—Disfrútalo mucho, pero, sobre todo, no te olvides de que hay más vida fuera de este plató.

Tardá no era un jefe; a fin de cuentas, jefe puede ser cualquier idiota al que coloquen en un cargo, mandar es fácil. Lo de Tardá se llamaba liderar, otra cosa, otro nivel. Al líder se le sigue sean cuales sean las inclemencias a las que uno se pueda enfrentar, te partes la cara por él con quien sea y Tardá era de esos, siempre dispuesto a que sus colaboradores crecieran; no era de esos que cuando veía que le podían hacer sombra, se encargaba de ponerles un techo de cristal: «Que crezcan pero no tanto» solía ser la máxima de la mayoría de las caras conocidas de la televisión.

Aquel fue un gran consejo de Jorge, nadie mejor que él sabía todo lo que se sacrificaba por el éxito, sin ir más lejos, su primer matrimonio, algo que no iba a permitir que se repitiese ahora que la vida le había dado una segunda oportunidad. Lamentablemente, Bécquer lo entendió de otra manera y, en efecto, dedicó mucho tiempo a lo que ocurría fuera del plató de televisión..., es decir, el cine y teatro, nunca auténticas vivencias personales de esas que enriquecen el alma.

El sospechoso estaba sentado en su silla y con las esposas perfectamente enganchadas a una cadena que había en la mesa. En la habitación de al lado, a través del espejo, Bécquer lo observaba junto al comisario y a Elena. Baltierra rompió entonces el silencio.

—Elena, tenemos claro entonces cómo enfocarlo, no lo aprietes mucho desde el inicio, sigue sin encajarme que este pardillo haya sido el artífice de todo, pero quizá forme parte de un entramado mayor.

La inspectora estaba de acuerdo con el comisario, había repasado el expediente y la declaración de aquel muchacho una y otra vez, y a pesar de no tener claro que fuese el autor de aquello, sí tenía claro que sabía mucho más de lo que parecía. Se iba a divertir.

Cuando el comisario y la inspectora dejaron de intercambiar tanto el enfoque del interrogatorio como sus sensaciones sobre el sospechoso, Bécquer intervino.

—Yo creo que hay que apretarle las tuercas, hacer que cante, que suelte la lengua...

Elena puso los ojos en blanco delante del comisario y se giró hacia Bécquer.

—¿Algún tópico carcelario más que quieras añadir?

Ante ese corte, el cómico sintió un sudor frío bajándole por la espalda, incluso él se había dado cuenta de lo ridículo que acababa de sonar.

—Bueno —trató de corregirse—, ya sabes lo que quiero decir. Vamos a sacarle toda la información posible.

—¿Vamos? —dijo Elena buscando la mirada del comisario.

—No, usted va —corrigió de inmediato Baltierra—, el señor Bécquer se queda aquí conmigo.

—No, hombre, yo quiero... —La réplica fue cortada de manera instantánea por el comisario.

—Señor Bécquer, ahora le pido que mire y aprenda.

—Sí, señor —le dijo él muy correcto. No había nada más que rascar ahí y lo había entendido.

Elena entró en la sala de interrogatorios con absoluta determinación. A Bécquer le fascinaba la seguridad que la inspectora imprimía en todo lo que hacía, su labor policial era de otro nivel. A veces se preguntaba si no se trataría en realidad de algún tipo de robot perfectamente programado.

Arrojando la carpeta en la mesa, Elena tomó asiento y dedicó unos minutos a pasar teatralmente las hojas del informe. En la sala contigua Bécquer no dejaba de hacer preguntas cual chiquillo en un laboratorio.

—Comisario, ¿tarda tanto en arrancar para ponerlo nervioso?

—Exactamente, necesitamos que el sospechoso baje la guardia. Elena suele comenzar así, esperando a que sean ellos los que precipiten la conversación; generalmente, el que tiene prisa pierde.

Y, en efecto, así fue.

—¿Me vas a tener aquí mucho rato? —preguntó Ailagas con cierta soberbia.

—El tiempo que pases aquí sentado es tiempo que no estás en la celda, y viendo lo que estoy viendo, creo que estar aquí sentado es el menor de tus problemas.

La cara de Ailagas comenzó a cambiar. Con una sola frase Elena lo acababa de poner nervioso. Lo que no sabía Ailagas era que una gran cantidad de las hojas que Elena pasaba con atención pertenecían a otros archivos y que ella misma los había puesto en la carpeta para aparentar que tenían un montón enorme de pruebas en su contra.

Ailagas comenzó entonces a sudar. Elena era efectiva: ya casi lo tenía y apenas había comenzado.

—¿Te molestan? —le preguntó señalando las esposas con la mirada.

—Sí, la verdad —contestó el reo rebajando el nivel de chulería.

—Te las voy a quitar porque no creo que vayas a hacer ninguna tontería.

Elena le retiró las esposas y este le devolvió un escueto «gracias».

—Es muy buena —dijo Bécquer—. Primero lo aprieta y ahora tiene un gesto generoso, sería una gran entrevistadora.

La inspectora lanzó la primera de las preguntas, quería el relato completo de Ailagas para ver si encontraba alguna disonancia.

—Veamos, ¿quién te contrató?

—Joder, ya os lo he contado un millón de veces —protestó el interrogado.

—Pues lo cuentas una más —replicó ella con contundencia.

—A ver... Yo curro normalmente en el Mercadona de reponedor, pero es algo temporal porque yo tengo estudios, eh, que me saqué una FP en sonido, así que muchos fines de semana me llaman para tirar cable.

—¿Qué es eso de tirar cable?

—Pues hacer un poco de todo, lo que necesiten los técnicos.

—Eso es cierto —dijo Bécquer—, son auxiliares, chicos para todo. Recuerdo una vez en Puerto Rico que teníamos a una chica con unas caderas..., pero eso es otra historia. El caso es que esa muchacha...

—El relato del artista se vio frenado bruscamente por una mirada del comisario de esas que te dejan la sangre a la temperatura del hielo de un buen *gin-tonic*—. Mejor se lo cuento otro día —remató Bécquer.

Elena seguía tratando de ordenar las piezas, de encontrar alguna laguna, algún hueco en el relato de Ailagas. Él seguía dando vueltas alrededor de lo importante que en realidad era su labor y lo poco valorada que estaba en realidad.

—El día de autos ¿a qué hora llegaste?

—A ver, llegar llegar llegué pronto, a eso de las ocho de la mañana. Me llamaron el día anterior los de Ertal para ver si podía reforzar al equipo, que se ve que habían tenido una baja. —Elena lo anotó entonces en el expediente subrayando lo de «una baja».

—¿Quién te atendió cuando llegaste?

—Pues no me acuerdo del nombre. Al llegar me dijeron que entrase al teatro, que me iban a dar la ropa, todos llevábamos unas camisetas y sudaderas que ponían «STAFF» y una foto del tal Bécquer en la espalda; joder, el pavo ese tiene un ego... —La inspectora no pudo evitar sonreír imaginando la cara de Bécquer al otro lado del cristal.

—¿No querías hacer el trabajo?

—Pues la verdad es que no, ayudar al *show* del rico facha ese no me apetecía una mierda, ese solo le hace gracia a las viejas. —Elena estaba disfrutando como hacía tiempo. Bécquer, por el contrario, se estaba revolviendo.

—La madre que lo parió, comisario, déjeme entrar, que le voy a enseñar modales al niñato este, que solo le gusto a las viejas dice...

—Contrólese, señor —dijo el comisario—. Estamos aquí por otros motivos, ¿no?

Al otro lado del espejo, Elena no se cortaba ni un pelo.

—¿Pudiste hablar con Bécquer en algún momento?

—Qué va, con ese no habla nadie, nos lo tienen prohibido, las putas estrellitas, que son así, y más los que están acabados.

De repente sonaron tres golpes en el espejo.

—¿Acabado yo? Cincuenta mil entradas en un día, gilipollas. Cincuenta mil —gritó Bécquer al otro lado.

El comisario lo apartó exigiéndole compostura. Él se recompuso como pudo mientras Elena les dedicaba una sonrisa.

El relato de Ailagas iba avanzando, ya tenían clara la hora de llegada y lo que había hecho y dónde había estado en todo momento. Elena iba poco a poco llegando al punto que más le interesaba, pero no quería precipitarse. Si Ailagas era quien ellos creían que era, debía tener clara su respuesta a la pregunta clave.

Los técnicos habían llegado a la conclusión de que para que el primero de los cables cediese a la hora a la que cedió, tenía que haber sido cortado parcialmente apenas comenzado el espectáculo; eso reducía la ventana de tiempo enormemente y, además, facilitaba el ocultarse, ya que, una vez comenzado el *show*, la luz de trabajo se apagaba y los hombros quedaban en la oscuridad más absoluta a ambos lados de la escena.

—¿Dónde estabas cuando dieron el aviso de cinco minutos para comenzar? —Esta era la pregunta clave, el motivo de la detención de Ailagas era precisamente no poder situarlo dentro del Teatro Real en esa ventana de tiempo.

—En el metro, volviendo a mi casa.

Para Elena eso no era posible, todos tenían que fichar para salir y Ailagas no lo había hecho; aquello tenía pinta de ser la clásica torpeza de malo idiota: cortó el cable y salió por patas. Elena adoptó entonces otro tono y decidió pasar al ataque.

—Perfecto, una coartada estupenda, ¿verdad? Cortas el cable y sales corriendo, nadie te ve salir, pero tú ya estabas en el metro cuando las varas cayeron. Muy listo, pero no tanto.

A Ailagas, ante esta acusación, la cara le cambió por completo.

—Un momento, que yo no he cortado ningún cable —respondió nervioso.

—¿Me quieres hacer tonta? Porque no lo soy. —Elena levantó entonces la voz al tiempo que se ponía en pie—. Sabemos lo que has hecho: cortaste el cable para darle una lección al rico facha, ¿verdad?, como cuando le destrozaste el coche a aquel profesor, ¿no es cierto? —La inspectora había hecho los deberes—. O cuando te identificaron con tus amigos antifa en el intento de rodear el Congreso hace siete años: ¿tampoco eras tú?

Mientras Elena le recordaba su expediente, iba lanzando sobre la mesa las fotos que el muchacho publicaba en sus redes sin pudor alguno.

—Eso fue hace tiempo —trató de defenderse Ailagas—. Joder, cuando lo del coche fue con unos colegas y yo no hice nada, además, tenía diecisiete años, joder, una chiquillada. Y lo de los antifa, pues..., no sé, tengo colegas ahí y a veces voy a manis, pero nada más.

—¿Nada más? Tus acciones le acaban de costar la vida a una mujer inocente y voy a hacer todo lo posible por que te pudras en la cárcel. —Elena siguió sin piedad alguna.

—¡Que no! Que a mí me da igual el comicucho ese, que no es mi movida.

—Entonces, ¿por qué escapaste con tu moto cuando me acerqué a ti?

Para Elena aquella reacción apuntaba a culpabilidad. Ailagas entendió entonces que estaba contra las cuerdas.

—Está bien, lo admito... Fue por los porros.

—¿Qué dice este idiota de porros? —exclamó Bécquer, revuelto por dentro. Ailagas continuó con su confesión.

—Muevo hierba con un colega que la planta en su casa para sacarme unos euros. Cuando viniste esta mañana, llevaba dos cogollos encima y pensé que me ibais a empapelar, por eso me escapé y los tiré desde la moto.

Elena entendió entonces que tenía delante a un tonto integral.

—¿Y lo de marcharte del teatro? Sigo sin creerte.

—¡Joder!, me fui porque me dijo el jefe de la barba que ya no hacía falta que me quedase, que me podía librar de tres horas más de curro.

La inspectora comenzó entonces a atar cabos y lanzó una mirada hacia el espejo que denotaba complicidad. Parecía que acababa de encontrar algo.

—¿Dónde estabas cuando el jefe de la barba te dijo que te fueses?

—En el hombro derecho, el pavo aquel vino y me dijo que ya había terminado y que me podía ir, yo le dije que me quedaban tres horas y él me dijo que no me preocupase, que era el jefe técnico y que todo estaba controlado, que estaban mandando para casa al personal que no tuviese ya nada que hacer. Y me piré, así me daba tiempo a ver el fútbol.

Bécquer también entendió lo que Elena parecía haber descubierto, pero, por el contrario, el comisario estaba fuera de juego.

—Elena acaba de dar con algo, señor comisario —dijo Bécquer esbozando media sonrisa.

—¿El qué? —respondió Baltierra intrigado.

—La barba —dijo Bécquer con cierta aura de misterio.

—¿Por qué es relevante?

—Pues porque jefes en el teatro solo hay dos, uno técnico y otro de producción, y le puedo asegurar que ninguno tiene barba, lo cual solo puede significar una cosa...

Elena había casi memorizado el «Expediente Bécquer» y sabía que no había una sola barba en todo el equipo. ¿El motivo? Bécquer jamás lo confesaría en público, pero es que no las soportaba, algo debió de pasarle para que no se sintiese cómodo y por eso nunca había miembros de relevancia en su equipo que la llevasen. Si a Ailagas le dio una orden un «jefe con barba», ese era el hombre al que había que buscar.

20
Nunca te fíes de un hombre con barba

Elena salió de la sala de interrogatorios visiblemente satisfecha. En todo momento había sido consciente de que Ailagas no reunía lo necesario para ser el culpable de lo ocurrido; por mucha moto que utilizase en su escapatoria, quedó claro que era un pardillo en cuanto le pusieron las esposas.

Si algo tenía presente la inspectora era que buscaban algo más. El objetivo estaba claro: buscaban a alguien capaz de asesinar premeditadamente a una de las mayores estrellas de la comunicación del país y, acto seguido, intentarlo con otra. Ambos casos con un nexo que, en cierto modo, a Elena la desconcertaba: la intención de que pareciesen accidentes.

La inspectora había revisado casos anteriores que pudiesen arrojar algo de luz a la investigación. Lo más parecido era el asesinato de tres actrices de revista en los años 60, tres coristas que murieron a manos del mismo desgraciado, pero de una manera violenta, en ningún caso como si hubiera sido algo accidental. En la escena del crimen quedaba claro que aquel malnacido quería castigarlas. El informe citaba las palabras del hombre: «No me hacían caso». Ese fue el motivo para tal atrocidad, que ellas lo habían rechazado por tierra, mar y aire, y el frágil ego de aquel desquiciado no lo pudo soportar.

En los casos de Ana María Lozano y Bécquer, Elena no acababa de encontrar la motivación. Si querían librarse de ellos, ¿por qué perseguir que pareciera accidental?, ¿no era más lógico obtener toda la publicidad posible?

Cuando Elena entró en la sala de al lado, Bécquer tenía en la cara una expresión mezcla de esperanza y decepción a la vez.

—No es nuestro hombre.

—No, pero eso ya lo sabías desde el principio —le respondió Elena dejando claro que era consciente de lo que Bécquer podía transmitir casi con una sola mirada.

El cómico era transparente, en su afán de notoriedad constante era incapaz de dejarse nada dentro. Parte de su éxito residía precisamente ahí. Había abierto las puertas de su casa y de su vida en incontables veces; cada vez que concedía una entrevista era un regalo para el periodista de turno porque siempre dejaba titulares.

Salieron de la sala y volvieron al despacho del comisario. Baltierra quería estudiar cuáles serían los siguientes pasos y, sobre todas las cosas, deseaba que le explicasen de una manera clara por qué la barba era tan importante. Los tres se sentaron alrededor de una pequeña mesa redonda que el comisario tenía en su despacho, además del escritorio principal. Sobre ella, dos copias completas del «Expediente Bécquer» que la secretaria del comisario acababa de dejar allí diligentemente. Baltierra comenzó a pasar hojas mientras le preguntaba a Elena por qué la declaración del sospechoso tenía relevancia.

—Verá, comisario: desde el principio hemos puesto nuestro esfuerzo en dibujar un mapa claro de los movimientos de todas las personas que estaban en el Real. Por sus declaraciones, podemos triangular los movimientos de cada uno.

Elena le pidió entonces al comisario que fuese a la página 37 del expediente. Bécquer observaba con los ojos como platos. Sus burlas y críticas al trabajo policial se disiparon al instante, aquel enorme taco de hojas contenía un montón de información que la inspectora no le había revelado y ahora la tenía toda casi en la mano. Mientras ella hablaba, lo único en lo que pensaba Bécquer era en cómo salir de la comisaría con ese archivo bajo el brazo sin que nadie se diese cuenta. «Tengo que robar en una comisaría», dijo para sí; sin duda, una de las ideas más peregrinas que había tenido en tiempo.

La página 37 se desplegaba multiplicando por cuatro su tamaño. Una vez abierta, se observaban claramente las plantas en las que había habido trasiego aquella noche.

—El Teatro Real es un mastodonte de más de sesenta y cinco mil metros cuadrados —explicó Elena—, pero, según nos ha confirmado la dirección, no se utiliza el espacio en su totalidad en noches de espectáculo, la mayoría de los salones y sus accesos están restringidos, así como las salas de ensayo.

—Entiendo que lo que nos está explicando está completamente verificado —asumió el comisario.

—Sí, señor —respondió ella con absoluta convicción—. El sistema de seguridad es impecable, el edificio no solo tiene cámaras dentro, sino que hay vigilancia en cada acceso. Es por esto que hemos podido acotar el movimiento de personal de las cuatro plantas del propio teatro: la sala donde se hace el *show*, para que nos entendamos; los pasillos aledaños, que dan acceso a los servicios y, más importante aún, el *backstage*, que es donde mayor movimiento aparece.

Cuando Elena pronunció *backstage*, Bécquer no pudo evitar sonreír. Escuchar a Elena utilizando el vocabulario del mundo del espectáculo le hizo sentirse como Rex Harrison en *My Fair Lady*. Baltierra observaba con cierta perplejidad aquella amalgama de puntos de colores distribuidos a lo largo y ancho de los planos del Real. No iba a reconocerlo, pero no entendía gran cosa.

Elena prosiguió con su explicación. Cuando vio la cara del comisario al desplegar los planos, supo que no se estaba enterando de nada. Eran ya muchos años a su lado y había aprendido a leerlo. Cuando se colocaba las gafas sobre la punta de la nariz, significaba que no sabía qué estaba mirando, así que dedicó todo su empeño a dejarlo claro.

—Lo que se ve aquí equivale a uno de esos mapas de calor que aparecen en la tele en los partidos de fútbol y que muestran por qué partes del campo se han movido los futbolistas. Gracias al trabajo de Diego y de otros compañeros, hemos podido, a través de las declaraciones de unos y otros, trazar el movimiento de todos y cada uno de los trabajadores que estaban en el edificio. Hemos puesto especial empeño en las inconsistencias; eso fue, por ejemplo, lo que nos llevó a detener a Ailagas.

Mientras Elena continuaba hablando, Bécquer movió la silla para poder leer por encima del hombro del comisario. Con atención, buscaba el punto que le representaba a él. Cuando lo encontró, no pudo evitar sorprenderse: ahí quedaba claro hasta cuántas veces había salido del camerino. Elena se dio cuenta en seguida de lo que hacía.

—Sí, Bécquer, se ve claro en tu recorrido que visitaste cuatro veces en una hora a las muchachas de vestuario. —Él no pudo evitar ruborizarse.

—Es que no atinaba con los gemelos. —Esta tontería fue la primera excusa que se le ocurrió. Completamente abochornado, apartó la silla.

—Ha aparecido un elemento nuevo —dijo Elena con cierta preocupación—. El equipo de Bécquer tiene varios responsables, que a su vez responden únicamente ante dos personas. En primer lugar estaría Antonio Iturriaga, su ficha está en la página cuarenta y nueve: es el encargado de la plataforma de *streaming*, nadie se mueve sin que él lo diga, de ahí la sorpresa de Ailagas cuando lo dispensaron. Y por otro lado está Carmen González, jefa de producción del Teatro Real. Ellos dos coordinaron tanto el espectáculo como la grabación; por debajo de ellos estarían Ignacio Martínez, conocido como Nacho, que es la mano derecha de Bécquer y cuyo cometido básicamente es decirle lo estupendo que es, y Antonia Trebijano, mujer de cincuenta y siete años que lleva trabajando en televisión ni se sabe y que coordinó el minuto a minuto de la grabación. —Bécquer asintió con la cabeza a cada palabra de Elena, incluso a aquellas que le resultaron ofensivas; a fin de cuentas, no le faltaba razón respecto al cometido de Nacho—. Lo más llamativo es que hablamos en total de cuatro personas, dos hombres y dos mujeres, y ninguno tiene barba —prosiguió Elena—. Y esto me lleva a otra pregunta: ¿por qué de todos los trabajadores al único que mandaron a casa fue a Ailagas?

Bécquer levantó la mano como un chiquillo en el colegio. Elena miraba al comisario esperando una respuesta, y como el cómico no paraba de hacer aspavientos, terminó por darle la palabra. Él se puso de pie ceremoniosamente para responder.

—Después de escuchar tu magnífica exposición, tengo dos cosas que decir. La primera es que creo que a Ailagas lo mandaron a casa porque era la manera de asegurarse de que nadie vigilaría el hombro derecho. Si le hubieran dado permiso para salir a fumar, por ejemplo, corrían el riesgo de que, al volver, alguien le llamara la atención. En cambio, si lo enviaba a casa de manera definitiva no tendrían por qué preocuparse de su vuelta —Elena asintió con la cabeza—. De esta forma, esa persona de barba podría ocultarse discretamente en ese hombro sin que nadie sospechase, porque, al haber subcontratas, no todos se conocían entre ellos. Así que podría haber subido a la escalera de la pared y cortar el cable de acero sin ser visto.

En ese punto intervino el comisario.

—Buena observación, señor Bécquer. ¿Y la segunda? —Bécquer tomó aire antes de continuar.

—Pues que no necesito que nadie me diga lo estupendo que soy, ya lo sé yo solo.

Elena se dio entonces la vuelta para que Bécquer no pudiese ver cómo contenía una carcajada. Una vez que se recompuso llevó a cabo las conclusiones.

—En resumen, que ha aparecido un elemento nuevo después de la declaración de Ailagas. Buscamos a un hombre de aproximadamente un metro setenta y cinco, de complexión delgada, de unos treinta y cinco años, con barba larga y oscura, al igual que su cabello; no tenemos mucho más. Además, Ailagas ha dicho que llevaba puesta una gorra y unas gafas de esas que no son oscuras del todo que impiden que tengamos una imagen clara de él.

Bécquer se vino entonces un poco abajo. Lo que parecía un gran avance para Elena, a él le parecía un callejón sin salida, un volver otra vez a la casilla del principio. Cada vez veía más difícil que encontraran al responsable de la muerte de Raquel.

—¿Y ahora qué vamos a hacer? —preguntó temiendo que la respuesta lo alejase todavía más de su objetivo.

En ese justo instante una agente de policía tocó la puerta con los nudillos, abrió y entregó a Elena una carpeta marrón. Después de comprobar el contenido, la inspectora arrojó un puñado de fotografías sobre la mesa.

—Lo siguiente que vamos a hacer es encontrar a ese cabrón.

21
Intentarlo de nuevo

Fallar al atentar contra Bécquer había sido demoledor para él, y la vergüenza y la ira no hacían más que ir en aumento.

Sentado frente al ordenador, la frustración no dejaba de crecer, le cabreaba sobremanera que Bécquer siguiera tan tranquilo disfrutando de la vida como si nada hubiera pasado. Una simple búsqueda en Google arrojaba un montón de resultados inmediatos sobre en qué andaba metido. «Menuda sangre fría tiene», pensó mientras leía la entrevista que acababa de conceder al *Diario de Sevilla.*

Esta periodista que les escribe acaba de disfrutar unos minutos del preciado tiempo de uno de los humoristas más importantes de la historia de nuestro país, y que nos visitará la próxima semana. El Auditorio de La Cartuja se vestirá de lunares para recibir a Bécquer. El humorista gallego, según nos ha contado, se encuentra recuperado del accidente sufrido en el Teatro Real y con ganas de volver al trabajo.

Señor Bécquer, ¿feliz de volver a los escenarios?

Muy feliz. Sin duda, es la mejor manera de dejar atrás lo sucedido y de reencontrarme con mi público, al que quiero agradecer el cariño con que me han tratado estas últimas semanas.

¿Cómo se recupera alguien de un suceso tan tremendo como el ocurrido en el Teatro Real?

Poco a poco.

Es algo que, sin duda, marca. ¿Podría decirnos qué fue lo que ocurrió?

Como le dije antes de empezar, es un tema muy doloroso que quiero dejar atrás. Ahora lo que necesito es mirar hacia delante y subirme al escenario a dar lo mejor de mí.

La rabia que sentía al leer se aliviaba imaginando como sería verlo muerto de una vez por todas. Quizá su error principal era haberse obsesionado en que pareciese un accidente, tal vez había llegado el momento de dar un paso más y, con tal de verlo bajo tierra, intentarlo a plena luz del día. La tranquilidad que de repente le acompañaba al tener esta idea se vio truncada por un grito. Se levantó del escritorio y cruzó el pequeño pasillo a toda velocidad.

—¿Qué ocurre? —preguntó asustado. Al entrar al salón vio un montón de cintas de vídeo desperdigadas por la alfombra.

—No está *La casa encendida*, ¿la has cogido tú?

Cuando esto ocurría, lo mejor que le podía pasar era encontrar cuanto antes la cinta extraviada, así que se agachó a buscarla. Si algo había dejado claro su madre desde siempre era que sus películas no se tocaban, muchas estaban descatalogadas, eran auténticos tesoros.

—No —contestó temeroso. Y su respuesta no gustó.

—¿Me quieren volver loca, es eso?

La temperatura empezó a subir. Asustado, alargó el brazo y comenzó a buscar la cinta extraviada.

—¡No toques nada, que lo estropeas todo! ¡No quiero que nadie toque mis películas! —Los gritos no cesaban.

—Solo quiero ayudar, déjame —replicó, y no tardó en encontrar la cinta—. Toma, aquí está —dijo antes de dirigirse aliviado hacia el televisor; para ella nada era más importante que aquellas grabaciones y él lo sabía.

Introdujo aquel VHS en el reproductor de vídeo, y, tras pulsar el botón de *play*, el ambiente se relajó.

—Perdóname, ya sabes que a veces me enfado, pero eres lo que más quiero en el mundo, tú sabes todo lo que he luchado para que pudiésemos estar juntos.

A medida que se iba disculpando, la película arrancó con los créditos; cuando vio aparecer su nombre, una sonrisa alegró su rostro y el tono de sus palabras se volvió amable.

—Qué buena película era esta, fíjate qué guapa estaba tu madre.

—Estabas preciosa, la más guapa del cine español.

Cada tarde, sentado frente al televisor, en cada escena donde su madre ocupaba la pantalla, no era capaz de dejar de pensar en a dónde habría logrado llegar de no haber sido por aquellos hijos de puta que tanto daño le hicieron.

—Pagarán por todo, lo pagarán. Pagarán por lo que nos hicieron.

22
La misma discusión

Bécquer abandonó la comisaría con una evidente sensación de fracaso. En el bolsillo interior de su chaqueta llevaba doblada la fotografía de aquella sombra. Sentado en el asiento de atrás de un taxi, la cogió con cierto desdén y la observó de nuevo con detenimiento. «Quién eres, quién diantres eres», pensó lamentando utilizar palabras como *diantres* y no un sonoro *cojones*; sin duda, una herencia de su abuelo.

Cuando Bécquer bajó del escenario, el señor Manuel tenía cara de pocos amigos. Como siempre, había estado tomando notas mentales de todo lo que creía que había que mejorar. Su nieto apenas se había subido al escenario cinco o seis veces, pero el nivel de exigencia del señor Manuel había sido alto desde el principio, siempre repitiéndole que «el talento es un regalo que te hace Dios para esforzarte más, no para cruzarte de brazos».

Esa noche el trayecto de vuelta era un poco más largo de lo habitual, el bolo que les había salido en O Ferrol los obligaba a conducir durante más de dos horas para poder llegar a casa. Lo que le pagaban a Bécquer apenas cubría los gastos en peajes y gasolina, pero ambos coincidían en que valía la pena.

El señor Manuel había dejado que condujese o rapaz *porque ya estaba demasiado mayor para enfrentarse a la carretera de noche; en cambio, Bécquer, que apenas tenía unos meses de carnet, iba tan atento a la carretera que casi conducía con la cabeza por fuera del parabrisas.*

—Hoy has sido un maleducado, no entiendo por qué —dijo el señor Manuel con total convencimiento y un tono de crítica que no daba lugar a duda alguna.

—No será para tanto —respondió él con desdén, provocando que el enfado de su abuelo aumentase varios grados.

—Muy maleducado y muy mal hablado, sí, señor. Debes de pensar que haces más gracia por cagarte en el Altísimo y lo único que consigues es ser un chabacano y un repunante.

—Abuelo, de verdad, que da igual —respondió claramente enfadado.

—Para el coche —le ordenó el señor Manuel sin girar la vista.

—Pero abuelo... —se lamentó Bécquer, ya con preocupación.

—Díxenche *que pares* o *coche.*

El señor Manuel le indicó con la mano la siguiente salida y Bécquer detuvo el coche mientras suspiraba al saber que la que se le venía encima iba a ser fina.

—Tienes que decidir qué clase de artista quieres ser, si un niñato más de esos que se creen que a base de palabrotas van a conseguir más risas...

—Es que se ríen más, lo acabas de ver —lo interrumpió.

—¡Porque son unos palurdos! —respondió el abuelo levantando la voz—. Cualquiera puede subirse a un escenario y empezar a decir obscenidades y malas palabras, ¡cualquiera! Y claro que se van a reír, la mierda y la jodienda dan risa siempre, pero ¿a quién? Los artistas grandes son señores, son elegantes... No te quise decir nada al salir de casa porque entiendo que te estás buscando todavía, pero ¿esas pintas?, ¿vas a apañar castañas? Déjate de camisetas y vaqueros. Si quieres ser grande, vístete como tal y habla como debes. Arranca el coche, que quiero pechar *los ojos un rato.*

Bécquer se incorporó de nuevo a la autovía y el resto del trayecto lo hizo en silencio. Aquel muchacho creía, en el calentón, que su abuelo se equivocaba. Bécquer no quería ni hablar ni vestirse como un viejo. Llegaron a casa y Manuel apenas farfulló un «buenas noches» antes de irse a su habitación. Bécquer se metió en el baño visiblemente contrariado, era la primera vez que volvían de una actuación y apenas hablaban. Cuando levantó la vista y se miró en el espejo, recordó las palabras de su abuelo y se sintió absurdo. Tenía razón, en vaqueros y camiseta simplemente era un cómico más. Y tenía claro que lo de ser del montón no iba con él.

El taxi tardó unos veinte minutos en dejar al artista en su destino. Después de varias semanas de tensas y duras negociaciones, Lucía había aceptado la invitación de su padre a cenar. No hizo falta un relator de la ONU para tal encuentro pero casi. Bécquer agradecía en el alma la buena gestión de Celia, sobre todo porque él no era lo que se dice un buen negociador: su respuesta más habitual a las peticiones de los demás era «no se negocia con terroristas», y así era complicado llegar a acuerdos.

Cuando Bécquer cruzó la puerta del restaurante Yomeraki, sin duda, uno de los mejores de Madrid, la sala se quedó en silencio. Poco a poco el murmullo empezó a crecer, de una mesa a otra comentaban quién acaba de entrar por la puerta, y dichos comentarios se propagaron a gran velocidad hasta el punto de que, una vez entregado su abrigo a una preciosa señorita que se llevó una de esas sonrisas que tantos triunfos le habían proporcionado, el comedor rompió en aplausos.

Sentada a la mesa de un reservado, Lucía detestaba lo que sabía que estaba pasando fuera. «Siempre igual, el gran protagonista —pensó con cierta rabia—. Todo el mundo lo adora porque nadie lo conoce». Un pensamiento que la acompañaba desde que tenía uso de razón.

Lo que Lucía peor llevaba era exactamente eso, no poder estar tranquila cuando su padre aparecía: de repente todo eran *flashes* y atenciones. Le resultaba horrible haber crecido bajo la mirada de los demás en cualquier lugar, cada vez tenía más claro que haber dejado Miami para volverse a España había sido una magnífica decisión, hasta que Bécquer decidió estropearlo todo regresando él también.

Cuando el cómico dejó atrás el salón principal, la gente volvió a lo suyo. El jefe de sala, un hombre pequeñito que lucía su calva con orgullo, lo acompañó mientras le explicaba diferentes vicisitudes sobre la reciente reforma del local, información que a Bécquer le interesaba entre poco y nada. Cruzaron un pequeño pasillo y llegaron adonde, tras unas puertas japonesas, estaba Lucía.

Cada vez que Bécquer la veía de nuevo, algo se le daba la vuelta por dentro. La distancia entre ellos era tan grande que parecía que llevaran años sin verse. Le volvió a sorprender su belleza, era igualita a su madre, algo que no se le podía decir porque la ofendía profundamente, como casi cualquier cosa que su padre le dijera, pero esa noche el parecido era demoledor. Bécquer tenía claro que si parecían idénticas era porque Lucía, a sus dieciocho años, ya era una mujer de armas tomar. Al igual que su madre, se había desarrollado pronto, y entre el vestido, el peinado y el maquillaje parecía mayor de lo que su DNI rezaba.

Lucía miró a su padre con esa pose de permanente enfado que tenía siempre que estaba alrededor. Si había accedido a esa cena había sido únicamente por la insistencia de su madre y porque, después de lo que había ocurrido en el Real, no estaba en condiciones de negarse. Le había argumentado a Celia que ya había hecho el esfuerzo de llamarlo cuando saltó la noticia, y que había ido a visitarlo cuando ella se lo pidió. Lo de arreglarse para cenar era un exceso. Finalmente aceptó el encuentro porque, al ser viernes, tenía planes a continuación; de lo contrario no habría pasado dos horas en el baño tratando de dejar su melena rubia en perfecto estado de revista.

Bécquer, al entrar en el reservado, hizo un pequeño amago de besar a su hija en la mejilla, se agachó lentamente, pero, al ver que ella no se incorporaba y optaba por coger la copa por un repentino a la vez que oportuno ataque de sed incontrolable, desistió a mitad de camino.

Una vez se hubo sentado arrancó un intento de conversación.

—Hija mía, nunca te había visto tan guapa, estás radiante —dijo con dulzura y obtuvo un escueto «gracias» por respuesta.

Bécquer respiró profundamente y optó por la misma estrategia que utilizaba cuando tenía enfrente a un mal entrevistado, de esos que sabes que no te van a dar nada, hacerle preguntas sencillas que lo obliguen a elaborar la respuesta.

—El vestido es precioso, ¿de qué diseñador es?

—Michael Kors —respondió ella sin abandonar la sequedad.

Efectivamente, lucía un vestido midi de Jacquard con estampado de leopardo, ni más ni menos, con los hombros al aire y un escote recto más que razonable. La tarea iba a ser titánica, pero Bécquer no pensaba darse por vencido. Era la primera vez desde su regreso a España que su hija había aceptado una de sus invitaciones, y al menos durante lo que durase la cena la iba a tener solo para él.

—Cariño, además de preciosa, que es algo que sin duda salta a la vista, has heredado la belleza de tu madre, ¿cómo te encuentras? —Bécquer continuaba picando piedra como si trabajase en una mina.

—Bien. —Nuevamente una sola palabra como respuesta. Estaba claro que la niña no se lo iba a poner nada fácil.

—Y los estudios ¿bien? —Bécquer ya estaba lanzando tiros al aire a ver si acertaba con alguno, comenzaba incluso a sentirse ridículo tratando de encontrar algún tema que hiciera fluir la conversación.

—Mira, Bécquer, me molesta bastante que me preguntes por mis estudios o por cómo me encuentro después de haber estado desaparecido durante años, así de claro te lo digo. Podemos hablar del tiempo o de si es bonita la vajilla del restaurante, pero no me preguntes por mi vida porque hace tiempo que dejaste claro que no te interesa.

Lucía había decidido pasar al ataque, su habitual agresividad pasiva había mutado en una agresividad completamente activa. Aquella muchacha era la única persona en el planeta capaz de hacer que a Bécquer le sudase la espalda, y eso que en cierta ocasión había tenido que sufrir a Mercedes Milá con un ataque de *estupendismo* de esos que le daban excesivamente a menudo.

Bécquer, nuevamente armado de paciencia, decidió que era el momento de poner todas las cartas bocarriba; estaba claro que pocas oportunidades iba a tener como la que había conseguido esa noche.

—Lucía, entiendo el rencor que me guardas por mis ausencias, pero creo que tengo derecho a explicarme. —Su tono era suave pero firme, tenía mucho que decirle a su hija y quería hacerlo cuanto antes.

—No tienes nada que explicar. No querías estar con nosotras y te fuiste —dijo ella sin levantar la mirada del plato.

—Eso no es verdad, siempre quise estar con vosotras y sobre todo contigo; tu madre y yo éramos demasiado jóvenes cuanto nos conocimos y te tuvimos, y la vida nos pasó por encima, nada más. —Bécquer trataba de defenderse sabiendo que no debía entrar en excesivos detalles—. Mi carrera no fue fácil de combinar con la familia, es verdad.

Cuando pronunció la palabra *carrera*, sabía la que se le iba a venir encima. Lucía levantó entonces los ojos por primera vez y miró a los de su padre.

—¿Combinar? Siempre has puesto tu carrera por delante, no has tratado de combinar nada de nada, cuando no era la televisión, era el teatro; cuando no, el cine; siempre había algo que te mantenía lejos y ocupado. ¿Qué te creías, qué no lo sabíamos? Mamá y yo no te hemos importado nunca, lo único que te ha importado ha sido tu ego, siempre tú por delante: el programa más visto, el teatro más grande, la película más taquillera... Nada te basta, siempre quieres más, ¿verdad?

El camarero entró en escena con los primeros platos. Bécquer agradeció, de hecho, la interrupción, y sonrió en sus adentros al recordar que se trataba de un menú degustación de catorce platos; se garantizaba de esa manera catorce descansos entre tanta batalla.

Mientras les explicaban con todo lujo de detalles qué iban a degustar, Lucía farfullaba por lo bajo y Bécquer, atento a la explicación sin escuchar nada de lo que le decían, recordaba el consejo que Celia le había dado para ese encuentro.

—Tu hija tiene mucha rabia acumulada contra ti —le había dicho Celia a modo de advertencia.

—Me gustaría saber cuánta responsabilidad tienes tú en eso —le había respondido él, atacando a la que otrora fue su esposa.

—No te pases un pelo... Si has tenido una buena aliada en todo este tiempo he sido yo; lo que pasa es que llegó un momento en el que se me acabaron las excusas y a la niña ya no le servía nada de lo que yo le pudiese decir. Por el

amor de Dios, que en los últimos cinco años te ha visto tres veces, ¿qué creías que iba a pasar?

Bécquer se había quedado en silencio, básicamente porque era consciente de que Celia tenía razón. Los tiempos de discutir por lo mismo habían quedado atrás, ahora lo que Bécquer quería era recuperar la relación y poder formar parte de la vida de su hija.

Ni el tono mejoraba ni la conversación avanzaba, Lucía ni siquiera hacía un esfuerzo por comer, jugueteaba con el tenedor explorando el plato cuando nuevamente su padre lo volvió a intentar.

—Hija, sé que me he equivocado mucho, pero ahora es diferente. Si he vuelto a Madrid es para poder formar parte de tu vida. —Su tono expresaba una gran melancolía.

—¿Y ya está? ¿Siempre cuando tú decides? Ahora quieres volver y tengo que aceptarlo y darte las gracias, ¿es eso?

Cada vez resultaba más difícil entenderse, pero Bécquer no estaba dispuesto a rendirse.

—Lucía, escúchame, me he equivocado mucho, debería haber estado más presente, sobre todo cuando tu madre y yo nos separamos, pero voy a cambiar.

—¿Por qué me dejaste? Dime, ¿qué te hice? —le dijo Lucía mirándolo a los ojos mientras los suyos se llenaban de lágrimas.

Era evidente el dolor que le causaba aquel reencuentro. Bécquer no sabía qué decir, de repente se le agolpaban los recuerdos, ver lágrimas en los ojos de su pequeña lo llevó a sus primeros pasos, a esos momentos donde lo único que podía sanarle el dolor era un abrazo de su papá. Bécquer no deseaba nada con tanto ahínco que poder volver a rodearla con sus brazos y decirle que todo iba a salir bien, pero del mismo modo sabía lo que pasaría simplemente con intentarlo.

Llenando de aire los pulmones Bécquer tomó de nuevo la palabra.

—Me equivoqué y lo siento, tomé un camino y no supe volver, lamento cada mala decisión y cada minuto que he pasado lejos de ti, verte crecer en tus primeros años ha sido sin duda lo mejor que he vivido, pero me perdí. Sé que no puedo devolverte lo que te quité, y sé también que te he hecho mucho daño; solo quiero que sepas que estoy aquí para ti, espero que poco a poco puedas perdonarme.

Bécquer había decidido abrirse en canal, su hija se alejaba más con cada minuto que pasaba. Lucía entonces se levantó.

—No puedo con esto, le había prometido a mamá que te iba a escuchar y ya lo he hecho, pero no puedo, lo siento, me abandonaste, te fuiste y me dejaste, lo único que he sabido de ti en los últimos cinco años ha sido por la prensa o las redes sociales, verte me hace daño y ya he aprendido a vivir sin tenerte en mi vida.

Bécquer recibió cada una de esas palabras tratando de disimular el dolor, bajó la cabeza y vio cómo su pequeña se alejaba quizá para siempre.

Se quedó en silencio, hizo un pequeño gesto con la mano para que le llenaran nuevamente la copa de vino. Mientras el líquido desfilaba por el borde del fino cristal, oyó la frase del camarero: «Una mala cita... Mujeres». No tenía fuerzas ni para mandar a paseo a aquel idiota, pero lo peor estaba por llegar. Sentado en la soledad de aquel reservado, apuró su copa de vino y se dirigió hacia la calle, dejó atrás el restaurante, torció hacia la derecha buscando la avenida principal y en ese momento una nube negra nubló sus ojos. Lo siguiente que sintió fue el impacto de su mejilla contra el suelo.

23
La llamada

Elena comenzaba a estar harta de no avanzar, el trabajo policial se convertía en tedioso en casos como aquel. Tanta era la gente que había pasado aquella noche por el Teatro Real que lo único que tenían era la foto de un hombre irreconocible al que buscar. Nuevamente una aguja en un pajar.

Después de despedir a Bécquer, pensó en acercarse a casa de su madre para ver cómo se encontraba. Desde la última vez que había hablado con ella, había pasado más de una semana, así que estaba dispuesta a dar la cara y que le dijese que la tenía abandonada.

A esas horas la Gran Vía estaba de recogida, las tiendas cerraban y la mayoría de gente que la transitaba se afanaba en conseguir sitio donde comer. A Elena le bastaba con una de esas porciones de pizza cuadradas que te entregaban a través de una ventanilla.

Caminando en dirección a Cibeles, observaba con atención a la gente que paseaba: un padre que llevaba de la mano a una pequeña de no más de cinco o seis años captó su atención. La niña iba comiéndose un gofre más grande que ella, y su padre se concentraba en conseguir que al menos alguna parte del abrigo quedase sin lamparones de chocolate. Cuando pasaron a su lado, Elena sonrió al escuchar a la pequeña decir: «Papi, es que si no te manchas de chocolate es que no te está gustando», y sonrió todavía más al ver al hombre derretirse con su niña.

Para la pequeña Elena no existía mejor actividad que ir con su padre a hacer las compras. Desde bien chiquitita le encantaba acompañarlo, y lo hacía a pesar del disgusto que el paso del tiempo le había provocado. Cuando cumplió cinco años, le costó mucho asumir que ya no cabía cómodamente en el asiento del carrito del supermercado.

A Antonio le divertía ver los esparajismos que aquella preciosa niña hacía para meter las piernas como pudiera en aquellos pequeños agujeros. Si lograba sentarse, luego venía lo más difícil, salir; la mayor parte de las veces tenía que hacerlo, como mínimo, descalzándose.

Sentada en aquel asiento bromeaba con su padre mientras recorrían los pasillos llenos de cosas. Elena iba señalando todo aquello que necesitaban. Ahora que estaba aprendiendo a leer, disfrutaba llevando en la mano la lista que su madre había confeccionado y, con gran esfuerzo, iba leyendo en voz alta y sílaba a sílaba. «Le... che, ¡leche!», exclamaba orgullosa cuando descifraba la palabra completa.

A lo largo del supermercado iban comprando los habituales de una familia humilde como la suya; tres niños en casa obligaban a que las patatas, la pasta y el arroz coro-

nasen en gran cantidad el contenido del carrito; de hecho, una de las frases más recordadas de su madre Carmen era la que decía que «cuando hay con arroz y cuando no, bastan las patatas», y así solía ser.

Una de las cosas que más le gustaban a Elena de acompañar a su padre al supermercado era abrir un paquete de galletas o cualquier otro dulce dentro del establecimiento. La liturgia habitual que Antonio llevaba a cabo con su hija consistía en exponerle la enorme gravedad de la felonía que iban a cometer. Solía comenzar la operación de la misma manera: Elena decía que se moría de hambre al tiempo que señalaba algún dulce de la estantería; acto seguido, su padre le contestaba con una frase que técnicamente debería haber salido de la boca de una madre, pero es que Antonio era un padre de su tiempo.

—Ahora no puedes comer, que luego no comes. —A Elena le divertía porque le sonaba a disparate.

—Pero es que yo tengo hambre ahora —respondía.

—Ya, pero es que si ahora llenas la tripita, vamos a llegar a casa y no vas a comer lo que está preparando mamá, y entonces me va a reñir a mí. —Aquello a Elena no la convencía, de modo que volvió al ataque.

—Pero si ahora como poquito, seguro que luego tendré más hambre.

Si con este argumento no conseguía el dulce, entonces Elena pasaba a sacarse de la manga la carta que todo lo ganaba; carta que, por otra parte, su padre estaba esperando con ganas. Aquel diálogo estaba perfectamente estudiado por ambas partes para llegar al momento final.

Elena, al ver que su padre no cedía, y que incluso hacía ademán de arrancar el paso con el peligro potencial de alejarse del pasillo de las galletas y los bollos, tomaba la iniciativa y decía con absoluto convencimiento.

—¿Serás capaz de dejar sin comer a un conejito tan adorable?

El conejito adorable era una artimaña que Elena comenzó a utilizar casi desde el principio. Consistía en colocar sus dos manitas a modo de orejas a ambos lados de la parte superior de la cabeza; a eso había que añadirle que el labio inferior pasaba a medir medio metro y deslizarse hacia abajo en dirección al mentón. El toque final consistía en arquear las cejas poniendo miradita de gato mimoso... Con ese combo era imposible que Antonio le negase nada.

—Vale, de acuerdo, pero solo un poco —respondía su padre completamente entregado a la pequeña. Abría un paquete de galletas rellenas de chocolate y le decía, bajando ostensiblemente el volumen de la voz, casi susurrando—. Creo que nos están vigilando, esto que estamos haciendo está prohibido, tienes que comer discretamente, que nadie se dé cuenta.

El objetivo al decir eso a su hija era poder divertirse viendo cómo ojeaba a un lado y al otro entre mordisco y mordisco para no ser descubierta.

Elena continuó su camino; en apenas veinte minutos de paseo llegaría a casa de su madre. Con las manos en los bolsillos de la cazadora para protegerse del frío madrileño, giró la última esquina que la separaba de la calle donde estaba situada la vivienda familiar. Aprovechó que un vecino salía del portal para detener la puerta y entrar, sabía que su madre se iba a enfadar por no haber picado primero el timbre de la calle y argumentaría que si no sabía quién venía, no se podía ni peinar.

Subió los cuatro pisos por la escalera, un pequeño esfuerzo que colaboraba a mantener la forma, y en apenas dos minutos estaba por fin haciendo rabiar a su madre apretando el timbre sin cesar.

Elena oyó los pasos apresurados de Carmen mientras, cada vez más enfadada, iba gritando en un *crescendo* perfecto.

—Ya va, que ya va, ¡que ya va!

Cuando llegó a la puerta y preguntó quién era sabía perfectamente que la única persona del mundo que picaba así era su hija.

—Venimos del Círculo de Lectores —dijo Elena y su madre abrió la puerta refunfuñando.

—Hay que variar el repertorio, hija, que llevas con la misma broma ni se sabe. Ahora que pasas tiempo con Bécquer podrías aprender de él.

Esa era su madre, la primera hostia en la cara sin haber cruzado siquiera el umbral.

Elena se fue directa al sofá del salón y cogió el mando de la tele en lo que le iba contando a su madre lo aburrida que estaba de la vida y le preguntaba si sabía alguna novedad de sus hermanos. Ante la falta de noticias relevantes, optó por cambiar de tema y preguntarle directamente cómo se encontraba.

Últimamente Carmen salía poco; si bien es cierto que había superado la enfermedad y que en su cuerpo ya no había células cancerígenas, Carmen no había vuelto a ser la misma. «Demasiados palos», pensaba Elena como una evidente justificación. Había perdido al amor de su vida y unos años después había llegado la enfermedad. Demasiadas cosas para una mujer tan buena.

Carmen abandonó el salón unos minutos y volvió desde la cocina con una bandeja; sobre ella, dos boles de sopa de fideos que expulsaban la misma columna de humo que una factoría a pleno rendimiento, acompañados por dos trozos de pan, un plato pequeño con chorizo y salchichón y dos latas de cerveza sin alcohol. Aquella noche Carmen iba a tope.

—Yo no quiero, mamá. Ya he cenado.

Ante aquel agravio, Carmen enarcó la ceja derecha al tiempo que le entregaba el bol de sopa caliente a su hija.

—A saber qué porquería habrás comido tú, cualquier cosa que den por la calle. Calla y come, que falta te hace; como sigas así de delgada se te va a romper la paletilla.

Elena nunca supo de dónde sacaba su madre esas frases tan divertidas, pero la reconfortaba enormemente escucharlas de su boca. Sentada la una al lado de la otra comenzaron a tomar la sopa mientras iban cambiando de canal a ver si encontraban algo entretenido.

A Elena, por norma general, no le gustaba ver la televisión, era de esas personas pegadas a una *tablet* que preferían ver series en la cama, no le enganchaba la programación convencional desde hacía tiempo y mientras pasaba canales de arriba abajo, protestando como si fuera un señor mayor, soltaba frases como «tanta TDT y no echan nada en condiciones».

—Es porque es temprano todavía —dijo su madre mientras le retiraba el mando de la mano—, acaba de terminar Sonsoles y estaba viendo el concurso. Ahora te esperas cinco minutos y vemos las noticias.

Elena se resignó y apuró la poca sopa que le quedaba no sin antes mojar bien el trozo de pan que le correspondía. Cuando lo hubo acabado, se dirigió a la cocina para coger un pedazo más.

La cocina seguía exactamente igual que siempre, era la estancia de la casa en la que más claro se veía que la vivienda tenía más de cuarenta años: los colores del alicatado, los tiradores de los muebles... Todo respiraba años 70. Lo que más le gustaba a Elena de que nada hubiese cambiado allí era lo sencillo que le resultaba imaginar a su padre haciendo una paella mientras bailaba cualquier canción que sonara en la radio.

Siempre se acordaba de su padre, era algo permanente desde el mismo instante en que se lo arrebataron, pero algo pasaba esos días que estaba provocando que Elena lo viese por todas partes. Hacía tiempo que lo tenía controlado, el problema era que recordarlo le hacía un daño que, con esfuerzo y terapia, había aprendido a controlar, pero en aquellos días dolía más.

Sacó del segundo cajón de la encimera el cuchillo de cortar pan, que llevaba literalmente toda la vida formando parte de la familia y, lo que es más importante, cumpliendo su función. Con la mano izquierda sujetó la barra y con la derecha comenzaba a cortar un trozo generoso cuando casi se lleva una mano por delante al escuchar el grito que su madre lanzó desde el salón.

—¡Elena, Bécquer en las noticias!

—¿Qué dices, mamá?

—¡Que están diciendo que Bécquer está en el hospital! —respondió levantando todavía más la voz.

Elena dejó el cuchillo en la encimera y corrió al salón. En la televisión una reportera jovencita contaba al presentador del telediario que la estrella de la comedia acababa de ingresar de urgencia tras ser encontrado inconsciente en la calle. Añadió entonces que no disponían de más información.

Una gran cantidad de medios de comunicación se agolpaba a las puertas del Gregorio Marañón tratando de averiguar qué era lo que había ocurrido. Entre gritos y codazos intentaban conseguir una información que por el momento llegaba con cuentagotas. Elena cogió el móvil y marcó el número del comisario; tras unos segundos interminables Baltierra, que acababa de quitarse los zapatos cuando vio que el móvil vibraba sobre el aparador de la entrada, en lo que se ponía las zapatillas y veía en la pantalla una foto de Elena, cogió el teléfono.

—¿Te has enterado de lo que acaba de pasar?

—No, no sé de qué me hablas —le respondió sorprendido.

—Pon Canal 5 —le ordenó.

En pantalla rezaba el titular: «Bécquer encontrado inconsciente en plena calle». La situación era lo bastante grave para que el comisario respondiese a Elena con un directo «Nos vemos en el hospital» y colgase el teléfono. Volvió a ponerse los zapatos mientras se prometía a sí mismo no aceptar más casos en los que hubiese estrellitas de por medio.

24
El hospital

Elena bajó a la calle realmente asustada; apenas hacía un par de horas que se había despedido de Bécquer en la comisaría y ahora ocurría aquello. Paró el primer taxi que se cruzó y allí sentada comenzó a hacer llamadas de teléfono con el objetivo de conseguir algo de información.

La primera fue a Nacho, el asistente de Bécquer, pero le fue imposible contactar. Por más que lo intentaba, salía en todo momento apagado o fuera de cobertura. Elena pensó que si ella estaba llamando y el hospital rodeado de medios de comunicación era normal que Nacho optase por apagar el teléfono. Trató de contactar también con Lucía, la hija de Bécquer, con el mismo resultado. «¡No sé para qué cojones tienen teléfono!», exclamó en voz alta para sorpresa del taxista.

El trayecto de casa de su madre al hospital fue corto; a lo lejos ya se distinguían las cámaras y los reporteros en la entrada de urgencias. Como buenamente pudo, el taxista se abrió paso y logró acceder al recinto. Elena se bajó y sin mediar palabra con nadie de los que se cruzó, entró al centro hospitalario y se dirigió al mostrador de entrada. Cuando preguntó por Bécquer, recibió un corte por respuesta.

—Mira, bonita —le dijo la recepcionista, una señora con evidente sobrepeso que debía rondar los sesenta años de edad—, ya le he dicho a tus compañeros que no vamos a dar ninguna información relativa a un paciente, sea famoso o no; aquí hay mucha gente que lo que necesita es calma y que la atiendan, así que vete para fuera o llamo a seguridad.

Elena metió la mano en el bolsillo de su cazadora y sacó la placa de policía.

—Verá, señora, no soy periodista, soy policía, y les ruego que me acompañen a donde quiera que se encuentre el señor Bécquer.

—Haber empezado por ahí —dijo solícita la recepcionista—. Yo misma te indico —añadió mientras se levantaba y salía del mostrador—. Ven conmigo, que por aquí vamos más rápido.

Echaron a andar dejando atrás la recepción. Con cierto grado de dificultad, aquella oronda mujer le iba relatando a Elena lo ocurrido.

—Lo trajeron como hace una hora más o menos, venía más *pallá* que *pacá* y con varios tubos puestos, no te puedo decir de qué porque no soy doctora, pero ya te digo que por poco, porque con todo lo que una ve aquí... Si pudiera hablar lo que te diría, pero prefiero ser discreta... Vamos a coger el ascensor de servicio, que es más directo. —Pasó entonces una tarjeta por un lector junto a la puerta de un ascensor y de inmediato se iluminó la flecha de bajada—. En cuanto me dieron los papeles del registro y vi de quién se trataba, me dio un vuelco el corazón, lo que me he podido reír yo con este hombre, y, además, mira que es guapo, qué hombre... Y ahora, tan poca cosa parecía, venía blanco blanco, yo creo que..., ya me entiendes, pero no seré yo quien piense mal, Dios me libre —Elena asentía con la cabeza en lo que el ascensor subía a la planta novena—, pero hay que saber comportarse y no ir rajando, a saber... —añadió la recepcionista—. A veces ingresa algún famoso y los compañeros no dejan de molestar y eso no puede ser, ya me gustaría a mí pedirle una foto, pero tal y como entró... mala pinta tiene.

—Como debe ser —respondió Elena con sorna, algo que no gustó en exceso a la admiradora de Bécquer, quc tenía claro que si el comentario lo hacía ella, entonces no era molestar.

Las puertas del ascensor se abrieron frente a un pasillo interminable.

—Al fondo a la derecha —dijo la recepcionista mientras marcaba ya la planta cero en el panel. Elena se despidió con un gesto y un «gracias» y enfiló el pasillo.

Al fondo reconoció la figura de dos municipales custodiando la puerta. El ritmo de su corazón se aceleraba a medida que se acercaba a la habitación de Bécquer. Desde que había escuchado la noticia en casa de su madre, no había conseguido información alguna, no sabía qué había pasado ni qué estaba pasando en ese momento.

Elena se identificó nuevamente ante sus compañeros. Al entrar el corazón le dio un vuelco. En la cama un cuerpo yacía inerte completamente tapado por la sábana. Elena no daba crédito a lo que veía. Observó el monitor, que soltaba un pitido constante, vacío. Sus pensamientos se agolparon entonces de forma violenta, sin entender qué demonios pasaba. Se apoyó en los pies de la cama y dijo en un lamento:

—No puede ser.

Conteniendo la emoción, Elena tardó en reaccionar cuando alguien se apoyó en su hombro derecho y susurró a su oído palabras de consuelo.

—No te preocupes, fue una almohada feliz, ha tenido un buen final.

Elena se dio entonces la vuelta y allí estaba él, Bécquer en persona, con un pijama de hospital abierto por detrás, conectado a un gotero de suero y, lo que es peor, con una sonrisa de oreja a oreja. Mientras Elena buscaba los insultos perfectos para dedicarle a ese idiota, él rodeó la cama, retiró la sábana que cubría un par de almohadas enormes y se acomodó tranquilamente.

—¿Te puedes creer que han subido un dron a la ventana? Estos carroñeros están dispuestos a todo, por eso llevo un rato en el baño. Puse la almohada hace una media hora y abrí la cortina para darles material. Entiende que cuando oí por el *walkie* de tus compañeros que una joven policía subía a mi habitación..., pues me dejaste la broma a huevo.

Elena no sabía si darle un abrazo o soltarle una hostia con la mano abierta, así que optó por espetarle un «no eres más tonto porque no entrenas». Cómo se lo dijo provocó en Bécquer una media sonrisa; al cómico le dio la sensación de que por un momento la inspectora había bajado la guardia. En lo que Bécquer se acomodaba Elena volvió a cerrar las cortinas y aproximó una de esas incómodas sillas de hospital a la cama articulada.

—¿Qué ha pasado? —preguntó ávida de respuestas.

—Nada, puedes estar tranquila. Según los doctores es una subida de tensión, nada más.

La respuesta no la convenció; no porque dudase de que realmente fuera lo que le había ocurrido, sino porque a una mujer como ella, solo le interesaba el relato completo.

—¿Y ya, eso es todo? —dijo visiblemente molesta.

—¿Qué más quieres que te diga? Estaba cenando en un restaurante, terminé de cenar, salí a la calle, y lo siguiente que recuerdo es que me desperté rodeado de médicos, concretamente dos doctores y una doctora muy atractiva que espero volver a ver pronto.

Semejante respuesta le confirmaba que Bécquer se estaba recuperando sin problemas.

—Cuando dejaste la comisaría..., dijiste que ibas a casa, y ahora en cambio dices que estabas en un restaurante. —A Bécquer le cambió el gesto.

—No sabía que esto era un interrogatorio, me lo habría preparado mejor —dijo visiblemente contrariado, lo cual no hizo otra cosa que enfurecer a Elena.

—¡De qué vas! Estamos en medio de una investigación, la persona que intentó matarte sigue en la calle y tú nos mientes diciendo que te vas para casa cuando en realidad estabas por ahí.

Bécquer balbuceó una especie de disculpa, y cuando iba a explicarse, se vio interrumpido por el teléfono móvil de Elena, quien se levantó a contestar la llamada.

—Es el comisario, ahora vengo. —Salió de la habitación para hablar con Baltierra en el pasillo—. No te muevas de ahí —le dijo a Bécquer desde el umbral consiguiendo que este se encogiese de hombros.

—¿Adónde voy a ir? —respondió con ironía.

La inspectora Izaguirre, apoyando su hombro derecho en una de las paredes, escuchaba con atención la información de la que disponía el comisario. Por fin tenía más o menos claro lo que acababa de ocurrir. Para tranquilidad de Elena, todo parecía casual.

No había terminado de hablar cuando Elena distinguió a Nacho saliendo del mismo ascensor del que había salido ella un rato antes. Lo acompañaba la dispuesta recepcionista quien, desde lejos, le dedicó a Elena un pulgar hacia arriba mientras susu rraba a gritos: «Me han dicho que no palmó, todo bien». Elena se sorprendió a sí misma devolviendo el mismo gesto a la mujer quien, en lo que se cerraban las puertas del ascensor, le hizo el gesto de «Luego te llamo». Parecía que Elena acababa de encontrar una nueva mejor amiga.

Cuando Nacho llegó a la puerta de la habitación, Elena lo detuvo.

—Buenas noches, soy la inspectora Izaguirre, nos conocimos en el Teatro Real.

Él cambió de mano una bolsa de deporte para poder estrechar la mano de la inspectora.

—Sí, la recuerdo, me ha dicho Bécquer que lo está ayudando a investigar lo que ocurrió en el Real.

Elena nuevamente se enfadó con Bécquer. «Que ella lo estaba ayudando a él», justo lo que le faltaba por oír.

—Bueno, no es así exactamente. ¿Qué trae ahí? —preguntó señalando la bolsa.

—Nada, un poco de ropa y útiles de aseo. Bécquer tiene que pasar la noche en observación y he ido a su casa a por un par de cosas.

—¿Le ha dicho qué ha pasado? —La pregunta de Elena tenía la intención de confirmar lo que el comisario Baltierra acababa de contarle por teléfono.

—Pues no tengo muchos detalles, estaba en casa cuando me llamaron desde la ambulancia, ya que soy el contacto de emergencia de Bécquer. Me dijo uno del uno uno dos que habían recibido la llamada de un particular que se lo encontró inconsciente en el suelo. Vine corriendo para aquí y cuando entré me dijeron que estaba estable, que todo apuntaba a una subida de tensión, ya que la tenía por las nubes. Al rato ya estaba en planta, quieren que se quede en observación no vaya a ser que le dé un ictus o vete tú a saber, así que he ido a su casa a buscar lo que le he dicho.

El relato, si bien no aportaba gran cosa, confirmaba lo que le había dicho el comisario.

—¿Sabe dónde estaba y con quién? —La pregunta, para sorpresa de Elena, le sonó algo rara.

—Pues le puedo decir el restaurante porque Bécquer me pidió que se lo reservase, Yomeraki, el nuevo local del *chef* ese de la tele que tiene mala hostia. Bécquer dice que es de lo mejorcito que hay en Madrid. No sé con quién iba a cenar, pero la reserva era para dos.

Nacho entró entonces en la habitación de Bécquer, y Elena se quedó fuera mandando un mensaje a su madre para que estuviera tranquila. Cuando entró también en el cuarto, Nacho ya se despedía.

—El comunicado dirá que el señor Bécquer simplemente ha sufrido un ligero mareo y que todo está bien, y que él mismo atenderá a los medios de comunicación cuando reciba el alta —le informó Nacho como si tal extremo a Elena le fuese a interesar.

—Es muy buen chaval —dijo Bécquer incorporándose en la cama—, ahora ya está más tranquilo, porque últimamente está haciendo un máster acelerado de trato con los medios de comunicación. ¿Mucha prensa ahí fuera? —le preguntó Bécquer a Elena.

—Sabes perfectamente que sí y estoy segura de que te encanta.

—No te creas —respondió el artista—, he echado un vistazo a los digitales y prácticamente me dan por muerto. Lo peor es que ahora voy a tener que abrir un segundo pase en Sevilla para que vean que estoy más fuerte que nunca. —Para Bécquer el escenario era la mejor manera de demostrar que se encontraba en forma.

Elena observó por encima los digitales de los que hablaba el cómico y todos insistían en que había estado cenando con una «bellísima joven ataviada con un espectacular vestido *animal print* de leopardo».

—¿Crees que esto ha tenido que ver con tu subida de tensión? —le preguntó impertinente plantándole en la cara la pantalla de su teléfono móvil—. Te lo digo porque vas teniendo una edad. —Elena no entendía qué demonios estaba haciendo, quizá se le estaba mezclando el susto con todo lo vivido al lado del cómico.

—¿Celosa? —dijo Bécquer, aun más impertinente.

—¡Por supuesto que no! —contestó airada—. Lo que pasa es que si eres objetivo de un asesino, deberías cuidarte un poco e informar de a dónde vas, ¿no crees?

Bécquer asumió el rejón sin dificultad. Ya más tranquilo y abandonando por un momento el tono de broma se dirigió a Elena nuevamente.

—Siéntate, que te voy a contar con todo lujo de detalles dónde estaba y qué ha pasado. —Elena aceptó la invitación y se sentó al lado de la cama—. La bellísima joven de la que habla la prensa es mi hija Lucía, quedé con ella en el restaurante para ponernos al día, no le di mayor importancia y por eso no te informé. —Parecía sincero—. Además, no quería preocuparla apareciendo escoltado, no le he contado que estamos investigando un atentado, ella sigue pensando que lo ocurrido en el Teatro Real fue simplemente un infortunio.

Elena se incorporó levemente para trasladar a Bécquer una pregunta.

—El informe dice que te encontraron inconsciente en el suelo en una calle paralela al restaurante. ¿Dónde estaba tu hija?, ¿no estaba contigo?

—Digamos que la cena acabó antes de lo previsto —respondió Bécquer, sabiendo que le dolería.

Elena sospechó que algo no había salido bien. No hizo falta preguntar, Bécquer transmitía una necesidad enorme de sincerarse.

—Me ha subido la tensión porque se conoce que ya me pasa como a las viejas, que me desmayo si me disgustan. Es la primera vez que me pasa, las cosas como son, pero reconozco que no es agradable.

Por un instante había abandonado su pose de estrella y parecía no solo triste, sino también resignado. Elena dudaba si indagar en la vida privada iba a ser relevante o contraproducente, quería ser cuidadosa, pero a la vez consideraba que debía saber qué pasaba dentro de aquella cabeza.

—Siento que haya sido así —dijo empatizando con la situación.

—No te preocupes, lo tengo merecido. Como imagino sabrás, estoy divorciado desde hace bastante tiempo. Cuando Lucía nació fue una bendición, mi mayor motivo de alegría. En aquel momento yo hacía televisión aquí en Madrid y la conciliación era muy sencilla; así fue durante sus primeros años, luego, cuando empezó con el colegio, la cosa se complicó: ya no me la podía llevar a todas partes como antaño. En aquella época empecé a funcionar muy bien en América y nos fuimos a Miami, la peor decisión que podía haber tomado. Mi ambición y todo aquel trabajo me costaron el matrimonio y, lo que es peor, mi propia hija.

Elena escuchaba en sepulcral silencio. Por las revistas y los programas del corazón, ya sabía que Bécquer estaba divorciado y que con su hija se llevaba regular, pero oírlo de sus labios era una cosa bien distinta.

—Hace unos años, imagino que harta de mí, mi exmujer se volvió a España y se trajo a la niña. Yo me enfadé mucho y..., no sé, me equivoqué, y ahora estoy pagando mis malas decisiones. —Bécquer estaba a punto de quebrarse. Elena, sorprendida por su sinceridad, trató de consolarlo sin éxito.

—Bueno, a veces los hijos necesitan tiempo —dijo con poco convencimiento.

—La mía ya lo ha tenido, y esta noche me ha dejado claro que no quiere saber nada de mí, que no quiere volver a verme. —Con la voz entrecortada y lágrimas en los ojos, Bécquer logró pronunciar la frase más dolorosa que jamás había dicho—. Elena, mi hija no me quiere y merezco que así sea.

El corazón de Elena se partió en dos, no lograba entender qué tenía que haber pasado para que una hija optase por romper con su propio padre de esa forma. Si ella tuviese la oportunidad de volver a abrazar al suyo no lo dudaría.

Se quedaron en silencio. Bécquer giró el rostro queriendo evitar que Elena viese su debilidad. Elena, por su parte, estaba sorprendida de la vulnerabilidad que él mostraba, los ojos del cómico transmitían una pena y un dolor enormes. Extendió la mano y tomó la de Bécquer, mirándolo. Él le devolvió la mirada.

—Es imposible que tu hija no te quiera, seguro que pronto se arreglará.

Las palabras de Elena, por muy tópicas o vacías que sonaran desde fuera, resultaron en cierto modo curativas.

—Ojalá, yo no voy a dejar de luchar para que así sea —dijo Bécquer mirándola a los ojos.

25
Demasiadas explicaciones

Elena tardaba en exceso en soltar la mano de Bécquer y el cómico se dio cuenta. La conversación había entrado en un terreno de cierta divagación que ya no se correspondía con un gesto tan íntimo, pero algo había dentro de la inspectora que la obligaba a seguir aferrada a aquella mano que, por un momento, había demostrado fragilidad.

Tras su larga carrera, Bécquer presumía de haber aprendido a descifrar al entrevistado que tuviese enfrente. Si había algo que los delataba, por imperceptible que fuera, Bécquer lo veía, o más que verlo, lo sentía. A veces era simplemente una mirada perdida o un pequeño suspiro, un diminuto gesto que los mostraba de repente como eran; en aquel caso, la necesidad de sentir juntas sus manos revelaba en Elena un sentimiento que parecía necesitar compartir. Bécquer reunió fuerzas para preguntarle, se incorporó en la cama sin soltarle la mano y con la otra le apartó un mechón de pelo que le cubría el rostro. Sus ojos entonces se encontraron.

—Elena, hay algo que quiero preguntarte hace tiempo —le dijo como preludio a una de las preguntas más íntimas que se le podían hacer a Elena.

—Dime.

Desde que se conocían no habían logrado un grado de intimidad semejante. Bécquer acababa de abrirse sin tapujos demostrando que confiaba en Elena. El artista, tan celoso de su intimidad, de repente estaba contándole su vida a una mujer a la que apenas conocía; y ella, lejos de rechazar de plano cualquier pregunta, como hacía habitualmente, no solo se mostraba receptiva, sino que estaba dispuesta a responder con absoluta sinceridad.

Bécquer se aproximó a Elena y, casi susurrando, escogiendo las palabras exactas, vio truncado su deseo cuando el comisario Baltierra entró por la puerta para fastidiar el único momento realmente bueno que el cómico había tenido en los últimos meses. Elena y Bécquer soltaron sus manos casi de un salto y, ya con la inspectora en pie, recibieron el saludo de aquella inoportuna visita.

—Buenas noches, señor Bécquer. Según me acaba de confirmar su doctor, da la sensación de que quiere usted facilitarle el trabajo a los malos.

El comisario intentando hacer una broma era todavía menos gracioso que cuando hablaba en serio. Bécquer recogió el envite y respondió con una media sonrisa.

—Ya ve, comisario, lo que uno tiene que hacer para salir en las noticias.

El intercambio de saludos continuó hasta que Elena anunció su intención de marcharse.

—Señor comisario, con su permiso, me voy a retirar, los compañeros han confirmado que harán guardia y escoltarán al señor Bécquer a su casa cuando reciba el alta.

Estaba visiblemente nerviosa, la sorpresiva entrada del comisario había hecho que pusiera de nuevo los pies en la tierra y la vergüenza por aquel momento de debilidad con Bécquer se empezaba a revolver en sus adentros. El artista, por el contrario, no quería que ella abandonase la habitación, así que decidió contradecir al comisario.

—¿Qué quiere decir con eso de que me escoltarán? —le preguntó dejando su descontento bien claro.

—Pues exactamente eso: he dado orden de que le acompañen a su casa.

—Y yo se lo agradezco —apuntó el artista—, pero, como comprenderá, no voy a salir de aquí en la parte de atrás de un coche patrulla. ¡Menuda imagen del éxito!

—Es por su seguridad —insistió el comisario.

—Y vuelvo a decirle que se lo agradezco mucho, pero no quiero que España entera me vea saliendo con la policía. Mañana por la mañana vendrán a recogerme, no se preocupen por mí.

Al comisario no le hacía gracia alguna el empecinamiento de la estrellita; se estaba cansando de que no hubiese manera alguna de que acatase la más mínima orden.

—Le recuerdo que nuestra actual relación es cosa suya y de su amigo el ministro del Interior, el mismo que me ha llamado para preguntarme, y cito textualmente, «por qué cojones estaba solo Bécquer».

—Es que se preocupa mucho, cosas del cargo. Si hay dos cosas que le pongan tenso son la valla de Melilla y mi seguridad personal —le respondió lanzando al aire una broma que, por supuesto, no entró bien.

Mientras tanto, desde la puerta, Elena contenía la risa. Pocas cosas le divertían más que ver cómo vacilaban al comisario, sobre todo porque generalmente nadie se atrevía a hacerlo. Pero tenía claro, como había demostrado desde siempre, que Bécquer era de todo menos cualquiera.

La discusión entre aquellos dos machos alfa continuó cada vez más subida de tono, hasta el punto en que Elena decidió intervenir.

—¡Señores, por favor! —exclamó cortando el aire—. Son las dos de la mañana y aquí habrá gente que querrá descansar sin oír los desvaríos de la habitación de al lado.

Los dos bajaron de inmediato el tono y la cabeza, totalmente avergonzados, y prometieron comportarse, aunque Bécquer no tardó en volver a la carga.

—Señor comisario, con todo el respeto, ¿qué le parece si llegamos a un acuerdo? Le propongo que se vaya usted a casa a descansar y mañana por la mañana yo a la mía tan tranquilo. Si por lo que sea necesita que alguien me acompañe, puede venir usted mismo o delegar en algún subalterno.

Bécquer se había dejado la sutileza en la calle donde había perdido el conocimiento, ya que lo que acababa de decir lo hizo mientras miraba fijamente a Elena.

—De acuerdo, así lo haremos. ¡Inspectora Izaguirre!

El comisario tuvo que levantar la voz más de lo que le habría gustado con el fin de que pareciese que lo que iba a decir era una idea exclusivamente suya. Viendo la tarea que se le venía encima, Elena regresó sobre sus pasos manteniendo la pose de que todo aquello en realidad la incordiaba.

—Lo que usted ordene, comisario —aceptó Elena.

—Pues asunto resuelto; que descanse, señor Bécquer.

Baltierra abandonó entonces la habitación repitiendo su clásico número de andar jurando entre dientes que no cobraba lo suficiente y que donde tenía que estar era en su casa durmiendo.

—¿Siempre te sales con la tuya? —le preguntó Elena a Bécquer conocedora de la respuesta.

—Casi siempre —respondió él queriendo recuperar el momento que acababan de perder por culpa del puñetero comisario.

Elena se acercó nuevamente al lado de Bécquer. La sensación de conversación inacabada que tenía dentro luchaba por salir, quería contarle a Bécquer el dolor que sintió cuando perdió a su padre y cómo su amor por él había ido en aumento con los años. Quería abrazar a Bécquer y convencerlo de que antes o después su hija lo perdonaría.

—¿Qué me querías preguntar? —dijo Elena después de tragar saliva.

En ese momento un golpe de nudillos resonó en el marco de la puerta.

—¿Se puede?

Bécquer se sorprendió al ver a Celia, sabía que estaba trabajando en Burgos y no esperaba verla, y mucho menos esa misma noche.

—Celia, pero ¿qué haces aquí? —le dijo mientras recibía un abrazo de su exmujer.

—Las noticias decían que casi habías muerto. Nacho me contó que había sido una subida de tensión y tu hija... Bueno, ya hablaremos de eso.

Celia se apoderó del dormitorio como un auténtico huracán, traía incluso su pequeño maletín de doctora. Antes de que Bécquer pudiese reaccionar ya tenía un termómetro dentro de la boca y un tensiómetro conectado al brazo derecho, y aquello no había hecho más que empezar.

Ante la evidente incomodidad de la situación, Elena, que ya no sabía ni dónde colocarse, decidió despedirse.

—Bueno, espero que descanses, Bécquer —dijo muy seria.

—Seguro que descansa, no se preocupe por nada.

Y así fue como Celia despachó a Elena en un abrir y cerrar de ojos. En cuanto salió por la puerta, Celia no dejó pasar la oportunidad.

—¿Te dejan traer amiguitas incluso al hospital? —le preguntó con ese resquemor que solo una expareja es capaz de demostrar.

—No es mi amiguita —replicó él visiblemente incómodo.

—Entonces, ¿quién es? —insistió Celia.

—Una policía que me han puesto de niñera, nada más —dijo Bécquer para dar por terminada la conversación de una vez por todas.

Esa frase se clavó como metal en Elena, que la escuchó desde fuera mientras se despedía de los dos compañeros que seguían a la puerta del dormitorio. «Una policía que me han puesto de niñera —repitió para sus adentros mientras se cerraban las puertas del ascensor al mismo tiempo que Elena decidía cerrar las suyas—. Pues eso, nada más».

26
Lucía

Lucía no había podido evitar llorar cuando salió del restaurante. Confrontar a su padre de esa manera había sido muchísimo más fácil en su imaginación. Ni siquiera las advertencias de su madre le habían influido lo más mínimo. Atrás había quedado aceptar una tras otra las excusas de su padre por su comportamiento.

Cuando Celia le dijo a su hija que papá se iba de casa, el mundo se le vino encima a aquella niña de apenas diez años. Su padre era su vida entera, había aprendido a manejar sus ausencias y sus viajes, y siempre lo sentía cerca gracias a la televisión y a ese par de películas para toda la familia que había rodado y que Lucía tenía gastadas de tanto verlas.

Creció con la naturalidad con la que los niños aceptan las tareas de sus padres. Desde el principio sabía que su papá se dedicaba a hacer reír y mamá a buscar curas para las enfermedades más complicadas. A veces incluso competían delante de ella, entre carcajadas, por ver qué era más curativa, si la risa o la ciencia. Cuando había empate y era Lucía la que tenía que decidir, votaba siempre a favor de la ciencia, y lo hacía sabiendo que provocaría que su padre le hiciese miles de cosquillas mientras le decía: «¿Hace esto la ciencia?».

Si algo habían hecho bien Celia y Bécquer, fue dejarla al margen de los problemas que arrastraba el matrimonio. Los viajes de Bécquer podrían no haber sido un problema si cuando estaba en casa aquello funcionaba, pero cada vez era más difícil. Comenzó a comportarse como si le incomodase pasar tiempo con Celia, y que lo único que lo llenase fuese estar fuera. Las discusiones iban en aumento y sus amistades con otras mujeres saltaban directamente a las portadas de las revistas. Él lo negaba siempre, acusando a la prensa de generar embustes para conseguir ventas y tráfico en sus webs, y se excusaba en que la distancia era muy grande y que se sentía muy solo. En aquella época Bécquer era un experto en mirar hacia otro lado y en convencer a quienes lo rodeaban de casi cualquier cosa. Como era de esperar, Celia se cansó de que le faltase al respeto.

El artista vivió entonces algo que no fue capaz de superar. En cuestión de segundos pasó del amor más intenso al odio más profundo, el divorcio fue sonado y llenó horas y horas de televisión en España, a pesar incluso de que Celia jamás concedió entrevista alguna y Bécquer solo emitió un comunicado en el que pedía respeto fundamentalmente para su hija. Aunque los abogados lograron arreglarlo, Bécquer se fue alejando sin remedio. Primero, Celia aceptó quedarse en Miami para que Lucía tuviera cerca a su padre, pero aquello terminó cuando las visitas de Bécquer cada vez se espaciaban más. Al principio Lucía y su padre se veían cada fin de semana, y si el artista tenía que viajar, estaban en permanente comunicación. Para Lucía, acostumbrada a las ausencias, no era un gran cambio; por el contrario, Celia se encontraba cada vez más sola.

Los reproches comenzaron entonces a ser constantes, Celia veía la cantidad de oportunidades que había dejado pasar con el fin de estar al lado de su marido, y ahora aquel ingrato le daba la espalda. Cada vez que se veían era para tener una discusión. El Bécquer que había conocido ya no estaba y esa versión pasada y excesiva le causaba cada vez más repulsión. Se había cansado de ser la ex, de ser la mala, de tener prensa en la puerta de su casa cada vez que él se dignaba a aparecer, así que dijo basta y se volvió a España.

—No puedes hacerme esto —le dijo Bécquer indignado—; si te vuelves a Madrid, ¿cuándo veré a Lucía?

—¿En serio me preguntas eso? —le contestó ella enfadada—. Hacía tres meses que no venías por aquí.

—Estaba rodando una película —se defendió el artista.

—Y lo próximo ¿qué es? ¿La gira?, ¿otra película?, ¿un programa?, dime. —Los reproches de una Celia dolida iban en aumento.

—Las que hagan falta para que tú te lo gastes.

—Vete a la mierda. Me vine aquí por ti, dejé pasar oportunidades por ti ¿y así me lo agradeces? No te reconozco. Si quieres ver a Lucía, ya sabes dónde estamos. No

voy a rechazar la ocasión de trabajar de nuevo en lo que deseo.

Bécquer, herido, no valoró la gravedad de lo que a continuación iba a decir.

—Si te vas a Madrid, te cierro el grifo y no me vuelves a ver el pelo.

—Haz lo que tengas que hacer. No necesito nada de ti.

Y esa fue la última frase que le escuchó al amor de su vida. Hasta la siguiente pasaron casi casi años.

En ese tiempo Lucía se dedicó a crecer y a preguntarse por qué cada vez era más difícil ver a su padre. Finalmente se acostumbró, la conclusión a la que llegó fue que aquel hombre que salía por la televisión, aquella rutilante estrella que acaparaba todos los focos no era más que un egoísta que no sabía querer a nadie más que a sí mismo. Sanar semejante herida era de todo menos fácil.

Sentada en el taxi, con el teléfono en la mano, Lucía intercambiaba mensajes en su grupo de amigos tratando de dejar atrás lo que acababa de vivir. Le estaba costando procesar la cantidad de sentimientos que se le agolpaban dentro. Por una parte, sabía que lo que había dicho era cierto, que cuando sus padres se separaron él comenzó a aparecer cada vez menos, y que cuando se vinieron a España, su relación estaba rota. «¿En qué fallé?», pensó, algo que se preguntaba a menudo. El hombre del restaurante la miraba con la misma dulzura que aquel al que había querido una vez, pero no podía permitir que todo el dolor de su ausencia quedase en nada. «Tiene lo que se merece —pensó—; si no está en tu vida, no puede hacerte daño otra vez».

El taxi se detuvo delante del Gabanna, Lucía se repasó el maquillaje antes de bajar del coche, respiró hondo y se puso de nuevo la sonrisa. Allí estaban sus amigos. Cuando puso un pie en el suelo, sobre ella recayeron todas las miradas. En el taxi que se alejaba se iba también su disgusto, ahora tocaba enseñar su mejor sonrisa y así lo haría, nadie podría sospechar que en realidad tenía el corazón roto. En eso, aunque no lo quisiese reconocer, era igualita a su padre.

La música sonaba lo bastante alta para que no pudiese escuchar sus propios pensamientos; con una copa en la mano, Lucía se dejaba llevar, lo único que quería era evadirse y divertirse. Ya llevaba en la discoteca varias horas cuando su teléfono comenzó a vibrar. Era su madre. Sorprendida, avisó a su amiga Anna de que iba a salir un momento, y, ya en una zona más tranquila, escuchó cómo su madre le decía que habían encontrado a Bécquer inconsciente y que estaba hospitalizado. Lucía, lejos de preocuparse, le contestó con sequedad: «Si se muere me avisas», y regresó a la pista de baile. El tiempo de preocuparse por aquel señor había quedado atrás.

27
Mejor conduzco yo

Bécquer describió su estado al doctor como «un poco flojo», algo que este le pareció normal teniendo en cuenta cómo habían logrado controlarle la tensión. La medicación lo había ayudado a relajarse y a mal dormir un poco sobre aquel colchón digno de un presidio. La mayor preocupación del cómico era que le quitasen la vía, no la soportaba, y había tenido suerte de que se la pusieran en el brazo. Desde que, en cierta ocasión, se la pusieron en la mano, no podía soportar la idea de que volvieran a hacerlo. No es que Bécquer sufriese pánico a las agujas. Si se tenía que pinchar algo, lo hacía, que se lo preguntaran, si no, a la doctora Mirajoya, la encargada de mantener el rostro de Bécquer joven y terso. Con lo que no podía era con que se la dejasen ahí puesta, algo que le venía de la primera vez que lo anestesiaron para corregirle una desviación del tabique nasal en la adolescencia. En el hospital universitario de Ourense aún se ríen recordando lo mal que lo había pasado aquel muchacho.

El señor Manuel sujetaba con fuerza la mano de su nieto. Con lo alto que era el muchacho, qué poca cosa parecía aquella mañana.

—No vas a tener problemas —le dijo con el fin de tranquilizarlo—, hacen esto todos los días, y piensa que va a servir para que respires mejor, que con catorce años que tienes roncas más que tu abuela.

La carcajada con la que terminó la frase animó a Bécquer para afrontar el trauma que iba a pasar. Lo de respirar se le complicaba cada vez más por culpa de un tabique interno torcidísimo; el único consuelo que tenía era que, por fuera, la nariz estaba recta. Por dentro... era una carretera de montaña.

La enfermera tomó la mano derecha del muchacho pidiéndole que respirase hondo y despacio.

—Esto es para ponerte la vía —le explicó como si le fuese a servir de consuelo.

Bécquer se resignó y tendió la mano con la palma hacia abajo para que pinchasen lo que tuviesen que pinchar. Quizá no era la enfermera más competente, pues necesitó más intentos que Ortega Cano para un descabello. Por más que buscaba acertar con la vena, no había forma; aquello era una tortura. Bécquer trataba de mantenerse erguido y sin quejarse, pero el dolor era enorme. Una lágrima comenzó a resbalar por su mejilla.

—Ahora mismo terminamos —dijo la enfermera al ver lo mal que lo estaba pasando el chaval

El señor Manuel tampoco estaba fino, bastante había tenido que aguantar en casa sabiendo que, una vez más, la madre de Bécquer había decidido ausentarse inventando mil excusas, como siempre. El abuelo ocupaba el lugar del padre ausente y de una madre que culpaba a su hijo de todas sus desgracias.

Casi diez minutos de tortura después, Bécquer tenía puesta por fin la vía, a través de la cual le iban a suministrar todo lo que su cuerpo necesitase. En un rato subirían a buscarlo para bajar a quirófano y estaba completamente fuera de sí.

—¿Qué pasa si me muero? —preguntó absolutamente atemorizado. Con gran solemnidad, el señor Manuel miró a su chiquillo a los ojos.

—Pues teniendo en cuenta que es miércoles, que el funeral tendría que ser viernes o sábado..., me joderías la partida de dominó con Carlos. Espero que no le hagas eso a tu abuelo.

A Bécquer le encantaba cuando su abuelo tenía esos arrebatos, así que le siguió el juego.

—¿En serio es eso lo que te preocupa?

—¡Pues claro! El dominó no es cualquier carallada, *es importante. Además, estoy pensando en que, si te vas al hoyo esta tarde, voy a poder aprovechar tu habitación para montar un gimnasio: ya es hora de ponerme cachas.*

Ante aquella ocurrencia, a Bécquer le dio tal carcajada que con el esparajismo que hizo se le movió la vía y el punzante dolor le quitó nuevamente las ganas de reír.

Cuando volvió la enfermera para informarles de que ya lo bajaban a quirófano, el muchacho se estremeció de miedo.

—Estoy muy asustado —le confesó a su abuelo aguantando las ganas de llorar. El señor Manuel dio entonces un paso adelante.

—No va a pasar nada malo, Dios tiene un camino muy largo y muy bonito para ti, solamente vas a dormir un rato y, cuando despiertes, no te habrás enterado de nada.

—¿Estarás aquí?

—Ya sabes que sí —le respondió con ternura su abuelo—. Mi vida es estar contigo.

Para calmar las aguas y a la prensa, ávida de noticias, Bécquer habría decidido entrar a las nueve de la mañana en la radio por teléfono. La mejor manera de zanjar los rumores acerca de su estado de salud era dar la cara. Nacho, que se había encargado de la gestión, habría preferido, e insistió en ello sobremanera, una conexión en directo con Marta Montesinos del Canal 5, pero Bécquer se negaba a que lo viesen así de pálido y sin arreglar. La magia de la radio era precisamente esa, que no se te veía la cara y te permitía incluso trabajar en chándal.

La llamada terminó a eso de las nueve y media, y, con un *timing* excelente, el doctor apareció en su habitación para darle por fin el alta y repetirle nuevamente las pautas para una perfecta recuperación; *a priori*, Bécquer no tenía gran interés en cambiar según qué hábitos, pero, por otra parte, sabía que no le quedaba otra.

—Quiero que te vayas ya a Sevilla —le ordenó a Nacho—, en tres días tenemos la función y me da que el ruido mediático va a ser importante.

—Y tanto —respondió el productor—. La cantidad de solicitudes de acreditación de prensa es tal que podríamos llenar el teatro solo con periodistas.

—Uy, qué horror... —bromeó el artista—. Algo tendremos que hacer para evitarlo, ¿no?

—Había pensado en un par de entrevistas el sábado por la mañana, contestas a lo que te pregunten, no te preocupes por que haya algún listo, que yo me encargo, y por la noche les pasamos por agencia un par de minutos del *show*; de esta forma controlamos el relato y el domingo toda la prensa nacional hablará de ÉXITO con mayúsculas.

—Me parece perfecto.

—Pues entonces me iré hoy mismo para coordinar todo *in situ*; tú no te preocupes de nada, Bécquer, todo controlado.

Nacho salió de la habitación de inmediato, bastante lío tenía con lo que se venía encima en Sevilla como para entretenerlo más, y ya eran cerca de las diez en punto de la mañana, la hora en la que se suponía que debía llegar Elena.

La inspectora no tuvo una buena noche. Del susto por lo acontecido con Bécquer había pasado a un enfado monumental por las palabras que le escuchó decir y, lo que es peor, un profundo sentimiento de vergüenza por haberse mostrado vulnerable delante de aquel cretino egoísta. «¿En qué estabas pensando?» era la frase que más veces escuchaba dentro de su cabeza.

Cuando llegó al centro hospitalario, comprobó en persona que la prensa ya se estaba retirando, y a lo lejos vio a Nacho entregando lo que debía de ser un comunicado. Entre eso y la entrevista que acababa de dar en la radio, ya tenían todo el material que necesitaban, y a lo que había que añadir que ya sabían que no iba a hacer declaraciones.

Entró al edificio y allí estaba nuevamente ella, la recepcionista. No hizo falta que Elena abriese la boca: cuando la vio salió de recepción para plantarle dos besos.

—Muy buenos días, qué alegría que el señor Bécquer esté bien —dijo con gran efusividad—. Ya se conoce el camino, coja el ascensor de personal.

Cuando Elena entró en la habitación, Bécquer ya estaba de pie, vestido de civil y mirando por la ventana.

—Buenos días —dijo Elena nada más entrar. Bécquer se giró. Tenía bastante mejor aspecto que la noche anterior.

—Buenos días —exclamó él, feliz de ver a Elena—. Por fin nos vamos, esto ha sido una pesadilla, no sé ni cuánto tiempo llevo aquí —se quejó.

—Pues te ingresaron a las once de la noche, no llevas ni doce horas.

—Pues se me ha hecho una eternidad, pero ahora ya está, vámonos, que tenemos muchas cosas que hacer, no sé si recuerdas que hay que localizar a un señor con barba y gafas —dijo Bécquer con entusiasmo—. Tengo muchas ideas sobre por dónde empezar a buscar, y muchas son atrevidas y sorprendentes.

Su buen humor contrastaba con la frialdad de Elena. Además, verlo tan a gusto con todo no hacía más que aumentar en varios grados su enfado mañanero.

—Desde luego, de qué buen humor se te ve —le dijo casi reprochándoselo.

—Es lo que tiene haber estado de nuevo a las puertas de la muerte —le replicó como quien habla desde un púlpito.

—No exageres, que solo te dio un mareo. ¿Tienes todas tus cosas?

—Todo listo, Nacho me ha traído ropa limpia y se ha ido a preparar el viaje a Sevilla, así que nosotros ya nos podemos ir.

Ambos se encaminaron al ascensor de personal escoltados por los dos municipales que habían pasado la noche frente a la puerta de la habitación de Bécquer. Con un sincero agradecimiento, el cómico los despidió en el garaje antes de subirse al coche de Elena.

—Tengan cuidado al salir del garaje, que hay prensa fuera —dijo uno de los agentes.

—Si es que son la hostia —protestó Bécquer—, querrán grabar la salida, con un plano mío, y con eso hacen una hora y media de televisión. Pues no se lo daremos. —Bécquer se subió al asiento de atrás y, acostado, se tapó completamente con el abrigo—. Date vida, Elena, que aquí hace mucho calor. —Ella se encogió de hombros, se despidió de sus compañeros y arrancó el coche—. Tú sal tranquila, que a ti no te conoce nadie —añadió con una naturalidad que a Elena le resultó ofensiva.

—Sí, agárrate.

A modo de dulce venganza, Elena comenzó a subir las plantas del parking a toda velocidad. En cada una de las curvas Bécquer se golpeaba con algo, no quedó un santo por bajar del cielo cuando por fin se incorporaron a la M-30.

Con dificultad, Bécquer se incorporó y se pasó al asiento del copiloto.

—¿Adónde vamos? —le preguntó a Elena.

—Tú a tu casa y yo a trabajar —respondió con sequedad la inspectora.

—Digo yo que habrá que seguir investigando —protestó el cómico.

—Efectivamente, yo voy a investigar y tú a descansar, que pasado mañana te tienes que ir a Sevilla.

Elena estaba siendo tan seca que Bécquer decidió dejar de insistir. Los siguientes minutos transcurrieron en silencio. Mirando por el retrovisor, Elena vio que un enorme coche negro, detrás y a lo lejos, estaba haciendo una serie de maniobras un tanto extrañas.

—¿Has visto ese coche que viene detrás? El SUV grande —le preguntó rompiendo por fin aquel silencio tan incómodo.

Bécquer ajustó el retrovisor y observó el vehículo al que Elena se refería, se acercaba a una velocidad bastante elevada y adelantando al resto con una serie de maniobras cuando menos irresponsables.

—Ya lo veo.

—¿Lo has visto antes? ¿Lo conoces?

—No, supongo que será algún *paparazzi* que querrá un plano mío, no te preocupes —le dijo Bécquer quitándole importancia.

Elena decidió entonces acelerar un poco más con el fin de ver cómo reaccionaba el otro conductor.

—Te has pasado la salida —dijo Bécquer sorprendido—; ahora vamos a tener que dar una vuelta de narices. ¿No sabes ir a mi casa?

Elena ni siquiera respondió a la queja. Cada vez que ella pisaba el acelerador, el coche negro que los seguía lo hacía también. Por suerte a esa hora no había mucho tráfico. Tenía claro que si se trataba de un *paparazzi*, lo iba a empapelar. Sacó el móvil de la cazadora y se lo dio a Bécquer.

—Mantén pulsado el uno y pon el manos libres —le ordenó. En pocos segundos una voz de hombre respondió a la llamada—. Diego, escúchame atentamente, estoy llevando a Bécquer a casa y hay un gilipollas, probablemente un *paparazzi*, que nos está siguiendo haciendo el cafre, un SUV negro con los cristales tintados, comprueba esta matrícula: 666LOL.

Cuando Elena terminó de dar la orden, Bécquer continuaba quitándole hierro al asunto.

—No es la primera vez que me pasa, últimamente no se cortan.

Habían pasado apenas unos segundos y Diego tomó la palabra para dar una información que lo iba a cambiar todo.

—Elena, no creo que sea un *paparazzi*, este vehículo fue robado hace dos días en el aparcamiento de la T4 de Barajas.

—De acuerdo, Diego, gracias —dijo Elena mientras le pedía con un gesto a Bécquer que colgara y pensaba: «La cosa se complica».

—Entonces, ¿quién es? —preguntó Bécquer alterado.

—No lo sé... Yo que tú me agarraría fuerte.

Elena pisó entonces a fondo el acelerador y tomó la salida siguiente, que conducía a los túneles con el fin de perder a aquel vehículo.

—Esto no es lo que me ordenó el doctor —exclamó Bécquer sujetándose al asa de la puerta como si le fuese a servir de algo.

En apenas dos minutos, Elena redujo la velocidad.

—Creo que lo hemos perdido —dijo para tranquilidad del artista.

—Pues menos mal, ya me estaba...

Bécquer fue incapaz de terminar la frase, por el lado de Elena vio cómo el lateral de un gigantesco vehículo negro los arrinconaba contra el muro; por la ventanilla del cómico salían chispas mientras escuchaba el quejido del metal.

—¡Elena, que nos comemos la pared! —gritó Bécquer.

—Hoy no —contestó ella apretando con fuerza el acelerador.

El coche de Elena poco podía hacer frente al que los retaba. Sosteniendo la velocidad como buenamente pudo vio a lo lejos dos camiones a poca velocidad. Si no hacía algo, el impacto sería inevitable, así que frenó en seco dejando que el SUV le ganase la posición, y ya detrás de él tiró del freno de mano. «Otra vez los puñeteros trompos», pensó Bécquer agarrándose con las dos manos. Elena había logrado, con esa maniobra evasiva, ponerse en contra dirección y arrancó de nuevo.

—¡Elena, que nos matas! —gritó Bécquer al ver la cantidad de coches que venían directamente contra ellos. Ella, lejos de amilanarse, volvió a girar el vehículo a gran velocidad.

—Ahora sí —dijo—, vamos a ver quién aguanta más. Pisó a fondo y se dirigió hacia el SUV negro.

—Elena, ¿qué vas a hacer?

—Lo voy a reventar.

El coche iba a más de cien kilómetros por hora; el SUV negro, al ver que había perdido la iniciativa, trataba de desaparecer, pero Elena tenía claro que no lo iba a permitir. A punto de colocarse al lado, Elena trató desde atrás de sacarlo de la calzada impactando de manera lateral con sus ruedas traseras. A pesar del fuerte volantazo que dio, no logró moverlo un centímetro.

—¡Elena, por Dios! —gritó Bécquer—, ¡que conduces una tartana, no le vas a hacer ni cosquillas!

Ella lo acababa de comprobar, así que optó por otra cosa.

—Tenemos que ver quién va dentro.

Acelerando nuevamente y con mucho esfuerzo, trató de ponerse en paralelo; los dos camiones estaban cada vez más cerca, y por mucho que Elena le diera gas, el coche policial no tenía potencia suficiente para alcanzar al SUV.

—Elena, frena que nos comemos los camiones —le rogó Bécquer—; Elena, que no cabemos los dos. —Estaba ya desesperado, la inspectora no lograba su objetivo y cada vez quedaba menos distancia—. ¡ELENAAAA! —gritó a pleno pulmón.

En ese preciso instante, ella vio que su rival no se iba a detener y frenó de golpe. El del SUV negro destrozó medio coche contra los camiones, pero logró pasar entre ellos. Elena aceptó la derrota, arrancó, tomaron la primera salida y por fin se detuvieron.

—Esto no es nada bueno para mi tensión —dijo Bécquer nada más pisar el suelo.

—Vamos a tener que hablar claro de una vez —replicó Elena—: no se trata solo del Teatro Real, hay alguien ahí fuera muy cabreado contigo y no va a parar hasta matarte, no me creo que no tengas un nombre en mente.

28
Supernanny

Bécquer caminaba alrededor del coche evaluando los daños; como si fuera el perito de un seguro, observaba con detenimiento el estado en el que había quedado sobre todo el lateral derecho.

—Madre mía, si nos aprieta más acabo yo contra la pared. Reparar esto va a ser bonito, voy a ir preparando la cartera.

Elena no entendía por qué Bécquer hablaba de hacerse cargo de la reparación.

—Lo paga la comisaría.

—Me imagino, pero como lo pagarán con mis impuestos todo sale del mismo sitio; un cincuenta y dos por ciento me levantan... —Elena lo interrumpió de inmediato.

—Déjate de tonterías y súbete al coche, vamos a comisaría a dar parte de lo sucedido.

Elena pisaba a fondo, estaba visiblemente alterada por lo que acababa de suceder y no dejaba de gritar.

—¡Es que no lo entiendo! No puede ser que no tengas ni la menor idea de quién está detrás de esto, llevamos semanas dando vueltas sin sentido. Vale que había mucha gente en el teatro y que es complejo, pero ¿esto?

La vena de su cuello no dejaba de hincharse, Bécquer observaba cómo latía y dudaba si quizá una broma podía desinflamar la situación o hacerla reventar por completo. Sentado en el asiento del copiloto, en lo que ella seguía dando voces, él pensaba en lo afortunado que era últimamente. Lejos de ver el vaso medio vacío, estaba convencido de que el atentado en el Real, la subida de tensión y aquello, eran algún tipo de mensaje.

—Has reaccionado muy bien —le dijo Bécquer intentando calmar los ánimos—. ¿Eso te lo enseñan en la academia? —preguntó.

—¿El qué? —respondió Elena sin dejar de mirar al frente.

—Lo de los trompos y las carreras; parecías Fernando Alonso.

—Recibí unas clases de conducción evasiva en su día.

La mañana regalaba más calor del habitual, y lo único que demandaba era aburrimiento. La situación en aquella zona de Afganistán estaba más que controlada por los estadounidenses, así que tocaba hacer labor humanitaria y de vigilancia. Elena también disfrutaba de esas jornadas, habían pasado ocho días desde la última incursión en un poblado de insurgentes armados hasta los dientes que habían decidido utilizar a una veintena de niños como escudos humanos. Gracias a un operativo perfectamente ejecutado con la colaboración de varios países, se había logrado rescatar con vida a la totalidad de los niños y reducido, con algunas bajas, a aquella pequeña célula terrorista.

Cuando Elena volvía a su campamento después de misiones como aquella, se sentía profundamente realizada y se unía a las celebraciones. Una de las actividades que más divertía a los soldados eran las carreras en el desierto, con seis vehículos militares todoterrenos y un pequeño circuito al que había que dar ocho vueltas, algo menos de diez minutos de competición en total. Elena era siempre la rival a batir.

Ataviada con su uniforme y protegida por un casco, disfrutaba de la adrenalina que le producía la velocidad, la estela de polvo que se dibujaba a su paso, el olor a gasoil quemado. Ver por el retrovisor cómo sus rivales quedaban atrás era adictivo. Cada vez que pisaba a fondo el acelerador, recordaba los gritos de su profesor de autoescuela diciéndole lo brusca que era y que, por favor, condujese más despacio.

Dejaron el coche en el garaje de la comisaría. Bécquer se divertía dándole indicaciones con frases del tipo «Cuidado con la columna, no vaya a ser que rayes el coche», a lo que Elena iba respondiendo con gruñidos. Subieron en el ascensor en silencio sepulcral y se dirigieron al despacho del comisario, quien los recibió con una cara que asustaba.

—Parece que lo suyo no tiene fin —le lanzó a Bécquer. Se quitó despacio las gafas de presbicia y se frotó la cara con desidia y hartazgo—. Estoy cansado de que todas y cada una de las cosas que pasan en esta comisaría giren en torno a usted.

Bécquer aguantaba como podía el chaparrón preguntándose qué culpa tenía de lo que estaba sucediendo.

—Con todo respeto, señor comisario, yo tampoco disfruto con que alguien me quiera matar —dijo con cierta sorna—. Lo cierto es que no acabo de entender por qué un empeño tan grande.

Elena dio entonces un paso al frente para dejar clara su postura.

—Esto es preocupante, señor comisario, quien quiera que esté detrás de Bécquer no va a parar hasta conseguirlo, no le ha importado poner en riesgo la seguridad de los civiles que estaban en la calzada, e incluso ha tratado de embestirnos sin importarle que Bécquer fuese en el coche con alguien. Esto es lo que más me preocupa. Está claro que quiere acabar con él cuanto antes.

Al cómico algo se le removió por dentro. Elena estaba en lo cierto, parecía que los planes sofisticados para que pareciera un accidente ya no servían; ahora iban de frente y sin medida contra él. Esa realidad comenzó a inquietarlo.

—Me siento como si llevara una diana en la espalda —dijo con cierta resignación.

—Por eso mismo creo que debería desaparecer un tiempo, hacer un viaje, usted puede permitírselo —consideró el comisario molestándolo con su propuesta.

—No es una cuestión económica —contestó airado el artista—, tengo trabajo, compromisos que no voy a cancelar porque un tarado cualquiera me tenga en su mira.

Al comisario no le gustó nada la respuesta. Desde que Bécquer había entrado en su vida, no había hecho otra cosa que complicársela, entre otras razones porque no podían trabajar tranquilos por su simple presencia, y porque el ministro del Interior quería cerrar cuanto antes el caso con éxito y no dejaba de presionar.

—¿En serio no puede usted escaparse unos días hasta que la cosa se calme? —le preguntó el comisario nuevamente en un tono más conciliador.

—De ninguna manera, mañana mismo tengo que estar en Sevilla y a la vuelta tengo dos compromisos más. Hasta dentro de un par de semanas no tengo un día libre.

Al Baltierra no le convencía en absoluto que Bécquer anduviera de arriba para abajo; ya habían comprobado qué ocurría cuando se quedaba solo, así que llegó a una conclusión que sabía que a Elena no le iba a gustar nada de nada.

—Pues si tiene que cumplir esos compromisos, los cumplirá, pero acompañado. —Se puso entonces de pie y le pidió a la inspectora con un gesto que tomase asiento—. Siéntese, Elena, que se pasa el día al lado de las puertas.

Elena dio un par de pasos y tomó asiento frente al escritorio del comisario imaginándose lo que vendría a continuación. No hacía falta ser un lince para adivinar lo que estaba a punto de ordenarle.

—Va a ir a Sevilla con el señor Bécquer. Desde este momento y hasta que esto se resuelva, no quiero que lo pierda de vista.

Baltierra había sido claro y meridiano en sus intenciones, no iba a permitir que el admirador de Bécquer cumpliese su plan con éxito. Elena se revolvió en el asiento dispuesta a arrancar su alegato de protesta.

—Con todo respeto, comisario, soy inspectora de la Policía Nacional, no escolta ni guardaespaldas. Si el señor Bécquer necesita protección, estoy segura de que se la puede permitir. —Las palabras de Elena molestaron al cómico, que decidió intervenir.

—No me compares a un segurata con una inspectora; mucho mejor la segunda opción, digo yo.

Cuando Elena estaba a punto de contestar, fue el comisario quien tomó la palabra.

—Elena, esto está por encima de usted y de mí. Si finalmente acaban con este señor, quienes haremos el ridículo seremos nosotros por no haberlo protegido, y ya sería el colmo.

—Muchísimas gracias por el cariño y la preocupación, lamentaría mucho que mi asesinato les pusiera en una situación incómoda —replicó Bécquer con todo el sarcasmo del que era capaz. El comisario lo ignoró por completo y terminó de dar las instrucciones.

—Hasta nueva orden, la quiero al lado del señor Bécquer, viajará a Sevilla e incluso vigilará su casa: esto debe terminar cuanto antes.

—Señor comisario —Elena volvió a replicar—, mande a otro agente con el señor Bécquer, no me puedo permitir irme a Sevilla de niñera cuando la pista del vehículo que nos atacó está caliente, creo que por ahí podremos encontrar al culpable.

—Tiene razón, pero no se preocupe, porque Diego se encargará de todo y la informará de los avances. —El comisario tenía claro lo que iba a ocurrir, así que antes de que Elena objetara de nuevo zanjó el tema—. Es una orden, inspectora Izaguirre. Y ahora, si me disculpan, tengo más asuntos que atender.

Elena sabía que nada más podía hacer, cuando el comisario recurría a decir que se trataba de una orden era porque lo que iba a ocurrir era aquello que él demandaba y punto. La inspectora era rebelde, pero sabía cuáles eran las batallas que había que librar.

Casi al galope salió del despacho con Bécquer tratando de no perder el paso.

—Nos lo vamos a pasar genial, ya lo verás, nos vendrá bien distraernos —dijo el cómico.

Elena frenó en seco y, como ya había hecho antes, empujó a Bécquer contra la pared y le dijo con tono amenazante.

—Me estoy cansando de ti y de que todo te parezca una broma, hoy podíamos haber muerto en la carretera y parece que te da igual. Voy a Sevilla porque es una orden directa, pero te adelanto que no quiero tonterías ni jueguecitos, vamos a trabajar, ¿entendido?

A diferencia de la primera vez que Elena se puso tan estupenda, ahora a Bécquer le gustaba verla tan enfadada; sin duda, disfrutaba con un público difícil.

—Lo entiendo perfectamente y agradezco tu disposición, así que no perdamos el tiempo. ¿Vas a pasar por casa a coger algo o pretendes llevar la misma ropa dos días?

Elena lanzó un suspiro y dijo resignada:

—Quédate aquí mientras voy a casa a recoger mis cosas.

Bécquer la miró mientras se alejaba entre aspavientos de protesta. La verdad es que había pasado miedo en el coche, pero sabía que, si iba con Elena, pobre del que quisiera tocarle un pelo.

29
Demasiadas complicaciones

Un nuevo fracaso, eso era lo que iba a tener que explicar cuando llegase a casa, tendría que contarle a su madre que había fallado otra vez en el intento de cobrarse su venganza con Bécquer. Sin sutilezas, casi a la desesperada, había optado por actuar de forma impulsiva, ya no había tiempo para planes elaborados apoyados en engaños y disfraces, el tiempo corría y la traca final de su obra se aproximaba.

Que Bécquer siguiese con vida suponía un problema de cara a la ejecución última de su plan, el gran momento en el que quedaría claro que los culpables tienen que pagar por sus pecados y que antes o después el juicio nos llega a todos. La policía seguía jugando la carta de la discreción o no tenía ni idea de la conexión entre los «accidentes» de Ana María Lozano y Bécquer. Era su mano quien los había provocado y quizá se acercaba el momento de dar un golpe sobre la mesa y acabar con todo de una vez. Esta idea le rondaba por la cabeza cuando decidió dar el paso.

Nunca robar un vehículo de alta gama había resultado tan sencillo, no hizo falta nada más que un chaleco acolchado rojo y esperar la oportunidad en la terminal del aeropuerto. «Los viajeros que contratan aparcamientos de bajo coste llegan siempre con prisa» fue la premisa perfecta para llevarse un Audi S8 sin que el incauto del dueño se diese cuenta, solo había que esperar.

No habían pasado siquiera veinte minutos desde que comenzó su particular ronda cuando un señor de esos a los que el dinero se les nota de lejos le había preguntado si era «el del parking». Había lanzado el cebo y el pescadito había mordido el anzuelo. Es curioso cómo maneja el ser humano el principio de autoridad y qué fácil es engañarlo. En su caso, llevar un simple chaleco rojo era igual que pasearse por un hospital con una bata blanca o por El Corte Inglés de traje: puedes ir hasta donde quieras.

Había recogido las llaves del coche informando a aquel pobre desgraciado que el recibo le llegaría por correo electrónico debido a la nueva política ecológica de ahorro de papel por parte de la empresa, la clásica tontería sobre el medio ambiente que justifica casi cualquier cosa. Después de una conversación de minuto y medio, ya conducía el vehículo dejando atrás la T4 del aeropuerto Adolfo Suárez, y lo mejor de todo era que el incauto no se daría cuenta de que le habían levantado el coche hasta dentro de una semana, cuando regresase de su viaje y comprobara que su coche no lo estaba esperando. Pan comido. Y además le daría tiempo más que suficiente para lo que pretendía hacer.

«Voy a reventar a ese imbécil», pensó mientras acariciaba el cuero del volante. Para entretenerse había puesto la radio, acababan de dar las dos de la madrugada y el boletín de noticias lanzó un nombre que casi le hizo perder el control del vehículo.

—El famoso artista Bécquer ha sido ingresado de urgencia en el hospital Gregorio Marañón. Fue encontrado inconsciente en una céntrica calle de Madrid, extremo que, si bien ha sido confirmado por fuentes policiales, todavía no ha sido esclarecido.

«¡Menudo golpe de suerte!», había pensado. Era como si la naturaleza se hubiera puesto de su parte de repente; sea como fuere el noticiario decía que había sido ingresado en el Gregorio Marañón, con lo cual lo único que tendría que hacer ahora sería esperar a ver cómo transcurrían los acontecimientos.

Había aparcado el vehículo justo en la salida trasera del hospital, estaba convencido de que si Bécquer sobrevivía, saldría de allí en coche y de la manera más discreta. Tanto tiempo detrás de él lo había convertido en un experto en su comportamiento, aquel idiota no dejaría que lo viesen si tenía aspecto de enfermo. Lo único que tenía que hacer era esperar a que saliese.

Observando con atención la entrada de urgencias, había visto a la policía con la que se había cruzado en el Real, la inspectora Izaguirre, la mujer a la que habían encargado investigar quién quería asesinar a Bécquer. Detrás de ella, pasados unos veinticinco minutos, había aparecido el comisario. «Vaya, ya están todos —pensó—; hemos visto cuántos entran, veremos cuántos salen».

La noche pasa tranquila y sin movimiento desde que la inspectora y el comisario abandonaron el edificio, esta vez lo tenía todo controlado. Cuando, a eso de las diez de la mañana vio a la inspectora llegar con su vehículo y meterlo en el garaje del hospital, supo que había acertado al suponer que Bécquer saldría en coche por el aparcamiento.

El coche conducido por Elena pasó por su lado, lo dejó alejarse un poco antes de iniciar la marcha. Mientras conducía por la M-30 detrás de ellos, en dirección a la inexpugnable casa de Bécquer, tenía claro que debía interceptarlos antes. Pisando gas a fondo trató de sacarlos de la calzada en los túneles para reventarlos contra el muro, el problema fue que no contaba con la pericia de la inspectora al volante, quien no sólo logró zafarse, sino que le había obligado a huir.

—¡Me cago en mi puta vida!

El grito desesperado calló en el vacío: se había dirigido a un descampado en el que nadie había en kilómetros a la redonda. Bajó de lo que quedaba del vehículo y maldijo nuevamente su suerte: un accidente de coche habría sido perfecto, solo tenía que darle un golpe a aquella tartana que conducía la inspectora para tener éxito, al menos esa era la idea, pero no había contado con la pericia de la policía.

Una vez consumado un nuevo fracaso era momento de eliminar las pruebas. Se metió debajo del vehículo y buscó las conexiones del depósito de gasolina, hurgó en su bolsillo derecho, de donde extrajo una preciosa navaja con la que cortar la pieza que permitía el flujo de combustible; con el coche parado era mucho más sencillo que cuando saboteó el de Ana María Lozano. Una vez cortado, comenzó a manar gasolina. Se alejó a una distancia prudencial y lanzó un mechero.

Se alejó dejando las llamas a su espalda. Era la segunda vez que fallaba y tenía claro que no iba a haber una tercera. «Pero es que quizá —pensó—, no deba haber una tercera, Bécquer va a sufrir mucho más si...». La idea acababa de llegar a su cabeza, era una apuesta arriesgada, pero que sin duda iba a provocarle muchísimo dolor.

«Sí, creo que Bécquer no va a ser el siguiente en morir».

30
VOLAR

Elena llegó a casa a la carrera, Bécquer se había quedado en la comisaría esperando a que le trajeran sus cosas, por el contrario, ella había tenido que darse el paseíto para recabar las suyas. Enfadada, como ya comenzaba a ser habitual, lanzó una bolsa de deporte en la cama, metió un par de camisetas, algo de ropa interior y un pantalón vaquero mientras farfullaba: «Ya me dirás qué pinto yo en Sevilla».

Cerró la bolsa a punto de reventar la cremallera y bajó de dos en dos los peldaños que la separaban de la calle, y justo cuando cruzaba el portal, apoyado en el capó de un flamante Mercedes negro, estaba Bécquer.

—Menudo barrio, menos mal que vas armada.

—A mí me gusta —protestó Elena—. ¿No me tenías que esperar en comisaría para ir a la estación? —preguntó temiendo la respuesta.

—Leve cambio de planes —contestó Bécquer mientras abría una de las puertas de atrás e invitaba a pasar a la que sería su escolta durante un par de días.

Ella ignoró la invitación y abrió la puerta del copiloto. Vestido con un impoluto traje negro y una gorra de plato, el chófer la saludó con un majestuoso «buenos días» que Elena devolvió de mala gana. Bécquer, resignado, se sentó en el asiento de atrás y le pidió al conductor que iniciara la marcha.

Elena se mantuvo en silencio hasta que vio que dejaban atrás la estación de Atocha. Cuando se dio cuenta de que la ruta cambiaba, le preguntó al chófer a dónde se dirigían.

—Al aeropuerto —respondió el conductor. Elena se giró entonces hacia Bécquer.

—¿En serio nos vamos a comer el coñazo del aeropuerto pudiendo coger el AVE?

El resto del trayecto Elena no abrió la boca. Prefería la comodidad del tren al aburrimiento insoportable de hacer cola en el aeropuerto.

—Yo creo que con tu placa y mi sonrisa no tendremos que esperar mucho —dijo Bécquer tratando de enfadarla.

—Pues vete olvidándote. No somos más que el resto de civiles, te vas a comer la cola como todos.

A lo lejos ya se divisaba el aeropuerto mientras Elena intercambiaba mensajes con una compañera de la comisaría que le estaba facilitando la gestión para poder subir su arma reglamentaria a bordo como la ley indicaba. Ese cambio de planes de última hora no le gustaba en absoluto. Sin levantar la mirada de la pantalla del móvil, le preguntó a Bécquer cuál era el número de vuelo y con qué compañía viajaban.

—No sabría decirte —dijo él, inclinado sobre el respaldo del asiento de Elena—, pero sí que nuestro avión debe de ser uno de aquellos —concluyó señalando por encima del hombro de la inspectora un grupo de aviones de pequeño tamaño aparcados en un lateral de la nueva Terminal Ejecutiva.

El coche se detuvo a la entrada y el chófer se apresuró a bajarse y rodeó el vehículo con el fin de abrir la puerta de Elena, pero desistió siquiera de intentarlo a medio camino al ver que ya se había bajado, así que abrió la de Bécquer y él salió del coche ajustándose la chaqueta y recibiendo de la mano del conductor el equipaje que acababa de retirar del maletero. La inspectora miraba a su alrededor buscando la puerta de entrada cuando una alegre joven vestida con un impecable traje de chaqueta les dio la bienvenida.

—Señor Bécquer, qué alegría tan grande volver a recibirlo. Acompáñenme si son tan amables.

La voz dulce de aquella mujer te invitaba a seguirla al fin del mundo. Bécquer miró entonces a Elena y con cierto halo de cachondeo le espetó un «¿Nunca has viajado en *jet* privado?, te va a encantar».

La primera vez que Bécquer tuvo que volar solo perdió el avión por idiota. Su abuelo le solía acompañar en los des-

plazamiento domésticos a lo largo y ancho de Galicia, pero aquel día se encontraba muy cansado. La fulgurante carrera de su nieto lo obligaba a un ritmo cada vez mayor y le costaba seguirlo; a fin de cuentas, era un señor de ochenta años metido a representante casi por accidente. Cuando invitaron a Bécquer a visitar a Tardá en Barcelona, a pesar de la importancia de la cita, el señor Manuel no se encontraba en condiciones para acompañar a su nieto en aquella maravillosa aventura.

Bécquer llevaba anotada en un papel la información de su vuelo, sabía que tenía que madrugar, ya que el avión que lo llevaría aquella mañana a Barcelona salía desde el aeropuerto de Vigo a las diez y veinte. Se levantó temprano, se bebió un café y se subió al coche de su abuelo a eso de las ocho de la mañana. Tenía tiempo de sobra para aparcar y coger el avión.

Cuando llegó al aeropuerto, dejó el coche en el parking tal y como le habían indicado y entró en la terminal; al fondo estaba el mostrador de facturación de Iberia y, por suerte, nadie hacía cola, así que lo atendieron en cuanto llegó.

—Buenos días —saludó mientras sacaba el DNI de la cartera—, tengo un vuelo a Barcelona a las diez y veinte —informó a la mujer del mostrador, que se sorprendió al ver a un muchacho tendiéndole el carnet.

—El vuelo está cerrado —respondió. A Bécquer aquella frase no le encajaba lo más mínimo, así que insistió.

—Tengo un vuelo a Barcelona a las diez y veinte, aquí está el billete —añadió presentando un folio que había impreso en casa.

—Sí, sí, lo veo —dijo la empleada—. El problema es que son las diez de la mañana y el vuelo sale dentro de quince minutos.

—Pues eso: tengo quince minutos aún para subir al avión. —La firmeza y la naturalidad con la que aquel joven hablaba confundieron todavía más a la empleada.

—Pero es que, para coger el avión, hay que venir al menos con noventa minutos de antelación —le informó. Él no entendía de qué demonios le estaba hablando.

—Pero el avión sale en quince minutos —replicó—; si seguimos de charla, lo voy a perder.

—Es que ya lo ha perdido.

—Pero cómo lo voy a perder si faltan quince minutos —insistió Bécquer—; si el avión está ahí, que lo estoy viendo.

Era tal el convencimiento con el que hablaba que a la mujer no le quedó otra opción que llamar al jefe de servicio.

—Permítame un momento —le dijo en lo que cogía un intercomunicador—. Mostrador dos a jefe de servicio —dijo apretando el botón lateral.

—Jefe de servicio a mostrador dos —sonó en apenas unos segundos.

—Ruego venga a mostrador dos, tenemos una incidencia con un pasajero.

Bécquer se encogió de hombros y trató de averiguar quién sería el pasajero que tenía una incidencia, un tanto agobiado por la posibilidad de perder el vuelo. Mientras estaba absorto en sus pensamientos, el jefe de servicio hizo su aparición.

—Buenos días, ¿usted no sabe que hay que venir al aeropuerto con al menos noventa minutos de antelación?

Así fue como Bécquer descubrió que coger un avión no era lo mismo que subirse a un autobús.

—La verdad es que no, yo pensaba que era como el tren.

Fue tal la candidez de la respuesta de aquel chaval que el jefe de servicio y la empleada de Iberia se miraron entre ellos y llegaron a la vez a la conclusión de que no había mucho más que hacer.

—Verá —dijo ella—, cuando se vuela hay que llegar con tiempo, primero pasas por el mostrador de facturación para recoger la tarjeta de embarque y facturar el equipaje si fuera necesario; a continuación, hay que pasar el control de seguridad y luego dirigirse a la puerta asignada. Para no sufrir agobios, lo ideal es venir noventa minutos antes de la hora de salida estipulada.

Ante aquella explicación, Bécquer no supo reaccionar de otra forma que sintiendo vergüenza y se puso colorado.

—La verdad es que no lo sabía, es la primera vez que vuelo.

El jefe de servicio tomó entonces la palabra.

—No pasa nada, nadie nace aprendido, ahora ya lo sabe. Hay otro vuelo a las doce. Mi compañera le dará la tarjeta y le dirá a qué puerta tiene que ir. Y recuerde: siempre noventa minutos antes, como mínimo.

Elena trataba de no reírse con la historia que Bécquer les estaba contando para regocijo de la auxiliar de vuelo que los acompañaba. El humorista había decidido desplegar todo su encanto y, en lo que se dirigían al *jet*, les iba contando la enorme cantidad de problemas que había tenido a bordo de aviones, en terminales o en controles de seguridad. Entre risas cómplices de la auxiliar y su exagerada comprensión —«Es que de todo se aprende»—, llegaron a los pies de la escalera.

Bécquer le entregó su equipaje y pidió a Elena que hiciera lo propio.

—Yo lo llevo conmigo.

—Es muy suya para sus cosas —la justificó mientras subía la escalerilla.

Con la bolsa de deporte al hombro, Elena subió los cinco peldaños y entró por primera vez en un avión privado.

El *jet* contaba con cuatro asientos enfrentados en parejas y dispuestos a cada lado. La auxiliar les explicó que ella los acompañaría, junto al piloto y al copiloto de la nave, quienes no tardaron en aparecer para saludar al artista.

Cuando el avión comenzó a rodar por la pista de despegue, el contraste entre Bécquer y Elena era enorme: mientras que él ya apuraba su segunda copa de champán, ella se afanaba en colocarse bien el cinturón de seguridad.

—No creo que te sirva de mucho si nos vamos abajo —dijo él sin perder la oportunidad de hacer rabiar a su compañera de viaje.

Elena se revolvía en el asiento pensando en si sería oportuno o no abrir fuego dentro de la cabina.

La incomodidad de Elena se tornaba en miedo ostensible cada vez que el avión se movía un poco. Era tan evidente que lo estaba pasando mal que Bécquer optó por levantarse y ocupar el asiento de enfrente, separado del de Elena por una pequeña mesa y trató de arrancar una conversación.

—Tienes que relajarte, a pesar del tamaño, estos aviones son completamente seguros. Además, ni siquiera cogen gran altura. En poco más de una hora estaremos en Sevilla. No pensé que a alguien como tú le diera miedo volar.

A Elena las palabras de Bécquer la relajaron en cierta medida.

—No tengo miedo a volar —dijo apartando por fin la vista de la ventanilla—. Simplemente, no me gusta.

Pero a Bécquer la respuesta no lo convenció. Estaba seguro de que había algo más.

—Imagino que en tus años en el Ejército algo habrás tenido que volar —reflexionó en voz alta.

—¿Y tú cómo sabes que estuve en el Ejército? —dijo ella entre sorprendida y molesta.

—Pues por tu manera de caminar, el enfoque militar que le das a las cosas... —Elena estaba realmente sorprendida de que Bécquer hubiese llegado a esa conclusión—, y también porque lo pone en el informe tuyo que me pasaron, que, quieras o no, leerlo me ayudó bastante.

—¿Y tú por qué tienes que leer un informe sobre mí? —dijo ella elevando la voz.

—Digo yo que tendré derecho a saber en qué manos estoy, ¿no? —se defendió Bécquer—. Pero esto no es relevante ahora —zanjó—: estábamos hablando de tu miedo a volar.

—¡Que no tengo miedo! —insistió ella con vehemencia—. Es que es muy pequeño, nada más —dijo justificándose y tratando de cambiar el tema de conversación.

—Entiendo. Ya sabes cómo fue mi primera experiencia, ¿recuerdas la primera vez que cogiste un avión? —le preguntó Bécquer en el enésimo intento de charlar con ella sin que el intercambio pareciese un combate de boxeo.

Elena se mantenía callada mirando por la ventanilla. Los infructuosos intentos de Bécquer por tener una conversación fluida se estaban agotando, no acababa de entender qué demonios ocurría. Desde la última vez en que se vieron en el hospital, Elena volvía a ser tan hostil como cuando se conocieron, y, entre una cosa y otra, ya habían vivido suficientes experiencias juntos como para que la relación volviese al punto anterior a la conexión que habían sentido en la habitación del hospital.

Elena por fin cedió un poco. No era difícil darse cuenta del esfuerzo sobrehumano que estaba haciendo Bécquer por crear un ambiente cómodo y distendido. Sin separar la mirada de la ventanilla, decidió contestar.

—Solo he volado con el Ejército, y no son precisamente los aviones más cómodos del mundo; digamos que no te sirven champán.

De manera instantánea, Bécquer vio a Elena en su imaginación perfectamente vestida con todo el aparataje militar a bordo de una aeronave con colores de camuflaje y sentada sobre un banco en un lateral del avión, todo muy peliculero.

—¿Eso fue cuando serviste en Afganistán? —le preguntó realmente interesado por esa faceta de la vida de Elena.

—A ver, tampoco te vengas arriba —le respondió cortante la inspectora—. Cuando vas para allá con tus compañeros es un avión normal y corriente. Y una vez sobre el terreno, si hay desplazamientos largos, suelen hacerse por carretera o en aviones militares.

—Y esos son los que se mueven mucho.

—Efectivamente, no te conviene desayunar fuerte antes de subirte.

A Bécquer le alegró que ella hiciese un comentario parecido a una broma; con un poco de suerte, la conversación empezaría a fluir. La auxiliar apareció entonces para rellenar la copa del artista por tercera vez y ofrecerles la carta con un par de platos para degustar. Por suerte para Bécquer, Elena estuvo receptiva y no tuvo que insistir mucho para que lo acompañase en el almuerzo.

Mientras comían, Bécquer insistió

—Aún no me has dicho si recuerdas la primera vez que cogiste un avión.

Elena suspiró como quien busca dentro del baúl de los recuerdos, y haciendo un esfuerzo enorme compartió con Bécquer la experiencia.

—Fue cuando cumplí doce años, volamos a París.

El cómico dio un pequeño salto en la butaca. Había encontrado un filón.

—No me digas que la pequeña Elena fue a visitar a Mickey Mouse.

La inspectora se ruborizó un poco.

—Pues sí, con doce años ¿qué quieres?

—¿Ibas disfrazada de princesa? ¿Llevabas orejas de ratón?

Ante la batería de preguntas de Bécquer, Elena optó por levantar la voz.

—¿Quieres que te lo cuente o no? —Él, divertido, levantó las manos en señal de rendición e hizo el gesto de cerrarse la boca con llave y lanzar esta por la ventanilla—. Como todos los niños, mis hermanos y yo queríamos ir a Disneyland. Cuando cumplí doce años fue el regalo que me hicieron. Mis hermanos sabían que íbamos a ir desde hacía meses, pero guardaron el secreto. La mañana del cumpleaños teníamos colegio y nos subimos al coche como todos los días, con la novedad de que mi madre también iba. Cuando me di cuenta de que la ruta no era la del colegio, me dijeron que nos íbamos a Disneyland París. Poco más.

—Menos mal que no te ganas la vida escribiendo novelas, porque menudo relato... —repuso Bécquer—. ¿Cómo te sentiste? Debió de ser una sorpresa enorme para una niña, el sueño de cualquiera.

A Elena no le gustaba compartir emociones, el relato que había soltado había sido igual que cada vez que contaba algo, puramente quirúrgico. Podía achacarse a su formación de policía, donde lo que importan son los hechos, pero también a cierto hermetismo.

—Pues con mucha alegría, supongo —respondió con sequedad.

—No quería molestarte. A veces los recuerdos más bonitos, según la manera que tengamos de mirarlos, se pueden convertir en tristes... Mírame, Elena. —Bécquer se había puesto serio y ella por fin le sostenía la mirada—. ¿Qué fue lo que más te gustó de aquel viaje?

Ella estaba contrariada. Por una parte, agradecía la conversación y era consciente de que, como adulta que era, no pasaba nada por hablar de la primera vez que subió a un avión, pero desde que su padre faltaba, le costaba recordar cualquier cosa en la que hubiera estado presente. Cogió aire antes de contestar.

—Prométeme que no te vas a reír de mí. —Bécquer, haciendo la señal del buen *boy scout*, se puso serio—. Lo que más me gustó fueron los caballitos, era el carrusel más grande y bonito que había visto nunca, me subí tantas veces que mis hermanos se enfadaron porque no hacía otra cosa, así que se fueron con mi madre y yo me quedé allí un montón de tiempo con...

Le costaba de verdad terminar la frase. Sin quererlo, su cabeza se había ido a aquella fría tarde en Disneyland. Recordaba perfectamente la enorme felicidad que sentía mientras el caballo subía y bajaba, los olores dulces que salían de las tiendas, los gritos de felicidad de los otros niños, la música que sonaba constantemente. Fue Bécquer quien la terminó.

—Con tu padre, no le importó cuántas veces quisieses subirte, ¿verdad?

—Sí, no le importaba. — Elena, con los ojos brillantes, logró articular la respuesta—. Mis hermanos siempre me dicen que fui a París para subirme a la atracción más normalita, pero la verdad es que no quería nada más. Cuando me bajé por fin, recuerdo que mi padre tenía las manos heladas, había estado pasando frío en silencio mientras yo me divertía. Recuerdo también el olor del chocolate que compartimos mientras íbamos a buscar a mamá y a mis hermanos... No sé..., tonterías de niña pequeña. A fin de cuentas, eso lo hacen todos los padres, ¿no?

Bécquer, sabiendo de lo que hablaba, tenía claro qué responder a la pregunta de Elena.

—No, no todos los padres lo hacen. Por eso el tuyo era de los buenos.

La conversación se vio interrumpida por la voz del comandante, quien anunció el inminente aterrizaje en suelo sevillano. Bécquer se ajustó el cinturón de seguridad agradecido por haber compartido un rato de charla agradable con su compañera. Aterrizaron sin problema y, ya en lo alto de la escalerilla, Elena vio que el vehículo que había ido a recogerlos era una limusina Hummer del tamaño de un camión.

—¿En serio? —dijo mirando a Bécquer.

—Para un día que vienes conmigo, permíteme que vacile un poco.

31
Todo controlado

Elena se sentía entre incómoda y divertida al mirar por la ventanilla a la gente que admiraba desde las aceras aquel enorme y absurdo vehículo. Bécquer en cambio disfrutaba de cada momento, tocando los botones que controlaban la música y las pantallas, comiendo frutos secos mientras bebía un zumo de naranja. «Con el champán del vuelo, me ha llegado por hoy», le confesó a Elena mientras se servía.

—Imagino que el hotel estará a la altura del transporte —le dijo bromeando.

—Por supuesto —respondió él con la chulería impostada del acento madrileño—, creo que te va a gustar.

Cuando llegaron al hotel, la inspectora no se sorprendió. Era el cinco estrellas más lujoso de la capital hispalense. El edificio más alto de Andalucía tenía un aspecto imponente. Dos botones recogieron el poco equipaje que llevaban y un conserje los recibió en el *lobby*.

—Bienvenido, señor Bécquer, es un honor tenerle aquí de nuevo —dijo casi emocionado.

El ascensor llegó a la planta 39, ni más ni menos que a ciento ochenta metros del suelo. Salieron al pasillo y llegaron a sus habitaciones, en primer lugar, la *suite* presidencial de Bécquer. «Esto es tres veces mi piso», pensó Elena desde la puerta. Debía de tener unos doscientos metros cuadrados, sin paredes, totalmente acristalada y con unas vistas espectaculares de la capital del Guadalquivir. Bécquer dijo que todo estaba en orden y disimuladamente deslizó un billete marrón en la mano del conserje. Elena sonrió al ver la reverencia que le estaba haciendo a la superestrella, se apartó de la puerta para dejarlo pasar.

—Señora, si me acompaña la llevo a su *suite* —le dijo una vez fuera. Y ella lo siguió.

Estaba a unos metros escasos y, cuando la abrió, Elena volvió a sorprenderse. Si bien era más pequeña que la de Bécquer, la inspectora estaba alucinada. Cuando el conserje la dejo sola, no pudo evitar descontrolarse un poco.

Como si fuese una niña pequeña, comenzó a abrir armarios y cajones, comprobó el minibar, encendió la enorme televisión del dormitorio, repasó uno por uno los útiles de aseo del baño. No hubo un solo centímetro que no escudriñase. Cuando estaba a punto de lanzarse sobre la gigantesca cama, llamaron a la puerta.

—A que te mola. —Bécquer, sin esperar a ser invitado, entró en la habitación con una carpeta bajo el brazo—. Para mi compañera, lo mejor de lo mejor. Bueno, eso tampoco, esta habitación es la mejor. La mía, la mejor de lo mejor... Ya me entiendes. —Mientras hablaba, tomó asiento en el precioso salón que daba al ventanal principal—. Puedes pedir lo que quieras o asaltar el minibar —le dijo mientras la invitaba a tomar asiento. Un tanto sorprendida por la disposición del cómico, cogió la silla de enfrente, pero él, apartando la que había a su lado, la animó a sentarse junto a él—. Así verás mejor lo que tengo que enseñarte.

Elena tomó asiento junto a Bécquer. Le llamó la atención su perfume, pero prefirió no comentarlo, sobre todo porque entonces debería reconocer que era embriagador y lo más probable era que el cómico ya lo supiese.

La carpeta marrón que posó sobre la mesa contenía toda la información relevante sobre el *show* de esa noche.

—Estos son los planos del recinto; como verás, están marcadas todas las entradas y todas las salidas —dijo mientras seguía sacando papeles—. Aquí, el listado de todos y cada uno de los trabajadores de esta noche con sus datos y el número de la tarjeta de identificación; todos tendrán que pasar por un escáner tanto para entrar como para salir. —Elena no se esperaba semejante despliegue—. Esto que ves es el mapa técnico con el material que se va a utilizar, y, por último, estos son los teléfonos del jefe de la Policía Municipal de Sevilla, quien se encargará del dispositivo de seguridad. Se ha coordinado con Nacho y con el Ministerio del Interior, llevamos en esto dos semanas, así que no debería de haber problema alguno. Te toca llamarlo ahora para poneros de acuerdo. —Bécquer se levantó—. A las siete viene el coche a recogerme, yo voy a comer algo en mi habitación y a descansar un poco, tú te encargas de lo demás. Para ir a ver el espacio, o lo que sea, tienes un chófer a tu disposición. Ahora, con tu permiso, me voy a planchar la oreja.

Y con las mismas se fue de la habitación. Elena seguía sorprendida mientras repasaba los documentos. Había que reconocer que cuando se trataba de su trabajo, Bécquer era un número uno.

Al poco de retirarse el cómico, Elena abandonó el hotel en el coche en dirección al auditorio. Marcó el número del comisario, quien al otro lado se alegró al comprobar que todo marchaba según lo previsto. El coche dejó a Elena en la puerta principal del Auditorio de La Cartuja, un enorme edificio que albergaba una sala con tres mil localidades. Esa noche Bécquer iba a recibir, con el objetivo de hacerles reír, a tres mil personas entregadas a la causa.

Después de repasar el dispositivo de seguridad con esmero, Elena entró en el camerino del artista. Se lo habían preparado a capricho, de nuevo flores blancas decorándolo, un mueble bar con todo tipo de bebidas frías, comida como si se fuese a celebrar una primera comunión... Era tal el nivel de detalle que Elena no dejaba de admirarlo todo. Justo en ese momento, a través de uno de los intercomunicadores del camerino, sonó: «El señor Bécquer acaba de llegar al edificio».

Faltaban aún noventa minutos para el inicio de la función cuando el artista hizo su entrada. Escoltado por Nacho, Elena vio cómo Bécquer repasaba la producción, hizo una prueba de sonido breve, preguntó por una serie de cuestiones técnicas que en seguida obtuvieron respuesta, dio las gracias y, lo que a la inspectora más le llamó la atención, pidió que todo el personal acudiese al escenario.

En cuestión de pocos minutos estaba rodeado de una treintena de personas, trabajadores del teatro, equipo técnico, acomodadores, seguridad, policía..., todo aquel que esa noche tenía algún tipo de responsabilidad. Una vez se hizo el silencio, Bécquer tomó la palabra.

—Esta noche es especial para mí. Como todos sabréis, han sido unas semanas... intensas, cuando menos... Se podría decir que he estado entretenido. —Las risas no se hicieron esperar—. Por todo esto, lo que va a ocurrir en un rato será inolvidable, pero para conseguirlo, necesito vuestra ayuda. Yo soy quien se va a subir aquí, solo soy la cara visible de vuestro trabajo, sin vosotros el *show* no saldría adelante. Por eso os quiero pedir que deis lo mejor de vosotros, no por mí, sino por ellos, por los tres mil que hoy salen de sus casas y vienen a divertirse, por ellos debemos ser excelentes. Os agradezco mucho vuestro esfuerzo, ¡suerte! ¡Elena! —gritó Bécquer al verla—. Veo que tienes todo controlado. —Puso entonces sus manos en los hombros de la inspectora—. Estoy histérico —dijo zarandeándola divertido—. ¡Qué ganas!

Cuando Bécquer entró nuevamente en su camerino, Nacho le dio los últimos datos y pidió a Elena que lo acompañase.

—¿Te apetece un café? —le ofreció el asistente a la inspectora.

Mientras se servían uno de una mesa de *catering* que había en el pasillo de los camerinos, Nacho le explicó lo que iba a ocurrir a continuación.

—Desde este momento, a Bécquer nadie le puede molestar. Por más asistencia que pueda tener, sigue siendo él quien se viste, se peina y se maquilla. Es una batalla perdida, la hora antes de salir a escena le gusta estar solo, lo máximo que nos permite hacer es picarle a la puerta cuando faltan quince minutos. —Elena asentía con la cabeza sin disimular cierta fascinación por todo lo que rodeaba al espectáculo. Sin quererlo, comenzó a hacer preguntas.

—¿Y ahora repasa el guion?

—Eso nadie lo sabe —respondió Nacho misterioso—, nunca le hemos visto un solo papel, él presume de que mientras la cabeza le funcione, no necesita escribir nada.

Elena se sorprendió ante tal revelación. A ella lo de memorizar siempre le había gustado tanto como recibir una patada en la espinilla.

Cuando faltaban quince minutos para empezar, Nacho se ofreció para acompañarla a su butaca.

—No, no —respondió—, yo me quedo por aquí.

—Bécquer ha insistido. De hecho, me dijo que, cuando te negases, te diese esto —dijo tendiéndole a Elena un pequeño trozo de papel.

Ella lo cogió y al abrirlo encontró estas palabras: «Déjame divertirte, todo está controlado». Suspiró sabiendo que era una batalla perdida y siguió a Nacho hasta el sitio que Bécquer le había asignado. Se sentó y nuevamente observó a su alrededor a la gente: se respiraba el olor de las noches grandes. Elena no pudo evitar pensar en las veces que lo había visto actuar, «normalmente con entradas peores», se dijo a sí misma al verse tan bien ubicada en la butaca 1 de la sexta fila. A su lado tenía a una familia que celebraba el cumpleaños de la madre; el *show* era su regalo y le había emocionado tanto que no paraba de decirlo.

Allí sentada, Elena recordó por un instante la primera vez que vio a Bécquer en directo, en la madrileña sala Galileo. En aquel momento era un incipiente colaborador de televisión. Había ido con su padre, su cómplice de desvelos nocturnos, y quien esa noche le había dado la orden de que se maquillase un poco: «Tiene que parecer que tienes dieciséis o nos dejan en la puerta».

Cuando las luces se apagaron, el auditorio comenzó a rugir. Una voz en *off* anunció que Bécquer entraba a escena y Elena se sorprendió a sí misma en pie, como los otros tres mil, aplaudiendo a rabiar. «Para qué luchar —pensó—, esto va de divertirse».

El cómico dominaba la escena como nadie, cada frase que salía de su boca provocaba una enorme carcajada en su público, se movía por el escenario controlando cada detalle. Enormemente divertido, iba encadenando una historia con otra sin que se notase el paso del tiempo. Elena trataba de reírse lo justo, sobre todo cuando notaba que él la miraba. Lo cierto es que el espectáculo estaba siendo para ella una lucha entre el placer y el deber, a veces le costaba seguir el desarrollo del *show* por lo pendiente que estaba de que no pasara nada raro.

La inspectora miró su reloj, casi las diez y media de la noche, lo que significaba que el espectáculo estaba a punto de terminar. Bécquer anunció entonces la que sería la última rutina de la noche y contó la historia de cuando le había dado la mano a Donald Trump y casi se la rompe de los nervios que tenía. Como siempre, la historia provocó en el público una ovación ensordecedora. Tras acallarla, el cómico tomó la palabra por última vez.

—Esta es una noche muy especial para mí. Permitidme que la cierre poniéndome serio un momento. Las últimas semanas han sido realmente complicadas, lo ocurrido en el Teatro Real me ha dejado una herida imposible de sanar, cada vez que lo recuerdo me atraviesa el dolor de haber perdido a una persona muy importante para mí. Mi vuelta a los escenarios tiene un motivo y un nombre: la noche de hoy va para ti, Raquel. —Estaba muy emocionado, su voz se entrecortó cuando pronunció el nombre de la que había llegado a ser su amiga. El público, conocedor de los sucesos de los que tanto se había hablado en todos los medios de comunicación durante semanas, dedicó a Raquel una de las ovaciones más atronadoras de la noche. Bécquer retomó la palabra, más emocionado si cabe—. Nada es comparable al dolor de perder a un ser querido, todo lo que hay a tu alrededor se derrumba, notas como la tierra tiembla bajo tus pies. Cuando esto ocurre, necesitamos un lugar al que agarrarnos. Yo me he equivocado mucho a lo largo de mi vida, me ha costado relaciones, amores, y no tener a mi lado a quien más necesito. Es el precio a pagar, a veces demasiado alto. —Respiró hondo. Elena notó un pinchazo de emoción en sus adentros, sabía que Bécquer se refería a su difícil relación con su hija—. A pesar de todo, hay que mantener los ojos abiertos —prosiguió— porque los milagros existen y ocurren cada día. Lo que pasa es que muchas veces no estamos atentos. En mi vida han ocurrido muchos y ahora sé reconocerlos. —Su mirada se clavó entonces en la de Elena—. Y sé que la vida te hace regalos, pone en tu camino a personas buenas, de esas que te alegran, que te llenan, de esas que te dan la mano cuando todo tiembla. —La inspectora recibió esa mirada con tal intensidad que notó cómo la emoción se le enganchaba a la boca del estómago. Bécquer volvió entonces a dirigirse al público y terminó el espectáculo—. Gracias por ser mi asidero. Os quiero mucho.

Y el auditorio se vino abajo.

32
Iba yo de peregrina

Cuando Elena llegó al camerino de Bécquer, se preocupó al verlo abarrotado de gente. Él repartía saludos y se hacía fotos, allí había futbolistas del Sevilla y del Betis, periodistas, el alcalde de la ciudad y hasta el presidente de la Junta, que no solo no se lo quería perder, sino que se había agarrado del brazo de Bécquer de tal forma que iba a resultar difícil quitárselo de encima. Poco a poco el camerino se fue desalojando y quedándose en silencio. Entonces, Elena y Bécquer volvieron a verse.

—¿Te lo has pasado bien? —preguntó el cómico.

—No ha estado mal.

—Venga, que te he visto partirte de risa, sobre todo con el chiste del enano en silla de ruedas.

Elena no pudo evitar ruborizarse un poco.

—Ahí te has pasado tres pueblos.

—Bah, parece mucho, pero no es para tanto.

La conversación fue interrumpida por Nacho anunciando que el coche estaba preparado.

—Dadme diez minutos y nos vemos fuera —respondió Bécquer; Elena salió entonces del camerino y se dirigió con Nacho a la salida de intérpretes.

—Inspectora —le dijo él parándose un instante—, ¿cómo va la investigación? Bécquer no suelta prenda y la verdad es que estoy muy preocupado, dice que me olvide, que fue un lamentable accidente, pero no le voy a negar que estoy nervioso, lo de Raquel ha sido terrible y no sé, tanta policía... Yo diría que hay algo más.

Elena entendía la ansiedad de Nacho. A fin de cuentas, nadie conocía a Bécquer mejor que él, pero si el artista había decidido no compartir información, mucho menos lo haría ella.

—Nacho, debe entender que no estoy autorizada a comentar los pormenores de una investigación en curso. Lo que si le puedo garantizar es que está en buenas manos.

La política respuesta de Elena no encontró gran acogida por parte de Nacho.

—Ya, entiendo. A ver si se aclara pronto y entendemos qué pudo pasar. Yo, por más vueltas que le doy, no me lo explico.

La conversación se terminó cuando Bécquer apareció por el pasillo. Después de despedirse uno por uno de todos los que habían formado parte de la producción, retomaron la marcha y se subieron a la limusina.

—Y ahora toca celebrar —dijo Bécquer—. He reservado en el mejor restaurante de Sevilla. —A Elena no le pareció la mejor idea, ella tenía una misión, no estaba de fin de semana, pero no le dio tiempo a replicar—. No me harás cenar solo la noche en que por fin vuelvo a los escenarios...

El restaurante respiraba Andalucía en cada rincón, en cada esquina; con una estética minimalista, mezclaba lo tradicional con lo moderno. Sentados en un precioso reservado, Elena observaba a un Bécquer que no paraba de hablar, transmitía una felicidad casi infantil. Desde la noche en que lo conoció en el Real, nunca lo había visto tan pletórico.

—Por la alegría —dijo el cómico levantando su copa de vino—, que todo lo malo quede atrás y miremos siempre hacia delante.

Elena levantó su copa y brindó con él regalándole una sonrisa.

—¿Por qué dices eso? —le preguntó.

—Porque me he cansado de sufrir, estoy cansado de la condena por mis errores, de estar siempre lamentando el pasado. Se acabó, quiero mirar hacia delante, ¡que casi me matan dos veces!

Elena no terminaba de compartir por entero las palabras del cómico, escuchar su brindis le hizo recordar de manera inmediata a su madre y su insistencia, precisamente, en dejar el dolor del pasado atrás. A Elena eso le resultaba complicado.

—No sé qué decirte, me da miedo olvidar —reflexionó.

—No va de eso —replicó Bécquer—. Nunca vamos a olvidar ni lo que tuvimos ni a quien quisimos, pero tenemos derecho a ser felices, ¿no?

A Elena el argumentario de Bécquer le resultaba demasiado inocente.

—¿Y si tu hija no te vuelve a hablar por culpa de los errores del pasado?

La pregunta que acababa de hacer fue directamente contra la línea de flotación del artista, quien pegó un sorbo bien grande y apuró la copa de vino.

—Pues allá ella —respondió—, se acabó vivir con miedo; es cierto, me equivoqué y he sido una mierda de padre, pero voy a seguir a su lado hasta que me perdone, con ilusión, y, repito..., con alegría.

La velada continuó divertida, por primera vez la conversación no tenía que ver ni con el Teatro Real ni con una lista enorme de sospechosos. Esa noche solo estaban Bécquer y Elena. Por un momento, se olvidaron incluso de quiénes eran y por qué estaban allí. Él sacó su arsenal de anécdotas en las que siempre perdía o hacía el ridículo; ella disfrutó escuchando aquellas historias, que iban desde quedarse encerrado en un baño en una recepción en el palacio de la Zarzuela, hasta la vez en la que, a bordo de un avión, tiró por encima de Susan Sarandon una copa de vino tinto. Ya a los postres, Elena volvió al ataque.

—¿Por qué te dedicas a esto?

—Por mi abuelo. —La respuesta inmediata de Bécquer cogió a Elena a contrapié. Eran muchos años siguiendo al humorista y no recordaba haberle escuchado nunca tal cosa.

—¿Por tu abuelo? —preguntó sorprendida.

—No suelo decirlo porque te reconozco que me emociono con facilidad al recordarlo. No tuve padre y mi madre no me quiso; a la pobre la engañaron, le hicieron un bombo y si te he visto no me acuerdo, así que, fundamentalmente, me criaron mis abuelos, sobre todo él, que me llevó a mis primeras actuaciones y me guio cuando empecé. —Elena observaba con emoción los ojos cristalinos de Bécquer quien, para apuntalar su relato, sacó del bolsillo el móvil para enseñar a Elena una fotografía antigua—. Mira, este era mi abuelo Manuel. Como verás, heredé su pelazo.

Elena cogió el teléfono. El parecido entre ambos era enorme ahora que Bécquer había cumplido años; en aquella foto era un niño todavía.

—Era guapo tu abuelo.

—Y elegante —añadió Bécquer—, siempre iba impecable, por eso me subo con traje y corbata al escenario, cosas de mi abuelo.

—Entiendo por tu manera de hablar que ya no está entre nosotros —dijo ella midiendo mucho el tono.

—Murió pronto, demasiado si me lo preguntas... Pero esta noche no va de cosas tristes, esta noche va de alegría. Venga, cuéntame algo de ti. —Y así Bécquer cambió de tema—. Dime, ¿por qué policía?

Elena dudo qué respuesta dar. Por un lado, tenía la opción habitual de divagar sobre el servicio público y la atención a quien lo necesita. Por otro, tenía ganas de compartir el tremendo peso que llevaba dentro. Rozando lo que Bécquer solía llamar «milagro», optó por sincerarse.

—Porque no hay día en que no me levante preguntándome quién mató a mi padre, y no quiero que más gente sienta lo que siento yo cada mañana, así que quiero dedicar mi vida a que nadie sufra lo que sufro yo.

Bécquer se quedó helado. Sabía por su expediente que Elena había perdido a su padre y que la investigación había concluido que fue víctima colateral de un atraco que salió mal, pero en las palabras y en la mirada de Elena quedaba claro que detrás había mucho más. Elena vio la reacción de Bécquer y que la miraba con ternura. Él levantó de nuevo la copa.

—Pues brindemos por ellos, por tu padre y por mi abuelo, por aquellos que no están y su recuerdo. —Los cristales chocaron y ellos apuraron las copas de vino.

Cuando terminaron de cenar, Bécquer le propuso dar un paseo.

—¿Te parece que volvamos al hotel andando? Son veinte minutos y así bajamos la cena.

—La cena y el tinto —replicó Elena divertida.

—Eso también —añadió él riéndose de manera escandalosa.

Salieron entonces del restaurante y Bécquer se asomó por ventanilla del chófer para dispensarlo de sus obligaciones.

La noche era primaveral en Sevilla. Caminando por sus calles como dos viejos amigos, Elena y Bécquer continuaron compartiendo historias y pequeñas confidencias. Al poco llegaron a la zona del puente de Triana, donde el Guadalquivir separaba la ciudad en dos.

—Qué bonito es esto —dijo Elena admirando la abrumadora belleza de la ciudad a esas horas.

Pasada la una de la madrugada se respiraba calma y silencio. A lo lejos se podía intuir el bullicio característico del centro, pero parecía que esa zona de la ciudad estuviera cerrada para ellos. Bécquer escuchaba a Elena con tanta atención que él mismo se dio cuenta de que parecía embobado. Nunca la había visto así. La mujer dura, borde y desagradable a veces parecía haberse quedado en Madrid; la Elena que esa noche cruzaba Sevilla a su lado era divertida, habladora y, sobre todo, sincera.

Justo cuando pasaron cerca de la Maestranza, Elena se detuvo frente a Bécquer y le espetó una pregunta.

—¿Te gustan los toros?

Bécquer se sorprendió, no era muy aficionado y contestó con sinceridad.

—No mucho, la verdad.

—¿Y eso? A mí me encantan.

A Bécquer le llamó la atención. No se imaginaba a Elena con un abono en Las Ventas.

—No sabía de esa faceta tuya de aficionada.

—No, si no lo soy, pero me gustan los toros. —Bécquer seguía sin entender—. Lo que no me gustan son los toreros, pero con los toros no tengo problema —dijo divertida.

—Pues qué lástima, porque yo algo de torero tengo.

Bécquer se quitó la americana y comenzó a dar pases demostrando que lo del toreo no era lo suyo ni de lejos.

—Admiren al Niño de la Gallega —gritó mientras agitaba la chaqueta de un lado a otro—, un fenómeno mundial. —Elena empezó a reírse a carcajadas, sus ademanes lo acercaban más a Cantinflas que a cualquier otro—. Aquí lo tienen, Becquerín de Ubrique, lancen sus sujetadores, señoras. —Dio entonces un paso adelante y tendió la chaqueta tentando a Elena como si fuese un toro—. ¡Eje!

Elena miró a Bécquer, que estaba esperando que le siguiera el juego.

—Ni de coña.

—¡Eje! —insistió él.

—Mira que igual te llevas una cornada.

—Los toreros somos así, nos jugamos la vida —dijo él desafiante y se acercó a Elena todavía más.

—Cuidado con tentar a la suerte —respondió ella, cada vez más cerca de Bécquer.

—No te tengo miedo. —Y dio otro paso adelante encarándose con ella.

—Pues deberías.

El cómico y la policía estaban el uno frente al otro, mirándose a los ojos. Bécquer, con la chaqueta todavía en la mano, volvió a agitarla despacio. Elena estiró el brazo y agarró la mano de Bécquer arrancándole aquel simulado capote de un solo gesto. Y se la colocó sobre los hombros.

—Mucho mejor así —dijo mientras le acomodaba las solapas.

En ese instante, sus miradas se cruzaron. Bécquer dudó si dar el paso, tenía ante él a una mujer increíble. Haciendo acopió de valor, tomó la decisión más torera. «O puerta grande o enfermería», pensó, pero no hizo falta. Antes de que diera paso alguno, Elena tiró hacia sí de las solapas de la chaqueta y sus labios se juntaron. Después de un beso que, aun siendo eterno, duró un suspiro, al separarse sus bocas, se quedaron mirándose en silencio, un silencio que Bécquer rompió.

—Sevilla tiene un color especial.

Los besos y los abrazos se sucedieron en el trayecto restante al hotel, la pasión se desbordaba en cada caricia, en cada mirada. Controlándose como buenamente podían, entraron en el *lobby* del hotel en silencio y tomaron el ascensor, donde volvieron a besarse como si el mundo se fuese a terminar. Entraron en la *suite* de Elena, donde las palabras ya no sirvieron para nada, y con máximo deseo, se fueron quitando la ropa mutuamente hasta terminar envueltos el uno en el otro. La piel de Elena respiraba sal, Bécquer admiraba su cuerpo desnudo consciente de que lo que estaba sintiendo era diferente a otras veces, a otros cuerpos. Sus pensamientos, lo que estaba experimentando en aquel instante, lo avergonzaban. Él, que tanto «había follado», de repente se rendía a Elena y en lo único que pensaba era en amarla con toda la intensidad y la sinceridad de que era capaz. Elena, por su parte, había dejado de lado la razón y se entregaba a Bécquer con toda la profundidad que su alma permitía.

Abrazados y exhaustos, el alba los recibió invitándolos a amarse de nuevo.

33
AMANECER

Bécquer llevaba mucho tiempo sin sentirse así. Desde que comenzase su romance con la que ya era su exmujer, todas las relaciones que había ido teniendo estaban dentro del terreno de la más estricta amistad y de las ganas de pasarlo bien. No obstante, tenía claro que con Elena se trataba de otra cosa, lo había notado desde el primer beso, desde la primera caricia. Algo había en aquella mujer que lo invitaba a más, a mucho más.

Elena se desperezó despacio y al abrir los ojos su mirada se cruzó con la de Bécquer, quien, sentado en el borde de la cama, la contemplaba en silencio.

—Buenos días —le dijo con cierto grado de timidez.

Elena le devolvió el saludo un tanto cortada por la situación. Él, tratando de rebajar la tensión, comenzó a hacer gestos con las manos mientras le preguntaba:

—¿Te pareció bien cuando...? ¿Y lo de...?

Ella cogió entonces una almohada y se la lanzó con fuerza a la cara.

—¡Cállate, idiota! —Y no consiguió otra cosa que una enorme risotada de Bécquer.

Aquel momento de complicidad se partió en dos cuando unos nudillos golpearon la puerta.

—¡El desayuno! —anunció el artista mientras se dirigía a la puerta ataviado con un precioso albornoz blanco.

El camarero entró con un carrito y dispuso un enorme festín sobre la mesa principal. Elena aprovechó el momento para escabullirse al baño.

Bajo el agua de la ducha, sonreía pensando en lo vivido, pero a la vez dudando de cuál iba a ser ahora el paso que debía dar. «No te agobies, que somos adultos —pensó—. Bécquer está acostumbrado a estas cosas y tú tampoco te acabas de caer del guindo». Le agobiaba tener que mantener conversaciones profundas a partir de ahora. Además, tenían un caso asignado y no le apetecía dar explicaciones al comisario de con quién compartía la cama. «Lo que me faltaba —se dijo llenándose de orgullo—, haré lo que me dé la gana».

Terminó de ducharse y, con el pelo aún mojado, salió a desayunar con un albornoz como el que lucía Bécquer desde hacía rato, apartó una de las sillas y se sentó en lo que le servían un oloroso café. Allí sentados, frente al inmenso ventanal que rendía Sevilla a sus pies, el teléfono de Elena comenzó a vibrar.

—Buenos días, señor comisario —dijo al contestar la llamada—. Sí, todo salió bien.

Tuvo que darse la vuelta para evitar reírse de las caras que Bécquer, en modo payaso, estaba poniendo a cada frase que ella decía. Manteniendo la compostura profesional, le confirmó al comisario que se verían en cuanto llegasen a Madrid.

—En una hora tenemos el coche abajo —dijo él apurando el fondo de su taza—. Respecto a lo de anoche...

Él tenía la necesidad de comentar lo ocurrido, no se veía capaz de ponerle nombre, pero sabía, o al menos sentía, que había sido diferente. Pero Elena no tenía ganas de mantener esa conversación, seguía sorprendida de su reacción. Sin duda, había disfrutado, pero parte de ella se encontraba echa un lío y preocupada porque lo personal pudiera entorpecer lo profesional.

—Lo que pasó, pasó —dijo—. Ahora toca volver a Madrid y encontrar de una vez por todas a tu amigo el de la barba.

—Por supuesto —dijo él con cierta resignación—, eso es lo más importante.

En apenas dos frases, Bécquer ocupó su sitio, se levantó despacio haciendo ademán de recoger los platos del desayuno, algo ridículo al estar en un hotel.

—Esto mejor se queda aquí —dijo un tanto avergonzado, sin saber muy bien qué hacer, y, en cierto modo buscando una manera de salir de aquella incómoda situación, optó por lo más lógico.

—Voy a ir a mi habitación a ducharme, vestirme y recoger.

Ella notó la incomodidad repentina de Bécquer, había pasado de sentirse a gusto y reírse por todo a quedarse en silencio. «Es normal —pensó—, a fin de cuentas, lo de anoche fue lo que fue», se repetía tratando de convencerse a sí misma.

—Yo voy a secarme el pelo y a recoger también. ¿Nos vemos abajo cuando llegue el coche?

—Perfecto —respondió Bécquer un tanto desilusionado. La imagen de Elena entrando al baño y cerrando la puerta fue un golpe para el cómico. «Bueno, lo que fue fue», susurró.

Comenzó entonces a recoger su ropa, cada prenda estaba en un lugar distinto, parecía que había habido un terremoto o que aquella pareja había querido aprovechar cada rincón de la habitación. Ya con los pantalones puestos, lo más difícil estaba siendo encontrar la camisa y los calcetines. Al otro lado del dormitorio, en una mesita auxiliar, divisó su camisa echa un trapo. Entre perezoso y resignado, la agarró y pegó un tirón al notar que estaba enganchada en algo, con lo que se llevó por delante la bolsa de Elena, donde se había trabado, y su contenido se esparció por el suelo.

—¡Mierda! —exclamó, y, contrariado, se agachó para recoger, hasta que una carpeta marrón llamó su atención.

De rodillas en el suelo, comprobó que era el santo grial: el expediente completo de su caso. Por un momento, dudó si revisar su contenido. Era perfectamente consciente de que se trataba de información confidencial. Pero... «Qué cojones confidencial si habla de mí», pensó. Miró hacia la puerta del baño por encima de su hombro, el ruido clásico del secador confirmaba que Elena estaba entretenida. Finalmente Bécquer tomó una decisión. Quería saber qué ponía en cada una de aquellas páginas.

Se levantó del suelo y con la carpeta en la mano se sentó en la mesa enfrentada a la puerta del baño. «Si Elena sale, me caigo con todo el equipo». Este era el pensamiento de Bécquer, pero no le influyó ni lo detuvo en su empeño. Una a una fue pasando con velocidad las páginas del informe mientras las fotografiaba con el móvil. En apenas un par de minutos tenía en sus manos una copia completa del informe policial. Volvió a dejar la carpeta en la bolsa, terminó de recoger la ropa y salió de la habitación despacio.

Elena acabó de secarse el pelo y salió del baño al mismo tiempo que se cerraba la puerta de su habitación. No vio a Bécquer irse por apenas medio segundo, y se decepcionó al ver que su dormitorio estaba desierto. «Así mejor», se dijo para convencerse de que lo mejor que podía pasar era poner cierta distancia entre ellos. Afirmando ese pensamiento en su cabeza una y otra vez, metió sus cosas en la bolsa sin notar nada extraño. Tocaba marcharse de Sevilla y volver a la realidad.

Bécquer entró apurado en su *suite*. Con genuino nerviosismo, sacó su *tablet* del maletín y transfirió todas las imágenes que acababa de tomar con el teléfono. En apenas unos segundos estaba sentado frente al Guadalquivir repasando uno a uno los documentos que acababa de obtener.

Allí estaba todo. Según el atestado de lo sucedido en el Teatro Real, «Bécquer estaba nervioso, fuera de sí, descompuesto y poco colaborativo». Leer aquello le hizo enfadarse.

—«Poco colaborativo» dice el gilipollas. ¿Quién firma esto? Bueno, da igual.

Siguió pasando imágenes y leyendo en diagonal; no tenía mucho tiempo antes de que llegase el coche y eran más de un centenar de páginas. Deslizándolas con el dedo, llegó a una serie de fotografías que le partieron el alma en dos, el cuerpo inerte de Raquel en el *hall* del teatro. Allí la habían llevado y habían tratado de reanimarla después de que, huyendo de las llamas, se refugiase en uno de los camerinos, donde se asfixió. Las imágenes eran durísimas, Bécquer no pudo evitar emocionarse de nuevo, y se lamentó incluso de haber perdido la perspectiva por un momento.

—Hay que encontrar al hijo de puta que hizo esto —dijo convencido.

Las siguientes páginas contenían el informe pericial sobre dónde se inició el fuego y de qué manera. Continuó pasando páginas hasta que encontró algo que, sin duda, no había imaginado.

Cuando tomó las imágenes, vigilando que Elena no saliese del baño, no reparó en lo que estaba viendo ahora: en mitad del informe se encontró con una fotografía de Ana María Lozano. Bécquer se sorprendió al verla, recordaba perfectamente la noticia de su fallecimiento. De hecho, había sido uno de los cientos que pasaron por su capilla ardiente para dar el pésame. Sosteniendo frente a sí aquel rostro de mujer, no entendía qué demonios pintaba allí.

Comenzó a leer lo que a continuación venía. Para su sorpresa, aquel texto concluía que, a diferencia de lo que se había dicho, Ana María Lozano no había sufrido un terrible accidente de coche, sino que había sido víctima de un atentado. Empezó a sudar; Ana María Lozano había sido asesinada, y lo que más lo noqueó fue que, según rezaba el texto, «el *modus operandi*, así como el alto perfil público de ambas víctimas, nos llevan a concluir que ambos sucesos están relacionados. Quien haya atentado contra el señor Bécquer es también el autor material del asesinato de la señora Ana María Lozano».

Se levantó tembloroso de la silla y no tuvo más remedio que volver a sentarse al ver que el dormitorio comenzaba a dar vueltas.

—La puta tensión otra vez.

Metió la mano en su maletín y sacó un pequeño frasco de plástico blanco. Su médico le había dicho que aquellas pastillas eran para cuando sintiera que se caía y eso era exactamente lo que estaba ocurriendo.

Tomó la píldora sin agua, «como los *cowboys*», pensó antes de metérsela en la boca. Con los ojos cerrados, respiró hondo y de manera repetida buscando calmarse. Ayudado por la medicación, poco a poco fue notando que los mareos desaparecían.

—Me han mentido, todo este tiempo me han mentido. No les importas ni tú ni Raquel.

A medida que se fue encontrando mejor, sus ojos volvieron a posarse sobre la pantalla, allí tenía cada detalle de lo sucedido a Ana María.

—¿Por qué no me lo dijeron?

No entendía qué motivo podría haber para dejarlo en la oscuridad de esa forma. Aquellas semanas con Elena realmente habían significado mucho para él, había sentido la preocupación de la inspectora y el interés del comisario en resolver el caso.

—Otro hijo de puta, lo que quiere es tenerme entretenido.

Bécquer siguió pasando imágenes y leyendo cada detalle de lo ocurrido a la periodista, página tras pagina, hasta que un párrafo llamó su atención: Ana María había recibido un mensaje en su móvil poco antes de sufrir el accidente, uno prácticamente idéntico al que había recibido él aquella noche en Marbella, una foto y un texto parecido. El de Ana María rezaba «Las reinas también mueren», y el que recibió él decía «Los hombres buenos también mueren». En aquel momento a Bécquer le pareció una soberana estupidez, no le había dado la más mínima importancia. «Algún gilipollas envidioso molesto por un chiste» fue lo que pensó al recibirlo, pero, al leer lo de Ana María, supo que aquel mensaje era importante.

—Joder, tengo que decírselo a Elena.

Aquello habría sido lo lógico, pero Bécquer era de todo menos normal.

—¿Decírselo? Si me ha estado mintiendo todo el tiempo...

El teléfono de la habitación sonó con estruendo, el coche estaba esperándolos a la puerta del hotel.

34
Desencuentro

Aquel pequeño *jet* cruzaba la Península a gran velocidad. El ambiente festivo que Bécquer había propiciado el día anterior ya no existía. Durante el trayecto en coche al aeropuerto de Sevilla apenas había pronunciado palabra alguna, absorto en la pantalla de su teléfono y en un sinfín de mensajes cruzados con diferentes miembros de su equipo. No dejaba de repetirse que no podía confiar en nadie, que si le habían ocultado lo de Ana María Lozano, le podrían ocultar cualquier otro aspecto relevante de la investigación. Del comisario se lo habría podido esperar, pero que Elena le ocultara esos hechos no se lo podía perdonar. La inspectora, mientras tanto, achacaba la actitud distante del cómico a la clásica tensión entre dos personas que se habían entregado la una a la otra, y de qué manera, la noche anterior. «No sabe cómo salir de esta, a lo mejer cree que quiero un anillo», pensaba, sin la menor idea de que su silencio encerraba enfado, decepción y desconfianza.

Consciente de que no podía mantener ese comportamiento durante mucho más, Bécquer lanzó al aire una especie de disculpa.

—Perdona todo este lío, Elena. Tengo que acabar unos asuntos antes de que aterricemos.

La excusa fue bien recibida por la inspectora, al fin y al cabo, ambos estaban «de servicio». La auxiliar, la misma que los había acompañado en el trayecto de ida, notó también que el ambiente nada tenía que ver con aquel, así que sus apariciones en cabina se redujeron drásticamente.

Elena aprovechó para ojear un par de revistas de cortesía. Siempre le había resultado entretenido enterarse de quién se había liado con quién y, su parte favorita, ver esas enormes mansiones de las primeras páginas, esa ostentación absurda que pedía a gritos que les robaran. «Con gente así, siempre tendremos faena», pensó divertida.

El tiempo pasaba. Cuando llevaban algo más de la mitad del trayecto, Elena trasladó un mensaje que había recibido antes de embarcar.

—El comisario quiere vernos al llegar.

—Querrá verte a ti —respondió Bécquer sin levantar la mirada de la pantalla de su portátil.

—Vale que no es tu mayor fan, pero le caes bien.

El chascarrillo cayó en saco roto. «Algo le pasa a este hombre», pensó. Se ganaba la vida resolviendo crímenes y Bécquer no era precisamente un experto en el arte del disimulo.

A medida que los minutos pasaban era más evidente que le sucedía algo, de modo que Elena, lejos de despreocuparse, decidió tomar cartas en el asunto y resolver el problema, como su padre le había enseñado desde niña, de frente. Como la auxiliar estaba en ese momento en cabina, primero se dirigió a ella.

—Disculpe, ¿podría dejarnos solos un momento?

El artista oyó las palabras de Elena como si acabase de sonar la alarma antiincendios. Ella se sentó enfrente de Bécquer y, como él seguía sin hacerle caso, le cerró la pantalla del ordenador.

—¿Se puede saber qué te pasa? —le preguntó a bocajarro—. No has abierto la boca desde que nos subimos al coche. Si es tu manera de mandarme algún tipo de mensaje por lo ocurrido anoche, te pido que no me trates ni como a una niña, ni como si no mereciera tu respeto. —Elena tenía claro que no iba a permitir según qué cosas, y mucho menos de un hombre con el que acababa de acostarse.

—No tiene nada que ver con lo de anoche.

—¿Entonces qué te pasa?

Elena estaba visiblemente afectada por su actitud, así que él, como quien se enfrenta a un miura, optó por ser sincero.

—¿Cuándo pensabas decirme que el intento de matarme no es un hecho aislado?

La pregunta no fue tan directa como le habría gustado, quería ser prudente. La forma en que se había enterado no era la más elegante del mundo.

—¿Qué quieres decir? —respondió Elena, que, aunque sabía por dónde iba, quería ganar algo de tiempo para ordenar la respuesta y enterarse de qué sabía Bécquer realmente para no darle información que no debía.

—Ana María Lozano —respondió él como quien lanza un cuchillo a un enemigo.

El comisario Baltierra había dejado claro que bajo ningún concepto el cómico debía saber que ambos casos estaban relacionados y ahora Elena tenía que manejarse entre dos aguas.

—No sé de qué me hablas.

—Lo sabes perfectamente, basta ya de tratarme como a un idiota. La persona que mató a Ana María está tratando de matarme a mí. ¿Cuándo pensabas decírmelo?

Elena comenzó a pensar a toda velocidad, era una profesional del Cuerpo y Bécquer un civil con quien no estaba autorizada a compartir información.

—Yo solo cumplo órdenes.

—¿Es cierto entonces? —insistió Bécquer.

El cómico estaba visiblemente alterado, algo que a la inspectora no solo no le estaba gustando, sino que empezaba a preocuparle.

—Si es cierto o no, forma parte de una investigación en curso y no estoy autorizada a compartir dicha información —argumentó tratando de rebajar la tensión.

—¡Por favor! —gritó Bécquer—. ¡Ya está bien! ¿Con quién estás hablando? No soy un cualquiera que te lo pregunta por la calle.

La conversación comenzaba a tomar un camino en el que el final que se vislumbraba no iba a ser agradable para ninguno. Elena adoptó entonces un tono de mayor seriedad; su lenguaje corporal, echada hacia delante en el asiento, dejaba claro que no se acobardaba.

—Escúchame atentamente —dijo en primer lugar—. No sé de dónde te has sacado lo de Ana María Lozano. Cuando lleguemos a la comisaría, puedes hablar con el comisario, él te aclarará las dudas que puedas tener. —Estas palabras no hicieron sino aumentar el nerviosismo del cómico.

—Estoy aquí hablando contigo, te lo estoy preguntando a ti.

—Y yo te estoy contestando que no sé de qué me hablas.

A Bécquer le dolieron las palabras de Elena. Sentada frente a él no estaba ya la inspectora Izaguirre; para él era algo más, mucho más.

—¿Eso es todo lo que tienes que decirme?

—Eso es todo lo que sé.

—Entonces sé yo más que tú. Sé que a Ana María Lozano la mataron y vosotros contasteis que fue un accidente. Sé que cuando vinisteis al Teatro Real, ya sabíais que era obra de la misma persona. Sé lo de la navaja y que las marcas de corte coinciden con las que encontrasteis en el coche.

Cuando Bécquer pronunció la palabra *navaja*, Elena entendió lo que ocurría y enfureció.

—¿Has registrado mis cosas? —le preguntó mirándolo fijamente, una mirada que hizo a Bécquer retroceder.

—A ver, yo no he registrado nada.

—¿Me puedes explicar cómo sabes lo de las marcas de la navaja?

Elena esperaba una respuesta que la convenciese, pero él empezó a divagar, nervioso, él solito se había metido en la boca del lobo. Inconscientemente no pudo evitar que su mirada se deslizase hasta la bolsa de Elena, que estaba en otro de los asientos del avión y ella se dio cuenta.

—¿Has cogido el informe de mi bolsa y lo has leído?

Bécquer se sintió arrinconado.

—No exactamente. Esta mañana cuando estaba recogiendo mi ropa, la bolsa se cayó al suelo y se salió todo. Al ir a recogerlo, fue cuando lo vi.

—No me lo puedo creer —dijo Elena realmente ofendida; la explicación no la había convencido—. ¿No tienes límites? Ahora entiendo todo.

Elena se levantó y volvió su asiento. Bécquer, completamente a la defensiva, trató entonces de volver a centrar la conversación en la investigación.

—Me encontré la carpeta sin querer. Lo que importa es que ahora sé que me habéis estado tomando el pelo. —Sus palabas no hicieron más que prender la mecha.

—¿Tomarte el pelo? ¿Crees que todo gira en torno a ti? Te has metido en esto porque te ha dado la gana y porque tienes amigos importantes, nada más; se te da la información que recibe cualquiera que esté en tu lugar; eres tú quien ha querido jugar a policías.

—Si no fuera por mí, aún estarías dando vueltas detrás de Ailagas. Tendrías que haber sido sincera.

Las palabras de Elena habían hecho mella en Bécquer, realmente el artista creía que su labor era útil para el caso. Pero su reproche solo consiguió molestar a la inspectora. Era la tercera vez que Bécquer la acusaba de mentir y tenía claro que no habría una cuarta.

La voz del comandante anunció que tomarían tierra en Madrid en apenas diez minutos. El tiempo se acababa y la discusión seguía, y ella tenía claro que no iba a dejar pasar la oportunidad de aclarar lo que sentía.

—¿Eres consciente de a qué me enfrento? Me siento engañada. —El lamento de Elena cayó en saco roto.

—Pues a lo mejor te viene bien ir de frente. Dile al comisario que anoche estabas demasiado ocupada como para vigilar el informe.

Las palabras de Bécquer se clavaron en Elena. Por un instante la tez le cambió de color y fue tal la reacción que él se dio cuenta al instante de que acaba de pasarse de la raya.

—Lo siento mucho —dijo ya tarde—, no quería decir eso.

Elena, profundamente dolida, reaccionó atacando.

—¿Y tú? Veo que tenías claro por qué querías que viniese contigo: el avión, el hotel... Todo para conseguir información, ¿verdad?... Ya tienes lo que querías.

—Elena, lo único que quiero es saber quién está detrás de todo esto, y para eso tenemos que decirnos la verdad —insistió él en su disculpa, pero la mención de nuevo de «la verdad» no hizo sino enfadar aún más a la inspectora.

—¿La verdad? Como cuando nos dijiste que habías recibido un mensaje de texto en el que había una amenaza exactamente igual a la que recibió Ana María Lozano poco antes de que le saboteasen el coche, ¿a esa verdad te refieres?

—¿Cómo sabes lo del mensaje?

Bécquer probó entonces de su propia medicina. No había visto ese detalle en el informe, probablemente porque con el teléfono en una mano y tanta prisa en la otra se le debió de pasar por alto alguna de las páginas.

—¡Porque es nuestro trabajo! —exclamó Elena tratando de que él escuchase a alguien por una vez en su vida—. Nos lo dijo Nacho la noche en que nos conocimos, nos contó que se lo habías dicho en Marbella y que lo achacaste a algún bromista, y nos lo dijo porque los que te rodean te quieren y se preocupan por ti, idiota narcisista.

—Y ese mensaje que recibí ¿ha servido para algo? —Bécquer estaba abrumado.

—Es un callejón sin salida, lo enviaron desde un teléfono prepago triangulado en Marruecos. Cuando analizamos el móvil de Ana María Lozano, no logramos rastrear nada. A ti como te dio por borrarlo...

Se sintió avergonzado un instante, había metido la pata y no había vuelta atrás. El avión aterrizó y el coche los esperaba al pie de la escalerilla. Elena bajó primero, y cuando Bécquer hizo ademán de invitarla a subir al coche, lo frenó en seco.

—Voy a coger un taxi, esto se acaba aquí —anunció—. Me voy a la comisaría, ya te diremos cómo proceder. —La seriedad de Elena era absoluta, Bécquer había traspasado todas las líneas rojas y era ella la que tenía que arreglar aquel desastre—. No se puede confiar en ti.

Con esa sentencia, la inspectora echó a andar alejándose del que hasta ese momento había sido su compañero, pensando: «No te pienso quitar el ojo de encima».

Bécquer entró en el coche profundamente disgustado, acababa de perder a la primera persona que le había importado de verdad en mucho tiempo. «Mejor así —pensó—, no olvides que te han mentido». El coche arrancó y Bécquer pidió un cambio de destino cuando el chófer le preguntó si se dirigían a su casa.

—Llévame al Canal 5, quiero visitar a una vieja amiga.

35
Ahora me toca a mí

Para Elena, Bécquer se había convertido, además de en un incordio, en un libro abierto. El tiempo que habían pasado juntos le había servido a la inspectora Izaguirre para adelantarse a sus movimientos, sobre todo porque el carácter caprichoso e infantil del cómico lo facilitaba. Al despedirse de él en el aeropuerto, tenía claro que no se iba a quedar quieto, de modo que, con un par de llamadas, pidió que le llevaran su coche al aeropuerto y además otro patrulla para seguir cada paso que Bécquer diera. Como era de esperar, esos pasos tenían que ver con la información de que ahora disponía. Sentada en el asiento de su coche, esperó pacientemente a que saliese de las instalaciones del Canal 5.

Bécquer caminaba por aquellos pasillos recordando sus tiempos de absoluta gloria televisiva. Plantado ante la puerta de maquillaje y peluquería, la empujó levemente y dijo a todo volumen la misma frase que durante años había pronunciado al entrar en esa sala.

—¡Quiero que me hagan la permanente!

Sabrina lo oyó, dejó el secador que en la mano y salió corriendo hacia Bécquer, con quien se fundió en un generoso abrazo.

—Mi niño —dijo mientras le regalaba docenas de besos—, qué guapo estás.

Cuando por fin Bécquer logró zafarse de sus brazos, la invitó a tomar café. Sabrina no dudó en encasquetar a una compañera el peinado que estaba a medio hacer —ser la jefa tenía esas ventajas—, salió con Bécquer hinchada como un pavo real, y, apoyados en la barra de la cafetería, comenzaron a ponerse al día. Él era consciente de que no podía revelar absolutamente nada, y aún con dudas sobre cómo enfocar la conversación, optó por la pesca de arrastre: lanzar nombres y ver con cuál de ellos picaba. El de Ana María dio premio enseguida.

—Qué pena más grande, con lo buena que era —lamentó Sabrina mientras bebía un sorbo de su café con leche—. No somos nadie.

Bécquer pasó entonces al ataque, tenía pocos minutos para conseguir algo.

—¿Le notaste algo raro en los días previos al accidente?

La respuesta de Sabrina no se hizo esperar.

—Eso mismo me preguntaron dos policías. Vinieron un chico jovencito y una chica supermona. Me llamó la atención porque era un día de mucho frío y ella venía con unos vaqueros y una cazadorita de cuero, para morirse, y con una coleta. Le dije que tenía que cortarse un poco las puntas y no le hizo gracia alguna. —Bécquer tenía claro que Diego y, sobre todo, Elena habían pasado por allí—. Me extrañó mucho que preguntasen eso, pero la verdad es que unos días antes, Ana María discutió con su asistente en el pasillo y todos nos dimos cuenta. Le decía que tenían que encontrar al cabrón del mensaje.

—¿Sabes de qué mensaje hablaba? —preguntó Bécquer con la ceja levantada.

—No exactamente, pero se dice que le mandaron unos insultos a su móvil, o algo así, y se disgustó mucho.

—Qué cosas —dijo el artista tratando de restarle importancia a la respuesta que confirmaba lo que había leído.

—¿A quién se le ocurre mandar esas cosas? Vivimos en un mundo... —La reflexión de Bécquer había provocado la réplica de Sabrina—. Porque ella enemigos tampoco tenía. A ver, que no era una santa, yo creo que algo tendría que ver Gonzalo, su exmarido, se dice que tenía la mano larga, ya me entiendes, y que andaba metido en unos líos... Debía mucho dinero a quien no conviene. Se pasaba la vida metido en el casino, aquí todos sabíamos que Ana María era la que luego tenía que hacerse cargo de sus deudas.

A Bécquer esa información le interesó. Quién sabe, quizá Ana María Lozano había sido víctima de algún lío de su exmarido. Pero si así fuese, ¿qué pintaba él en todo eso? ¿Por qué iban a atentar contra su vida si apenas conocía al tal Gonzalo? Demasiadas preguntas que no conducían a nada, pero al menos Bécquer tenía algo claro: Gonzalo tenía que saber qué había pasado con Ana María, y si sospechaba que su exmujer había sido asesinada, tal vez tuviera idea de quién podía estar detrás.

Con dos sonoros besos y un enorme abrazo, Bécquer enfiló la salida con un objetivo claro, tenía que localizar al exmarido de Ana María y ver en qué demonios andaba metido. No iba a ser fácil, la fama de aquel hombre lo precedía. «A grandes males, grandes remedios», pensó mientras sacaba del bolsillo el móvil y marcaba un número. Enseguida una voz de hombre sonó al otro lado.

—Querido amigo, cuánto tiempo. ¿Qué necesitas?

—Que me localices a alguien —dijo Bécquer—: a Gonzalo Idiákez.

Durante unos tensos segundos se hizo el silencio.

—Perdona que te diga esto, amigo mío. Gonzalo no es precisamente un buen compañero de viaje, se junta con gente poco recomendable hasta para ti.

Por más que su interlocutor intentase aliviar la situación con una broma, Bécquer sabía que se estaba metiendo en la boca del lobo, pero si quería que Gonzalo le contase lo que pudiese saber, no bastaría con confrontarlo. Ni siquiera a la policía le había soltado prenda, lo único que hizo fue darles la tarjeta de su abogado y ahí acabó todo, en una maraña de burocracia de la que salió indemne.

—Me ha dicho un pajarito que suele pasar tiempo en el casino —dijo Bécquer como quien revela un secreto.

—Creo que le han instalado una cama. La cosa está en con quién se junta y lo que allí sucede.

—Como no seas más claro... —dijo. Bécquer comenzaba a perder la paciencia.

—Gonzalo Idiákez es famoso por las timbas que organiza, se juega mucha pasta y no entra cualquiera; casi cada noche hay partida. Y esas no las juegan en el casino.

—Quiero que me metas en esa partida, diles que hay un famoso de la tele al que le sobra la pasta y que quiere vivir la experiencia.

Bécquer había visto claro cuál sería su siguiente paso, pero a su amigo no le gustó mucho la idea.

—Pero ¡si no sabes jugar al póquer!

Era cierto, Bécquer no tenía ni la menor idea, pero le daba igual.

—Tengo dinero que perder, con eso será suficiente.

—Tú mismo... A lo largo de la tarde te mando la información, pero ya te aviso de que te estás equivocando.

«La noche promete», pensó Bécquer mientras solicitaba al chófer que lo llevara a casa. Tenía que pasar el resto de la tarde aprendiendo a jugar a las cartas, algo que nunca se le había dado precisamente bien.

36
La partida

Bécquer no tenía claro si lo que le acababa de ocurrir era un golpe de buena o de mala suerte, en la cabeza tenía la idea de que iba a ir al casino esa misma noche. Se veía entrando con un esmoquin compuesto por un pantalón negro y una chaqueta blanca, fantaseaba incluso con la posibilidad de ponerse un clavel rojo en la solapa, se veía a sí mismo como una suerte de James Bond a la gallega. De ahí que el logro de haberlo colado en una partida en una casa particular le supiese a poco.

—La dirección la recibirás una hora antes —le dijo su contacto—, esta gente va fuerte, lo importante es mantener el anonimato. No están permitidos los móviles ni ningún tipo de dispositivo electrónico, solamente aceptan *cash* y te aviso de que las manos comienzan en mil euros. Seréis cinco jugadores, entre ellos te puedo garantizar que estará tu hombre. Del resto solo te digo que te andes con cuidado.

A Bécquer las advertencias no le produjeron nada más que una pícara sonrisa: si la cosa salía bien iba a tener la oportunidad de sonsacar a Gonzalo la información que necesitaba. «Es imposible que no sepa nada sobre quién mató a su exmujer —pensó—. Conociendo al tipo, seguro que le mandó un regalo de agradecimiento».

Bécquer abrió la caja fuerte de su dormitorio y se metió en el bolsillo sesenta mil euros.

—Joder, lo que cuesta saber cosas —dijo para convencerse de que lo que iba a hacer era lo correcto y salió de la habitación con la vaga esperanza de no estar cometiendo un error imperdonable.

La casa en la que se iba a jugar la partida estaba al norte de Madrid, no demasiado lejos de donde Bécquer residía, en un barrio de clase media. Le pidió al taxista que se detuviese cuando comprobó que estaba a una distancia prudencial y se dirigió a la puerta caminando. «No les vendría mal un poquito de iluminación», pensó mientras con dificultad buscaba el número 26.

Plantado frente a la puerta sacó del bolsillo el móvil para comprobar el mensaje que había recibido una hora antes: «Puerta 26. Pulsas 2600; cuando te pregunten, contesta tréboles». Bécquer siguió las instrucciones y dos hombres con pinta de no ser muy habladores le abrieron.

—Buenas noches —dijo sin obtener más respuesta que un escueto «Acompáñenos».

Echó a andar perfectamente escoltado. Uno de los hombres iba delante y el otro seguía al cómico como si de un guardaespaldas se tratase. La vivienda era un adosado muy normal, sin alardes. Cruzaron un pequeño vestíbulo y bajaron unas escaleras estrechas. Bécquer pensó que debía de tratarse de una de esas casas que tienen un sótano donde la gente hace fiestas y reuniones, y enseguida comprobó que así era. El gorila que iba delante abrió una puerta estrecha y cedió el paso al artista.

La habitación no era muy grande; al fondo había una pequeña barra haciendo esquina donde una señorita servía copas; en la barra, tres bandejas con canapés y una cuarta con dulces que captaron la atención de Bécquer al instante.

La presencia del cómico se hizo notar de inmediato, así que el anfitrión de la velada no dudó en ir a saludarlo. «Comienza el espectáculo», pensó.

Cuando Gonzalo Idiákez lo tuvo enfrente, lo reconoció de inmediato.

—Vaya, vaya, qué sorpresa. Al decirme que una celebridad quería echar unas manos nunca hubiese imaginado que se tratase de usted.

Gonzalo y Bécquer habían coincidido en un par de ocasiones, pero no habían cruzado más que un saludo y alguna palabra suelta en un corrillo. Con quien Bécquer había tenido más relación era con Ana María; no obstante, su intención era dejar que la conversación fluyese y buscar el momento de atacar a Gonzalo estando a solas.

—¿Nos conocemos? —preguntó haciéndose el loco como parte fundamental de su plan.

—Hemos coincidido en alguna ocasión —respondió Gonzalo.

—No me doy cuenta.

—Estuve casado con Ana María Lozano, soy Gonzalo Idiákez.

Bécquer estrechó con fuerza su mano desplegando encanto.

—Ah, claro, no me había dado cuenta, han pasado años.

La tentación de mencionar el «accidente» de Ana María estaba latente. «Es pronto, ten paciencia», se dijo Bécquer. Estaba plantado ante un personaje que no había ido ni al entierro de su exmujer.

Los jugadores ocuparon sus lugares y un elegante crupier comenzó a explicar la modalidad del juego mientras desempaquetaba una baraja nueva. Bécquer observaba con atención a sus compañeros de mesa en lo que daba buena cuenta de un montón de pastelitos que se había servido en un pequeño plato de porcelana. «Para templar los nervios», respondió a la mirada de uno de sus rivales. La información que daba el crupier le sonaba completamente a chino, pero aun así mantenía la apariencia de que sabía de qué demonios le estaban hablando.

Sentado frente a él estaba Gonzalo; la mesa era ovalada, ocupaba el centro el crupier y a partir de ahí tres desconocidos. Bécquer los observó uno por uno pintando en su cabeza un retrato de quien podrían ser. Había un hombre gordo que no se molestó ni en ponerse una camiseta limpia. A continuación, colocaba con precisión las fichas en perfectas montañitas de colores un señor de unos sesenta años con aspecto de latinoamericano. Cuando habló con acento argentino, Bécquer tuvo claro que la partida no iba a desarrollarse en silencio. Cerraba la mesa, sentada a la derecha del cómico, una mujer de mediana edad elegantísima y que enlazaba un cigarrillo con otro compitiendo para ver qué pulmón se le pudriría antes.

El cómico los observaba como quien visita el zoológico, y a su vez se notaba el esfuerzo que los contendientes hacían para disimular que sabían quién era la celebridad que esa noche los acompañaba.

Las primeras manos pasaron rápidas, Bécquer había leído en internet que lo mejor era observar primero el juego de los demás, así que decidió hacerlo como si de aquello fuese a extraer algún tipo de conclusión cuando la realidad era que apenas entendía la dinámica del juego, el reglamento o cualquier otra cosa, pero no perdía la pose de jugador experto. La velada pintaba bien para el argentino, cuyas montañitas de fichas habían comenzado a subir.

—Parece que esta noche la fortuna le sonríe —le dijo Gonzalo cuando nuevamente aquel hombre colocaba con precisión sus ganancias.

—Bueno, esto no es como empieza.

No le faltaba razón, Bécquer no acaba de decidir si aquel señor jugaba muy bien o los demás jugaban muy mal. Lo que sí tenía claro es que si Gonzalo iba, él iría también.

Cuando llevaban jugando casi una hora, el artista se arrancó con el plan establecido.

—Y usted ¿a qué se dedica? —le preguntó al argentino.

—No nos gustan las preguntas personales —se adelantó Gonzalo.

—A ver —dijo Bécquer—, aquí todos saben de sobra a qué me dedico yo; un poquito de justicia, ¿no? Además, no se trata de una pregunta comprometida. —Gonzalo seguía con cara de pocos amigos—. Hagamos una cosa, veamos si acierto. —Ya había perdido más de diez mil euros, así que había decidido pasar al ataque—. Usted, amigo mío —dijo dirigiéndose nuevamente al señor argentino—, yo diría que es médico. La precisión con que coloca las fichas, la suavidad de sus manos y ciertos retoques faciales me hacen pensar que es cirujano estético.

El hombre sonrió a Bécquer y asintió con la cabeza.

—Nada mal —dijo—, se ha acercado mucho a la realidad.

Bécquer le devolvió la sonrisa y se giró hacia su derecha para dirigirse a la única jugadora.

—Usted, en cambio, creo que viene del mundo de la empresa o de la banca. Por cómo le ha hablado a la camarera, diría que está acostumbrada a mandar. Además, tiene una pequeña mancha en la chaqueta, en la manga derecha, por debajo, lo cual me dice que ha venido directamente desde la oficina, así que habrá tenido alguna reunión internacional y le ha afectado el huso horario... ¿Trabaja en una multinacional de la que debe de ser la CEO?

La mujer, fascinada por el relato y por la sonrisa de Bécquer, apuró el cigarrillo y encendió el siguiente antes de responder.

—Parece que es usted de esos hombres que saben qué tecla tocar.

Por un instante, el artista se quedó ligeramente cortado. Sin duda, aquella mujer era de las que cuando quieren algo, lo cogen. Bécquer dirigió entonces su mirada al hombre orondo que tenía enfrente.

—Amigo mío, en su caso yo diría...

La frase de Bécquer se vio cortada bruscamente por el interpelado, a quien no parecía hacerle gracia el juego.

—En mi caso te callas la puta boca —dijo amenazante. Bécquer levantó las manos en señal de retirada.

—Vale, vale, solo estamos hablando entre amigos, no sabía yo que los informáticos tuvieran tanto carácter, imagino que tener más de cuarenta años y vivir aún con los padres imprime algo de mala hostia. —La mirada del hombre pasó a contener un grado de ira exagerado—. No se enfade —dijo Bécquer—, que ahora voy con el anfitrión.

A Gonzalo no le estaba gustando nada la actitud del artista.

—Señor Bécquer, le recuerdo que la discreción es fundamental en nuestros encuentros, no queremos venir aquí y seguir hablando de trabajo.

—No se preocupe, señor Idiákez, que aquí somos todos amigos, y, en su caso, no tengo que adivinar nada ya que su fama le precede.

El silencio se apoderó de la estancia. Bécquer había conseguido elevar el grado de tensión tal y como se había propuesto. «Se está enfadando —pensó—, ese es el camino».

El crupier volvió a dar cartas. Bécquer, de nuevo, no tenía en la mano nada más que un cuatro de tréboles y un siete de diamantes. «Joder, con esto no hacemos nada», pensó. En el centro de la mesa no había una sola carta que le pudiese servir, y eso provocó que decidiera apretar.

—Como no está siendo mi noche, vamos a ver si viene la puerta grande o la enfermería. Subo seis mil euros, ¿alguno quiere jugar conmigo?

La mujer dejó sus cartas sobre la mesa y miró a Bécquer a los ojos.

—Al póquer no.

Él le devolvió una sonrisa traviesa. El médico golpeó dos veces el tapete dejando claro que a esa mano no iba a ir. El informático iracundo colocó sus seis mil euros en fichas en la mesa, y cuando llegó el turno de Gonzalo, los segundos comenzaron a pasar. Con cuidado, levantó la esquina de sus cartas haciendo cálculos sobre lo que podría suceder. La ventaja de Bécquer era que no tenía nada que calcular: lo que fuese a ocurrir en el juego le importaba poco.

—Mis seis mil —anunció Gonzalo dejando sus fichas sobre el tapete.

El crupier descubrió una nueva carta. Bécquer seguía sin tener nada, las otras dos cartas sobre la mesa apuntaban a la posibilidad de que, o bien Gonzalo, o bien el informático con sobrepeso jugasen con el objetivo de conseguir un *full*. El cómico comenzó entonces a hacerse el interesante y el misterioso. «Tiene que parecer que sabes lo que estás haciendo», pensó.

—Para ver la última carta, el peaje será de diez mil euros —anunció para desesperación del informático, quien lanzó sus cartas sobre el tapete con un sonoro «A la mierda». Gonzalo, por su parte, no tenía intención de dejar pasar el reto, la situación comenzaba a tocarle el orgullo.

—Veo sus diez mil y subo tres mil más.

Bécquer sacó entonces esa media sonrisa que le había reportado tantos éxitos y susurró a la CEO.

—Me gusta cuando la situación se calienta.

Con las dos manos, adelantó una columna de fichas igualando la apuesta de Gonzalo. El crupier reveló la última carta: Bécquer no tenía nada. Gonzalo descubrió entonces su juego. Había formado un *full* de jotas y doses más que suficiente para despellejar al cómico.

—Me acaba de matar —dijo Bécquer para satisfacción de Gonzalo.

—Mi especialidad —respondió.

—Sí, pero que parezca un accidente ¿no?

La carga de profundidad que acababa de lanzar el cómico hizo mella en Gonzalo, quien dirigió de inmediato la mirada a uno de sus gorilas. El gesto fue detectado por Bécquer al instante. «Parece que le ha picado —pensó—; veremos en la siguiente mano qué pasa si seguimos rascando».

Los siguientes minutos transcurrieron con tranquilidad. La suerte del cirujano se había terminado y los fondos se le acababan; el informático todavía sobrevivía y la CEO seguía más interesada en terminar la noche con Bécquer que en ganar alguna mano; y Gonzalo estaba callado desde que el cómico le lanzara el puñal, y eso era algo que el artista estaba dispuesto a aprovechar.

Repartieron cartas de nuevo y por fin Bécquer recibió unas cartas con las que hacer algo, en su poder dos reyes y sobre la mesa un tercero. «Trío nada más comenzar la mano —pensó—. Con esto hasta el final». Con gran teatralidad, anunció «la traca final».

—Quien quiera jugar conmigo que pase por caja —dijo mientras colocaba doce mil euros en fichas en la mesa.

El cirujano puso lo que le faltaba para terminar de perderlo todo.

—A lo grande, carajo —exclamó.

El informático decidió pasar y la CEO igualó la apuesta. Gonzalo seguía en silencio fijándose en cada detalle. Apuró un sorbo de su *whisky* y colocó sus fichas en el centro de la mesa. El crupier sacó una nueva carta, otro rey. Por obra y gracia de quien sabe quién, Bécquer tenía un póquer, y una de las pocas cosas que había entendido del juego era que es suficiente para ganar. Era tal el convencimiento que su sorpresa fue enorme al ver que el propio Gonzalo decidía reventar la mano.

—Veinte mil euros.

—No jodas, Gonzalo, siempre igual —dijo la CEO al instante.

—En el juego y en el amor no se hacen prisioneros —dijo él satisfecho—. Señor Bécquer, usted dirá si quiere ver la última carta.

Él se mantuvo impasible unos segundos, era el momento de decidir qué era mejor, si apretarlo o dejarlo ir.

—Qué demonios, vamos a ver qué pasa —dijo mientras metía al centro la totalidad de sus fichas—. Lo veo y subo todo esto, que ya no sé ni cuánto hay. Que esta gente querrá dormir —dijo señalando a los dos gorilas de la puerta.

La última carta resultó ser un tres de picas. «Ni puta idea de qué puede salir de aquí», pensó Bécquer tratando de disimular.

—*Full* de reyes y treses —anunció Gonzalo visiblemente satisfecho.

«Claro —pensó Bécquer recapitulando—, los dos reyes de la mesa y dos treses que tenía en la mano... Qué cabrón, se la ha jugado y le ha salido la carta que necesitaba». Bécquer se encogió entonces de hombros, como dando la partida por perdida.

—Otro *full*, menuda noche lleva.

Gonzalo hizo ademán de recoger todas las fichas y Bécquer lo dejó relamerse unos segundos hasta que intervino con un tono realmente burlón.

—Y yo con dos reyes en la mano desde el principio, y claro, los sumas a estos dos que hay aquí..., y sale un póquer de Borbones. —E imitando la voz del rey emérito, añadió mirando a Gonzalo—: Lo siento mucho, me he equivocado y no volverá a ocurrir.

A Gonzalo la cara le cambió por completo.

—Señores, ha sido todo por esta noche —dijo levantándose visiblemente enfadado y abandonando la estancia.

Bécquer lo vio salir por la puerta lamentando haber perdido su oportunidad. Lo único que tenía era que Gonzalo se había mosqueado, y de qué manera, con aquello de que pareciese un accidente, pero nada más. Tenía que hablar con él como fuese, pero desconocía en ese punto que Gonzalo tenía planes similares.

El cómico se despidió amablemente de sus compañeros de partida. Con la americana en el brazo, el señor doctor le estrechó la mano deslizándole una tarjeta de visita junto a la frase: «Esa incipiente caída de pómulos se puede arreglar». Bécquer no supo si agradecerle la oferta o propinarle un cabezazo. El informático se despidió con un exultante «Nunca me has hecho puta gracia», a lo que Bécquer respondió «Me alegra, y cuidado al subir la escalera, no vayas de perfil, que te quedas encajado. Pide que te unten en aceite, que tú de echarte aceite en las manos debes de saber un montón». La CEO se despidió dejando sobre la mesa una llave del hotel Intercontinental: «Habitación 702, regreso a Barcelona pasado mañana», susurró al oído del cómico mientras le daba un dulce beso en la mejilla. «Está bien saberlo», respondió él, seductor.

—Bueno, pues otro gorrino cazado —dijo introduciendo en su americana el sobre con el dinero.

—Acompáñenos por aquí —le dijeron los gorilas.

Bécquer subió las escaleras contrariado por no tener a Gonzalo cerca.

—¿El señor Idiákez? Me gustaría despedirme —dijo sin obtener respuesta alguna.

Cruzaron el salón de la casa y salieron a la entrada, donde lo despidieron. Ya en la acera de aquella oscura calle, Bécquer metió la mano en el bolsillo con el fin de coger el móvil y llamar a un taxi. Justo en ese instante, un fuerte agarrón lo inmovilizó contra el muro y el teléfono cayó al suelo. Con la cara completamente pegada al hormigón, lanzó un quejido de dolor por la torsión que sufría en un brazo y la presión de su captor contra su nuca. Le pareció reconocer el olor de los gorilas.

—¿Qué haces? ¡Suéltame! —protestó.

—¿No haces bromitas ahora? —La pregunta había sido formulada por Gonzalo, a quien de repente tenía delante—. Muchas preguntas has hecho esta noche, Bécquer.

El cómico tenía a uno de los gorilas a su espalda y a otro frente a él, a la derecha de Gonzalo. No había escapatoria posible.

—Vienes a mi fiesta, te comes mis dulces, te llevas mi dinero y además insinúas cosas muy feas... Eso no está bien.

Bécquer comenzó a sudar como si estuviera jugando al pádel dentro de una sauna, pero, lejos de acobardarse, pensó en Raquel y en que le debía saber qué fue lo que pasó, de modo que lo de quedarse callado no era una opción.

—¿Fuiste tú quien encargó que mataran a Ana María?

La cara de Gonzalo cambió por completo.

—¿Por eso estás aquí? No me jodas, la hija de puta esa se mató con el coche.

—Coche que fue saboteado —dijo Bécquer tratando sin éxito de zafarse de su captor—. Seguro que alguno de tus amigos aquí presentes sabe bien cómo hacerlo.

—¿Y qué ganaba yo con eso? Llevábamos tiempo separados y con un acuerdo tan blindado que me convertía en intocable. Con su muerte no ganaba nada y viva no podía hacerme daño. Ana María me daba igual. —Gonzalo hablaba con gran seguridad.

—*O carallo!* —dijo Bécquer tan enfadado que juró en su gallego natal—. Los maltratadores cobardes de mierda como tú siempre quieren terminar el trabajo.

Gonzalo lo miró con absoluto desprecio, dio un paso adelante y el gorila que Bécquer tenía detrás apretó todavía más el brazo sobre el cuello del cómico. Gonzalo se acercó a menos de un centímetro, el olor a cenicero y alcohol desagradó tanto al cómico que no pudo evitar apartar el rostro.

—Si yo hubiese querido matar a esa puta, lo habría hecho con mis propias manos. Espero no volver a verlo, señor Bécquer. —Terminó su frase y se perdió entre la oscuridad de la calle, no sin antes pedir a sus gorilas que le dejasen al señor Bécquer «un recuerdo de la maravillosa noche que acabamos de pasar juntos».

El primer puñetazo lo recibió en el estómago: un dolor punzante que le dejó sin aire le hizo caer de rodillas al suelo. En ese momento no pudo evitar pensar en Lucía y en su abuelo, oía en su cabeza la voz del señor Manuel diciéndole: «Esa lengua tuya cualquier día te da un disgusto».

Asfixiado y arrodillado, esperó el siguiente impacto. Levantó como pudo la vista y vio que uno de los gorilas se desplomaba a su lado. Miró hacia su izquierda y lo que se encontró lo dejó de piedra. En la oscuridad, una figura delgada esquivaba los golpes que el segundo de los gorilas le lanzaba con gran destreza. Evitó un puñetazo frontal y le devolvió una serie de tres ganchos cruzados que dejaron grogui al gigante. El remate fue una patada en el aire digna de cualquier buena película de acción japonesa. Bécquer, asustado, seguía en el suelo pensando: «Joder, me van a matar aquí, en esta calle de mierda». Tembloroso sacó el sobre de su chaqueta.

—Toma, llévate el dinero.

—Quédatelo tú, que parece que te lo has ganado —le respondió una voz familiar.

Levantó la vista y la vio allí plantada, con los dos gorilas durmiendo el sueño de los justos, la inspectora Elena Izaguirre.

—Elena... —susurró en estado de *shock*.

—¿Has visto? No te puedo dejar solo —respondió la inspectora mientras ayudaba a Bécquer a recuperar la compostura.

37
No era la primera vez

Bécquer cerró la puerta del coche en sepulcral silencio. Poco a poco iba recuperando el aliento después del tremendo golpe que acababa de recibir. No obstante, le resultaría más fácil recobrar el resuello que aceptar la humillación. Elena conducía también sin abrir la boca, esperando que fuese el cómico quien iniciase la conversación. Esa mezcla de orgullo y tontería hizo que los primeros minutos de trayecto fuesen realmente incómodos.

—¿No piensas decir nada? —le preguntó visiblemente enfadada. Bécquer seguía mirando por la ventanilla como si no fuese con él—. Podrían haberte hecho daño de verdad —añadió la inspectora—, esta gente no juega limpio.

Él era perfectamente consciente de que tenía razón en todo lo que estaba diciendo; si ella no hubiese aparecido de la nada, ahora estaría tirado en el medio de la calle quién sabe en qué estado.

—Gracias —susurró sin cambiar la dirección de su mirada.

—¿Qué has dicho? No te he oído bien.

—¡He dicho que gracias!

Bécquer levantó la voz, todavía no se había desprendido del miedo ni de la vergüenza, no era la primera vez que tenía que bajar la cabeza por tomar una decisión equivocada.

Bécquer observaba a su abuelo en silencio, nunca le había visto tan enfadado y eso que, según aquel chaval de apenas quince años, no había sido para tanto. «Nada más que una tontería», repetía para sí una y otra vez, una tontería que le había costado un susto de los grandes a la espera de lo que faltaba por venir.

El señor Manuel se sorprendió cuando dos guardias civiles llamaron a la puerta. A través de la cristalera de la puerta principal distinguió la característica forma del tricornio.

—¿Qué carallo *pasa? —exclamó mientras abría.*

—Buenas tardes —dijo el que tenía más años—, ¿es usted Manuel de la Campa?

—¿Quién pregunta? —respondió él dejando claro de dónde había sacado Bécquer ese punto de cretinez indómita.

—Pues el cura y el monaguillo, caballero. Hágame el favor, que aquí nos conocemos todos —obtuvo por respuesta—. El chaval que tenemos ahí detrás en el coche ¿es su nieto?

El señor Manuel salió entonces de su casa para comprobar si efectivamente era Bécquer el que allí estaba. Durante unos segundos no tuvo fuerzas para seguir retando a la Benemérita, estaba claro que, bueno o malo, algo acaba de ocurrir, y con la Guardia Civil y su nieto por el medio era más probable lo segundo que lo primero.

Sentado en aquel asiento trasero del patrulla, Bécquer veía cómo su abuelo iba poco a poco bajando la cabeza ante lo que le contaban los civiles.

—Su chaval se ha metido en un buen lío —dijo el más joven de los dos agentes, dejando claro que lo que a continuación iba a narrar no era de esas cosas que caen en saco roto—. Hace un par de horas recibimos el aviso de que algún tipo de maleante se había colado en una de las casas buenas de Villarei.

Así es como llamaban a una serie de viviendas situadas en la parte alta y noble del pueblo de al lado. Casi uniendo ambos municipios, se alzaban majestuosas en la colina. Todos sabían que allí no residía nadie de manera regular, eran casas de fin de semana o de temporada de vacaciones, y eso parecía que había atraído a Bécquer como las moscas a la miel.

El señor Manuel escuchaba impasible lo que la pareja le estaba contando.

—El caso es que, como le he dicho, recibimos una llamada telefónica de uno de los vecinos de la zona. Nos informó de que estaba paseando y que había visto, a través de la ventana, lo que parecía ser un intruso dentro de una de las viviendas, porque sabía que a esas horas allí nunca había nadie. —Con las manos en la espalda, el señor Manuel respiraba despacio esperando el desenlace de la historia—. Nos acercamos a dicha vivienda y nos encontramos

tratando de salir por una de las ventanas a dos jóvenes: su nieto y una señorita.

Aquella revelación hizo que el abuelo exclamase un sonoro «manda carallo», parecía que su nieto acababa por fin de salir del cascarón.

—Les dimos el alto y el chico no tuvo mejor ocurrencia que enfrentarse a nosotros para que su acompañante escapase. —Por mucho que el primero de los guardias civiles tratase de alargar el relato, estaba claro cómo acababa la historia—. El caso es que también detuvimos a la muchacha, la acabamos de dejar en su casa.

En ese momento el señor Manuel hizo una pregunta obligada.

—La rapaza, ¿de quién es?

Los guardias se miraron y como quien revela un secreto susurraron:

—Antonia, la hija del alcalde.

El señor Manuel no sabía si llenarse de orgullo o enfadarse del todo.

El alcalde tenía una hija de diecisiete años por la que competía media comarca, poseía una belleza incontrolable unida a uno de los apellidos con mayor lustre de la zona. Como le gustaba decir a más de uno en el pueblo: «Es buena moza y tiene tierras»; además, su condición de hija única la convertía en el centro de las atenciones de sus padres, hasta el punto de que por el pueblo se referían a ella como «la Princesa». El padre llevaba más de veinte años de alcalde, se autodenominaba «el alcalde que abrazó la democracia», y había encadenado victorias en todas las elec-

ciones a las que se había postulado. De hecho, uno de sus más grandes logros fue ser presentado en uno de sus mítines en el pueblo por el mismísimo presidente Fraga, quien responsabilizó al señor alcalde de haber llevado luz, agua y carreteras a toda la zona.

El señor Manuel preguntó entonces a los guardias qué iba a pasar con su nieto.

—Pues hoy nada. Hemos hablado con el señor alcalde y ha dicho que ya se disculpará él personalmente con Benavides, el dueño de la casa. Creo que su nieto ha tenido suerte, el señor alcalde no quiere escándalos, sino que esto pase inmediatamente bajo el radar. —El señor Manuel sintió un alivio inmediato—. Lo que si ha puesto es una condición, que su nieto no se vuelva a acercar a su hija.

El abuelo no pudo evitar media sonrisa cuando escuchó la condición. Sabiendo lo que a Bécquer le gustaban las muchachas, tenía claro que iba a tener que encadenarlo a la pata de la cama para conseguir tal cosa.

—No se preocupen, que yo hablo con él —dijo mientras agradecía a la Benemérita su labor.

Bécquer bajó del coche, y sin levantar la mirada del suelo, entró en casa. Sentado en la silla de la cocina y agradecido porque su abuela y su madre estuviesen en el colmado comprando comida, esperó a que su abuelo volviese con las rebajas.

—Mira que tienes cara; a ver, cuéntame que andabas haciendo colándote en casas.

El chaval no dudó en contar la verdad. A fin de cuentas, no le quedaba otra.

—Pues lo que te han dicho. Quedé con María y me dijo si podíamos ir a un sitio más tranquilo, y como en las casas buenas nunca hay nadie...

El abuelo escuchaba el relato de su nieto sin tener claro si tenía que castigarlo o felicitarlo.

—Eso de meterte en casa ajena es un delito, podías haber acabado en un centro de menores o algo peor —le dijo—, y entonces ya no sé qué iba a ser de ti. ¿Es lo que quieres?

—Lo siento mucho, abuelo. No sé en qué estaba pensando —dijo Bécquer negando con la cabeza. Aquella aceptación hizo reír al señor Manuel.

—Vamos, hombre, que no lo sabías, lo sabías perfectamente. Carallo, teso non cree en Dios. *—Bécquer notó que todo el calor de su cuerpo se concentraba en sus mejillas—. Tienes quince años y andas revolucionado, y la niña es mayor que tú y claro..., pero no te puedes meter en una casa, idiota.*

Bécquer seguía asumiendo las palabras de su abuelo, tenía razón. El señor Manuel se levantó y se sirvió un culín de tinto, y ya con un tono más relajado le preguntó a su nieto.

—Así que la hija del alcalde, ni más ni menos. Todo Dios detrás de ella y te la ganas tú. ¿Cómo lo hiciste?

Para Bécquer aquello era completamente nuevo, la primera vez que iba a tener una conversación de ese tipo con su abuelo.

—Pues no sé —respondió para insatisfacción del señor Manuel.

—¿Que no sabes? A ver, eres bien parecido como tu abuelo, pero algo más habrás hecho.

Bécquer trató de superar la vergüenza y sacó del bolsillo un par de cuartillas.

—Le he escrito unas cartas.

El señor Manuel estiró al instante el brazo y se las quitó de la mano. Empezó a leer en silencio y no pudo evitar exclamar:

—Así que le escribes poemas. Menudo artista.

—No son míos, los he copiado de un libro —confesó tratando de explicarse.

—Ya decía yo que me sonaban, son muy bonitos —respondió su abuelo.

—En el colegio tienen un libro de Gustavo Adolfo Bécquer, son sus rimas. —Aquello hizo reír a carcajadas al señor Manuel.

—Mira qué listo mi nieto, con poemas de Bécquer conquista, sí señor. Lo que quiero que entiendas es que a las mujeres se las respeta y se cumple, ¿está claro? —Bécquer asintió sin dudarlo. A esas alturas de su vida sabía por qué había crecido sin padre y no quería perpetuar esos comportamientos—. ¿Me lo prometes?

—Sí, te lo prometo.

Fue una de las dos promesas incumplidas que el nieto le hizo al abuelo. El señor Manuel apuró su chato.

—Pues ahora ponte a escribir otra vez, una nota de disculpa al alcalde y ya se la llevo yo..., Bécquer.

Y desde ese preciso instante, el señor Manuel jamás volvió a dirigirse a su nieto como Antonio: lo de Bécquer había llegado para quedarse.

Elena bajó el parasol de su coche cuando los primeros rayos de sol asomaron en el horizonte. Ya eran casi las siete de la mañana y el cansancio comenzaba a hacer mella. Bécquer se había metido en aquella casa cerca de la una de la madrugada, y hasta que salió pasadas las seis, Elena había estado en el coche vigilando.

Enfilaron los últimos kilómetros antes de llegar a casa de Bécquer. Ante el silencio persistente del artista, la inspectora decidió detener el coche. Con una maniobra bastante brusca, y dejando que los intermitentes brillasen por su ausencia, cruzó dos carriles para coger la primera salida que vio.

—¡Esta no es la nuestra! —exclamó Bécquer.

—Vaya, parece que ya hablas —respondió Elena mientras detenía el coche.

Con el vehículo completamente parado, le pidió a Bécquer que la escuchase.

—¿Puedes explicarme de una vez qué demonios hacías ahí?

Él cambió de postura en el asiento; estaba claro que su voto de silencio no iba a ser eterno.

—Pensé que Gonzalo Idiákez sabría algo del asesinato de Ana María.

—¿Y eso se te ocurrió a ti solito?

—Pues sí —respondió Bécquer con tono infantil—. Estuve en el Canal 5 haciendo un par de preguntas y varias personas coincidieron en que el tipo no es trigo limpio, así que fui a verlo.

—Y para eso te metes en una timba ilegal —le reprochó revolviéndose en su asiento cada vez más.

—Vosotros los policías veis delitos por todas partes, solo era un grupo de amigos jugando a las cartas.

Aquella simplificación enfadó todavía más a la inspectora, quien, haciendo visible su enfado, comenzó a enseñarle a Bécquer una serie de fotografías en su teléfono móvil.

—¿Te suenan estas caras? —preguntó con sorna.

Bécquer, sorprendido, veía en la pantalla al cirujano, al informático y a la directiva.

—Sí, son los jugadores, gente muy maja; el gordo, no tanto.

Elena pasó entonces a explicarle muy claramente por qué era profundamente irresponsable.

—Ese al que tú llamas cirujano en realidad es Héctor Pizarro, un traficante de drogas al que la Brigada Central de Estupefacientes lleva monitorizando más de un año. —Los ojos de Bécquer casi se salían de sus órbitas—. Tu amigo el gordo, un experto en blanqueamiento de capitales; y por último, esa mujer tan atractiva no te conviene. Sus últimos tres maridos murieron en circunstancias, digamos, peculiares.

—Menuda tropa —dijo el cómico—. No he dado ni una.

—Y falta tu querido Gonzalo —añadió Elena—. La Brigada de Delitos Económicos lleva detrás de él dos años, y son los que nos avisaron de que un famoso humorista estaba entrando en la boca del lobo. ¿Sabes lo que esta gente te podría haber hecho?

Bécquer se estaba dando cuenta, a pasos agigantados, del riesgo que acababa de correr. La única manera de defenderse era insistir en el presunto papel de Gonzalo en la muerte de su exmujer.

—Gonzalo sabe algo.

—¡Gonzalo no sabe nada! —gritó Elena—, ¡que no escuchas! Ha sido investigado hasta la extenuación y nada lo conecta con ese suceso. Es un malnacido y un mafioso al que antes o después vamos a meter entre rejas, pero en lo que respecta a Ana María y a ti está completamente limpio.

—¿Y eso como lo sabéis? —preguntó. La respuesta de Elena no le satisfizo.

—Porque somos muy buenos haciendo nuestro trabajo, tienes que dejarnos, estamos cerca de resolver esto, pero nos haces perder el tiempo si cada vez que nos damos la vuelta te metes en problemas.

Bécquer, casi por primera vez, entendió que su comportamiento estaba siendo irresponsable.

—Lo siento mucho. Desde que supe que la muerte de Ana María estaba relacionada con lo mío...
—Elena cortó la confesión de Bécquer.

—Te entiendo, esto que te pasa es difícil de gestionar, pero necesito que confíes en nosotros. —La inspectora giró la cara de Bécquer con una mano con dulzura hasta que sus miradas se encontraron—. Necesito que confíes en mí.

Bécquer miró a Elena como quería mirarla siempre. Desde que habían regresado de Sevilla sentía un dolor dentro que no se iba y que quizá lo había empujado a tomar malas decisiones. Y a pesar de todo allí estaba ella, rescatándolo una vez más, vigilando sus movimientos y comportándose como un ángel de la guarda. Bécquer dirigió una mano hacia su propio rostro y rodeó la que Elena todavía mantenía sobre su mejilla, y por fin dijo lo que debía haber dicho hacía tiempo.

—Lo siento mucho, Elena, claro que confío en ti. Perdóname.

Ella sintió un enorme alivio al recibir la disculpa, y se quedaron en silencio con la mirada clavada en la del otro. Bécquer hizo entonces un pequeño movimiento hacia delante que fue correspondido por Elena quien, muy lentamente, se fue acercando al cómico. La distancia entre ambos cada vez era menor cuando, a todo volumen, comenzó a sonar *La gozadera*. El sobresalto de ambos fue instantáneo. Bécquer sacó como pudo el teléfono del bolsillo.

—Perdón, ya lo apago.

Pero cuando vio que en la pantalla ponía «Celia», se extrañó. No era muy normal que su exmujer lo llamase, así, en general, y mucho menos a las siete de la mañana de un jueves. Miró a Elena para hacerle saber que debía responder la llamada.

—Celia, buenos días... Espera, espera, habla más despacio, que no te entiendo. —Estaba muy alterada, al borde del llanto. Elena comenzó a preocuparse al ver la reacción de Bécquer, que intentaba calmarla—. Tranquila, seguro que no es nada, ya sabes cómo es Lucía.

—¿Qué pasa? —le preguntó Elena, cada vez más preocupada. Bécquer puso entonces el móvil en silencio para responder.

—Lucía no ha llegado a casa. Y eso no es normal.

38
¿Dónde está mi hija?

Celia miraba su reloj con cierto sentimiento de extrañeza, había llegado a casa hacía algo más de una hora esperando encontrar a su hija como cada tarde de jueves. «Se habrá entretenido con alguna amiga», pensó. Tratando de restar importancia, había llamado a su hija esperando que respondiese, pero no lo hizo. Al cabo de unos diez minutos, envió la primera de lo que serían varias notas de voz a lo largo de la noche: «Lucía, mi amor, llámame cuando escuches esto»; «Lu, empiezo a preocuparme»; «Lucía, debes de tener el teléfono en silencio o no sé qué pasa, llámame cuanto antes».

Las horas pasaban y Celia no tenía muy claro cómo proceder, eran ya más de las doce de la noche y su hija seguía sin llegar a casa. «Igual se ha quedado a dormir con una amiga... o con un amigo», se había dicho tratando de mantener la calma. Sentada en el sofá del salón, había optado por seguir leyendo la novela que tenía abandonada desde hacía semanas y que, descansando sobre el brazo del sofá, esperaba paciente a que sus páginas cobrasen vida de nuevo. Abrió el libro por la página que tenía la esquina superior derecha doblada a modo de marcapáginas y trató de sumergirse en el relato buscando un poquito de paz.

Cuando Celia abrió los ojos eran casi las siete de la mañana. «Me he dormido», pensó y rápidamente se levantó del sofá y se dirigió a la habitación de Lucía: la cama seguía hecha y ella no estaba. «Ha pasado la noche fuera sin avisar, esto no es normal», pensó mientras de nuevo comprobaba en su teléfono si su hija había leído los mensajes que le había enviado. Todos tenían solamente un tic en un color que no era el deseado verde: o Lucía estaba en un sitio sin cobertura, o se había quedado sin batería. «Seguro que tiene una explicación», repetía tratando de evitar pensamientos ansiosos. Fue a la cocina y se sirvió de la nevera un vaso de agua, lo apuró y junto con el agua decidió tragarse también su orgullo para llamar a su exmarido.

Bécquer no había tardado en contestar, a Celia le sorprendió pillarlo despierto. «A saber de dónde viene», pensó. Pero en cuanto él le deseó buenos días, fue incapaz de contener los nervios acumulados después de una noche de preocupación.

—Lucía no ha venido a dormir, se supone que los jueves llega a casa por la tarde porque tiene baile, y con la escuela no he podido hablar porque estaba cerrada, y no tengo el teléfono de ninguna amiga porque cambié de móvil y no los guardé, y... —Celia guardó silencio cuando Bécquer le pidió calma e insistió en que no estaba entendiendo lo que trataba de decirle—. Que no ha venido a dormir a casa y entre semana eso es imposible. Si se queda con alguna amiga, siempre me avisa —le explicó con los nervios desaforados—. Es que si se hubiese quedado sin batería, habría cogido el teléfono de alguien. Estoy muy preocupada —concluyó ya sin disimular su angustia.

Celia terminó la llamada aceptando la propuesta de Bécquer de seguir intentado contactar con Lucía mientras su exmarido se encargaba de hablar con sus nuevos amigos policías.

—Seguro que en un rato sabremos dónde está y todo quedará en nada.

Esas palabras de Bécquer eran en las que ahora confiaba.

La primera vez que los Bécquer viajaron a Disneyland París, Lucía tenía cinco años. El viaje fue inolvidable por muchas razones: durante tres días las incipientes discusiones y los enfrentamientos quedaron a un lado y, sumergidos en aquella burbuja de ilusión, las cosas parecían que podrían funcionar.

Los tres caminaban por el parque luciendo una de esas clásicas diademas con las orejas del ratón más famoso del mundo. Bécquer sonreía viendo a Lucía observarlo todo con los ojos abiertos como platos. Sorprenderla con aquel regalo había sido todo un acierto. Fueron entonces a una de las enormes tiendas de regalos que había en la avenida principal. Cuando entrabas en el parque, una calle recta, coronada por el enorme e imponente castillo de la Bella Durmiente, te recibía con los brazos abiertos. La calle emulaba a la clásica Nueva Orleans. El parecido y el ambiente estaban tan logrados que Bécquer no pudo evitar bromear con su esposa.

—¿Has visto dónde estamos? Si te regalo un collar, me tienes que enseñar las tetas.

Celia soltó un manotazo en el brazo de Bécquer como reflejo instantáneo al tiempo que se ruborizaba un poco. Lucía levantó entonces la vista y le dijo a su madre:

—¿Si sacas las tetas, me das un poco?

Tanto papá como mamá explotaron en una sonora risotada, de esas que te llenan. Lucía seguía disfrutando de una lactancia más que prolongada, y en cuanto escuchaba la palabra teta, la boca se le hacía agua.

Divertidos una vez más por las bromas de Bécquer, entraron en una de las tiendas. Toda la avenida tenía un montón de comercios, uno detrás de otro, que, a pesar de dar aspecto de ser individuales, por dentro estaban conectados. Caminaban entre disfraces, tazas y juguetes varios. Aquel lugar era el sueño de los niños... y del inventor de la tarjeta de crédito. Bécquer se separó un poco de su esposa e hija al quedarse absorto en unas figuras de cristal con precios desorbitados.

—Cuatrocientos lereles una figurita de Aladín, ¿en serio? —Terminó de jurar y avanzó unos metros buscando *a Celia; al cabo de pocos minutos la encontró mirando la talla de un disfraz de Blancanieves para su pequeña—. Menudos clavos pegan.*

—Pues mira los disfraces, empiezan en setenta y de ahí hacia el norte —dijo su mujer mientras sacaba la talla 5/6 que, por fin, acababa de encontrar en el burro. Se giró para ver qué tal le quedaba a Lucía, pero la pequeña no estaba a su lado—. ¿Y la niña? —le preguntó al padre.

—¿No estaba contigo?

—Sí, ahora mismo estaba a mi lado.

Ambos comenzaron a mirar alrededor, entre aquella cantidad ingente de personas, mientras iban diciendo el nombre de Lucía cada vez a mayor volumen.

Habían pasado ya diez minutos eternos y la niña no aparecía. Celia comenzó a ponerse nerviosa y Bécquer no estaba reaccionando de mejor manera. Tratando de mantener la calma, se dirigió a uno de los miembros de seguridad del parque que paseaban por las tiendas. En un perfecto inglés, Bécquer fue respondiendo una a una las preguntas que le hacía aquel hombre: edad de la niña, la ropa que llevaba, así como la estatura. Celia estaba muy alterada y tanto su marido como aquel hombre trataban de calmarla.

—Hemos abierto el protocolo de personas desaparecidas, desde este instante nadie sale del parque.

Aquello llamó la atención de Bécquer sobre el poder de organización y la seguridad reinante. Le dieron sus teléfonos al guarda y continuaron con la búsqueda por su cuenta.

El matrimonio salió, entre reproches, de aquel establecimiento. La contienda consistía en decidir quién de los dos se había despistado más. La discusión iba en aumento, cada réplica era más cruel que la anterior, y solo se paró un momento cuando Celia vio los servicios y entró en pánico.

—¿Y si la han metido en un baño?... Ve a ver.

Aquella posibilidad alteró al cómico sobremanera, y, casi con el puño en alto, entró en el baño gritando el nombre de su hija. Allí no estaba.

Había pasado ya más de media hora desde que la niña se extraviase, más de treinta angustiosos minutos en los que, por más que trataron de mantener la calma, la ansiedad se apoderó de ellos y los pensamientos que se agolpaban en sus cabezas no contenían finales felices: «Y si se ha caído», «Y si se la han llevado»... De repente una mano tocó la espalda de Celia. Una señora inglesa de avanzada edad, de esas con el pelo corto y tono violeta, le preguntó:

—Have you lost a little girl?

La mujer le preguntaba si habían perdido a una niña pequeña. Casi al unísono, los padres contestaron que sí, e incluso Celia le enseñó una foto de Lucía en el teléfono. Para alivio de ambos, la mujer les dijo que la había encontrado en la puerta de la tienda buscando a su mamá y se la había entregado a una de las trabajadoras del comercio. Con esa información, Bécquer se dirigió de manera inmediata, no sin antes agradecer su gesto a la anciana, al mostrador.

—¿Adónde llevan a los niños que se pierden?

Al recibir las indicaciones, salieron corriendo hacia las oficinas de la entrada principal. Llegaron marcando algún tipo de récord y allí estaba ella, sentada en una silla comiéndose un pretzel *con orejas de ratón. Celia abrazó a su hija con esa sensación profunda de miedo superado. Bécquer respiró tranquilo por fin, había sido poco tiempo, pero «esto lo sabe el que lo pasa», pensó.*

—Me han llevado a la casa de Peter Pan —dijo Lucía.

Bécquer, sorprendido, solo logró decir:

—¿Y eso?

—Es que ahí llevan a los niños perdidos, como en Nunca Jamás.

Celia y Bécquer abrazaron juntos a su hija y se miraron jurándose no volver a pasar un miedo tan grande.

Elena pidió en su comisaría que dieran la descripción de Lucía a todas las patrullas.

—Seguro que la encuentran enseguida —le dijo a Bécquer tratando de medir su nivel de ansiedad.

Juntos entraron por la rampa del aparcamiento de la comisaría y enfilaron la subida al despacho del comisario Baltierra. «Espero que hoy no me toque las narices», pensó Bécquer mientras el ascensor los llevaba a su destino.

—La hija de Bécquer no ha ido a casa esta noche —anunció Elena antes incluso de dar los buenos días; pasaban unos minutos de las ocho de la mañana y el comisario removía con una cuchara el azúcar en su café.

—Sí, ya me han dado el aviso, las patrullas están pendientes, seguro que en un rato aparece, ya sabe cómo son los jóvenes.

A Bécquer el tópico empezaba a molestarle, claro que podían hacer gamberradas o ser un tanto irresponsables, pero era la primera vez que Lucía hacía algo así y no era normal. Por un instante, el peor de los presagios pasó por su cabeza.

Cuando el reloj marcó las doce del mediodía, estaba realmente asustado, llevaba más de dos horas solo en aquella silla marcando una y otra vez el número de teléfono de su hija, incluso había puesto una *story* en Instagram pretendiendo que fuera un cebo para la pandilla de su hija, «Mi hija de fiesta y yo que no sé dónde está para unirme», pero no obtuvo más respuesta que las habituales de los *fans* más desaforados. Absorto en la pantalla, no vio que Celia acababa de entrar.

—¿No sabemos nada aún? —preguntó.

Bécquer se puso en pie y vio el rostro tenso de la que había sido su mejor amiga, la abrazó y le contestó que todavía no.

—¿Quieres café? —le ofreció—. Es una mierda como un castillo, pero está caliente.

Celia negó con la cabeza. Lo único que quería era saber dónde estaba su hija.

—Ni siquiera puedo ver su ubicación porque desconozco sus claves —se lamentó sin lograr ver ninguna luz en esa situación que tanto la angustiaba.

Durante unos minutos ambos permanecieron en silencio, sentados el uno al lado del otro. La distancia física que los separaba era de apenas unos centímetros, pero no había que ser un lince para darse cuenta de que hacía tiempo que había miles de kilómetros entre ellos. Bécquer miraba a Celia de reojo y le dolía verla así. No debía permitir que cundiera el pánico, pero con cada minuto que pasaba, esa tarea se volvía más difícil.

—Toda la noche, llevo llamándola toda la noche —dijo Celia conteniendo el llanto. Bécquer se arrodilló delante de ella y rodeó sus manos con las suyas.

—Va a estar bien, ya lo verás. —El cómico hizo todo lo posible por sonar convincente.

—Es mi culpa —dijo Celia.

—Claro que no, en esto estamos juntos —respondió Bécquer. Atrás quedaban los momentos de culparse sin remedio, por primera vez en mucho tiempo ponían a su pequeña por delante.

Celia miró a Bécquer a los ojos y le hizo una confesión.

—Estoy muy asustada —dijo ya sin poder contener las lágrimas.

—Yo también —dijo Bécquer—, yo también.

Las horas pasaban y no había noticia alguna del paradero de Lucía: el reloj marcaba casi las cuatro de la tarde. Bécquer caminaba de un lado a otro, como si estuviese en la sala de espera de un hospital, cuando la vibración de su móvil lo detuvo: en la pantalla ponía «número oculto». Por un momento, pensó en rechazar la llamada convencido de que se trataría de alguna pesada dispuesta a venderle cualquier producto, pero en seguida cambió de idea. Deslizó el dedo por la pantalla y respondió con un escueto «Bécquer». Durante un par de segundos se hizo el silencio, hasta que una voz en la lejanía gritó «¡Bécquer!». El artista reconoció al instante la voz de su hija y su grito nervioso, y se quedó petrificado.

—Lucía, ¿eres tú? —dijo captando al momento la atención de Celia. La voz de su hija se disipó en el aire y dio paso a otra manipulada con un efecto de distorsión.

—Señor Bécquer, qué ganas tenía de hablar con usted.

Le comenzaron a temblar las piernas. Era el hombre al que llevaban semanas buscando, esa figura de barba, gorra y gafas. Bécquer tapó el móvil separándolo de su oreja y le susurró a Celia.

—Avisa a Elena, que vengan inmediatamente. —Ella no dudó un instante y salió corriendo—. ¿Quién eres y qué quieres? —preguntó. Recibió respuesta de inmediato.

—Calma, señor Bécquer, mi identidad ahora no es relevante, lo que ahora debe importarle únicamente es entender que las reglas han cambiado. Ya que tiene usted ciertas reticencias a ser ajusticiado, toca que sufra de una manera... diferente. —Bécquer no pudo evitar revolverse.

—Escúchame bien, hijo de puta: si tocas un solo pelo de mi hija, te juro que te arranco la cabeza.

—Déjese de amenazas, señor Bécquer, esto no es una de sus películas basura. Tiene usted una hija preciosa, realmente bonita.

Bécquer se revolvía por dentro tratando de controlar la tensión. Miró hacia la puerta y vio entrar a Elena junto a Diego y el comisario. Ella se acercó y susurró al oído del cómico.

—Pregúntale cosas, haz que hable y concéntrate, pon el altavoz. —Bécquer siguió las instrucciones de Elena.

—Quiero hablar con mi hija —ordenó.

—Señor Bécquer, aquí yo decido qué se hace, esta llamada es meramente informativa. —Bécquer no sabía qué decir.

—¿Qué quieres, dinero? Dime una cifra. —El secuestrador se enfureció.

—¿Dinero? ¿Eso es lo que le importa su hija? ¿Dinero? Escúcheme bien, señor Bécquer, esto es mucho más sencillo: su vida por la de ella.

La oferta desconcertó a todos los presentes. El comisario pulsó el silenciador del móvil y le dijo a Bécquer:

—Sígale el rollo, dígale que está dispuesto y trate de ganar tiempo.

Él asintió y reanudó la conversación.

—De acuerdo, la libertad de mi hija a cambio de la mía.

La cara de Celia era de horror; Elena y Diego se mantenían expectantes mientras el comisario asentía con la cabeza.

—Manténgase cerca del teléfono, señor Bécquer —dijo la voz justo antes de terminar la comunicación.

Al acabar la llamada Celia se derrumbó, incapaz de contener el llanto.

—Todo saldrá bien —repetía Bécquer una y otra vez tratando de ofrecer consuelo.

Diego tomó a Celia por los hombros y la ayudó a sentarse. El comisario Baltierra tomó la palabra.

—Lo más importante ahora es mantener la calma. Prepararemos un operativo de localización para cuando vuelva a llamar.

Después de unos momentos de cierta confusión, las aguas parecieron calmarse. Diego acompañó a Celia a una sala en la que pudiera estar más cómoda, el comisario se encerró en su despacho con el fin de contactar con la Unidad de Homicidios, Secuestros y Extorsiones; y Elena y Bécquer se encontraron de nuevo a solas.

La frialdad de las paredes de la sala contrastaba con la calidez que Elena desprendía. Para ella ser testigo del sufrimiento de Celia y Bécquer no estaba siendo fácil de gestionar. Había tenido que enfrentarse varias veces al dolor de unos padres al perder a un hijo, y se te clavaba en la memoria para siempre. Elena se sentó al lado de Bécquer quien, absorto en sus pensamientos, apoyaba los codos sobre los muslos escondiendo la cabeza. Posó una mano sobre su hombro y le dijo, con toda la seguridad de la que era capaz.

—No se saldrá con la suya. —Las palabras de Elena hicieron que Bécquer se incorporase de inmediato.

—Estoy muy asustado —dijo el artista—, no sé de qué será capaz este malnacido, y, además, seguimos donde estamos, sin una pista que nos ayude a localizarlo. —Elena trató de calmarlo.

—Tenemos hilos de los que tirar. Mientras tú estabas jugando a las cartas, varias unidades analizaban multitud de elementos, no creas que nos hemos quedado de brazos cruzados. Vamos a encontrar a Lucía.

Bécquer se sintió aliviado por primera vez. Elena tenía ese don, confiaba en ella ciegamente y eso no era para nada habitual en él. La complicidad entre ambos había regresado y él no dejó pasar la oportunidad de disculparse.

—Siento mucho lo ocurrido en Sevilla.

—¿A qué te refieres? —preguntó desconcertada y con timidez, temiendo que fuera a plantearle una enmienda a la totalidad de aquel fin de semana.

—Pues que no debí ver el informe, estuvo mal, y peor aún acusarte de mentirme: hacías tu trabajo. —Elena se alegró al escuchar aquellas palabras.

—Te lo agradezco, nunca tuve intención de ocultarte nada, solo quería protegerte. —Bécquer asintió aliviado, pero algo dentro de él en cierta manera se revolvía.

—No tienes que protegerme —dijo con seguridad—, no soy un chiquillo; se trata de mi vida y de la de mi hija, y por ella estoy dispuesto a cualquier cosa.

Elena comprendió en ese instante que él no iba a cejar en su empeño y que tenía que seguir a su lado. Era la única manera de que no volviera a meterse nuevamente en líos.

—Y yo estaré contigo —le dijo cogiéndole la mano.

Bécquer sonrió y se levantó. Elena le vio cerrar la puerta y volver hacia ella con paso firme. Se levantó a su vez, dispuesta para lo que esperaba que ocurriera. Bécquer la abrazó por la cintura y apretó su cuerpo contra el suyo, sus frentes se juntaron y sus labios se entregaron nuevamente, como desde Sevilla deseaban. Mientras se besaban, Elena no dejaba de pensar en qué estaba haciendo, nunca había sentido una atracción tan grande que le hiciese, por momentos, traicionarse a sí misma y abandonarse por completo. Esa lucha era la que ella había decidido ganar cuando volvió del Ejército y se encerró en aquel apartamento de Lavapiés junto a su elegida soledad, pero ahora algo estaba cambiando y dudaba si debía permitirlo.

Cuando Bécquer salió en busca de Celia, Elena evitó acompañarlo. Desde la balconada, observó como Bécquer hablaba con Celia buscando reconfortarla: era evidente que habían vivido mucho juntos, como él le había contado en tantas ocasiones: «Celia es la madre de mi hija y sin duda la mujer de mi vida». Eso ya no importaba, Elena no pensaba en si Bécquer podría llegar a sentir algo así por ella, lo que la inspectora temía era que su propio corazón le jugase una mala pasada. No estaba dispuesta a dejarse dañar por nadie.

El reloj marcaba las siete de la tarde y el teléfono todavía no había sonado. El despacho del comisario había sido ocupado por tres hombres que desplegaron una serie de ordenadores a los que conectaron el móvil de Bécquer. Los minutos pasaban mientras el artista recibía las instrucciones sobre cómo proceder.

—El objetivo... —explicó uno de ellos— es aguantar la llamada noventa segundos, así podremos triangular el lugar en el que se encuentra. —Bécquer no pudo evitar pensar en Liam Neeson—. Para ello es fundamental que le pregunte cosas, que le haga repetir las instrucciones. Tiene que conseguir que hable —concluyó.

El cómico estaba a punto de formular una pregunta cuando el teléfono comenzó a sonar. Respiró profundamente y contestó la llamada.

—Bécquer.

—Señor Bécquer, buenas tardes.

—Quiero hablar con mi hija —ordenó, molesto por el saludo.

—Tranquilo, señor, aquí las órdenes son cosa mía.

—Entonces no tenemos nada de qué hablar —respondió Bécquer y colgó.

El comisario Baltierra se echó las manos a la cabeza.

—¡Pero qué cojones hace! —gritó.

—Volverá a llamar —respondió el cómico con seguridad.

Antes de que el comisario volviese a intervenir, el teléfono vibró de nuevo.

—¿Bécquer? —Era Lucía, con la voz quebrada.

—Escúchame bien, hija mía, vamos a sacarte de ahí, ¿me oyes?

El llanto de Lucía impedía la comunicación, y, antes de que pudiese articular palabra, la voz distorsionada volvió a tomar el mando.

—Ya la ha escuchado, se está portando bien, ha criado usted una jovencita con muy buena educación.

Bécquer miraba el cronómetro que habían colocado sobre la mesa. Habían consumido cuarenta segundos.

—¿Qué quieres que haga? —preguntó.

—La verdad es que no tengo intención alguna de que haga usted nada; me lo he pensado mejor y creo que no salgo ganando con el cambio. —La respuesta fue devastadora.

—Eso no es lo que habíamos hablado —respondió Bécquer iracundo—. Mi vida por la de Lucía.

—El reloj seguía sumando, ya habían sobrepasado el minuto.

—En ese caso, usted sufriría menos. A veces hay que liberar a los hijos de sus padres y, en otras ocasiones, a los padres de los hijos. —El reloj seguía contando, solo faltaban quince segundos.

—No, por favor, escúcheme. —Bécquer trataba de llegar a la meta cuando escuchó una frase que recordaría siempre.

—Ha perdido, señor Bécquer, abrace a los que nos escuchan de mi parte.

La comunicación se cortó. Bécquer miró el crono con desesperación.

—Un minuto y veintiocho segundos —dijo uno de los agentes—, no hemos logrado nada.

La situación acababa de complicarse, el comisario Baltierra miró a Bécquer tratando de mostrar seguridad.

—Ahora toca esperar a que el trabajo dé sus frutos, tengo varias unidades en esto.

—¿Y? —Las palabras del comisario no consiguieron calmarlo, sino todo lo contrario—. ¿Las mismas unidades que no han podido encontrar a ese hijo de puta en tres semanas? ¿Esos iluminados son los que van a encontrar a mi hija en los próximos veinte minutos? ¿Los mismos fenómenos que siguen sin encontrar al asesino de Ana María Lozano? Váyase a tomar por el culo. —El exabrupto de Bécquer sonó en toda la comisaría.

—Señor Bécquer —dijo el comisario manteniendo las formas—, no voy a tener en cuenta sus palabras dadas las circunstancias. Le pido que abandone esta comisaría y nos deje trabajar, se le mantendrá perfectamente informado. Valcárcel, acompañe al señor Bécquer y a doña Celia a casa; Elena, usted se queda.

Bécquer se lo tomó como una afrenta, no solo no avanzaban, sino que además lo echaban de la comisaría. Por un instante, estuvo tentado de decir un par de cosas más, de esas de las que te acabas arrepintiendo, pero vio una oportunidad en su situación.

Bécquer y Celia salieron de la comisaría escoltados por Valcárcel, y el cómico susurró al oído de la madre de su hija.

—Tengo perfectamente claro lo que voy a hacer ahora.

39
Pensar

Lucía no tenía gana alguna de hablar con su padre de nuevo. Desde que se vieron en el reservado de aquel restaurante, su vida no había hecho más que complicarse. De repente su madre había pasado de azote de Bécquer a la mujer más comprensiva del mundo, y eso a Lucía le molestaba hasta el punto de que las discusiones con Celia se producían a diario.

Lucía no entendía por qué ahora tenía que darle una oportunidad a aquel señor que tanto daño les había hecho a las dos, y sobre todo, cuando llevaban años de acuerdo en que Bécquer era un cabrón. Por eso, cuando recibió un mensaje de su padre para verse de nuevo, no quiso decírselo a su madre. «Me va a pedir otra vez que sea comprensiva y que haga un esfuerzo, y no me da la gana», pensó mientras leía la invitación: «Hija, ¿podríamos vernos a las seis de la tarde en esta ubicación? Es muy importante».

Lucía había dudado si responder, el mensaje se lo había enviado desde un número desconocido, pero la duda se disipó en seguida porque recordó que, después de discutir aquella noche con su padre, lo había bloqueado, y Bécquer era de los que siempre buscan cómo salirse con la suya, así que pensó en qué poco había tardado en escribirle desde otro número.

Pasaban cinco minutos de las seis cuando comenzó a preguntarse por qué su padre la había citado en un sitio tan apartado del centro, en la entrada de lo que parecía ser un viejo colegio, pero tampoco era tan raro. Cada vez que tenía una bronca monumental con Celia, aparecía con algún tipo de *performance*. Lucía recordaba haber visto mariachis, bailarines, espectáculos de circo... Cuando Bécquer quería dar la nota, la daba a lo grande.

Sola y nerviosa, no dejaba de darle vueltas a que quizá se había excedido la última vez que se vieron, cuando un hombre que cruzaba la calle se dirigió a ella.

—Perdona, linda —le dijo—, ¿me podrías hacer una foto? —Aquel hombre con gorra, barba y gafas le tendió a Lucía su móvil—. Es que estudié aquí de niño y se lo quiero enseñar a mi hermana.

Lucía, casi sin mirarlo, había accedido de forma automática. Cogió el teléfono y miró la pantalla.

—¿Podrías alejarte un poco? —preguntó—. Para que salga la fachada: si te pones al borde de la acera, yo creo que se verá mejor.

Lucía obedeció y se alejó para ponerse en cuclillas justo al borde de la calzada, y, buscando el mejor enfoque, tomó la fotografía.

—Muchas gracias —dijo el hombre mientras Lucía le devolvía el móvil—. A ver qué tal ha quedado

—añadió poniéndose al lado de la muchacha para ver el resultado.

Lucía, distraída mirando la pantalla, sintió un pinchazo en el cuello, como si le hubiese picado un mosquito. Lo siguiente que vio fue una profunda oscuridad.

Sus ojos tardaron en abrirse, y cuando por fin lo lograron, comprobó la poca luz que la rodeaba. Trató de incorporarse, pero un intenso dolor de cabeza le sobrevino. «¿Dónde estoy?», se preguntó desorientada.

—¿Hola?, ¿hay alguien? —gritó sin obtener respuesta.

Se puso en pie y miró a su alrededor, el cuarto en el que se encontraba apenas tendría unos seis o siete metros cuadrados, sin ventanas y con una simple bombilla colgando del techo, nada más. Se acercó a la puerta y comenzó a golpearla pidiendo ayuda, nuevamente en vano.

Volvió a sentarse en el suelo y notó que el pantalón vaquero que llevaba estaba mojado en la entrepierna; en seguida entendió que se había orinado encima y rompió a llorar sin consuelo.

—¡Por favor! ¡Ayuda! —siguió pidiendo sin éxito.

Así estuvo durante minutos que le parecieron horas, y horas que le parecieron días gritando, dejándose el alma sin que un solo sonido viniese de vuelta, la nada absoluta. Lucía seguía intentando desesperada que alguien contestase, pero no sabía que estaba encerrada en el trastero de un edificio abandonado. Por mucho que se dejase la voz en el intento, absolutamente nadie la iba a escuchar. Nadie.

Tratando de calmarse, intentó recordar qué había pasado, pero seguía confusa. Apenas era capaz de recolectar algún dato, sabía que había quedado con su padre, que lo estaba esperando y poco más. «Piensa Lucía, piensa», se dijo. Entonces vio el rostro del hombre que le había pedido una foto. Ahí se había acabado todo. En ese instante Lucía entendió que le habían tendido una trampa y el mundo a su alrededor se desmoronó: «No le he dicho a nadie a dónde iba». El llanto volvió a ser incontrolable.

La poca luz que emanaba de la bombilla se estaba volviendo molesta. «Tiene que ser de noche —pensó—, me siento muy cansada». Poder llegar a la conclusión de cuánto tiempo llevaba encerrada se había convertido en una prioridad. «Si no regreso a dormir, mamá se preocupará —pensó—, seguro que me están buscando». Esto la reconfortó hasta que su mente volvió a jugarle una mala pasada: no era capaz de evitar pensar en su madre y en que no la iba a ver más. «¡Cálmate!», se ordenó a sí misma, empezó a respirar hondo y de manera pausada. Sintió entonces cómo se reducía la frecuencia de los latidos de su corazón, su mente forzaba la llegada de pensamientos y recuerdos que la calmasen, y sintió cómo se iba relajando. De pronto oyó pasos que se acercaban y el miedo regresó.

La puerta tenía un pequeño ventanuco a la altura de los ojos que solo se podía abrir desde fuera. Lucía, sentada abrazada a sus piernas en el otro extremo del habitáculo, vio cómo se abría.

—Ven a saludar a tu padre —dijo una voz de hombre.

No supo cómo reaccionar. Al ver que aquella figura encapuchada le ofrecía un teléfono, se levantó y se dirigió a la puerta. Antes de llegar, las palabras se adelantaron.

—¡Bécquer! —gritó, y el ventanuco volvió a cerrarse.

—¡No te vayas, por favor! ¡Déjame salir, te lo ruego, mi padre es rico, te dará lo que quieras! —El ventanuco se abrió de nuevo.

—El dinero de tu padre no te va a servir de nada —le respondieron tras la puerta. Y antes de que Lucía pudiera replicar, la luz se apagó—. Acostúmbrate a la oscuridad, no volverás a ver la luz del día.

Aquella frase hizo que su cuerpo se estremeciese, un pánico atroz se apoderó de ella y por primera vez pensó que iba a morir.

El llanto desconsolado se convirtió poco a poco en un sollozo, en un lamento continuo. Allí estaba, tirada en el suelo sin poder ver nada, pensaba en su madre, en las veces que había sido injusta con ella «Con todo lo que ha luchado por nosotras». El remordimiento que la atormentaba fue en aumento cuando empezó a pensar en su padre y en las cosas que le había dicho.

Lucía se esforzó por encontrar un «lugar feliz» que la sacase de su encierro. Poco a poco, imaginó las vacaciones de los tres juntos, las Navidades, los juegos en el jardín de su casa de Miami. Recordó su primera infancia, aquellos diez años en una familia normal: era lo que más extrañaba, los momentos en los que estaban los tres.

Para Lucía, su padre había sido su mundo entero, y a medida que avanzaban los años en su memoria, lo que veía ya no tenía tanta belleza: ella soplando la vela de varios de sus cumpleaños sin Bécquer presente, los gritos entre su madre y él, cuando ambos se sentaron frente a ella y le anunciaron que se separaban, las horas al lado del teléfono esperando que su padre cumpliese la promesa de llamarla... Recordaba todo aquello con demasiado dolor y, sin embargo, habría dado lo que fuese por volver a tener un minuto con ellos dos, solamente un minuto.

Poco a poco, Lucía fue logrando cierto grado de entereza, algo dentro de ella la empujaba. «Voy a salir de aquí». Recordó cuando se había perdido en Disneyland, sus padres siempre contaban aquella historia insistiendo en que había sido el tiempo más angustioso de sus vidas. Ella, en cambio, lo recordaba tranquila, siempre supo que sus papás la encontrarían. «Esta vez no será diferente —pensó—, Bécquer me sacará de aquí».

40
Que arda Troya

Cuando el agente que los escoltaba les dijo: «Váyanse a casa», al cómico se le escapó una pequeña sonrisa.

—Así lo haremos —respondió mientras abría la puerta del coche de Celia para ayudarla a subir—, a casita nos vamos —añadió.

Bécquer se sentó en el asiento del piloto y tardó en acomodarse.

—Cada día es más difícil con tanto botón —dijo para justificar la tardanza mientras buscaba la palanca que regulaba el asiento para desplazarlo—. Conduces con la nariz pegada al parabrisas, Celia. Toda la vida igual.

Ella aceptó la broma con deportividad. En los momentos difíciles Bécquer siempre sabía cómo sacarle una sonrisa.

—¿Y ahora qué va a pasar? —preguntó Celia con evidente preocupación.

—Se supone que la están buscando y siguiendo no sé qué —respondió su exmarido—, pero yo tengo una idea mejor.

Bécquer pisó a fondo y salió del garaje. Llegaron a la puerta de la casa de Celia después de circular más de media hora en silencio. Ella, que había evitado el contacto visual en todo momento, bajó del coche.

—Quiero estar sola.

El cómico respetó su decisión; a fin de cuentas, tenía otros planes. Arrancó de nuevo el vehículo y tomó la M-30 hacia el norte, accedió al manos libres del teléfono y marcó un número. No hicieron falta más de dos tonos para que el Italiano, el gran jefe del Canal 5, contestase la llamada.

—*Caro mio* —dijo con entusiasmo—, la estrella *piú* grande llamando por teléfono a este humilde servidor. —Al Italiano le gustaba mucho la ceremonia.

—Tú no has sido humilde en tu puñetera vida.

—Eso es cierto —confesó el Italiano entre risas—. Cuéntame, amigo, ¿qué sucede?

—Quiero pedirte un favor —le dijo Bécquer tras una pausa—, te voy a dar la exclusiva más importante de mi vida con dos condiciones.

El Italiano empezó a salivar, cualquier información sobre la vida de Bécquer funcionaba como un tiro en audiencia, sus apariciones multiplicaban el *share* de cualquier programa.

—¿De qué se trata?

—No te lo puedo decir ahora, necesito que confíes en mí —le respondió Bécquer—, quiero que te enteres de qué se trata al mismo tiempo que los espectadores. Esta es la primera condición.

—De acuerdo, menudo ejercicio de misterio. —Con estas palabras el Italiano aceptaba por vez primera no tener control sobre el contenido de uno de sus programas—. ¿Y la segunda?

—Que la entrevista tiene que ser hoy mismo en *Viernes de Corazón* y al principio del programa. Se abriría conmigo ya en el plató.

El Italiano sabía que faltaba poco más de una hora para que arrancase el *show*. La insistencia, así como las prisas de Bécquer, prometían algo que sin duda iba a ser llamativo, no tenía la menor duda.

—Perfecto, vente para acá y así lo haremos, lo pongo en marcha.

—Una cosa más, no lo anuncies, que lo digan los presentadores al empezar. Si se filtra, no hay trato.

Bécquer se despidió con un seguro «Nos vemos en un rato». Tenía claro que aquel era el único movimiento posible.

—Voy encontrar a mi hija —dijo en voz alta—, estoy harto del comisario y de su perfil bajo: Lucía está encerrada quién sabe dónde y el inútil pretende ir colgando cartelitos en las farolas. Es imposible que nadie haya visto nada, así que voy a pedirle ayuda al país entero. La rata que ha hecho esto no va a tener dónde esconderse.

Bécquer enfilaba ya la entrada del Canal 5, mientras Elena seguía en comisaría tratando de entender qué era lo que Baltierra pretendía.

—Señor comisario, se nos agota el tiempo y no tenemos nada —le dijo; su superior, sin mirarla, contestó de una forma seca.

—La unidad especialista en secuestros está analizando la llamada y tratando de triangular el teléfono de la chica. También tenemos a todas las patrullas peinando la ciudad, hemos distribuido su imagen a todos los taxis y VTC. Si alguien la ha visto, te aseguro que lo sabremos. —El plan del comisario no terminaba de convencerla.

—¿Eso es todo? ¿Nos sentamos a esperar a ver si suena la flauta y la recogió un taxista? ¿Me está hablando en serio? —La forma en que Elena se dirigió a él no le gustó nada.

—Ya conoce el procedimiento, y en este caso estamos siendo generosos por el perfil del señor Bécquer. Es él quien se ha metido solo en esta situación. —Sus palabras enfurecieron a Elena.

—¿Lo está diciendo en serio? ¿De verdad cree que es culpa de Bécquer que hayan secuestrado a su hija?

—Su amigo se ha dedicado a entorpecer la investigación desde el primer minuto, ¿le tengo que recordar su escapadita para jugar a las cartas? —El comisario tenía claro que no iba a dar su brazo a torcer.

Elena pensó que estaba siendo tremendamente injusto; era cierto que Bécquer podía ser cargante y desobediente, pero siempre había perseguido el mismo fin: encontrar a la persona que trataba de matarlo.

—Creo que está cometiendo un error —le dijo.

—Usted es la que se lleva equivocando desde que esto comenzó, me parece que Bécquer empieza nublarle el juicio —respondió Baltierra—. Y ahora salga de aquí, ya no tiene nada que hacer en esto.

Elena cerró la puerta tras de sí. «Qué razón tiene Bécquer», pensó. La estrategia del comisario no daba frutos y el tiempo se agotaba. La inspectora bajó dos pisos para buscar a Diego.

—Nos vamos de excursión —le anunció.

—¿A dónde?

—Al depósito del laboratorio. Algo se nos escapa.

Bécquer había rechazado maquillarse. «Que me vean bien la cara», pensó como explicación a algo inaudito en una estrella como él. Mientras picaba algo de comer en el camerino, los presentadores del programa hicieron su aparición: Dani y Beatriz eran los nuevos rostros del Canal 5. A Dani le precedía una trayectoria muy larga en diferentes formatos de televisión vinculados a la prensa rosa, y a Beatriz la habían fichado directamente desde una autonómica. Después de los besos y los apretones de mano correspondientes, Dani le preguntó:

—¿Cuál es la exclusiva?

—Lo sabrás en directo, y eres libre de preguntarme lo que quieras. —Bécquer le contestó lo mismo que al Italiano. El artista tenía claro que no iba a filtrar absolutamente nada.

Juntos caminaron hacia el plató, Bécquer ocupó su sitio entre bambalinas y desde allí veía al Italiano detrás de los cámaras. El regidor anunció que estaban a diez segundos de comenzar, y, tras una cuenta atrás, Dani Tarande comenzó el programa. El plano cerrado solo dejaba que se viese al presentador, que, con tono serio, arrancó su intervención.

—Muy buenas noches, señoras y señores. El programa de hoy marcará un antes y un después en la historia de la televisión española. Por primera vez recibimos a uno de los artistas más importantes del panorama nacional, por no decir el más importante. No suele conceder entrevistas, pero hoy ha querido sentarse con nosotros porque viene a revelar una información que sin duda será portada de todos los periódicos. Debo decirles, además, que ni yo mismo sé de qué se trata. Por favor, recibamos a... Bécquer.

El público presente en el plató comenzó a aplaudir enfervorizado, él entró con aspecto serio y ocupó su lugar. Había llegado el momento de terminar con aquella pesadilla.

—Bienvenido, Bécquer. Esta es una noche importante para ti; como les hemos explicado a nuestros espectadores, hay algo que nos quieres contar.

Dani Tarande acababa de generar una tensión enorme en el plató, las luces se atenuaron y Bécquer vio cómo se encendía el piloto rojo de la cámara 2. Ignorando a Dani y a su compañera, giró la silla en la que estaba sentado y se dirigió directamente a cámara.

—Buenas noches. Como todos recordarán, hace un par de semanas les contaron que hubo un lamentable accidente en el Teatro Real que terminó con el fallecimiento de Raquel, mi asistente y amiga. Desde entonces han leído en la prensa que fue fruto del azar. Hoy vengo a contarles la verdad de lo ocurrido.

Las redes sociales comenzaron a llenarse de comentarios en el horario de máxima audiencia. Bécquer iba a soltar una auténtica bomba.

—Todo lo que se ha publicado hasta este instante es falso. Lo que ocurrió en el Real fue un atentado premeditado, intentaron asesinarme y no lo consiguieron, pero se llevaron por delante la vida de Raquel. —El murmullo en el plató iba en aumento—. A esto debo añadir que dicho suceso está relacionado con otra muerte: Ana María Lozano tampoco sufrió un accidente de tráfico, fue asesinada por la misma persona que ha tratado de matarme a mí en dos ocasiones, en el Teatro Real y hace unos días en la M-30.

Dani y Bea no daban crédito a lo que oían. Bea hizo ademán de intervenir, pero Bécquer la frenó levantando una mano. Tanto él como Ana María Lozano eran ya tendencia en las redes sociales, lo que el artista acababa de revelar iba sin duda a abrir todos los telediarios.

Al otro lado de la ciudad, Elena había optado por poner el móvil en silencio, ya que tenía «cosas más importantes que hacer». En el trayecto al laboratorio, le explicó a Diego los pormenores de la situación.

—Necesito saber qué pasa con el análisis del coche, necesitamos ya los resultados.

Cuando llegaron, una joven con bata blanca les explicó que, al haber ardido el vehículo, los rastros genéticos habían sido borrados. A Elena aquella información le importó poco.

—Quiero ver el coche —ordenó. La seguridad con la que se dirigió a la mujer hizo que accediera de inmediato.

Dentro de aquella enorme nave descansaban los restos de lo que en su momento había sido un auténtico cochazo.

—Resistió bastante el incendio —dijo Diego observando que, si bien se veía que había sido pasto de las llamas, conservaba su integridad.

—¿Habéis rescatado alguna huella? —preguntó Elena.

—Nada destacable; un par de huellas íntegras en el volante y la palanca de cambios, pero pertenecían a la dueña. —Elena se puso unos guantes y, con cierta dificultad, abrió la puerta del conductor—. Ahí buscamos y no había nada, el asiento ardió por completo, solo quedó intacta la estructura metálica interior y ahí no hay nada.

Elena no dejaba de observar cada detalle hasta que una idea rondó su pensamiento.

—Diego, según la imagen del parking, ¿cuánto mide el sospechoso?

El inspector cogió su móvil y consultó el dato.

—Se estima que alrededor de un metro setenta; no es muy alto, y este coche es gigantesco. Tuvo que mover el asiento para conducir con comodidad.

Elena siguió observando. En el lateral del asiento estaba el resto calcinado de la rueda del respaldo. «Aquí no —pensó—, pero aquí sí». Le pidió a su compañero que llevara el equipo de detección de huellas dactilares, y cuando volvió con él, le señaló una barra metálica debajo del asiento.

—Tuvo que acercar el asiento, sí. Se ocupó de limpiar el volante, veremos si también se dio cuenta de esto.

Con una solución en polvo y una brocha, Diego sonrió al comprobar que sobre aquella fina barra metálica aparecían un par de huellas parciales. «Con esto llegará», pensó. En cuanto obtuvieron la muestra Elena dio una orden clara.

—Necesito cotejar esta huella con la base de datos inmediatamente.

Bécquer continuaba su relato tratando de contener la emoción.

—La persona que asesinó a Ana María Lozano y a Raquel ha secuestrado a mi hija. Ruego a los compañeros de realización que pongan en pantalla las dos imágenes que les acabo de enviar. —En ese instante todo el país pudo ver a aquel hombre de gafas oscuras y a Lucía—. Ese hombre ha secuestrado a mi hija y amenaza con quitarle la vida. Si alguien ha visto a mi niña en las últimas doce horas que por favor nos llame. Es cuestión de vida o muerte.

Dani y Bea escuchaban en silencio el relato de Bécquer pensando mil preguntas a la vez. Sin duda, aquella iba a ser la entrevista de sus vidas.

—Tremendo relato, Bécquer, sin duda estremecedor. ¿Cómo lo afrontas? —preguntó Bea.

Bécquer miró a la presentadora y, poniéndose en pie, contestó.

—Con la certeza de que quien lo ha hecho, lo va a pagar caro.

El cómico entonces abandonó el plató para sorpresa de los presentadores, que acababan de quedarse con la miel en los labios.

Mientras una cámara lo seguía, salió de las instalaciones rumbo a su coche y miró el móvil en cuanto se sentó en el vehículo. Cientos de mensajes se acumulaban, repasó por encima aquellos «lo siento mucho» y llamó a Celia. Tenía una docena de llamadas perdidas.

—Eres un egoísta, quién sabe lo que le harán a mi hija por tu culpa —le espetó su exmujer en cuanto cogió el teléfono.

—Celia, no te alteres, por favor, e intenta entender el porqué de lo que he hecho. Habrá movimiento, seguro. Paso a buscarte y te vienes conmigo a la comisaría.

La comisaría entera acababa de entrar en ebullición, no había un solo compañero que no estuviese pegado a la televisión, lo que Bécquer acababa de revelar enfureció al comisario hasta el punto de que sus gritos se oían al otro lado de la calle.

—¡Traigan a ese imbécil! —ordenó desde la balconada—. ¿Dónde está la inspectora Izaguirre?

Los agentes se miraban entre sí, nadie sabía dónde estaba Elena.

Delante de un ordenador gigantesco, Diego y Elena esperaban los resultados.

—Cruzar una huella con todo el sistema puede llevarnos horas —dijo el inspector.

—Pues hagamos otra cosa, ¿puedes compararla con las que recogimos en el Teatro Real? —sugirió la inspectora.

—Eso sí —contestó él tecleando en el ordenador.

En pantalla, a un lado y a otro, el programa informático iba buscando coincidencias, la huella que habían conseguido no estaba completa; aun así, a los pocos minutos arrojó un resultado inesperado.

—No puede ser —dijo Elena con los ojos abiertos como platos—, es imposible.

41
Miles de llamadas

Bécquer conducía hacia la comisaría de Tudescos, no había que ser muy listo para saber que lo que acababa de hacer iba a tener consecuencias.

—Que se pongan como quieran —dijo cuando tomó la salida que los llevaba al centro de Madrid.

La centralita estaba al borde del colapso, los teléfonos no dejaban de sonar, muchas de las llamadas eran irrelevantes, pero varias coincidían en que habían visto a Lucía entrar en la estación de metro de Bilbao y, lo que era más importante, había dos personas que aseguraban con vehemencia haberla visto en el polígono de la Asunción, y ambas coincidían en describir a una joven rubia, muy guapa y con un vestido azul.

Bécquer y Celia entraron en la comisaría. El recibimiento no fue el de otras ocasiones, no había admiración ni nada que se le pareciese hacia el artista. Cuando puso dentro el primer pie, un silencio cortante se apoderó del vestíbulo; desde el balcón, el comisario Baltierra miraba al artista con absoluto desprecio; sin duda, la noche prometía.

—Es usted un irresponsable como pocos he conocido —le dijo cuando lo tuvo enfrente.

—Buenas noches para usted también —replicó el cómico sosteniéndole la mirada.

—Todo le parece una broma, ¿verdad?

Bécquer optó por dejar correr el enésimo ataque de ese hombre ignorándolo casi por completo. Vio a Elena y a Diego salir del ascensor con otros dos agentes, a través del ventanal que separaba la sala del pasillo. Cuando la mirada de la inspectora se cruzó con la suya, ella esbozó una pequeña sonrisa.

En la sala donde Bécquer había atendido la segunda llamada anónima, el comisario Baltierra vertía un exabrupto tras otro que al cómico le resbalaban por la espalda y a los que Celia asentía.

—¡Ha puesto en peligro a su propia hija! ¡Debería avergonzarse, menudo padre!

No iba a dejar pasar esa última acusación sin defenderse y se levantó para responder.

—Si vuelve a decir algo así, le aseguro que ni su cargo ni su placa lo van a proteger, me voy a encargar de que pase el resto de su puñetera vida poniendo multas en la zona azul. —Sacó su vena más chulesca, la que en otras ocasiones le había acarreado más de un problema.

En lo que aquellos dos señores se enfrentaban por ver quien tenía más poder, Elena, Diego y los dos agentes, que resultaron ser miembros de la unidad de secuestros, entraron en la sala.

—¿Se puede saber dónde cojones estaban? —dijo el comisario al recibirlos. Sin duda, aquella noche se había dejado las buenas maneras guardadas en un cajón.

—Resolviendo el caso —anunció Elena con orgullo. Celia se levantó de un salto y se acercó a ella.

—¿Ha encontrado a mi hija?

—Todavía no, pero sé quién la retiene.

El silencio se apoderó de la sala. Diego dispuso su portátil sobre la mesa y pidió al resto del grupo que se acercase. A sus espaldas se amontonaron Celia, Bécquer, el comisario y dos miembros de la unidad antisecuestros.

—Hemos ido al laboratorio —comenzó Diego a explicarse—. Gracias a Elena localizamos una huella parcial en la palanca reguladora de la posición del asiento del conductor, al cotejarla con las recogidas en el Teatro Real obtuvimos una coincidencia. —Bécquer notaba cómo le subía la tensión, discretamente metió una mano en el bolsillo y sacó una pequeña pastilla que deshizo bajo su lengua—. Esta es la persona.

El cómico se quedó perplejo, en pantalla estaba él, el monstruo que había asesinado a Ana María Lozano y a Raquel, el hombre que tenía secuestrada a su hija y amenazaba con matarla, si no lo había hecho ya. El rostro de Bécquer se descompuso.

—¿Estáis seguros? —preguntó con voz temblorosa. Elena lo miró para confirmárselo.

—Sí, es Nacho.

El cómico salió de la sala pidiendo un momento para asimilar la información que acababa de recibir. Se sentía estúpido.

—¡Cómo no te diste cuenta, idiota! —Su lamento fue interrumpido por una caricia en su espalda.

—Tenemos que hablar —dijo Elena.

—No me puedo creer que sea Nacho —se lamentó el cómico.

—No solo es eso —le anunció Elena—; hay más, mucho más.

Dentro de la sala, Diego acababa de conectar el ordenador al proyector. En cuanto Bécquer tomó asiento de nuevo, retomó su exposición.

—Cuando detectamos la coincidencia, automáticamente empezamos a buscar más información sobre el sospechoso, del que solo teníamos los datos recogidos en el Real: Ignacio Martínez, nacido en Madrid y con veintiocho años de edad. En el dosier recabado, un dato nos sorprendió, no encontramos nada anterior a 2014.

—¿Qué quiere decir eso? —preguntó Bécquer, descolocado.

—Pues que Ignacio aparece en el sistema a los dieciocho años y no antes —respondió Diego.

—Hay varias opciones para que eso ocurra —Elena tomó la palabra—. Al coincidir con la mayoría de edad entendimos que podría deberse a un cambio de nombre. Comenzamos a recabar más datos y encontramos la explicación, Ignacio Martínez no es su nombre verdadero. —La imagen proyectada en pantalla cambió entonces y mostró la copia de un viejo informe amarillento—. Se llama Pablo Ospina y está fichado. Huérfano de padre y con su madre fallecida cuando apenas tenía cuatro años, una drogodependiente que murió por sobredosis, al niño lo encontraron junto al cadáver cuando llevaba muerta una semana. —El rostro de Bécquer encajaba cada nueva información como una bofetada—. A partir de ahí estuvo en una institución de protección al menor durante mucho tiempo, pasó por varias casas de acogida y poco más. Hay un momento en el que se le pierde la pista.

—¿Qué quieres decir con que se le pierde la pista? —Bécquer no comprendía a qué se refería la inspectora.

—Pues a que no hay más información sobre Pablo Ospina. Reaparece siendo Nacho. ¿Cuándo lo conociste?

—Hace cinco años —Bécquer no necesitó hacer memoria—. Era un *fan* al que di la oportunidad de trabajar con nosotros y que ha ido creciendo... a mi lado. —Su disgusto era evidente, nunca habría imaginado que Nacho era en realidad un asesino y que, visto lo visto, parecía seguir un plan siniestro.

El comisario había convocado a todos los equipos para darles la noticia junto a los miembros de la unidad de secuestros que, a partir de ese momento, coordinarían la búsqueda. Distribuyeron una fotografía de Nacho que les había proporcionado Bécquer a todos los Cuerpos y Fuerzas de Seguridad del Estado no solo de Madrid, sino de todo el país, con la orden de que tenían que ser discretos.

Mientras tanto, en la sala Diego tecleaba a gran velocidad, hasta que se paró mirando fijamente la pantalla de su portátil. Justo en ese momento, el comisario se reincorporaba a la reunión.

—Creo que he encontrado algo —dijo Diego.

—¿De qué se trata? —preguntó Baltierra al instante.

—No lo tengo claro, pero me ha parecido interesante —respondió el inspector con prudencia—. Según nos acaban de confirmar desde abajo, seis de las llamadas que hemos recibido sitúan a Lucía, dentro de la franja horaria que manejamos, en el polígono de la Asunción. Si se fijan en esta imagen... —Diego giró el ordenador para que vieran en la pantalla una búsqueda en Google Earth— del polígono, verán una boca de metro a la que llega una de las líneas que pasan por la estación de Bilbao, donde varios testigos sitúan a Lucía una hora antes.

El relato de Diego fue interrumpido por Celia.

—Es que ahí suele quedar con su amiga Irene, siempre que se ven coge el metro en Bilbao.

—En vez de coger coche —le reprochó Bécquer—. Si es que vais de proletarias por la vida, con el dinero que tenéis...

Elena lo miró pensando que no tenía remedio en lo que Diego continuaba su explicación.

—Dentro del polígono hay varias fábricas y negocios al por mayor que cierran temprano, pero me ha llamado la atención esta construcción abandonada. —Diego amplió la imagen para centrarla en un pequeño edificio marrón completamente vandalizado que destacaba por las ventanas rotas y las pintadas en cada centímetro cuadrado—. Fue un hogar de acogida entre 1973 y 2014; lleva cerrado más de diez años.

—Y ahora es cuando me dices que Nacho estuvo... —Elena ató cabos en seguida. Diego hinchó el pecho de satisfacción.

—Cuatro años interno, desde los cuatro hasta los ocho, momento en el que empezó a ir de casa en casa.

—Me parece un sitio perfecto para secuestrar a alguien: apartado, discreto y sin testigos.

La inspectora lo tuvo claro en seguida. Aquel razonamiento también le pareció acertado tanto al comisario Baltierra como a los dos miembros de la unidad de secuestros que seguían en silencio toda la exposición.

—Preparen la unidad de asalto. Si Lucía está ahí dentro, la quiero fuera cuanto antes. —El comisario miró entonces a Celia—. Vamos a traer a su hija a casa.

42
De nuevo en mis brazos

Sentada en el asiento de atrás del coche que Elena conducía, Celia miraba por la ventana negando con la cabeza.

—No me puedo creer que esto esté pasando —dijo entre dientes. Bécquer reaccionó de inmediato a sus palabras tratando de cogerle la mano. Cuando Celia rechazó el gesto, un escalofrío recorrió la espalda del cómico—. Mi hija siempre pagando por tus errores, ya no puedo más.

Él se quedó callado, no se veía con fuerzas para discutir cuando llevaba las de perder. Además, todo lo que estaba pasando era culpa exclusivamente suya.

El miedo a que Lucía no volviese a casa era paralizante, había mantenido la compostura en un ejercicio de malabarista; cada vez que por su mente se cruzaba una imagen de Lucía en su cautiverio, su corazón dejaba de latir. Su distancia con Celia era cada vez mayor, ya no se trataba de infidelidades o ausencias, sino de que por su ego y sus absurdas decisiones, que tomaba sin contar con nadie, era su hija, su bien más preciado, quien sufría ahora las consecuencias.

Por el espejo retrovisor, la inspectora comprobaba el estado de nerviosismo de ambos pasajeros.

—Todo saldrá bien —dijo tratando de apaciguarlos—, son profesionales de élite, han hecho esto muchas veces.

En un lapso relativamente escaso, el comisario Baltierra había montado un dispositivo enorme: a toda velocidad, tres furgonetas de la Policía Nacional cruzaban Madrid en dirección al polígono de la Asunción. Las pesquisas de Diego habían arrojado un resultado concluyente, aquel tenía que ser el lugar en el que estaba encerrada Lucía.

El comisario tenía claro cómo proceder. Apoyado por la unidad de secuestros, había explicado el plan con contundencia.

—Rodearemos la zona en un radio de trescientos metros, nadie entra ni sale; apostaremos ocho patrullas de la Policía Municipal en los puntos estratégicos que pueden observar en el mapa —dijo señalando la proyección donde continuaba expuesto el rostro de Nacho—. Una vez establecido el perímetro, el edificio será tomado por veinticuatro agentes divididos en cuatro unidades de seis. El objetivo es liberar a la rehén sin causar bajas. Creemos que el sospechoso actúa solo, por lo que no deberíamos encontrarnos sorpresas.

Antes de que se dieran cuenta, el coche que Elena conducía cruzaba dicho perímetro y se detenía a unos ochenta metros del orfanato.

—Desde aquí continuamos a pie —anunció. Bajaron del coche y se dirigieron al puesto desde donde Baltierra coordinaba el operativo.

Bécquer observaba con atención cómo los agentes iban ocupando sus posiciones. Se acercaba el momento de la verdad. El comisario esquivó su mirada cuando se acercó a él. «Este hombre me odia», pensó sin que le importara. Lo único relevante era rescatar a su hija, así que ocupó un lugar discreto detrás de Elena, donde podía controlar su respiración ante el inminente desenlace.

Dirigiéndose a Celia y a Elena, el comisario entró en detalles.

—El edificio tiene cuatro alturas, las cámaras infrarrojas detectan una huella de calor en el primer sótano. —Señaló una mancha amarillenta en una pequeña pantalla—. Los planos son antiguos pero fiables, se trata de la zona de los trasteros, su hija debe de estar encerrada en uno de ellos. El resto del edificio parece desierto.

La explicación obligó a Bécquer a formular una pregunta.

—¿Creen que está sola? ¿Y Nacho?

—No lo sabemos, nos sorprende que la haya dejado sin vigilancia, pero a estas alturas ese hombre es capaz de cualquier cosa.

«¿Cualquier cosa? —pensó Bécquer, removido por dentro—. Ahora entiendo por qué están aquí también los Tédax de la Guardia Civil... ¿Es que piensan que puede haber una bomba?».

Elena mantenía la calma a pesar de la tensión del momento. No quería imaginar por lo que estaba pasando la chica; con suerte, todo acabaría pronto.

Celia tenía un temblor en las manos que trataba de disimular metiéndolas cada cierto tiempo en los bolsillos; con la mirada perdida, esperaba volver a tener a su hija a su lado. Por momentos, el miedo a que aquello terminase mal aparecía, y cuando esto ocurría, solo podía sentir un desprecio en aumento hacia Bécquer.

—Permiso para entrar —dijo entonces una voz a través de la radio.

«Llegó la hora», pensó Bécquer.

—Adelante —respondió el comisario.

La suerte estaba echada, en unos minutos Bécquer y Celia sabrían si el operativo había salido bien o si acababan de enterrar sus vidas para siempre.

El señor Manuel llevaba muchos días excesivamente cansado, en las últimas semanas no había podido acompañar a su nieto como siempre hacía. «Ya tengo muchos años», se justificaba. En los albores de su carrera, el señor Manuel se había convertido en lo más importante para Bécquer, era la persona en la que más confiaba, a la que siempre escuchaba y cuyos consejos seguía. Aquel hombre había asumido el papel de figura paterna con esfuerzo y amor. Un hombre que nunca había salido del pueblo y que, sin embargo, se movía con la soltura de un gentleman *allá donde aparecía.*

En apenas un par de años, desde que Bécquer debutara y empezara su fulgurante carrera, todo aquel que había conocido al señor Manuel había quedado prendado. «No es habitual encontrarse con alguien así en la industria», solían decirle a Bécquer. «Es que mi abuelo no es habitual en nada», respondía siempre el cómico. Para él era importante, además, ver cómo, gracias a esa aventura que juntos recorrían, en casa entraba más dinero, y una familia humilde como la suya de repente dejaba de pasar estreches. Eso al abuelo le daba igual; para el señor Manuel ver crecer a su nieto era la obra de una vida, su verdadera razón de ser.

Desde su nacimiento, el niño había sufrido el rechazo de su madre, algo de lo que al artista no le gustaba hablar. Ella culpaba al niño de ser la causa del final de su relación. «Si no me hubiera quedado preñada, Antonio seguiría aquí» era el reproche estrella de la madre. En lugar de asumir que aquel malnacido le había tomado el pelo y salido por patas en cuanto terminó la diversión, decidió culpar a su propio hijo durante cada minuto de su existencia. Bécquer había dejado de tener relación con su madre mucho tiempo antes de que esta falleciese. Cuando tuvo apenas dos años, ella decidió irse a vivir a Santiago de Compostela, aceptó un trabajo de camarera en un restaurante y allí se estableció, dejando que su hijo se criara con sus abuelos, una decisión de la que nunca se arrepintió. Cuando cumplió los cincuenta y seis, un cáncer fulminante se la llevó. Bécquer llevaba entonces más de quince años sin saber de ella.

El nieto y el abuelo solo se tenían el uno al otro desde que la abuela falleciese. Era ley de vida, pero el señor Manuel envejeció de golpe y a Bécquer cada vez le costaba más salir a trabajar sabiendo que su abuelo se quedaba solo. Una de las ventajas de haber mejorado económicamente fue poder contratar ayuda. Con lo pícaro que era el señor Manuel, no fue difícil convencerlo de ponerle una enfermera. «Con que sea bien bonita, a mí me vale», decía con sorna para luego comportarse como lo que siempre había sido: un perfecto caballero.

La noche del jueves acababa de terminar para el equipo liderado por Tardá, el show había sido nuevamente divertidísimo y Bécquer continuaba destacando por su descaro y brillantez. Mientras se desmaquillaba sentado en su camerino, el teléfono sonó. Pasaban más de las dos de la madrugada y quien había marcado su número era Nuria, la enfermera de su abuelo. Aquello no presagiaba nada bueno.

Bécquer contestó la llamada con un río de sudor recorriéndole la espalda.

—Buenas noches, ¿qué ocurre?

—Es el señor Manuel, acaban de trasladarlo en ambulancia al hospital xeral, no respiraba bien y por momentos perdía la consciencia.

El cómico se quedó en silencio, los achaques de su abuelo comenzaban a ser más frecuentes.

—¿Qué te han dicho los de la ambulancia?

—Me han pedido que lo llame, la cosa no está bien, sería mejor que viniese cuanto antes.

Bécquer colgó el teléfono y respiró profundamente, el miedo se había apoderado de su cuerpo. «Tranquilo —se dijo—, todo saldrá bien», y repitió ese mantra cada vez con menos confianza. Su abuelo tenía ya muchos años y hacía tiempo que la máquina comenzaba a fallar. Se levantó y desde el pasillo llamó a la primera compañera de producción que vio libre.

—Han ingresado a mi abuelo, méteme en el primer avión que salga hacia Galicia.

A través de un monitor, Bécquer y Celia vieron cómo un grupo de agentes armados entraba por un lateral del viejo orfanato. Celia cerró los ojos y comenzó a recitar entre dientes lo que parecía una oración; la radio estaba conectada y retransmitía cada avance del dispositivo de asalto.

—Estamos dentro —dijo una voz grave.

—Primera planta despejada —añadió otra.

—Segunda planta asegurada —informó una tercera.

Los agentes se repartieron por las tres plantas mientras la unidad especial se dirigía a los sótanos.

—Todo despejado —dijo una voz nueva.

De repente se hizo el silencio, durante unos segundos eternos no se oyó absolutamente nada. Celia esperaba de pie al lado del comisario y Bécquer, discretamente, no pudo evitar tomar la mano de Elena, quien le devolvió el gesto apretando la suya con fuerza. Celia vio el ademán de reojo y sin dudarlo se acercó a su exmarido quien al verla soltó rápidamente la mano de la inspectora.

—No te cortes —le dijo su exmujer con toda la dureza posible—, siempre has tenido prioridades y nunca hemos sido nosotras.

Elena no pudo evitar apartarse. Bécquer no replicó, no tenía fuerzas para defenderse.

La tensión iba en aumento, el cómico se recuperaba aún del ataque de Celia, y justo cuando iba a preguntar por qué demonios nadie decía nada, la radio emitió las palabras más esperadas.

—Tenemos a la chica, está bien.

Las lágrimas de Celia manaban como si de una fuente se tratase.

—Ya pasó todo —le dijo Bécquer, tratando en vano de acercarse a ella y darle consuelo.

—El edificio está completamente vacío —informó un agente al comisario por radio—, pueden entrar.

El comisario Baltierra se giró hacia la pareja.

—Vayan a buscar a su hija.

Celia y Bécquer apuraban el paso todo lo que podían mientras Elena les abría camino entre sus compañeros. Entraron en el edificio por la puerta principal, el olor era nauseabundo, se acumulaban la suciedad y la humedad. Bajaron unas escaleras y, rodeada por dos policías, por fin distinguieron a Lucía, quien al ver a sus padres rompió a llorar. Celia fue la primera en abrazarla. Bécquer las observaba a unos metros de distancia sin poder controlar la emoción; a su lado, Elena contemplaba la escena con satisfacción. Bécquer miró a su fiel compañera y con una clara expresión de alivio le susurró.

—Te lo voy a agradecer siempre, Elena —susurró Bécquer mirándola con una clara expresión de alivio. No hizo falta más, en aquella mirada estaba el mundo entero.

Celia ayudó a su hija a incorporarse.

—Salgamos de aquí —dijo uno de los agentes.

Cuando Lucía levantó la mirada, sus ojos se encontraron con los de su padre. Bécquer no se movió, temeroso de la reacción de su hija.

—Hija... —acertó a decir.

Lucía aceleró el paso, soltó la mano de su madre y, sin pensárselo dos veces, abrazó a su padre con la misma fuerza con la que había dejado de hacerlo hacía demasiado tiempo.

—Sabía que vendrías a buscarme. Te quiero, papá.

43
La guarida del lobo

Celia se subió a la ambulancia con su hija, el protocolo dictaba que, aunque no presentaba daños aparentes, Lucía tenía que pasar un exhaustivo reconocimiento médico. Madre e hija se despidieron de Bécquer prometiendo que se verían en una hora.

Elena se acercó a él al ver que la ambulancia se alejaba. Tímidamente rozó el dorso de su mano con la de Bécquer.

—¿Cómo lo llevas?

—Feliz de tener a mi niña nuevamente entre mis brazos —respondió él tratando de contener la emoción por todo lo vivido.

Elena sonrío al ver un brillo nuevo en los ojos de Bécquer, quien, para quitarse de encima el sentimiento que lo embargaba, fingió un absurdo bostezo y añadió:

—Menuda nochecita, y nos la queríamos perder.

—Está claro que contigo una no se aburre —dijo Elena siguiéndole la broma.

—Es lo que tenemos las estrellas —presumió él rodeando con su brazo la cintura de la inspectora—.

Cuando todo esto acabe, nos merecemos tiempo para nosotros, ¿no crees? —propuso.

—¿Nosotros? —respondió ella marcando distancia. Bécquer titubeó en la respuesta.

—Sí, claro, ¿no está bien dicho?

La inspectora no respondió de inmediato. «Nosotros» implicaba de repente perder esa independencia de la que Elena hacía gala desde que decidiera irse al Ejército. «En la mochila no se lleva nada que no sea imprescindible» era la frase que se le había quedado grabada cuando su primer sargento la pronunció. Desde entonces, Elena procuraba siempre llevarla prácticamente vacía. La aparición de Diego la sacó del aprieto.

—Tenéis que ver esto —dijo impaciente señalando el interior del edificio—. Bécquer y Elena lo siguieron mientras lo escuchaban—. Este sitio no solo lo ha utilizado para retener a su hija. Es su base de operaciones y el lugar donde parece que vive.

—¿Y la dirección que os di? —preguntó; la información no le encajaba.

—Es un apartamento de alquiler turístico, creemos que lo contrató con el fin de que pareciese su residencia.

Bécquer volvió a sentirse estúpido tanto al escuchar esa explicación como al ver proyectado en su mente el recuerdo de haber pasado más de una tarde en aquella casa pensando que de verdad pertenecía a Nacho. Le estaba costando asimilar lo que veía a su alrededor.

Cruzaron la entrada del edificio abandonado siguiendo los pasos de Diego quien, con su verborrea habitual, los avasallaba con un torrente de información que iba desde el año exacto en el que se construyó aquello, hasta todos y cada uno de los usos que se le habían dado. «Me lo voy a pedir de compañero de Trivial», pensó Bécquer totalmente desconectado de lo que Diego iba contando. Así llegaron a una puerta metálica.

—Aquí es donde vive —anunció Diego cediéndoles el paso.

El espacio no era mayor de cuarenta metros cuadrados; a la derecha, una cama de sesenta centímetros pegada a la pared; enfrente, una pequeña cocina al lado de un armario, un escritorio con una televisión encima y una puerta que daba a un baño.

—Pues que sepáis que le pago de puta madre, puede permitirse algo mejor sin problema. —Bécquer aclaró este punto en cuanto cruzó la puerta.

—No dudamos de tu generosidad —dijo Elena.

—Es que no me lo explico... qué necesidad...

—Está claro que nos enfrentamos a alguien con problemas de salud mental —apuntó Diego.

—No, si eso lo tengo claro —dijo Bécquer como un resorte—. Como una puñetera cabra, más bien —añadió.

Elena analizaba con detenimiento cada rincón.

—¿Han tocado algo?

—Nada —contestó Diego—. Somos los primeros en entrar, el comisario está resolviendo la comunicación con Interior y las unidades implicadas en el rescate —le aclaró.

—Pues aprovechemos antes de que esto se convierta en una romería —dijo la inspectora mientras se ponía unos guantes de látex y empezaba una inspección minuciosa. Aparentemente, no había nada que llamase la atención.

—La verdad es que esperaba encontrarme una pared llena de fotos mías y cosas así. Es un poco decepcionante —dijo Bécquer con cierto pesar.

—Esto no es una película, lamento desengañarte —le dijo Elena con complicidad.

El cómico caminaba alrededor de los muebles como un niño que observa las estanterías de una juguetería después de que sus padres le hayan prohibido tocar nada. Con las manos en los bolsillos, se acercó a un póster de gran tamaño que había pegado en la pared al lado del armario, un *collage* de la revista *Súper Pop* donde aparecían desde Miguel Bosé hasta Alejandro Sanz.

—A estos los conozco a todos —dijo Bécquer levantando la voz para que le hiciesen un poco de caso. Elena le dedicó su famosa mirada de «estamos trabajando», y él se disculpó levantando la mano—. Perdona, es que me parece alucinante todo esto porque...

No pudo terminar la frase. Se había apoyado en la pared con una mano en la cara de Bosé y el papel cedió de manera instantánea. Su brazo se perdió dentro de un agujero y él se cayó al suelo con estrépito. Diego y Elena se dirigieron hacia su posición inmediatamente para ayudarlo a levantarse.

—La madre que me parió —exclamó recuperando la compostura.

Elena arrancó lo que quedaba de póster e introdujo las manos en el hueco.

—Mirad —dijo mientras sacaba un archivador de cartón.

Con él en las manos, se acercaron al escritorio. Elena lo posó sobre la mesa y retiró la tapa. Lo primero que se encontraron fue una fotografía de Bécquer.

—Ahora sí —dijo el cómico—, me parecía lo mínimo.

Diego y Elena suspiraron a la vez y comenzaron a vaciar el contenido del archivador: era la biblia de Nacho, allí dentro había de todo. Una vez desplegada la documentación sobre la mesa, a Diego se le hizo la boca agua.

—Mirad —dijo para reclamar la atención de sus compañeros—, hay fotos de Bécquer, Lucía, Ana María Lozano...

Elena revisaba una carpeta con papeles amarillentos.

—Esto es la ficha del orfanato, aquí está la lista de todos los hogares por los que pasó tu amigo... Una vida complicada.

Diego se acercó a Elena al instante.

—En el sistema no tenemos información de cuando era niño, el orfanato se cerró y nada estaba informatizado, con este documento podremos saber el recorrido que hizo desde que entró aquí —concluyó el joven inspector.

Bécquer continuaba revisando fotografías, era el único que no tenía guantes, así que utilizaba un pañuelo de forma bastante ridícula que lo obligaba a dedicarle un tiempo excesivo a cada movimiento. Diego optó por facilitarle un par. «Gracias», dijo Bécquer en lo que procedía a ponérselos. Y los tres continuaron revisando documentos, fotos, planos, archivos, manuscritos...

—Esto es el trabajo de mucho tiempo —concluyó Bécquer.

Elena seguía absorta en un documento en concreto, algo no encajaba en el listado de hogares que habían acogido a Pablo Ospina: había un nombre tachado y una página que no encontraban.

—Aquí falta algo. ¿Tienes la ficha policial? —le requirió a Diego.

—Sí, en el móvil.

Diego metió la mano en el bolsillo y unos segundos después ya tenía la ficha en la pantalla.

—¿Cuándo fue la última detención? —le preguntó Elena.

—En 2013 —respondió Diego tras revisar el documento—. Con catorce años metió la mano en la caja registradora de un bar, salió corriendo con ciento diez euros después de propinarle un puñetazo en la cara a la dueña, un cliente lo retuvo y pasó otra vez al juzgado de menores... Y a partir de ahí nada más.

—Mirad esto —dijo Elena después de contrastar las fechas que le acababa de dar su compañero—, hay un registro tachado. ¿Por qué oculta este nombre y deja los demás? —Bécquer estaba igual de confundido que ella—. En cambio, a partir de esa detención ya no hay ningún dato más, es como si quisiese ocultar donde estaba —reflexionó la inspectora.

—Y a partir de los dieciocho años, Pablo Ospina desaparece y aparece Nacho —añadió Diego.

—Tenemos que rellenar ese hueco —concluyó Elena.

—Eso se hace rápido —dijo Bécquer sacando del bolsillo su móvil.

—¿Qué haces? —le preguntó Elena.

—Pues averiguar cuál es el nombre tachado —respondió mientras marcaba el número de una de las familias de acogida que aparecía en el informe. Mientras el tono sonaba, Bécquer se explicó—. Si quieres saber dónde estuvo, lo mejor es preguntarle al siguiente que lo acogió. —Justo en ese instante una mujer cogió la llamada—. Buenos días, le llamo de la Consejería de Familia de la Comunidad de Madrid. —Los ojos de Elena se abrieron como platos—. Verá, estamos actualizando un archivo y nos faltan un par de datos. ¿Es usted María del Carmen Guerrero? —La mujer contestó que sí y Bécquer continuó con sus pesquisas—. Usted acogió a un niño llamado Pablo durante un par de semanas en el año 2013, ¿lo recuerda?

La respuesta no se hizo esperar.

—Sí, cómo olvidarlo, Pablo, un niño dificilísimo.

Bécquer miró a Elena con satisfacción.

—¿Por qué dice eso?

—Pues porque no hubo manera: de los catorce días que estuvo con nosotros, se escapó tres, no quería quedarse, decía que su madre lo estaba esperando.

—Pobrecillo —dijo Bécquer—, le debió de resultar muy difícil asumir que había muerto.

—No, no —negó la señora Guerrero—, llamaba mamá a una señora que lo había acogido durante un tiempo, pero no pudo quedarse con ella por no sé qué problemas. —Los ojos de Bécquer se iluminaron al instante.

—¿Recuerda el nombre de esa mujer?

—No, él solo la llamaba mamá. Además, ha pasado tanto tiempo...

Bécquer agradeció la información e, inventándose una excusa, dio la llamada por finalizada. A Elena aquello no le encajaba.

—Vamos a ver, Pablo entra en el orfanato en 2003 y en 2009, con diez años, vive en varios hogares de acogida hasta 2014; en ninguno dura más de un mes y, entre 2014 y 2016, se le va la mano y lo fichan media docena de veces, además de pasar catorce meses en un correccional. —Diego y Bécquer atendían al relato—. Entre medias, hay una acogida con la que, según esta señora, estaba obsesionado...

—Y la obsesión era grande —puntualizó Diego interrumpiendo a Elena—. Aquí figura que en los catorce meses que estuvo en el correccional no dejaba de repetir que su madre lo estaba esperando fuera.

Las piezas comenzaban a encajar en la cabeza de Bécquer.

—En resumen, tenemos un huérfano al que no quiere nadie y, por lo que sea, encaja bien con una mujer desconocida. Por circunstancias que tampoco sabemos, no pueden estar juntos y, a partir de ahí, Pablito se descontrola y acaba en un correccional por delincuente, mantiene el contacto con su madre de acogida y en el momento en que cumple la mayoría de edad le perdemos la pista a Pablo y aparece Nacho.

—¿Y al salir se cambia el nombre? Pero ¿por qué? —apuntó Diego.

—Pues ni la menor idea —intervino Bécquer—. Lo que sigo sin entender es qué pinto yo en todo esto, no entiendo nada —dijo caminando de un lado a otro para reflexionar. Cuando rodeó a Diego y se vio frente a la pantalla del ordenador, una idea le vino a la cabeza—. ¿Puedes consultar quién dirigía el orfanato en aquella época?

Diego afirmó con la cabeza y enseguida consiguió el dato.

—Mariasela Domínguez, aquí figura su residencia actual.

Bécquer anotó el nombre y se dirigió a Elena.

—Tenemos que averiguar quién es esa misteriosa mamá. Si la encontramos a ella, encontraremos a Nacho.

44
Esto tiene que acabar

La actividad en la comisaría era frenética, decenas de periodistas se agolpaban en la puerta ante el comisario Baltierra. Toda la prensa nacional se había hecho eco de la liberación de Lucía. La jugada de Bécquer acudiendo a televisión había puesto a Nacho en jaque, todas las fuerzas de seguridad del Estado lo estaban buscando. «No tendrá agujero donde esconderse», les dijo el comisario.

Bécquer había decidido evitar a Baltierra. Aprovechando que estaba atendiendo a la prensa y levantado el dispositivo, él y Elena cogieron el coche policial y se fueron a ver a la antigua directora del orfanato. Era momento de tomar decisiones y de dejar de pedir permiso.

—¿Crees que servirá de algo? —le preguntó Bécquer.

—No lo sé, pero puede funcionar. Veamos qué sabe y qué averigua Diego en su visita al correccional donde estuvo Nacho, son los dos hilos de los que debemos tirar para terminar por fin con todo esto. —Y añadió—. ¿Y tú? Por lo menos ya se te ve con otra cara.

—Bueno, Celia me odia más que nunca, el comisario quiere cortarme la cabeza y mi mano derecha ha resultado ser un asesino... pero por lo demás, bien. —La respuesta provocó la carcajada de Elena.

—Tengo que reconocer que tienes un don especial, ¿siempre encuentras chistes en todo? —Aquella era una pregunta que Bécquer había recibido en innumerables ocasiones.

—Es la única manera que tengo de enfrentarme al dolor y al miedo, la forma que he encontrado de mantenerme cuerdo.

El taxi dejó a Bécquer en la puerta del hospital pasadas las ocho de la mañana. Había tenido tiempo de pasar por casa para darse una ducha y recoger un poco de ropa. A las cinco de la madrugada ya estaba en el aeropuerto y a las seis y media en el aire.

Cada vez que Bécquer volaba a Vigo, se sentaba en el lado derecho del avión. Las vistas de las Rías Baixas eran únicas, no podía evitar pensar en todo lo que se estaban perdiendo el resto de pasajeros sentados a la izquierda. La primera vez que voló había sido un desastre que recordaba siempre con una sonrisa. Menos mal que su abuelo había estado siempre a su lado, porque de lo contrario era difícil saber qué habría sido de su vida. Cuando la imagen del señor Manuel cruzó por sus pensamiento, no pudo evitar sentir un pinchazo en la boca del estómago.

Nada más cruzar la puerta del hospital, los allí presentes comenzaron a murmurar. Bécquer, a pesar de su juventud, ya tenía una popularidad excepcional. La mujer que se ocupaba del mostrador de recepción se puso en pie al tenerlo enfrente.

—Permítame que lo acompañe —le dijo.

«Se ve que esperaban mi llegada», pensó Bécquer antes siquiera de preguntar dónde estaba su abuelo.

El ascensor subió doce pisos hasta Geriatría. Al abrirse las puertas del ascensor, una pareja de médicos, que se identificaron al momento, lo esperaban.

—Soy el doctor Antúnez, me acompaña la doctora Segovia.

A Bécquer la broma le salió sola, aunque no salió de su boca: «Si la doctora «se'gobia», a lo mejor debería dedicarse a algo más tranquilo». Su cabeza solía ir a mil kilómetros por hora, pero había adquirido la madurez suficiente para distinguir cuándo dejar salir las bromas y cuándo guardarlas para otro momento.

Con la seriedad que requería la situación, hizo la pregunta que llevaba temiendo todo el viaje.

—¿Cómo se encuentra mi abuelo?

Los doctores suspiraron y le comunicaron la peor de las noticias.

—Se encuentra estable dentro de la gravedad, ahora mismo está sedado. Lamento decirle que no se va a recuperar, el fallo renal es muy grave, debería pasar a despedirse.

Bécquer aguantó las lágrimas, estrechó las manos de los doctores agradeciéndoles su labor y se dirigió a la ha-

bitación donde el señor Manuel descansaba. Cuando entró, allí estaba él, el hombre que tanto lo había cuidado, el abuelo que también ejerció de padre y que lo llevó de la mano al éxito. Al lado de la cama una enfermera que revisaba el gotero se dirigió al cómico.

—No deje de hablarle, créame cuando le digo que le hará bien a los dos.

Bécquer asintió con la cabeza y despidió a aquella amable mujer, se quitó la cazadora y acercó una silla a la cama, se sentó al lado de su abuelo y le cogió la mano.

—Abuelo, ya estoy aquí. —Mantuvo la compostura como pudo—. Me han dicho que tienes ganas de descansar y lo entiendo, menudo tute llevas. Nunca has parado quieto. —Miraba a su abuelo deseando que tuviese solución, pero asumiendo que tocaba dar un paso natural. —Hoy por fin me dejaron llevar corbata —le explicó señalándose el cuello—. Sabes que Tardá no quería porque dice que me hace mayor, pero yo sé que a ti te gusta y a mí también. Me hice el nudo como tú me enseñaste. Siempre que me pongo corbata me acuerdo de ti, ¿sabías eso? Y cada vez que subo al escenario te veo en las primeras filas pidiéndome calma con las manos si me acelero. ¿Y ahora, abuelo? No sé qué voy a hacer sin ti.

El llanto de Bécquer se desató sin control, se había prometido a sí mismo mantener la compostura pero estaba fracasando en el intento.

—Perdóname, abuelo, sé que tú me dirías que tengo que ser fuerte, pero es que no sé cómo hacer esto sin ti. Quiero darte las gracias, por criarme, por quererme, por

ayudarme, por creer en mí..., por tantas cosas. —Por un momento, notó que su abuelo le apretaba ligeramente la mano—. Abuelo, son eu, Antoñito. Estou aquí contigo.

Sus palabras provocaron que el señor Manuel emitiesen un pequeño sonido. Bécquer se acercó a él y logró descifrar una palabra dentro de un suspiro: neniño.

—Sí, abuelo, soy tu neniño, *aquí estoy contigo... para siempre.*

Bécquer abrazó entonces al señor Manuel por última vez. Allí, sobre el pecho de su abuelo, recordó en unos segundos tantos y tantos momentos, por su mente pasaron olores y sabores, risas y llantos, tantos recuerdos pegados y escritos a fuego en su corazón y memoria que ahora quedaban marcados para la eternidad.

Nunca llegó a saber cuánto tiempo había pasado desde que abrazase a su abuelo por última vez hasta que dos celadores lo ayudaron a incorporarse. Todo había terminado. La vida sin el señor Manuel cogiéndole la mano acababa de comenzar.

Elena aparcó el coche en una maniobra.

—Es aquí —dijo señalando una pequeña casa azul.

—Es una zona bonita para vivir, alejada de Madrid pero bonita —dijo Bécquer admirando el pequeño pueblo en el que se encontraban.

—Es que la sierra mola mucho —añadió Elena.

—¿«Mola»? ¿En serio? ¿Ahora hablamos así? —protestó Bécquer.

—Déjanos a los madrileños madrileñear —dijo ella con toda la razón del mundo.

Bécquer caminaba al lado de Elena feliz por haber liberado a Lucía y por estar de nuevo con su compañera, y ese sentimiento de satisfacción que transmitía flotaba en el aire.

Elena picó el timbre y esperaron unos segundos.

—¿Quién es? —respondieron.

—Buenos días, soy la inspectora Izaguirre de la Policía Nacional, estamos buscando a Mariasela Domínguez. —Se hizo el silencio durante unos segundos, hasta que una voz nueva retomó la conversación.

—¿Hola?

—Soy la inspectora Izaguirre —repitió Elena—, queremos hacerle unas preguntas sobre un niño del orfanato que dirigió hace años.

Sin más preguntas, la puerta de aquella humilde vivienda se abrió.

En el umbral de la puerta, una mujer latinoamericana les dio la bienvenida y los acompañó al salón. Allí, sentada en un pequeño sillón orejero, estaba doña Mariasela, una mujer mayor, debía rondar los ochenta años, y con evidentes problemas de movilidad. En su rostro, no obstante, se apreciaban los rasgos de lo que sin duda había sido una mujer de gran belleza. Cuando vio a Bécquer, soltó su primera frase.

—Anda coño, pero si eres Bécquer; justo ahora acabo de ver en las noticias lo de tu hija, menudo susto más grande.

Elena puso discretamente los ojos en blanco. Aún no había tenido ocasión de abroncarlo por su enésima irresponsabilidad: haber ido a la televisión había sido una de las mayores estupideces jamás vistas, pero Elena había decidido esperar al final para desplegar ante él la lista de reproches.

—Precisamente por eso estamos aquí —dijo con dulzura el humorista—. Creemos que usted nos puede ayudar a encontrar al secuestrador de mi hija.

—¿Y eso? —preguntó doña Mariasela sorprendida.

—Yo le explico —intervino Elena—. En el año 2003 un niño de cuatro años entró en el orfanato de la Asunción que usted dirigía: Pablo Ospina. Esta es su ficha. ¿Lo recuerda? —Y le entregó una copia del documento que acababan de encontrar. Doña Mariasela no vaciló un segundo.

—Terrible historia la de este pequeño. Una semana estuvo conviviendo con su madre fallecida.

—¿Lo recuerda entonces? —le preguntó Bécquer.

—Estas cosas no se olvidan —replicó la mujer—. Recuerdo la historia de todos y cada uno de mis niños. —Mariasela interrumpió su relato para dirigirse a la mujer que la ayudaba en la casa—. Tráeme el álbum grande, por favor.

Con esfuerzo, y ayudada por Bécquer, la anciana tomó asiento en una de las sillas de la mesa del comedor; su empleada dejó sobre la misma un enorme álbum de fotos.

—Aquí está toda mi vida —dijo orgullosa. Con dificultad, lo abrió y comenzó a pasar páginas hasta que encontró lo que buscaba—. Mirad qué ricura, era un niño precioso, pero siempre con la mirada triste. —La que otrora dirigiese el orfanato señalaba a un pequeño Pablo Ospina, no había duda de que lo tenía bien localizado—. Era muy introvertido, apenas hablaba y le costaba ser cariñoso.

—La información de la que disponemos nos dice que hasta los ocho años no comenzó a ir a familias de acogida, ¿es eso correcto? —preguntó Elena.

—Lamentablemente sí, y fíjate que era pequeñito, pero es que lo que vivió con su madre biológica fue muy duro, un horror, algo terrible... Hizo falta mucho trabajo para que se abriese un poco.

Bécquer escuchaba aquellas palabras con un sentimiento enorme de pena. Lo que Nacho había hecho era horrible, pero era difícil no empatizar con aquel pobre niño.

Mariasela continuó su relato con un gesto de decepción.

—Con los medios que teníamos, hacíamos lo que podíamos, pero eran demasiados niños. Pablo necesitaba más ayuda de la que le podíamos dar y, además, con un pasado tan tremendo, no encontrábamos familias que quisiesen echarse eso a la espalda. —Bécquer y Elena escuchaban con atención. Sin duda aquella mujer se había entregado a los demás sin esperar nada a cambio, y lo que ella consideraba un fracaso lo llevaba en la conciencia—. Al final desistimos de tratar que lo adoptasen y lo pusimos en el programa de acogida, pero ya era demasiado tarde, no encajaba en ningún sitio.

—En el informe hay un nombre tachado, ¿sabría usted decirnos de quién se trata? —La inspectora aprovechó la mención a la acogida para formular la pregunta clave y tenderle la lista a la anciana.

Mariasela cogió el papel y lo leyó con atención.

—Me cuesta recordar todas las casas a las que fue, pero sí recuerdo una que lo cambió todo.

—¿Qué quiere decir con que lo cambió todo? —preguntó Bécquer, quien tenía claro que habían conseguido su objetivo.

—Pues que desde que volvió de aquella casa ya no quiso estar con nadie más, decía que había encontrado un hogar y a una madre para siempre.

—Pero eso es bueno, ¿no? —dijo a Elena. Mariasela la miró con ternura.

—Lo es cuando el sentimiento es mutuo.

Elena no quitaba ojo a Bécquer. Doña Mariasela le había pedido a su cuidadora que les sirviera un café con una bandeja de pastas y el cómico se las estaba devorando prácticamente en su totalidad.

—Es que llevo muchas horas sin comer —se justificó al verse con una pasta a medio comer y otra en cada mano.

—Déjalo que coma, que está muy flaco —dijo Mariasela al darse cuenta de la situación. Elena trató entonces de encauzar de nuevo la conversación.

—Este nombre tachado creemos que se corresponde con ese acogimiento del que habla, y que se ha censurado por algún motivo.

Mariasela repasó el documento y sacó sus conclusiones.

—No necesito que lo ponga en ningún papel, fue de las pocas veces que teníamos a uno de nuestros niños acogido por una actriz, de eso una no se olvida... por lo exótico de la profesión, no porque esté mal serlo. —Terminó mirando a Bécquer con una expresión que decía claramente «No se me enfade».

—Los actores somos difíciles de olvidar —dijo el cómico a quien, por supuesto, el comentario le había gustado.

Elena tenía claro que acababan de cantar bingo.

—¿Recuerda el nombre de la actriz?

Mariasela no titubeó en la respuesta.

—Me acuerdo perfectamente, tenía mucha ilusión por la acogida. Ya tenía más de cuarenta años y no había logrado ser madre y, además, estaba soltera. Pablito tenía diez años cuando se lo entregamos y apenas estuvieron juntos dos semanas. La idea inicial era ver cómo encajaban, pero fue imposible. Pablito tenía «necesidades especiales», era muy introvertido, como ya he dicho, y por momentos mostraba un carácter explosivo, gritaba, rompía cosas... Era muy difícil. Al cabo de esas dos semanas ella estaba muy disgustada, no habían encajado para nada y, de hecho, creo que no volvió a intentar la acogida. Sé que suena feo, pero ocurre muchas más veces de las que nos gustaría. Tanto para acoger como para adoptar hay que estar muy preparado. —Elena y Bécquer escuchaban el relato en silencio, no era fácil encajar todo aquello. Mariasela retomó la palabra—. Aquella mujer se llamaba Victoria..., María Victoria del Álamo, eso es: la cabeza aún me funciona.

Elena tomó nota del nombre, miró a Bécquer, que seguía comiendo pastas, y agradeció a Mariasela la ayuda.

—Ya no le quitamos más tiempo —le dijo.

Se despidieron en la puerta y se dirigieron al coche.

—Cada vez estamos más cerca, pero sigue habiendo algo que no me encaja —dijo Elena. Entonces Bécquer volvió a adoptar cierto tono dramático.

—Antes nos quedó algo pendiente.

—¿Y eso? —respondió Elena. Estaban de pie al lado del coche. Bécquer avanzó hacia Elena tímidamente y se puso enfrente—. ¿Te refieres a aquello de «nosotros»?

—Exactamente a eso.

Bécquer no lo dudó y abrazó a Elena y comenzó a besarla. La inspectora apretó sus labios con fuerza dejándose llevar nuevamente. En mitad del beso Bécquer se alejó con brusquedad.

—No puede ser, no puede ser... —Elena no entendía qué estaba pasando.

—¿Estás bien? Eres tú el que ha insistido. —Bécquer caminaba en círculos farfullando.

—¿Todo por eso? ¿En serio? ¿Por una broma? —Elena agarró a Bécquer por el brazo.

—¿Me puedes decir qué narices te pasa?

Bécquer se quedó congelado, miró a Elena a los ojos y respondió:

—Que ya sé quién es la famosa actriz. Elena, todo esto que Nacho está haciendo es por venganza.

45
Usted no sale de aquí

Elena pisaba el acelerador al máximo, los minutos pasaban y por fin tenían información con la que trabajar de verdad. Bécquer soltaba tal cantidad de palabras a la vez que costaba seguirle el hilo.

—¡Haz el favor de hablar despacio! —le gritó—. ¡No entiendo nada de lo que dices!

Bécquer respiró hondo y trató de ordenar sus recuerdos, que se agolpaban en su memoria con frenesí.

—Está bien, intentaré ser claro. María Victoria del Álamo es el nombre que nos ha dado, ¿recuerdas? —Elena lo miró con claras ganas de soltarle un puñetazo.

—Bécquer, no soy idiota. —El cómico asumió el rejón.

—Tienes razón, perdona. María Victoria del Álamo es en realidad Vicky Álamo, ¿no te suena? —Elena negó con la cabeza, era la primera vez que escuchaba ese nombre—. ¿Tú no eras fan mía? ¿No te acuerdas de lo de Vicky? —La inspectora estaba empezando a cansarse de que Bécquer no avanzase y le dirigió una mirada asesina para que continuara—.

En el Canal 5 nos alimentábamos los unos a los otros: lo que pasaba en los *realities* lo usábamos en el resto de la parrilla, por ejemplo. Pues lo mismo con todo lo demás. Hubo un día en que, por la mañana, Ana María Lozano tuvo un encontronazo con una actriz... ¿Seguro que no te acuerdas? Fue en el 2014, creo.

—¿En serio? —A Elena todo aquello le sonaba a chino—. ¿Quieres que me acuerde de algo que pasó en la tele hace diez años? —añadió cargada de razón. Bécquer asumió entonces lo absurdo de su argumento.

—Tienes razón, yo te lo cuento: Ana María Lozano estaba en plena tertulia del corazón y no se le ocurrió otra cosa que comentar que había ido al cine y que había visto la peor película de su vida.

—¿Y eso qué importancia tiene?

—Déjame seguir, anda... Tanto ella como sus tertulianos comenzaron a hacer burla de la película y de la actriz que la protagonizaba...

—¡Vicky Álamo! —lo interrumpió la inspectora.

—¡Exacto! —lo celebró Bécquer—. Le hicieron tal traje que Vicky levantó el teléfono y entró en directo en el programa... No me puedo creer que no sepas nada de esto... ¡si está en YouTube! Bueno, el caso es que se enzarzan y entonces Vicky lanza una de las frases más geniales de la historia de la televisión. En un momento de tensión absoluta, Ana María Lozano le dice: «Pues he visto la película con mi hija y ambas hemos llegado a la misma conclusión: es un horror». Y Vicky Álamo le contesta: «Porque ya se sabe el dicho: puta la madre, puta la hija y puta la manta que las cobija». Bum. —El cómico no pudo evitar reírse al recordar el suceso.

—¿Eso te hace gracia? —le reprochó Elena.

—A ver, eran otros tiempos... El caso es que el Italiano, es decir, el dueño del Canal 5, tocó a rebato en la cadena y todos salimos en tromba a defender a Ana María, y esa noche yo me columpié un poco. —Elena empezó a encajar el relato; en sus tiempos de televisión nocturna, Bécquer era capaz de cualquier cosa—. Hicimos un *sketch* en el que parodiábamos la película de Vicky, la hicimos quedar como una loca que solo sabía repetir la palabra *puta*; hasta le hicimos una canción. Aquello funcionó de tal manera que «Vicky Álamo Puta» fue lo más buscado en internet durante meses.

—¿Y eso es todo? —preguntó Elena decepcionada.

—Casi todo. Al cabo de un par de semanas nos llegó una citación del juzgado: Vicky había demandado a la cadena, a los programas, y a Ana María y a mí a título individual. Nos acusaba de atentar contra su honor. Decía, además, que había perdido muchos contratos por nuestra culpa y nos reclamaba una indemnización enorme.

—¡Bien por Vicky! —exclamó Elena.

—A ver, las cosas tampoco son así. Si no aguantas una broma...

—¿Una broma? —Elena se enfadó—. Una broma sí se aguanta, pero sabes mejor que yo que en la tele cuando agarráis un hueso, no lo soltáis ni a la de tres —aquello a Bécquer le pareció injusto.

—Bueno, tampoco se puede levantar el teléfono para llamar puta a diestro y siniestro —se defendió Bécquer, a quien la acusación de Elena le había parecido injusta—, pero, como te dije antes, eran otros tiempos y la tele que se hacía, pues era más salvaje.

—¿Y qué pasó con la denuncia?

—Pues poca cosa. Entre demandas y contrademandas, hay que tener mucho dinero para seguir adelante. Creo que Vicky se debió de cansar del tema.

—¿Y eso es lo que ha llevado a Nacho a este disparate?

—Eso es lo que tenemos que averiguar. Lo que sí te digo es que tiene que ser la conexión conmigo. Sería mucha casualidad que Nacho haya tenido una madre de acogida que resulta ser la actriz a la que Ana María Lozano humilló y de la que yo me reí en televisión, ¿no crees?

—Lo mejor sería preguntarle a la propia Vicky —apuntó Elena. A Bécquer le pareció lo ideal, la duda estaba en cómo localizarla—. ¿Todavía conservas el escrito de la demanda?

—Lo tiene todo mi abogado, el mismo durante toda mi carrera, demandas, divorcio...

—Pues pásale el contacto a Diego a ver si por ahí damos con ella.

Una vez más, Bécquer enfilaba la entrada de la comisaría.

—Estoy harto de venir aquí. Al principio me hacía gracia, pero ahora...

Ante la mirada de desaprobación de Elena optó por quedarse en silencio, sobre todo cuando, al salir del ascensor, vio a Lucía sentada en la mesa de Diego. Rápidamente fue a su encuentro y la abrazó.

—¿Qué haces aquí?

—Me encuentro bien y he venido a declarar. Hay algo que debéis saber.

Sin duda, su hija era de otra pasta, la fortaleza que estaba demostrando era digna de admirar.

—Hay algo que os va a interesar —le explicó Diego—. Cuando su hija estaba encerrada, Nacho le dijo algo importante. Lucía, por favor. —Le indicó con la mano que tomara la palabra.

—Nacho repetía mucho que tenían que pagar por lo que le hicieron y yo no entendía a quién se refería. Le insistí mucho hasta que explotó y gritó: «La culpa es de esos tres y van a pagar por lo que hicieron». Le dije que mi padre no le había hecho nada y entonces añadió: «Tu padre es culpable al igual que los otros dos, van a pagar lo que me hicieron. Si yo no tengo madre, tú tampoco volverás a ver a la tuya».

Elena trataba de colocar en su sitio aquellas palabras. «Van a pagar los tres»... «Si son tres los que tienen que pagar, una ya lo ha hecho, Ana María Lozano; Bécquer sería el segundo... Nos faltaría el tercero», pensó. Justo cuando iba a trasladar a sus compañeros su razonamiento, Bécquer se le adelantó.

—Ya lleva dos víctimas, Ana María Lozano y Raquel en mi lugar: ¿quién es la tercera?

Diego tomó entonces la palabra.

—Yo tengo un candidato —dijo mientras ponía sobre la mesa un montón de cartas manuscritas—. Aquí tenéis la obra de Pablo Ospina. Os dije que estaba obsesionado, escribió varios centenares de cartas a «su madre», en el correccional las guardaban porque el pobre no tenía ni dirección a dónde enviarlas.

—Revisar esto nos llevará horas —dijo el cómico al contemplar aquellas hojas repletas de palabras

—Ya están revisadas —lo informó Diego—. Señor Bécquer, el trabajo en equipo es fundamental, he repartido veinte cartas a diez compañeros diferentes con un único objetivo, buscar nombres propios. —Estaba claro por su cara que el cómico no había entendido nada, así que Diego pasó a ser más específico—. Todas las cartas son iguales: «cuánto te echo de menos y qué ganas tengo de verte», pero hay varias en las que habla de usted, no se crea que con cariño; otras en las que insulta repetidamente a Ana María Lozano, y por último se repite un nombre en diversas ocasiones, Pedro Almenábar.

—¿El director de cine? —dijo Bécquer desconcertado.

—Exacto —dijo Diego—. Son los únicos tres nombres que aparecen y mire, además, este párrafo tan poético. —Carraspeó para limpiar la garganta y procedió a leer—. «Yo sé que tú querías venir a buscarme, pero no te han dejado. Mamá, si supieses cuánto te echo de menos... Eso que te hicieron no tiene nombre, tú haces las mejores películas del mundo, eres la estrella más bonita del cine, da igual lo que te diga la hija de puta de Ana María: son basura ella, el payaso ese sin gracia y el puto viejo. Te prometo que pagarán por lo que te hicieron».

Elena escuchaba absorta.

—¿Cómo es posible que el correccional no estuviese al tanto de esto? —preguntó.

—Eso mismo les dije yo y me mandaron a paseo: que si están desbordados, que si cobran una mierda, y que bastante hicieron, cito textualmente, «guardando toda esta mierda en un cajón». —La explicación tenía sentido.

—¿En qué estás pensando? —preguntó Elena a Bécquer, que permanecía en silencio.

—Pues que «payaso sin gracia» su padre; soy supergracioso, es intolerable... —Bécquer decidió cerrar la boca al ver las miradas de Elena, Diego y Lucía: quizá no era el mejor momento para sacar el ego a pasear—. ¿Algo más? —preguntó Bécquer a Diego tratando de salir del jardín en el que se había metido. El inspector cogió otra de las cartas seleccionadas y leyó lo siguiente:

—«Eres la estrella más grande del firmamento, sé que los días que estuvimos juntos nos supieron a poco, recuerdo cada minuto. ¿Sabes que he conseguido tres de tus películas? Las veo a todas horas, qué suerte haberte conocido, seguro que pronto podremos estar juntos, te quiero infinito. ¿Por qué no me escribes? ¿Es porque estás de rodaje? No te preocupes que yo te espero»... Así durante mucho mucho tiempo —dijo Diego—. Cada vez se pone más nervioso, y los compañeros y yo estamos de acuerdo en que idealiza el tiempo que pasó con Vicky. Necesitamos saber qué ocurrió esos diez días para que tenga semejante obsesión. Lo digo porque los días en los que está enfadado escribe cosas como esta: «No me has mandado ni una carta ni me has llamado; no importa, yo sé que me quieres y que antes o después estaremos juntos. Ya sé que Almenábar te ha hecho daño, leí una entrevista tuya en el periódico, pero no te preocupes, que también lo pagará».

Al acabar la lectura fue Bécquer quien tomó la palabra.

—¿Y es todo el rato así?

—Todo el rato, son ciento ochenta cartas, todas van de lo mismo, de lo felices que fueron esos diez días y de lo que lamenta no poder estar juntos.

—¿Por qué Almenábar? —reflexionó Bécquer en voz alta—. Siendo ella actriz, está claro que se refiere al director de cine, no a cualquier otro Pedro Almenábar, pero no me suena que Vicky trabajase con él. Ya sabéis el bombo que se le da a las «chicas Almenábar».

Lucía escuchaba en silencio el relato de Diego mientras tecleaba en su teléfono móvil. Cuando su padre terminó de hablar, intervino ella.

—Creo que sé de qué habla Nacho. —Los tres se giraron a la vez en su dirección—. Mirad, una simple búsqueda en Google arroja el siguiente titular: «El día que Almenábar prescindió de mí supe que mi carrera se estaba terminando».

Bécquer cogió el teléfono de la mano de su hija y siguió leyendo.

—«La actriz Vicky Álamo anuncia su retirada del mundo de la interpretación recordando su mejores y sus peores momentos: "Cuando he tenido polémicas, lo he pasado realmente mal; además, esta profesión es muy ingrata; por ejemplo, perder el papel que tenía en la mano con Almenábar me hizo darme cuenta de que estaba cansada de pelear"»... Es que este trabajo es muy difícil —añadió Bécquer interrumpiendo la lectura.

—¿Y ya está? —dijo Elena—. ¿Le quitan un papel y ya lo deja todo? Qué poco aguante.

—Hombre, yo estoy de acuerdo, tanto como para retirarte... —apostilló Diego.

Todos coincidían en que el nombre que completaba la lista negra era el del director de cine.

—Tenemos que hablar con Vicky —dijo Bécquer cargado de razón.

—Estamos en ello —respondió Diego—. Su abogado nos ha hecho llegar la demanda, ahí figura el nombre del que fuera abogado de Vicky, estamos tratando de contactar con él con el fin de localizar a la señora.

Si lograban hablar con Vicky Álamo, detener a Nacho estaría más cerca.

46
Vicky Álamo

El reloj marcaba las dos de la tarde del sábado, la noche había sido larga y la mañana todavía más. En una de las salas de reuniones de la comisaría Bécquer apuraba unos fideos con gambas que Elena había traído del restaurante del otro lado de la calle. No eran los mejores, pero en ese momento le sabían a gloria. Dando el último bocado, el cómico vio a la inspectora entrar por la puerta.

—Yo que tú me daría prisa en terminar —le dijo en lugar de saludar.

—¿Por? —respondió él intrigado.

—Te lo digo porque el comisario llegará de un momento a otro. Han dicho por radio que el operativo del orfanato ya se ha levantado. Conociéndolo, habrá ido a comer a casa y en un rato lo tendrás aquí. —A Bécquer no pareció importarle.

—Mejor —respondió—, tengo varias cosas que aclarar con él.

Elena se sentó enfrente de Bécquer.

—¿Y Lucía?

—Se ha ido a descansar a casa de su madre, hemos quedado en hablar por la tarde. Me da rabia decirlo, pero en cierto modo agradezco que haya pasado esto porque de repente parece que mi niña ha vuelto.

Elena entendía lo que quería decir y le alegraba que la distancia entre padre e hija, que tanto hacía sufrir a Bécquer, se hubiera acortado.

—Ahora no la cagues otra vez —apuntó la inspectora.

—Eso espero —contestó él con resignación.

El teléfono móvil de Elena vibró tres veces consecutivas. La cara de la inspectora al leer los mensajes llamó la atención del cómico.

—¿Qué pasa?

—Diego ha localizado a Vicky, la tenemos en videollamada.

Bécquer recibió sus palabras como si de un milagro en Lourdes se tratase. Mientras se dirigían a la sala que Diego había habilitado para el encuentro, no dejaba de incidir en lo mismo.

—Si al final va a ser verdad que trabajáis bien; despacito, las cosas como son, pero bien.

Elena lo miró de reojo.

—Te dije desde el primer momento que confiases en nosotros y te dio exactamente igual. —A Bécquer le dolió porque sabía que era cierto e intentó justificarse.

—En ti confié al instante.

Elena se detuvo y en el mismo lugar en el que semanas atrás había empotrado al artista contra la pared lanzó un lamento que llevaba dentro desde la noche anterior.

—Te fuiste a la televisión sin decírmelo, igual que cuando te colaste en la partida de cartas... Me diste tu palabra, Bécquer. —El cómico se removió por dentro.

—Son cosas distintas —se defendió—. En lo de la partida tienes razón, pero en cuanto a la entrevista... No te lo podía decir, no quería comprometerte. —A Elena la explicación le sirvió de poco.

—No me digas que querías protegerme. —Bécquer asintió con la cabeza—. No necesito tu protección, necesito que me digas la verdad. ¿Crees que te lo habría impedido? ¿No crees que te habría ayudado? —Bécquer bajó la cabeza, ya no sabía qué más decir—. Para que esto funcione, no puedes maniobrar a mis espaldas —sentenció la inspectora.

—¿Por «esto» te refieres a nosotros? —dijo Bécquer esperanzado.

—Entra en la sala, que tenemos trabajo que hacer. —Y con estas palabras, Elena zanjó la conversación.

En la pantalla en la que Diego proyectaba informes y documentos estaba ella. A Bécquer le costó reconocerla de entrada, habían pasado más de diez años y el aspecto de aquella mujer era otro, algo que de primeras extrañó al cómico.

—Señora Álamo, muchas gracias por atendernos, sabemos que en México son ocho horas menos, le agradecemos el esfuerzo. —Con estas palabras Diego arrancó la conversación—. A mi lado, como verá, está la inspectora Elena Izaguirre, que es quien ha llevado el caso. También nos acompaña el señor Bécquer, al que, según tengo entendido, conoce desde hace tiempo. —El artista saludó con la cabeza.

Una vez terminadas las presentaciones, Elena fue directa al grano.

—Como le ha informado mi compañero, tenemos una orden de busca y captura de un hombre al que usted conoció con el nombre de Pablo Ospina. Sabemos que lo acogió durante diez días alrededor del año 2013. ¿Es correcto? —Vicky asintió con la cabeza—. ¿Cómo fueron esos días? —Elena no se andaba con rodeos.

—No fueron bien, aún a día de hoy no entiendo por qué me ofrecí a tal cosa, sentí que podía ayudar acogiendo a un niño de manera temporal, me vine un poco arriba y pensé que sería bueno vivir la experiencia. El problema fue que Pablo era un niño muy complicado, sé que había sufrido mucho, y desde el primer momento dio por hecho que yo era su madre, y por más que intenté que entendiese que era solo para unos días, no hubo forma de que entrase en razón. —Bécquer atendía con atención el relato de Victoria.

—¿Por qué dice que era complicado? —preguntó Diego.

—Porque no dormía, te miraba fijamente todo el rato, apenas hablaba, solo quería estar donde yo estuviese. Estaba muy necesitado de cariño y yo traté de dárselo, pero evidentemente me equivoqué.

—¿Por qué piensa eso? —intervino Elena.

—Pues porque Pablo tenía una serie de carencias emocionales que yo no era capaz de llenar, y reconozco que tampoco quería. Ha pasado mucho tiempo, pero soy consciente de que cometí un error. Yo me ofrecía para algo temporal y aquel niño necesitaba mucho más.

Bécquer sintió entonces la necesidad de intervenir.

—Buenos días, Vicky —dijo con seguridad.

—Señor Bécquer, ha pasado tiempo —respondió la actriz.

—¿Qué fue lo que cree que llevó a Pablo a obsesionarse tanto con usted?

—No sabría decirle, yo soy la primera sorprendida. Ya les digo que fueron solo diez días. Creo que, simplemente, fui la única que lo trató con cariño y respeto. Recuerdo que le habían buscado otras casas y nadie lo quería acoger, ya que el expediente del niño avisaba de que tenía grandes carencias afectivas y diversos problemas psicológicos. De verdad, siento mucho todo esto, para mí no fue más que un período de diez días, pero veo que de la manera que se lo tomó Pablo aquello fue casi una vida para él. Es algo que lamento. Ese niño no estaba preparado para ser acogido, necesitaba algo más que un hogar temporal.

Los tres escuchaban el relato de Vicky en silencio, la actriz había concebido la acogida casi como un campamento; de su mano, Pablo había visitado una jornada de rodaje, había ido al cine, al parque... Y muchas cosas más que le habían provocado un sentimiento del que no fue capaz de despojarse.

—Yo intenté que estuviera lo más a gusto posible, pero había algo en él que daba escalofríos —continuó explicando Vicky—. Lo que más me preocupaba era que no dormía, parecía un búho. Lo peor llegó cuando vinieron a buscarlo, ahí enloqueció. Se lo tuvieron que llevar entre dos y la verdad es que fue muy duro verlo, porque me gritaba «mamá» y por más que le explicaba que yo no era su madre, no había forma de que lo entendiese. Después de aquello seguí el consejo que me dieron en el propio centro y corté cualquier contacto. La primera noticia que he tenido de él en todos estos años ha sido cuando contactaron ustedes conmigo hace un par de horas.

Bécquer escuchaba el relato con dolor; se ponía en el lugar de aquella mujer y, sobre todo, de aquel pobre niño que creía haber encontrado un hogar. La obsesión había comenzado entonces y siguió alimentándose durante años.

Elena volvió a tomar la palabra.

—Desde ese momento, Pablo se obsesiona con usted, empieza a tener graves problemas, las casas que lo acogen hablan de episodios violentos, hasta el punto de que termina en un correccional desde donde le escribe todas estas cartas —Elena señaló a la mesa, donde Diego había colocado la correspondencia que nunca le fue enviada a Vicky—. En ellas señala a Ana María Lozano, a Bécquer y a Pedro Almenábar como los culpables de que ustedes no estén juntos. ¿Por qué cree que lo hace? —Las cartas y la pregunta cogieron un tanto desprevenida a la actriz.

—La verdad es que me cuesta entenderlo, todo eso fue algún tiempo después. Verán, no estoy orgullosa de mi comportamiento, estaba pasando una mala racha y los comentarios de Ana María me entraron muy mal. Con los años, incluso hablamos y todo quedó arreglado. En cuanto a Bécquer..., lo cierto es que gracia, lo que se dice gracia, no me hizo.

El cómico comprendió entonces que debía explicarse.

—Nunca tuve mala intención, nos lo tomábamos todo a broma. La verdad es que siento mucho el daño que pude haberle ocasionado. Nos tomamos lo ocurrido con Ana María como algo personal y la verdad es que fuimos a saco. —Las disculpas del artista eran sinceras.

—No le guardo rencor, ya pertenece a otro momento de mi vida —respondió Vicky.

—¿Y en cuanto a Almenábar? —preguntó Elena.

—Eso fue más *marketing* que otra cosa, el papel nunca fue mío, pero mi representante de entonces creyó que un poco de polémica nos vendría bien. El escándalo mediático coincidió con la prueba que había hecho para la película, y claro, me resultó más fácil atribuir el rechazo a eso y no a que, simplemente, no le había gustado. Cosas de actores.

Las piezas cada vez encajaban mejor, pero aún había algo que a Elena le resultaba un tanto inverosímil.

—En todo este tiempo, ¿Pablo no trató de contactar con usted?

—La verdad es que no lo sé. Desde que aquella mañana se lo llevaron, no he tenido noticias y yo no lo busqué porque me habían recomendado en el orfanato que no lo hiciera. Además, al poco de tener el encontronazo con Ana María Lozano me salió un trabajo en México y aquí me quedé.

—Sigo sin entenderlo, no debía de ser tan difícil localizarla y, sin embargo, Pablo no pudo conseguirlo. Nosotros hemos tenido la fortuna de que su abogado de entonces nos ayudase.

—Porque ese fue mi último trabajo como actriz. —Vicky tenía clara la respuesta—. Llegué para hacer una obra de teatro y cumplí el topicazo de actriz que se enamora del productor y al poco dejé atrás a Vicky Álamo para convertirme en Victoria Etxeberri, adopté el apellido de mi marido. Trabajo con él en nuestra pequeña productora y nunca he sido tan feliz, tenemos dos hijas y vivimos tranquilos.

Bécquer sintió un alivio enorme al escuchar las palabras de Vicky, todo lo que estaban viviendo esas últimas semanas era fruto de la obsesión y la locura del propio Nacho, y le alegraba ver que la vida había sido lo bastante agradecida con la que en su momento fuese Vicky Álamo.

47
Roja directa

Alrededor de la máquina de café, Bécquer no dejaba de darle vueltas a la conversación que acababan de tener con Vicky. El reloj marcaba algo más de la tres de la tarde y el cansancio comenzaba a hacer mella en el artista.

—Vamos, que el pobre niño deseaba tanto un hogar que se quedó enganchado a Vicky desde el primer momento —dijo para seguir con el tema.

—Eso parece —respondió Diego—. Se quedó tan enganchado que desarrolló tal obsesión que no hubo forma de salir de ahí.

Elena escuchaba a Diego mientras daba vueltas con un pequeño bastón de plástico a aquel infame brebaje que salía de la máquina.

—Todo ese sentimiento y toda esa frustración los canalizó buscando culpables —reflexionó Bécquer.

—Y ahí es donde entráis Ana María y tú —señaló Elena—, los culpables de que el pequeño Pablo no pudiese tener un hogar, pobre muchacho.

Los tres se quedaron en silencio, el relato estaba cada vez más claro, lo que faltaba ahora era encontrar a Nacho y poner fin a esa locura de una vez por todas.

—Yo creo que esto acaba hoy —dijo Bécquer con total convencimiento.

—¿Por qué dices eso? —preguntó Elena.

—Una vez más, queda demostrado que los policías no tenéis vida social. —Diego y Elena se miraron compartiendo su indignación por el repentino ataque del cómico; antes de que pudiesen replicar, Bécquer desarrolló su teoría—. Nacho no puede volver a su escondrijo, la totalidad de la policía lo está buscando, su rostro está en todas las televisiones, ¿estamos de acuerdo en esto? —Los policías asintieron—. Tiene que estar desesperado, lo habéis visto como yo. Lucía nos ha confirmado que está fuera de sí, no ha logrado acabar conmigo, el tiempo corre... y tiene delante la oportunidad perfecta para de una vez por todas poner fin a su plan. —Justo en ese momento, con gran ceremonia, Bécquer les enseñó la pantalla de su móvil—. Si yo fuese Nacho, intentaría acabar con Almenábar exactamente hoy. ¿No es el gran culpable de acabar con la carrera de su «madre»? —Elena y Diego entendieron entonces a qué se refería—. No me digáis que no sería un final maravilloso. —A Elena le costaba darle la razón en general, pero en ese caso concreto no era disparatado lo que estaba planteando—. Delante de todo el mundo del cine, el gran fin de fiesta. —El artista seguía con su relato haciendo todo tipo de aspavientos—. Se recordará siempre, ¿no lo veis? —Elena asintió y Diego se sumó al gesto—. Aquí lo pone claro —añadió Bécquer justo antes de leer lo que desde su teléfono móvil enseñaba a sus compañeros—: «Pedro Almenábar recibe esta noche el Goya de Honor».

Tanto a Diego como a Elena les parecía razonable que Nacho quisiese atentar contra Almenábar lo antes posible, incluso el lugar tenía relevancia tanto en cuanto sería algo público y noticioso, como lo ocurrido en el Teatro Real. «Desde luego le gustan estas cosas», pensó Bécquer mientras escuchaba a los dos inspectores apuntalar la teoría.

—Tenemos que llamar al comisario —advirtió Diego.

—No hará falta —dijo Bécquer—, por ahí viene.

Al fondo del pasillo, el comisario Baltierra apareció escoltado por dos agentes y entró en su despacho señalando a Bécquer con el dedo.

—Creo que me buscan —dijo él arrancando el paso. Diego hizo ademán de acompañarlo, pero la mano de Elena en su pecho lo detuvo.

—Déjame a mí, no quiero perjudicarte.

Elena entró en el despacho del comisario cerrando la puerta tras de sí. Baltierra estaba sentado en su escritorio flanqueado por dos agentes, frente a él y de pie, Bécquer y Elena esperaban impacientes. Después de unos segundos de silencio, el comisario comenzó a hablar.

—Me han informado de que su hija se encuentra en perfecto estado y lo cierto es que me alegro de que así sea. —Bécquer asintió con la cabeza—. Del mismo modo les informo de que se ha desplegado un enorme dispositivo de búsqueda, es solo cuestión de tiempo que detengamos a Nacho. —Bécquer volvió a asentir—. Y todo esto a pesar de la enorme estupidez que hizo anoche.

Estaba claro que no lo iba a dejar correr, así que él pasó también al ataque.

—Lo hice por mi hija y, evidentemente, ha dado resultado.

—Déjese de milongas —replicó el comisario—, usted no hace nada por nadie, lo hizo únicamente por egoísmo, así se ha comportado desde que llegó aquí, no ha acatado una sola orden y ha perjudicado en todo momento el desarrollo de la investigación.

—Si no llego a salir en televisión mi hija seguiría encerrada o algo peor... Debería usted darme las gracias —dijo Bécquer muy ofendido. El comisario cada vez estaba más enfadado.

—¿Las gracias? ¿Sabe que podría ir a por usted por revelación de información confidencial?

—Haga lo que quiera —las amenazas del comisario no hicieron mella en el artista—, mi hija está en casa y eso era lo único que importaba, y añada a eso que sabemos cuál será el siguiente paso de Nacho.

—Qué bien —el comisario esbozó media sonrisa—, otra vez el señor Bécquer al rescate, menos mal que está con nosotros, ¿no es cierto, inspectora? —El recochineo de aquellas palabras no le gustó a Elena en absoluto.

—Con el debido respeto, señor comisario, realmente sabemos cuál puede ser el siguiente paso de Nacho —dijo. El comisario se puso entonces de pie.

—Claro, ya me han informado de que incluso han localizado a Vicky Álamo, son ustedes estupendos, y por supuesto están convencidos de que la siguiente amenaza recae sobre el afamado director de cine Pedro Almenábar. —Elena asintió con la cabeza—. Les recuerdo que la información no es patrimonio exclusivo suyo.

—Entonces sabrá también —Elena cortó entonces al comisario— que esta noche Almenábar recibe el Goya de Honor. Creemos que será el momento en el que Nacho tratará de asesinarlo.

—Veo que los cuentos del señor Bécquer han hecho mella en usted, inspectora Izaguirre. —La cara del comisario era una mezcla de burla y estupefacción—. ¿De verdad cree eso? ¿Sabe la cantidad de seguridad que habrá ahí? —Ante la indiferencia del comisario, Bécquer optó por intervenir.

—Nacho tiene medios de sobra para colarse en la gala, ya ha demostrado que sabe escabullirse sin ser visto; además, conoce todos los entresijos, ¡que yo la he presentado tres veces! Ha demostrado que no tiene nada que perder, ya no se esconde, por eso secuestró a Lucía. Primero quiso que la muerte de Ana

María pareciese un accidente, al igual que la mía, pero eso ya no le importa, va a rematarlo todo esta noche.

El comisario comenzó a aplaudir con sarcasmo.

—Bravo, señor Bécquer, ¡bravo! Qué magníficas teorías tiene usted. Pues le voy a dar una gran noticia, estos señores que me acompañan se encargarán de la seguridad de la gala, puede usted estar tranquilo, que si Nacho aparece, será detenido, así que deje ya de tocar las narices.

—¡Si no fuese por mis tocadas de narices, mi hija seguiría metida en ese sótano! —exclamó Bécquer alzando la voz.

—¡Basta ya! —gritó el comisario—. ¡Se acabó! Estoy harto de usted, me da igual lo amigo que sea del ministro, no va a volver a poner un pie en esta comisaría.

Elena intervino entonces.

—Lo que Bécquer trata de decir...

El comisario dirigió entonces su enfado hacia la inspectora.

—Usted cállese, ha perdido la perspectiva por completo. ¿De dónde sacó Bécquer toda la información sobre Ana María Lozano, me lo puede explicar? Tenía usted una carrera prometedora, pero ya veo que ha antepuesto «otras cosas» a lo meramente profesional.

—No tiene derecho a hablarme así —se revolvió Elena.

—A ver si se les mete en la cabeza que tengo derecho a hablarles como me dé la gana, son ustedes un dolor de cabeza, pero, como les he dicho, se acabó.

El comisario Baltierra estaba furioso, las miradas que dedicaba a Bécquer podrían haberlo fulminado al instante, pero el artista se mantenía firme aceptando el desafío.

—Todo esto da igual —dijo el cómico—, lo que tenemos que hacer ahora es trazar un plan para esta noche.

El comisario se plantó entonces frente al artista.

—¿Lo que tenemos que hacer? ¿En serio? Señor Bécquer, usted no entra en ese «tenemos», usted aquí no es nadie. He hablado con su amigo el ministro y le adelanto que no le ha gustado nada su visita a la televisión. Sus privilegios han sido revocados, usted ya no pinta nada en esta comisaría. —Antes de que Bécquer pudiese replicar, sintió una mano en cada hombro—. Llévenlo a casa y vigílenlo, este hombre no pisa la calle hasta que detengamos a Nacho.

Antes de que pudiese replicar, lo sacaron del despacho.

—Sin tocar —protestó en vano—. ¡No pueden hacerme esto! —gritó ya en el pasillo. Elena, sin dar crédito, se dirigió al comisario.

—Señor comisario, esto es un atropello, sé que Bécquer puede ser molesto a veces, pero su intención...

—Basta, Elena —Baltierra la interrumpió—. Tienes nublado el juicio, llevas demasiado tiempo distraída y no estás actuando como una profesional. Desde este momento estás fuera del caso, por respeto a tu trayectoria no te voy a suspender, tómate el fin de semana libre, ve a ver a tu madre, quédate con ella. El lunes hablaremos.

Los intentos de réplica fueron estériles. Al igual que Bécquer fue expulsada de la comisaría.

Echó a andar en dirección a la Gran Vía, era la primera vez que la apartaban de un caso; de hecho, nunca había visto al comisario tan sumamente enfadado, hasta ese momento Baltierra había sido siempre un enorme apoyo para ella. ¿Realmente Bécquer le había nublado el juicio? ¿Qué demonios le estaba pasando?

Caminaba absorta en estos pensamientos cuando la vibración del teléfono en el bolsillo la detuvo; Bécquer acababa de enviarle un mensaje: «Ve a casa de tu madre, los dos amigos del comisario están haciendo guardia en la puerta de mi casa y supongo que habrán colocado otro par de polluelos en la tuya. Voy a salir por detrás y en treinta minutos nos vemos. Esta noche nos vamos a los Goya».

48
LUCES, CÁMARA Y ACCIÓN

A Carmen le sorprendió que su hija la visitase sin avisar. Elena entró por la puerta como un huracán, su madre se dio cuenta de que algo pasaba en cuanto la tuvo delante.

—Hija, menuda cara traes —dijo para recibirla.

—Ay, mamá —protestó la inspectora—, buenas tardes a ti también —añadió cruzando el vestíbulo en dirección a la cocina.

Carmen siguió a su hija tratando de mantenerle el paso.

—Podías haberme contestado algún mensaje —le reprochó—. ¿Tú sabes los nervios que he pasado desde que vi a Bécquer en la televisión?

Elena había visto las decenas de mensajes que su madre le había mandado, en ellos había consejos sobre cómo liberar a Lucía, posibles lugares donde podía estar retenida y recordatorios varios de que, pasase lo que pasase, algo tenía que comer.

—Estaba trabajando, mamá. —La respuesta no le sirvió de mucho.

—También estaba trabajando José y no tardó ni un minuto en contestarme.

Pocas cosas en la vida la molestaban más que su madre se refiriese al comisario Baltierra por su nombre de pila. Suspiró exagerando el gesto.

—Mamá, ya sabes que no puedo hablarte de los casos.

—Y mal que haces; a mí me gusta que me cuentes las cosas, como hacen tus hermanos.

La siguiente réplica de Elena originó otra de su madre. Cuando llevaban un rato acusándose mutuamente de diferentes asuntos, llamaron a la puerta. Elena entonces cambió el tono.

—Mamá, necesito que me escuches con atención. Nadie puede saber que ha venido, ¿ok?

Carmen se puso nerviosa al instante, una madre sabe cuándo algo pasa y los nervios de su hija dejaban claro que quien estaba detrás de la puerta no era cualquier persona. Abrió y allí estaba Bécquer, con un espectacular esmoquin de Tom Ford y una enorme bolsa de cartón colgando de la mano derecha. Cuando el artista tuvo frente a sí a la madre de Elena, comenzó a desplegar su encanto.

—Carmen querida, ¿cómo está? —dijo mientras le plantaba dos besazos—. Qué ganas tenía de conocerla, su hija me ha hablado maravillas de usted.

Elena, desde el salón, lo escuchaba piropear a su madre y que ella se reía como si de repente volviera a tener quince años. Entraron cogidos del brazo y Elena trató de disimular la maravillosa sensación que tenía al ver a su madre tan feliz.

—Hija, esto se avisa, que me habría arreglado —dijo Carmen exagerando su indignación.

—Elena, tengo un plan perfecto para esta noche —le anunció Bécquer tendiéndole la bolsa.

Carmen abrió los ojos, hasta el punto de que casi se le salen, cuando su hija sacó de la bolsa un larguísimo vestido rojo de Valentino y unos zapatos cuyo tacón rivalizaba en longitud con cualquier rascacielos.

—Yo no pienso ponerme eso —dijo Elena para sorpresa de nadie.

Carmen miró a Bécquer como quien muestra la paciencia que ha tenido siempre con su hija.

—Pero si vas a estar guapísima —le dijo.

—Que te digo yo que no; no sé ni cómo subirme a esos tacones.

Su madre se dirigió entonces al cómico para revelarle algo que Bécquer ya sospechaba.

—No hay manera, desde niña igual, siempre con pantalones vaqueros, hasta en su comunión quería ir con el traje de marinero del hermano. —Bécquer sonrió y procedió a chantajear a Elena.

—¿No se supone que los policías debéis ser discretos? —preguntó observando cómo Elena asentía tímidamente—. Pues para mezclarte entre la multitud de la gala no te sirve tu ropa habitual, no puedes entrar ahí gritando «¡Policía!» —A Elena, si bien le parecía razonable, no acababa de convencerla—. Hazme caso —insistió Bécquer—, la manera de poder moverte libremente es así vestida, parecerás una actriz invitada.

Elena suspiró y casi gruñendo agarró con una mano el vestido y con otra los zapatos y echó a andar hacia la habitación principal. A mitad de camino se detuvo, se giró y gritó:

—¡Mamá!, ¿no piensas venir a ayudarme?

Carmen sonrió entonces como hacía años y, guiñando un ojo al cómico, se fue rápidamente a acompañar a su hija.

Sentado en el sofá, Bécquer mataba el tiempo jugueteando con el móvil cuando una llamada de su hija lo sobresaltó.

—Hola, cariño —dijo al contestar. Lucía nuevamente sorprendía a su padre por su entereza. Lo que acababa de sufrir y cómo se mostraba era digno de elogio.

—¿Le ha gustado el vestido?

—Pues espero que sí, tienes muy buen gusto y te agradezco la ayuda. Ahora mismo está con su madre vistiéndose; de hecho, me recuerda a la tuya, porque lleva más de una hora metida en el dormitorio... Bueno, a la tuya y a todas las demás.

Lucía suspiró, las bromas machistas de su padre eran todo un clásico y siempre las utilizaba para hacerla rabiar, así que no entró en el juego.

—¿Le parece bien lo que vais a hacer?

—Sí, no tenemos mucha opción —Bécquer tenía clara la respuesta, estoy seguro de que Nacho va a intentar acabar con Almenábar esta noche, ahora mismo es la persona más buscada del país, solo le queda esto.

Lucía estaba de acuerdo con su padre; de hecho, era lo mismo que pensaba Diego. Según el perfil psicológico que los expertos habían trazado en comisaría, el hecho de pasar de las amenazas al secuestro demostraba ganas de llamar la atención y de conseguir notoriedad.

—¿Y qué tienes pensado?

—No te creas que gran cosa: entrar en la gala y buscar a Nacho. Sabrá mil maneras de entrar, tiene los medios, ya hemos visto que puede disfrazarse. Almenábar es el cebo, solo tenemos que estar cerca y esperar a que pique.

A Lucía el plan de su padre le sonaba a otra de esas aventuras locas que le parecían genialidades.

—¿Esto lo sabe el comisario? —preguntó temiendo la respuesta.

—El comisario me ha encerrado en casa y ha apartado a Elena del caso, así que, como comprenderás..., mejor no decírselo; a fin de cuentas, soy Bécquer, lo suyo es que vaya a la gala, ¿no?

Lucía suspiró, sabía que si su padre se empeñaba en algo, daba igual lo mucho que intentases razonar con él.

—Papá, ten cuidado —le rogó.

—No te preocupes, llevo la mejor escolta.

Tras colgar la llamada, a Bécquer se le cayó el teléfono de las manos cuando Elena entró en el salón: el vestido parecía haber sido hecho para ella; no era solo que le quedara bien, es que parecía que se lo habían tallado. Su figura se realzaba en cada gesto. A pesar de la timidez con la que Elena se movía, era imposible despegar la mirada de su cadera, de sus piernas, del talle, del pecho, o de la preciosa espalda desnuda que lucía.

—Estás... Estás preciosa —Bécquer titubeó, no encontraba las palabras—. Creo que me está dando un *sthendalazo* —añadió boquiabierto.

Ella se puso colorada, no estaba acostumbrada a verse así vestida y todavía se sentía un poco absurda.

—Me veo un poco ridícula —dijo sin levantar la mirada del suelo.

Bécquer se puso entonces de pie y le cogió la mano.

—Eres bellísima —dijo casi en un susurro—, nos va a salir genial —añadió besándole con dulzura la mejilla.

Desde el vestíbulo Carmen, testigo de la escena, sonrió.

La alfombra roja estaba completamente asediada por reporteros y *fans* agolpados detrás de las vallas. El Hotel Coliseum iba a ser nuevamente el escenario de los premios del cine español. Entre *flashes*, las estrellas posaban luciendo sus mejores galas para tan importante noche; el desfile de nombres impresionaba.

Bécquer pidió al chófer que los dejase en la misma puerta, había llegado el momento de lucirse a lo grande. Elena tuvo dudas al observar que los asistentes sacaban un sobre del bolsillo antes de acceder al *photocall*.

—¿A esto se trae invitación?

—Si no eres Bécquer supongo que sí. ¿Bajamos? —le dijo mirándola con seguridad.

El chófer detuvo el vehículo y fue raudo a abrirles la puerta. En primer lugar bajó el artista, y, nada más poner el pie en el suelo, todas las cámaras se giraron hacia donde estaba. Apenas habían pasado veinticuatro horas desde su intervención en televisión, el país se había puesto del revés con el secuestro de Lucía y su posterior liberación y de repente ahí estaba él. Con total seguridad y aplomo tendió la mano para ayudar a bajar a Elena, quien, abrumada por lo que estaba viendo, se la apretó con fuerza.

—Estate tranquila —le susurró Bécquer al oído.

—No me sueltes la mano.

Entonces echaron a andar con determinación por la alfombra roja. David, el mejor organizador de eventos del país, le plantó dos besos cuando llegaron a la entrada.

—No me imaginaba que fueses a venir —dijo al recibirlo.

—No me digas que no voy a tener butaca.

—Como si te tengo que sentar al lado del presidente del Gobierno —le dijo David con una gran sonrisa.

—Quita quita, que igual se me pega algo. Tengo una idea mejor, ¿nos podrías sentar al lado de Amenábar? Tengo un proyecto que plantearle.

—Lo que necesites.

—Pues te voy a pedir una cosa más, que nos acompañes directamente a dentro. No quiero atender a la prensa.

Aquello sonaba razonable y David asintió con empatía, lo vivido en los últimos días había convertido a Bécquer en el objetivo principal de la prensa y de repente ahí estaba el hombre del momento. Entre gritos de «¡Bécquer aquí!», «¿Cómo está Lucía?», y otras preguntas al aire, el cómico y Elena entraron en el edificio.

El ambiente dentro era más tranquilo, los invitados comenzaban a ocupar sus asientos, Bécquer iba estrechando manos y deteniéndose para intercambiar un par de frases y besos con algunos de sus conocidos.

—No me puedo creer que Penélope y Javier hayan venido a darte un abrazo —dijo Elena alucinando.

—Es que hago muy buenas paellas... ¿Eso no te lo he contado?

A Elena le costaba seguirle el ritmo, así que trató de centrarse en su objetivo.

—Escúchame, aquí hay seis puertas de entrada en el frontal y dos laterales; si Nacho está aquí, deberíamos separarnos.

—No creo que sirva para nada dar vueltas a ver si nos lo cruzamos. —A Bécquer la idea no le seducía—. Si queremos encontrarlo, lo mejor será pegarnos a Almenábar.

Bécquer y Elena caminaban por el pasillo central de la platea. La inspectora Izaguirre no podía evitar ruborizarse un poco cada vez que Bécquer rodeaba su cintura o le cogía la mano. Si no hubiera sido porque estaba trabajando, lo cierto es que estaba siendo un auténtico planazo. Sus ensoñaciones se cortaron en seco cuando una frase de Bécquer la devolvió a la tierra.

—Ahí está Almenábar, nos vamos a sentar a su lado, sígueme el rollo. —Elena abrió los ojos como platos.

—¿Que dices de que te siga el rollo?

La inspectora no había terminado la frase cuando escuchó a Bécquer saludar a Almenábar.

—Querido Almenábar, ¡dichosos los ojos! —El famoso y oscarizado director se levantó al instante para abrazar al cómico—. Permíteme que te presente a la que sin duda ocupará las carteleras de todos los cines: Marina Campos, recuerda este nombre.

Elena no daba crédito. Fulminando a Bécquer con la mirada, estampó dos besos en las mejillas del director.

—Bellísima, sin duda, ¿algún trabajo tuyo que haya visto?

Elena no sabía qué contestar, así que Bécquer salió al quite disfrutando el momento.

—Acaba de llegar de Italia, allí ha triunfado con dos películas y una serie; un fenómeno.

Almenábar escrutaba cada centímetro del vestido de Elena.

—Pues seguro que hablaremos —sentenció el director.

En ese momento las luces se atenuaron.

—Empieza el *show* —dijo Bécquer invitando a Elena a sentarse. En cuanto ocuparon sus asientos, ella propinó un codazo que le hizo ver las estrellas.

—Perdóname —dijo la inspectora.

—Es que Marina tiene un tic —le dijo el artista al director para justificar el gesto de Elena.

Ella ocupaba una butaca a la izquierda del cómico; las del pasillo habían quedado para Almenábar y su pareja.

—No lo voy a dejar ni para mear —susurró al oído de su compañera—. Si Nacho va a por él, nos encontrará a nosotros.

Elena no dejaba de mirar a su alrededor, las medidas de seguridad eran grandes, pero algo dentro de ella no dejaba de dar vueltas a que si Nacho quería hacer algo, cuál sería la manera.

La gala avanzaba con su particular ritmo mientras la inspectora se removía en la butaca con la sensación permanente de que estaban perdiendo el tiempo. Llevaban allí sentados casi tres horas cuando se anunció el premio al mejor director, el penúltimo de la noche. Bécquer se dirigió a Elena.

—Como gane el viejo, tenemos un problema. —La inspectora preguntó por qué y Bécquer no dudó en la respuesta—. Porque se va a levantar, cogerá el premio y ahí lo vamos a perder de vista. Cuando ganas te llevan por detrás a atender a la prensa... —Se quedó en silencio y fue Elena la que terminó la frase.

—... y en ese camino...

Su conversación fue interrumpida por la voz de Fernando Trueba, quien anunció que «el Goya al mejor director es para... Almenábar». El auditorio estalló en una ovación interminable, el afamado director se abrazó a su compañero de vida y, después de abrocharse la chaqueta, comenzó a caminar hacia el escenario.

—Se nos va —dijo Elena con nerviosismo.

Bécquer se quedó pensativo mirando a su alrededor hasta que tuvo una idea.

—Elena, esto no le va a gustar a nadie.

—¿Qué vas a hacer? —preguntó ella temiendo la respuesta.

—Pues pegarme al señor director. Tú sal detrás de mí y vete a la parte de atrás del escenario; arréglatelas como puedas.

Bécquer terminó de dar las instrucciones, se puso de pie y caminó en dirección al escenario. Elena no salía de su asombro y, muerta de la vergüenza, salió detrás desviándose hacia una de la puerta laterales una vez puso los pies en el pasillo.

Almenábar llevaba más de dos minutos agradeciendo el premio cuando comenzó el murmullo en la platea. Bécquer subió al escenario trasladando a los asistentes la duda de si aquello estaba preparado o no. Se colocó al lado del director y empezó a hablar.

—Un fuerte el aplauso para nuestro director más internacional, qué privilegio tenerlo con nosotros. —Los asistentes aplaudieron y, ante la sorpresa de Almenábar, Bécquer continuó improvisando—. Como sabéis, estos días han sido intensos para mí, y por eso quería agradecer públicamente todo el cariño que he recibido, y extender mi agradecimiento sobre todo a Almenábar, cuya inspiración y amor por el cine me han hecho mantenerme fuerte. —Era la mayor estupidez que había dicho nunca; la cara del director era de estupefacción—. ¡Muchísimas gracias! —gritó Bécquer agarrando el brazo de Almenábar y levantándolo al aire. La música comenzó a sonar y una amable azafata les señaló la salida.

—¿Se puede saber qué cojones haces? —le preguntó el director con un enfado más que evidente.

—Créeme que me lo agradecerás —le respondió Bécquer caminando entre bambalinas—. Tenemos razones para pensar que van a atentar contra ti —le confesó tratando de ganarse su atención.

—¡Vete a la mierda, imbécil! —le respondió Almenábar zafándose con fuerza.

Bécquer no pudo hacer más, el director continuó con sus gritos e insultos por el pasillo esquivando al cómico. La escandalera era tal que, antes de que Bécquer se diese cuenta, varios miembros de producción se cruzaron en su camino. Aquel pasillo desierto de repente parecía la calle Preciados, las protestas de Almenábar continuaban mezcladas con insultos variados, que incluían gilipollas, idiota o puto loco. «Creo que no me va a llamar para su próxima película», pensó Bécquer. Entre aquel tumulto, una figura con gorra y barba se dejó ver al fondo. Bécquer lo reconoció al instante, y antes de que el director se encontrase con él, el cómico profirió un grito enorme.

—¡Pablo!

El silencio lo llenó todo, y Nacho cometió entonces el error de levantar la vista al sentirse interpelado. Ese acto reflejo hizo que su mirada se encontrase con la de Bécquer.

—¡Detengan a ese hombre! —añadió este a su primer grito.

La confusión creció entonces y Nacho echo a correr cruzando una puerta que daba a las escaleras. Bécquer, esquivando a la gente que se interponía en su camino, salió corriendo tras él. Fue entonces cuando vio aparecer a Elena.

—Anda que has tardado —le espetó a la inspectora.

—¿Era él? —Bécquer asintió con la cabeza.

—Se ha metido por esa puerta.

Ambos la cruzaron y comprobaron que daba a las escaleras de servicio.

—Esta escalera ¿a dónde va? —preguntó Bécquer. Elena tenía clara la respuesta.

—Al garaje.

—¿Estás segura? —preguntó Bécquer sorprendido por la rotundidad de la respuesta de Elena, quien miró a Bécquer con una media sonrisa arrebatadora.

—Las hay que hemos hecho los deberes antes de venir; a veces se te olvida con quien estás tratando.

Ambos echaron a correr escaleras abajo, solamente les separaban dos tramos de la puerta antiincendios. Cuando Bécquer la abrió, se encontraron en un parking gigantesco.

—Tú ve hacia la izquierda —apuntó Elena—, pero no te alejes.

Con dudas, Bécquer comenzó a moverse entre los coches sin perder a la inspectora de vista.

—Creo que se nos ha escapado —dijo el cómico con resignación.

—Yo no me escapo.

Oír esa voz a su espalda dejó a Bécquer completamente helado. Sin que se diese cuenta, Nacho lo había abordado desde detrás de una columna y con una navaja le pinchaba el cuello.

—Ni se te ocurra moverte —le dijo amenazante.

Bécquer sentía que la sangre le hervía y el corazón le latía a una velocidad endiablada.

—Esto se ha acabado, Nacho —dijo con un hilo de voz—. Todavía podemos arreglarlo. —Pero sus palabras cayeron en saco roto.

—No vamos a arreglar nada. —La voz de Nacho tenía un tono desesperado—. Siempre lo estropeas todo —añadió el que fuese su mano derecha durante tanto tiempo.

Elena, dándose cuenta de la situación, comenzó a caminar en su dirección.

—¡Nacho! —gritó para llamar su atención—. No hagas ninguna tontería, suelta la navaja.

Él dirigió entonces su mirada al lugar del que la voz procedía. Lo que encontró ante sí no hizo más que aumentar su evidente nerviosismo, una mujer vestida de rojo, a quien de entrada, no reconoció, le apuntaba con una pistola.

—Te he dicho que sueltes la navaja —insistió ella cortante.

Elena reconoció al instante la Amx Predator Y26 que tanto habían perseguido, la misma navaja con la que saboteó el coche de Ana María Lozano y los cables de acero en el Teatro Real. Bécquer levantó uno de sus brazos para detener a la inspectora.

—Elena, por favor, no dispares.

Nacho tenía la cabeza a mil revoluciones, en ella se agolpaban los recuerdos, el dolor y la soledad. La oscuridad que se cernía sobre él era cada vez mayor.

—¡Todo es por su culpa! —gritó casi sollozando—. Ella me dejó solo y vosotros la hundisteis para siempre.

—No estás sólo, Nacho —intervino el cómico, a quien aquellas palabras se le habían clavado en el alma—. Llevas cinco años conmigo, ¿no te das cuenta de que soy tu familia?

Una lágrima afloró en el rostro de Nacho.

—Cinco años a tu sombra, cinco años viendo cómo abandonabas a tu hija y a su madre. —Bécquer notaba cómo la punta de la navaja se le clavaba cada vez más en el cuello—. Cinco años sacando a escondidas a mujeres de tu casa... No te mereces nada más que dolor. Dolor por lo que le hiciste a mi madre y por lo que le has hecho a tu hija.

En ese momento, la mirada de Bécquer se cruzó con la de Elena, quien había logrado acercase a una distancia de unos cinco metros. Mirando fijamente a los ojos de la inspectora, Bécquer asintió levemente con la cabeza. «Espero que me haya entendido», pensó mientras soltaba el codo con violencia contra en el estómago de Nacho y lograba zafarse levemente del agarre de su captor. Notó que la punta de la navaja penetraba en su piel; lo siguiente fue el sonido ensordecedor de un disparo, y el pitido insoportable que a continuación apareció en sus oídos. Medio aturdido, se asustó al sentir una mano en el brazo. Cuando levantó la vista, vio a Nacho en el suelo gimiendo de dolor.

—Le he dado en el hombro —dijo Elena ayudando a Bécquer a incorporarse.

Ya erguido, el cómico, asumiendo con dificultad lo ocurrido y sintiéndose estúpido por haber tenido a Nacho a su lado durante cinco años sin sospechar nada, abrazó a la inspectora con fuerza. Cuando sus cuerpos se separaron, los que se unieron fueron sus labios. El beso duró una bendita eternidad.

Con la frente junto a la de Elena, y aún respirando con dificultad, Bécquer tomó la palabra.

—Espero que algún día me expliques dónde demonios llevabas la pistola.

Epílogo

Habían pasado ya tres meses desde que la prensa titulase «Terror en los Goya». Para Bécquer, el titular habría tenido más sentido si se hubiera referido a lo aburrido de la gala y no a lo sucedido en el garaje. La prensa contaba que el secuestrador de la hija del cómico había sido detenido por una «aguerrida» inspectora del Cuerpo Nacional de Policía en una operación perfectamente sincronizada. Así lo había explicado el «siempre eficiente comisario Baltierra, quien celebrara tanto la detención como la innegable aportación del cómico gallego», declaraciones que Bécquer paladeaba con gusto: «Anda que tiene que estar contento», pensaba con una sonrisa en los labios.

La prensa relataba también que el secuestrador había asesinado a Ana María Lozano y atentado contra la vida de Bécquer llevándose por delante a la asistente del cómico en el Teatro Real. Horas y horas de televisión contaban la historia del pequeño Pablo Ospina y de la actriz Vicky Álamo, quien de repente se sentía feliz y encantada de volver a la actualidad. Nacho, por su parte, afrontaba una larguísima pena de prisión.

Bécquer había decidido, después de un encierro en su casa de más de tres semanas, solo roto por alguna que otra escapada furtiva en el maletero de un coche con el fin de esquivar a las decenas de periodistas que hacían guardia en la puerta de la urbanización, que había que poner tierra de por medio, así que la mejor excusa fue retomar la gira americana.

La primera parada fue en Buenos Aires. Bécquer se presentaba ni más ni menos que en el Teatro Colón. Solo en su camerino, mientras se maquillaba, pensaba en si había llegado el momento de contar aquella información que desde hace un par de días lo atormentaba. Ante la duda, optó por la mejor de las soluciones, cogió el móvil y llamó a Lucía.

La terrible experiencia vivida había conseguido fortalecer la relación entre ambos. Después de saludarse, Bécquer le preguntó a su hija.

—¿Cómo crees que reaccionará? Me da miedo estropear lo que tenemos.

Lucía se había convertido en la confesora de su padre, le gustaba ver la ilusión con la que llevaba su relación con Elena, y tenía claro que había que ayudar a su padre para que no volviera a cometer los errores de siempre.

—Elena te quiere, tanto que estoy segura de que agradecerá lo que has hecho: cuéntale todo y dale su espacio.

A Bécquer los consejos de su pequeña le parecían de una madurez sorprendente.

—Así lo haré. Te quiero mucho, hija mía, la próxima semana nos vemos en Chile, te va a encantar.

Bécquer tenía claro que no iba a dejar pasar mucho tiempo sin abrazar a su niña. Ahora que todo fluía, no iba a perderla de nuevo.

—Claro que sí —respondió Lucía—, estoy pendiente de si puede venir también mamá. —Bécquer puso entonces los ojos en blanco.

—Qué bien, ojalá pueda —respondió. Lucía empezó a reírse.

—Estoy segura de que has puesto una «carita» —le dijo a su padre con esa recuperada complicidad que tan felices les hacía.

—Me empiezas a dar miedo —respondió el cómico despidiéndose con un beso.

Sentado frente al espejo, cerca de empezar el *show* y ensimismado en sus pensamientos, Bécquer cerró los ojos cuando los brazos de Elena lo rodearon y recibió un dulce beso en la mejilla.

—El ojo izquierdo te ha quedado regular.

—Es que me gusta así —respondió él sonriendo.

Un fuerte timbrazo indicó que faltaban cinco minutos para salir a escena.

—¿Nunca te pones nervioso?

—Por esto no, pero sí te reconozco que hay algo que me preocupa decirte.

A Elena le cambió el rostro, no era habitual tanta seriedad en Bécquer y si algo había aprendido la inspectora era precisamente que si el cómico no sonreía, mala cosa.

—No me vuelvas a pedir que alargue las vacaciones, que solo tengo dos semanas y el comisario me quiere de vuelta —respondió para quitárselo de encima.

—No es eso... Hay algo que debo decirte y no sé cómo.

Elena comenzó a ponerse nerviosa. Con ternura cogió, la mano de Bécquer.

—Puedes decirme cualquier cosa. —Temía de repente que le pasase algo grave.

—Hace un mes me encontré de casualidad a un buen amigo, alguien que sabe cosas y consigue cosas. —Ella estaba completamente perdida—. El caso es que le hablé de ti y de tu padre... Elena, creo que sé quién lo mató.

A Elena la cabeza comenzó a darle vueltas. Bécquer se puso de pie y extrajo de su cartera una carpeta azul.

—Aquí dentro está toda la información que he conseguido.

Mientras se la tendía, una voz femenina con un maravilloso acento porteño le pidió que saliese a escena. El cómico besó a Elena en la frente.

—Luego te veo —dijo despidiéndose.

Ella tenía ante sí la carpeta y por primera vez en su vida tenía miedo de abrirla. Bécquer caminaba hacia el escenario rezando para que lo que acababa de hacer tuviese un buen final. «Merece saberlo», se dijo.

Una gran ovación recibió al cómico, que comenzó su actuación sin darse cuenta de que un pequeño punto rojo parpadeaba en el centro mismo de su pecho.

Agradecimientos

A ti, que tantos años de carrera llevas acompañándome.